Terusa

Von D

Terusa

Eine magische, dunkle Reise

von David Stelzl

Inhaltsverzeichnis

Kapitel 1 Die Wächter von Diron   6
Kapitel 2 Diron   34
Kapitel 3 Das Geheimnis der Totenstube   51
Kapitel 4 Neue Gefährten 89
Kapitel 5 Das Magievolk und Handura   133
Kapitel 6 Der Junge 187
Kapitel 7 Die Garnison   202
Kapitel 8 Das verbotene Königreich 229
Kapitel 9 Der Mann des Friedens   275
Kapitel 10 Im Krieg und in der Liebe   279
Kapitel 11 Die Hölle in Saien 292
Kapitel 12 Träume   325
Kapitel 13 Leiden   359
Kapitel 14 Ein neues Licht   384
Kapitel 15 Niederlage   396
Kapitel 16 Das Dorf Eronwar   399
Kapitel 17 Rückkehr nach Diron   411
Kapitel 18 Reise ins Ungewisse   441
Kapitel 19 Die Legende der Wächter 447
Kapitel 20 Der Totenkönig von Terusa   459
Kapitel 21 Die Wahrheit   475
Kapitel 22 Der dunkle Turm   487

Kapitel 23 Das zweite Schwert 511
Kapitel 24 Die Wächter von Terusa 525

Inhaltsverzeichnis

1. Auflage, 2024

© 2024 Alle Rechte vorbehalten.

David Stelzl

Kirchstr. 9

91448 Emskirchen

davidstelzlautor@gmail.com

youtube.com/@autordavidstelzl

ISBN: 978-3-7597-6760-8

Verlag: BoD · Books on Demand GmbH,
In de Tarpen 42, 22848 Norderstedt
Druck: Libri Plureos GmbH, Friedensallee 273,
22763 Hamburg

Kapitel 1 Die Wächter von Diron

Die zweite von vier Garnisonen der Wächter von Diron galt als die beste und effizienteste. Ihr derzeitiger Auftrag war es, in Rose, einer nahegelegenen Siedlung, Handel zu treiben und mit dem Ältesten dort eine Angelegenheit von höchster Wichtigkeit zu besprechen. Einzig der Garnisonsführer, Mousa Relleon, war von einem hochrangigen Bezirksdiener Dirons mit dem Inhalt der Mission betraut worden.

Während ihrem Marsch durch den Fochwald dachte er angestrengt darüber nach. Die Informationen, die er bekommen hatte, verunsicherten ihn. Rose war vor langer Zeit von ehemaligen Bewohnern Dirons gegründet worden. Sie haben diese neue Siedlung errichtet, weil der Platz in Diron damals knapp war, bevor das Königreich erweitert wurde. Die Gründer von Rose setzten, im Gegensatz zu Diron, jedoch keinen König ein. Anderen Adel gab es auch nicht. Die Bewohner stellten gemeinsam Regeln auf und hielten sich an diese.

Das bedeutete für die Händler und Bauern dort, dass sie keine Steuern abgeben mussten, was den Handel in Rose sehr attraktiv machte. Rose war unabhängig und das war dem König von Diron schon lange ein Dorn im Auge. Laut dem Bezirksdiener, dessen Name Mousa schon wieder vergessen hatte, sollte er dem Ältesten, dessen

Stimme in Rose viel Gewicht besaß, mitteilen, dass Rose ab sofort aktiver und regelmäßiger von Diron unterstützt und durch die Wächter beschützt wird. Da Rose von Bewohnern Dirons errichtet wurde, sollte es offiziell als Teil des Königreichs erklärt werden. Dies wiederum bedeutete, dass sich die Bewohner dort an Dirons Gesetze und Steuern binden müssten. Mousa solle noch keine Drohungen aussprechen, aber bestimmt auftreten und seine beiden Schwerter nicht verstecken, wie der Bezirksdiener es ausdrückte.

Wächter wurden in jedem der bekannten Königreiche zu Aufrichtigkeit und Edelmut erzogen. Ein Handeln, wie es vom Bezirksdiener verlangt wurde, lies ihn nicht nur an seiner eigenen, sondern auch an der Persönlichkeit des Königs zweifeln. Jeder Wächter von Terusa, so hieß ihre Welt, musste sich an den heiligen Kodex halten. Diese uralten Gesetze und Richtlinien besagten, dass ein Wächter niemals dem König, sondern dem Volk von Terusa diente. Falls ein König es nicht mehr wert war, ihm zu folgen, oder der König dem Volk Terusas Unrecht tat und nur noch sich selbst diente, war es die heilige Pflicht der Wächter, diesem König ein Ende zu bereiten.

Das und auch das Wissen über die Dinge, die hinter den Mauern passierten, beschäftigten Mousa. Und die Bürde dieses Wissens trug er schon lange mit sich herum. Die Gefahren, die hier draußen lauerten, waren nicht das, für was man sie innerhalb der Mauern hielt.

„Wir sind da!" Jacks Stimme riss Mousa aus seinen Gedanken.

Sein erster Offizier war auch sein bester Freund und diente bereits einige Jahre unter seinem Kommando. Beide grinsten zufrieden. Ohne Zwischenfall bis nach Rose zu kommen gelang ihnen nicht immer. Ein paar der Wilden waren wohl in der Nähe, hatten sie aber nicht angegriffen. Die Wilden waren der Grund, weshalb Diron und die anderen Königreiche auf Terusa stets von dicken, hohen Mauern umgeben waren. Im gemeinen Volk war nicht viel über sie bekannt. Nur, dass sie blutrünstige Bestien waren, die einen ausgewachsenen Mann in Sekunden töten konnten.

Die Wächter waren darauf spezialisiert, sie auf große Distanz an verschiedenen Geräuschen zu erkennen, die sie von sich gaben. Auf dem Weg nach Rose hatte er sie definitiv gehört, doch sie hatten sich wohl dazu entschieden, die Wächter nicht anzugreifen. Mousa hoffte, dass sie dieses Glück auch auf dem Rückweg hatten.

Doch irgendwie war es schon seltsam. Diese Wilden gaben sonst stets ihren Trieben nach. Wenn sie Witterung aufgenommen hatten, griffen sie auch an. Selbst wenn ihnen 100 Mann gegenüberstanden. Irgendetwas war heute anders.

Auch auf dem Handelsplatz in Rose bot sich den Wächtern ein ungewohntes Bild. Anstatt regem Treiben, Händlern, die ihre hochwertigen Stoffe, Waffen, Gebäck und Anderes anboten, waren nur ein paar vereinzelte Männer zu sehen, die sich unterhielten und hier und da ein kleines Geschäft abschlossen. Vielleicht sind sie einfach am falschen Tag hier erschienen, dachte Mousa sich.

Die Männer der Garnison bekamen den Befehl, trotz der Leere auf dem Marktplatz, so viel wie möglich von der Liste des Bezirksdieners zu ertauschen. Wenn nötig, sollten sie sogar etwas kaufen. Das war relativ selten der Fall, denn Diron zog es vor, sein Gold innerhalb der eigenen Mauern zu behalten.

„Einen guten Tag für dich, mein Freund. Wir suchen einige Waren und würden gerne mit dir Handel treiben." Elrog, ein einheimischer Händler, antwortete dem jungen Offizier Hans, ohne dabei Augenkontakt aufzunehmen.

„Mit mir wollt ihr Handel treiben? Ich bin doch sonst nicht der Liebling von Diron. Aber wie es ausschaut, habt ihr heute wohl keine große Auswahl."

Nicht umsonst hatte Mousa Hans die Verantwortung übertragen, die Handelsgespräche zu übernehmen. Der junge Mann war wortgewandt, hatte Charme und konnte seine Mitmenschen stets in Gespräche verwickeln.

„Ja, das haben wir bemerkt. Was ist denn der Anlass? Ist die Straße nach Handura beschädigt oder von Wilden belagert?"

Elrog lachte spöttisch. Er hatte den Blick weiterhin Richtung Boden gesenkt.

„Aus Handura kommt momentan nichts. Da kommen kaum noch Schiffe an, habe ich gehört. Das Letzte, was angekommen ist, trieb in der Nähe des Hafens ohne Besatzung. Ich weiß nicht, was jenseits des Meeres los ist, aber sie sollen uns bloß nicht mit rein ziehen."

Nun sah Hans eine Öffnung. Die Öffnung, die er brauchte, um erfolgreich ein Geschäft abzuschließen.

„Da bin ich ganz deiner Meinung. Die Leute von außerhalb haben meist kein Benehmen, sind ungewaschen und verlangen horrende Preise für den Tand, den sie verkaufen wollen", sagte er, auch wenn das eigentlich nicht seine Meinung war.

Elrog nickte zustimmend.

„Wir wären heute also ohnehin zu dir gekommen, Elrog. Wir wissen, dass deine Waren erstklassig und deine Preise fair sind. Wollen wir uns über Geschäfte unterhalten?"

Der kahle, kleine Mann, der den Namen Elrog trug, blickte Hans in die Augen, stand auf und winkte ihm zu, um ihm zu sagen, dass er ihm folgen solle. Während Hans also seinen Auftrag ausführte, hatte Mousa den anderen Wächtern den Befehl gegeben, die Tauschobjekte zu bewachen. Er selbst prüfte auch noch einmal die Verschnürungen der kleinen Pakete auf dem Karren, den sie dabei hatten. Das war eigentlich nicht nötig, doch er wollte das anstehende Gespräch um jeden Preis hinauszögern. Als er bemerkte, dass seine Männer ihn bereits argwöhnisch beobachteten, schloss er seine überflüssige Überprüfung rasch ab und machte sich auf den Weg zum Haus von Michael, dem ältesten und angesehensten Bürger von Rose. Während er mit seinen schweren Stiefeln über den Handelsplatz trabte, zog ein herber Wind auf, der den Staub auf dem ungepflasterten Boden tanzen ließ. Mousa bemerkte, dass eine Wetterveränderung in der Luft lag, auch die Wolken zogen sich zusammen. Sie mussten sich beeilen. Er wollte nicht noch einmal mit seinen Männern durch den dunklen Wald marschieren. Wenn sie bald losgingen, erreichten sie den Unterschlupf, der auf der Hälfte des Weges nach Diron lag, noch im Tageslicht. Kurz vor der bescheidenen Hütte seiner Zielperson wurde Mousa von einem Heiler des Dorfes abgefangen, dessen Namen er vergessen hatte.

„Hallo, Mousa! Ihr seid an einem schlechten Tag hier erschienen. Momentan kommt nichts aus Handura und die Leute in Rose halten sich eher bedeckt. Irgendwas soll vor sich gehen, die Menschen haben Angst."

Mousa nickte. „Ja, das haben wir bemerkt. Ich wollte zu Michael, etwas mit ihm besprechen. Es geht um eine dringliche Angelegenheit."

Der Heiler wirkte etwas überrascht. Mit Michael wollten die Wächter aus Diron bisher nie reden.

„Oh, tut mir leid, ich muss dich enttäuschen, er ist sehr krank. Um ehrlich zu sein, wissen wir nicht, ob er überlebt. Ich bin mir sicher, es wäre für ihn in Ordnung, wenn du mit mir an seiner Stelle sprichst, ich kann ... "

„Ach was! Das hat noch Zeit. Du solltest dich auf die Heilung von Michael konzentrieren. Ich habe vielleicht etwas übertrieben, du weißt ja, wir Wächter hören uns gerne selbst reden. Wir besprechen das beim nächsten Mal!", unterbrach Mousa ihn.

Das war dem Heiler Erklärung genug. „So sei es. Ich wünsche euch eine sichere Wiederkehr ins Königreich. Bleibt standhaft."

Mousa hob die Hand zum Gruß und lächelte. Den einfach gestrickten Heiler konnte er leicht überzeugen, doch was würde er dem Bezirksdiener oder dem König sagen? Der Mann lag im Sterben, mit ihm konnte man diese heikle Sache also nicht besprechen. Und er hatte immerhin keine Befugnis, über dieses höchst sensible Thema mit einem anderen Bewohner Roses zu sprechen. Schließlich ging es um eine wichtige Angelegenheit des Königreichs, da wollte er sich halt erst noch einmal genau versichern.

Die Oberen würden sicher nicht erfreut sein, dass er zwei Tagesmärsche in den Sand gesetzt und Dutzende Leben riskiert hatte, aber vorwerfen konnte man ihm nichts. Das musste reichen. Auf seinem Weg zurück sah er, wie seine Mannen die ertauschten Waren auf dem Karren festschnallten. Na, wenigstens etwas konnte er mit zurückbringen. Die Bewohner Roses sahen ihnen dabei zu. Manche waren ihnen nicht unbedingt freundlich gesonnen. Man sah ihnen die Abneigung in ihren Gesichtern an. Die Wächter trugen stets braune Lederrüstungen an Brust, Beinen, Armen und über den Schultern. Jeder von ihnen hatte einen grünen Umhang, der sie vor Wind und Wetter schützen sollte. Ihre edlen, verzierten Schwerter waren an den Halterungen an ihren Hüften gut sichtbar.

Die Wächter von Diron hatten eine Verzierung auf der Brustplatte ihrer Lederrüstung, die einen Baum und zwei darüber gekreuzte Schwerter darstellte. Dies sollte ihre Herkunft ehren, da Diron im Fochwald lag. Alles in allem sahen die Wächter recht edel aus und das fanden viele in Rose arrogant. Hier waren sie nur einfache Leute.

„Jack, zu mir!"

Sein bester Freund folgte dem Befehl prompt. Er wusste auch bereits, was Mousa von ihm wollte.

„Hans hat hervorragende Arbeit geleistet. Er ist alles losgeworden und hat mehr Wein und Schnaps bekommen, als uns aufgetragen wurde. Konntest du deine Befehle, was immer diese auch sein mögen, ebenfalls ausführen?" Mousa vernahm die unterschwellige Kritik, nahm es Jack aber nicht übel.

„Nein. Umso wichtiger war es, dass ihr den euren ausgeführt habt. Ich danke dir. Wir sollten sofort aufbrechen. Wir müssen es vor Einbruch der Dunkelheit zum Unterschlupf schaffen."

Der Unterschlupf war ein aus massivem Holz gebautes, kleines Haus zwischen Diron und Rose. Es hatte einen einzigen Eingang, der in einen Flur mündete. Hier trennte ihn eine eiserne Tür vom einzigen Zimmer des Hauses. Dort konnten die Wächter schlafen, ohne sich Gedanken darüber zu machen, im Schlaf von den Wilden umgebracht zu werden. Bei Bedarf konnten sie die Türe öffnen und die Wilden einen nach dem anderen abschlachten, da es nur diesen einen Eingang gab. Die Wilden waren nicht in der Lage, so weit zu denken oder zu planen, dass sie einen Angriff koordinierten, oder gar das Haus zerstören konnten. Es traten immer höchstens drei oder vier gemeinsam auf, größere Gruppen hielten nicht zusammen, da sich mehrere von ihnen um den Platz des Anführers stritten. Was sie so gefährlich machte, war ihre Schnelligkeit und ihre absolute Kaltblütigkeit. Sahen sie die Möglichkeit, bissen sie einem schlafenden Wächter oder Krieger sofort in die Kehle, auch wenn sie danach von den anderen getötet wurden.

So gingen die Wächter, die im Schwertkampf große Meister waren, zwar aus jeder Schlacht als Sieger hervor, hatten jedoch immer wieder große Verluste zu beklagen. Jack nickte Mousa zu und versammelte die Männer.

„Hört zu. Wir konnten Handel treiben, trafen aber auf unvorhergesehene Veränderungen. Irgendetwas geht vor sich und wir sollten so schnell wie möglich dem König berichten. Um dies zu tun, müssen wir sofort aufbrechen. Es ist zwar erst Mittag, doch das Wetter ändert sich. Es könnte sehr früh dunkel werden und ich will vermeiden, dass wir ohne Sicht durch den Fochwald schleichen müssen. Wir haben den Hinweg geschafft, ohne einen unserer Brüder zu verlieren. Ich will, dass dies auf dem Rückweg auch so bleibt. Keine Verluste heute. Seid noch wachsamer und tapferer als sonst, beschützt euch gegenseitig und den Eid, den ihr geschworen habt. Für Terusa!"

„Für Terusa!", hallte es Mousa entgegen.

Einige Bewohner von Rose verdrehten die Augen. Sie hielten diese Schwüre für übertriebenes Gehabe. Für Mousa und seine Garnison jedoch war es etwas Heiliges. Und so machten sie sich eilig auf den Weg zurück in den Wald.

Bereits nach wenigen Kilometern bemerkte die Garnison, wie sich das Wetter weiter verschlechterte. Der Wind nahm zu, fühlte sich zunehmend warm an und es wurde dunkler. Es wurde schnell dunkler. Die zweite Garnison der Wächter von Diron sprach auf ihrem Heimweg kein Wort. Die Wilden reagierten sehr stark auf Geräusche, weshalb sie so leise wie nur möglich sein mussten. Der Einzige, der Kommandos geben durfte, war Mousa. Dieser beobachtete mit großem Unmut, wie immer mehr dunkle Wolken aufzogen. Wenn es jetzt finster wurde, waren sie mitten im Gebiet der Wilden, noch weit entfernt vom Unterschlupf.

Er sah seinen Männern an, dass sie tapfer waren. Er sah ihnen an, dass sie so wachsam waren, wie er ihnen befohlen hatte. Aber er sah auch Angst in ihren Augen. Das war nicht verwunderlich, denn als die ersten Regentropfen auf ihre Köpfe niederprasselten, hatten sie Gewissheit. Es war unvermeidlich, dass sie es im Dunkeln bis zum Unterschlupf schaffen mussten. Und im Dunkeln wurden diese Bestien erst richtig aktiv.

„Wir marschieren weiter. Weiterhin maximal wachsam. Wir erhöhen das Tempo ein wenig auf Kosten von einer etwas höheren Lautstärke. Aber in Maßen", befahl der Garnisonsführer.

Ohne zu zögern, wurden seine Befehle ausgeführt. Die Angst, von diesen Wilden im Dunkeln die Kehle durchgebissen zu bekommen, war zwar immer noch da, beherrschen konnte sie die Wächter jedoch nicht. Sie waren bereit, zu kämpfen. Mousa schämte sich erneut, als er darüber nachdachte, für was sie denn kämpfen würden, falls es dazu kam. Für Wein und Schnaps, der für den Adel bestimmt war? Für mehr Steuern für den König? Dafür würden sie kämpfen? Wichtige Medizin für die

Heiler, Getreide, falls die eigene Ernte mal nicht so viel hergab, um die hungrigen Mäuler zu stopfen, dafür lohnte es sich zu kämpfen und zu sterben. Aber Schnaps und Geld für die Bessergestellten? Er wollte diese Gedanken nicht weiterführen. Schließlich war er pflichtbewusst. Und konzentrieren musste er sich jetzt voll und ganz auf den wichtigsten Auftrag von allen: Seine Brüder sicher nach Hause zu bringen.

Er hatte viele gestandene Wächter an seiner Seite, die dem Volk von Diron noch lange dienen sollten. Auch ein paar Frischlinge hatte man ihm zugeteilt. Ihre erste Mission sollte keine allzu Aufregende sein. Ein kurzer Marsch nach Rose, etwas Handeln und ein vergleichsweise kurzer Marsch zurück nach Diron. Einer von ihnen war der junge Tadil. Auch er hatte Angst, das sah Mousa ihm an, doch er war genau so standhaft wie die Männer, die schon seit 13 Jahren an seiner Seite kämpften. Tadil war wachsam, doch seine Gedanken kreisten inzwischen nur noch um ein Thema. Wie würde es sein, einem Wilden gegenüberzustehen?

In ihrer Ausbildung lernten sie, an welchen Geräuschen sie die Bestien erkennen konnten, wie sie sich bewegten, wo man sie am effektivsten treffen konnte oder wie groß die Gruppen waren, in denen sie jagten und lebten. Wie ihre Spezies aussah, wo sie herkamen oder ob man mit ihnen kommunizieren konnte, das lernten sie nicht. Also gesellte sich zu der allgegenwärtigen Angst auch noch eine gewisse Neugier. Endlich würden ihm viele Fragen beantwortet werden, ohne dass jemand ein einziges Wort sprechen musste.

Kurze Zeit später war es dann so weit. Es war Nachmittag, die Wolken verdeckten den gesamten Himmel, die dichten Baumkronen taten ihr Übriges dazu. Der Weg vor ihnen war noch leicht zu erkennen, doch ein Feind, der einem auflauerte, wäre es nicht. Der Regen wurde ebenfalls sehr stark. Das leichte Prasseln war gemeinsam mit einem heulenden Wind und gelegentlichen Donnerschlägen zu einem mächtigen Konzert der Naturgewalten geworden.

Ein lautes Geräusch schreckte sie auf, doch keiner von ihnen konnte einschätzen, ob es sich um ein Würgen, ein Stolpern oder etwas anderes gehandelt hat.

„Sind noch alle bei uns? Überprüft euren zugeteilten Bruder wie im Protokoll!"

Für die Reisen außerhalb der Mauern gab es ein strenges Protokoll, an das sich jeder der Wächter halten musste. Und für genau den Fall, dass sich eine Garnison bei Nacht im Gebiet der Wilden aufhielt, gab es das Protokoll der Absicherung bei Nacht. Jeweils zwei Brüder werden vom Garnisonsführer einander zugeteilt. Sie achten aufeinander, schlagen sich in regelmäßigen Abständen auf die Schulter, um ihrer Anwesenheit kundzutun, und Überprüfen nach Aufruf durch den Garnisonsführer, ob sich der zugeteilte Bruder noch auf seinem Posten befindet.

„Hannes fehlt!", brüllte Jeremie im strömenden Regen.

Das war alles, was es brauchte.

„Alle auf Kampfformation! Lasst eure Schwerter ihr Werk tun! Für Terusa!", rief Mousa.

Sie zogen ihre Schwerter und nahmen ihre vorgesehenen Positionen ein. Der junge Tadil war der Erste, der einen der Wilden sah. Er tauchte plötzlich vor ihm auf und beantwortete dem jungen Wächter so viele Fragen, ohne gesprochen zu haben. Vor dem Wächter stand ein nackter, muskulöser Mann mit langen Haaren. Sein Kiefer war sehr breit, das konnte Tadil erkennen. Aber ansonsten war der Wilde ein Mensch wie er selbst auch. Wie sie es in der Ausbildung gelernt hatten, zögerte die Bestie keine Sekunde und stürzte auf ihn zu, sein Kopf voraus gestreckt, um sofort in die Kehle beißen zu können.

Irgendwie war Tadil darüber verwundert, wie gut sein gelernter Konter funktionierte. Obwohl der Wilde sehr schnell war, reichte ein kleiner Schritt zur Seite und er konnte ihm sein Schwert seitlich durch den Hals bohren. „Einer bei mir! Ich habe ihn!", rief er.

Während die wilde Bestie zuckend zu Boden ging, griffen die anderen aus seiner Gruppe an. Sie hatten es schwer, denn die Wächter waren alarmiert. Ihre beste Chance hatten sie, wenn sie aus dem Nichts angriffen und schnell zuschlugen. So hatten sie sich Hannes geholt. Auch in der Nähe von Mousa tauchten zwei Angreifer auf, sie näherten sich jedoch anders, sprangen auf allen vieren auf den Führer der Garnison und seinen Waffenbruder, den dicklichen Langston zu. Sie sahen so tatsächlich nicht mehr wie Menschen, sondern wie wilde Tiere aus. Wenn sie so angriffen, sprangen sie kurz vor ihrem Opfer hoch an dessen Oberkörper und klammerten sich mit den Beinen an ihm fest, so dass sie leicht an seine Kehle kamen.

Langston wusste dies, ging in die Hocke und verwirrte damit den Wilden, der so seinen Sprung nicht ausführen konnte. In dem kurzen Moment der Verwirrung stieß der Dicke, der gerne so genannt wurde, weil er Essen und seinen Bauch liebte, ihm frontal sein verziertes Schwert durch den Schädel, so dass es am Hinterkopf wieder austrat. Sein Garnisonsführer hingegen hielt sich nicht an die Konter aus dem Lehrbuch. Mousa war ein Schwertkämpfer, wie man ihn vielleicht ein Mal in hundert Jahren sah. Er machte, wie Tadil, einen kurzen Schritt zur Seite, drehte sich dabei und stieß der Bestie sein Schwert mit einem gekonnten Schwung seitlich durch den Schädel. Jack und sein zugeteilter Bruder konnten den Angriff ebenfalls erfolgreich abwehren. Damit waren es vier Wilde, der Angriff war beendet. Noch niemals war es vorgekommen, dass Wilde sich in Gruppen von mehr als vier aufhielten und angriffen. Sie waren nicht dazu in der Lage, soziale Strukturen zu bilden, die in größeren Gruppen funktionierten.

Einerseits war Mousa froh, nur einen Bruder verloren zu haben, andererseits ist ein Leben immer noch eines zu viel, wenn es um Schnaps ging.

„Hört mich an. Wir haben einen Bruder verloren, doch wir haben tapfer gekämpft und einen glorreichen Sieg errungen. In der Finsternis gegen Wilde zu bestehen, ist die schwierigste Form der Schlacht", sagte Mousa seiner Garnison.

Diese Worte hörte Tadil nicht. Er war ganz mit seiner Neugier beschäftigt. Nachdem er sich versichert hatte, dass der Wilde wirklich tot war, untersuchte er ihn. Nicht nur sein Kiefer war um einiges größer als sein eigener, auch die Zähne waren spitzer und fühlten sich massiv an. Der junge Wächter nahm sich vor, sein Wissen über die Wilden weiterzugeben. Es konnte doch nicht sein, dass in Diron niemand wusste, dass die wilden Bestien aus den Gruselgeschichten in Wahrheit Menschen waren. Es sei denn, es sollte niemand wissen. Aber aus welchem Grund?

„Gruppen von Wilden leben nicht so nah beieinander, aber es wäre trotzdem möglich, dass uns kurz vor dem Unterschlupf eine weitere Gruppe angreift. Wir werden also unseren Weg so fortsetzen, wie vorher. Hohes Tempo, maximale Wachsamkeit."

Ein Schrei ertönte, der selbst in einem solch heftigen Gewitter markerschütternd war. Mousa zuckte zusammen. Ein weiterer Wilder konnte es nicht sein. Das kam nie vor. Der Wilde, dessen Hals vor einer Minute vom Schwert des jungen Wächters durchbohrt wurde, hatte sich in Tadils Nacken festgebissen und kaute kräftig darauf herum. Beide lagen auf dem Boden, Tadil war fest umklammert und vergaß in dem Moment all sein Training. Er wollte nicht sterben. Er wollte noch so viel Wissen erlangen und weitergeben. Er wollte leben. Der Wilde kaute so leise, dass man ihn nicht lokalisieren konnte. Auch Egon, Tadils zugeteilter Waffenbruder fiel nicht auf, dass er nicht mehr da war. Er dachte, er würde noch die Leiche untersuchen, die immer noch zu seinen Füßen lag.

„Was ist das?", rief Jack.

Noch einige Meter entfernt, aber doch deutlich sichtbar, konnte man ein grünes leuchten sehen. Zwei grüne Punkte im Gestrüpp des Waldes, die langsam auf die Gruppe zukamen.

„Macht euch bereit! Was immer das auch ist, wir töten es!", befahl Mousa.

Als die Figur aus den Gebüschen heraustrat, entpuppten sich die grünen Punkte als Augen und die Figur als Wilder. Man konnte ihn im fahlen Mondlicht nicht bis aufs kleinste Detail erkennen, aber trotzdem sicher identifizieren. So einen hatte selbst Mousa noch nie gesehen. Nicht nur, dass er seltsame, grüne Augen hatte, er bewegte sich auch viel langsamer als die anderen seines Volkes.

Und das Verblüffendste an ihm war, dass er plötzlich stehen blieb. Wilde blieben nie stehen, schon gar nicht, wenn sie Beute aufgespürt hatten. Dieser hier schien auf irgendwas zu warten und nach wenigen Sekunden wusste die gesamte zweite Garnison der Wächter von Diron auch, worauf. Um sie herum erschienen Dutzende von grünen Punkten im Dickicht des Waldes. Sie waren komplett umzingelt. Das konnte doch nicht sein. Sie haben uns in einen Hinterhalt gelockt, dachte sich Mousa. Das war ausgeschlossen. Wilde konnten sich doch nicht koordinieren.

„Egal wer sie sind, sie sind langsam! Wir töten sie! Für Diron! Für Terusa!", schrie Mousa.

Der Kriegsschrei, der darauf von seinen Mannen folgte, war ehrlich und furchtlos. Mousa wusste, was er in einem solchen Moment sagen musste. Sie waren tatsächlich langsam. Das, was die Wilden sonst gefährlich machte, war ihre Schnelligkeit und Kaltblütigkeit.

Diese hier schienen zwar nach einem Schema anzugreifen, waren aber im Kampf nicht sehr gefährlich. Zumindest schien es so. Als hinter dem Kreis aus grün leuchtenden Augenpaaren eine weitere Reihe von grünen Lichtern erschien, stürmten die Vorderen auf die Wächter zu und erwischten sie auf falschem Fuße. Ihre Feinde waren doch überraschend schnell, schlau und gut koordiniert, das wusste Mousa nun, doch es war zu spät. Acht von 53 Wächtern hatten bereits einen Wilden an sich hängen, der Rest von ihnen kämpfte nun um sein Leben. Kein Konter, keine spezielle Taktik, die sie in der Ausbildung gelernt hatten, nutzte ihnen nun was, denn diese Wilden hier waren vollkommen anders.

Sie bewegten sich anders, sie dachten anders und sie kämpften anders. Mousa trennte mit seinen Klingen einem Angreifer den Kopf ab, der tatsächlich nach seinem Handgelenk greifen wollte. Ein anderes grünes Monster lief auf Jack zu, ging kurz vor ihm in eine gebückte Haltung um Jacks Beine zu packen und ihn so zu Boden zu befördern und sich auf ihn zu stürzen. Auf dem Boden half ihm sein Schwert nicht mehr, der Wilde biss ihm sofort die Kehle durch.

Das gurgelnde Geräusch, das Jack dabei machte, hörte Mousa trotz des heftigen Regens und der Schreie. Er selbst wollte auch schreien, konnte aber nicht. Mousa kannte Jack seit der Kindheit. Er war stets an seiner Seite gewesen und war wie Familie für den Garnisonsführer. Der Schmerz, den er in sich spürte, als Jack starb, war stärker als jede Verletzung, die er je im Kampf erlitten hatte. Doch davon durfte er sich nicht beherrschen lassen. Schließlich hatte er noch eine Verantwortung den anderen Wächtern gegenüber, die unter ihm dienten.

Dann lenkte etwas seine Aufmerksamkeit auf sich. Mit Tränen in den Augen sah er im Blickwinkel, wie der erste der grünen Wilden immer noch an Ort und Stelle stand. Und er lächelte. Er war der Strippenzieher und Mousa würde ihn töten. Jetzt sah er auch, dass er eine Hose und eine Weste trug. Das war äußerst merkwürdig. Vielleicht waren das gar keine Wilden, sondern etwas anderes. Etwas Böses. Er ging auf ihn zu, beide Schwerter fest in den Händen haltend und bereit, dieses Monster in Stücke zu schneiden.

„Es ist also so weit. Es freut mich, deine Bekanntschaft zu machen", sagte die Kreatur.

Mousa blieb perplex stehen. Die Töne hörten sich zwar dunkel und brüchig an, doch er hatte gesprochen. Diese wilde Bestie hatte gesprochen. Und wie er sich ausdrückte.

„Ich schätze mal, das beruht nicht auf Gegenseitigkeit."

Mousa musste sich stark konzentrieren, um ihm zu antworten. Er war immer noch geschockt.

„Wer bist du und was ist dein Bestreben?", fragte er.

Die Bestie machte eine abwinkende Geste. „Ach, das ist nicht von Belangen, Wächter. Ich werde dich gleich angreifen, schaffe es aber vermutlich nicht, dich zu töten. Du bist gut, oh du bist so gut. Wichtig ist dann nur, dass du dich gleich gut umsiehst. Das waren deine Freunde, deine Garnison. Sie sterben alle einen elenden Tod und du hast sie nicht gerettet, du konntest sie nicht retten. Du bist eine Schande, und unfähig, Leute zu führen. Tu es nie wieder. Denn solltest du es tun, wird die, die unter dir Dienen, das gleiche Schicksal ereilen. Sieh gut hin!"

Der Bestienmann, so nannte Mousa ihn in Gedanken, hatte recht. Seine Brüder wurden abgeschlachtet. Sie waren alle große Meister im Umgang mit Schwertern, doch gegen diese Monster konnten sie nicht bestehen.

„Ganz egal wer du bist, ich töte dich jetzt!"

Mousa sprintete auf den Anführer der Wilden zu und wurde erneut geschockt, als das Ding ihn mit einem Tritt gegen seinen Unterschenkel angriff. Es konnte tatsächlich kämpfen. Mousa fing seine Gedanken wieder ein und nahm sich vor, ab jetzt nichts mehr zu erwarten, nicht mehr zu stoppen und einfach zu kämpfen. Mit einer Körperdrehung ging er hinunter auf ein Knie, lies seine beiden Schwerter dabei so herum wirbeln, dass sie das Knie des rechten Beines seines Gegners zerschnitten.

Dieser wich daraufhin zurück, gab jedoch keinen Ton von sich. Während dieser Aktion kam er so nah an ihn heran, dass er ein Emblem erkennen konnte, dass er an seiner Weste Stecken hatte. Darauf zu sehen war ein lächelndes Gesicht mit einem Text drum herum. Solch ein Emblem war ihm nicht bekannt. Es gehörte zu keiner Fraktion oder keinem Königreich, das er kannte. Der Wilde mit den grünen Augen wollte nun zu einem Schlag ausholen, doch Mousa wich aus und trennte ihm erst die Hand des Schlagarmes und dann die des anderen ab.

Ohne zu zögern ging er erneut einen Schritt auf den Anführer der Kreaturen zu und stieß ihm beide Klingen schräg von unten nach oben durch die Brust und drehte sie danach in der Wunde.

„Denk daran, Wächter. Sieh dich gut um, wenn es vorbei ist", sagte der Bestienmann grinsend.

Er zog beide Schwerter wieder hinaus und als das Ding trotzdem stehen blieb, rammte er ihm eins seiner Schwerter durch den Schädel. Aus war der Spuk, das Monster brach zusammen. Erst jetzt bemerkte er, dass von den grünlichen Bestien ein modriger Gestank ausging. Im spärlichen Mondlicht erkannte er, dass einige seiner Brüder noch standen und kämpften. Gut. Er schloss sich dem Kampf gegen die große Horde an, versuchte die Aufmerksamkeit auf sich zu lenken.

Seine Präsenz gab den todgeweihten Wächtern Mut. Auch wenn sie wussten, dass sie nicht mehr nach Hause kommen würden, fanden sie Trost darin, dass ihr Garnisonsführer bei ihnen war und nicht an die Flucht dachte.

„Hört mich, Brüder! Die, die noch übrig sind", rief er, während er binnen einer Sekunde zwei Wilden den Kopf abschlug. „Dies ist ein neuer Feind. Er sprach zu mir. Ein Feind Dirons und ein Feind Terusas. Er ist organisiert und eine Bedrohung für unser Volk. Ab jetzt kämpft ihr nicht mehr nur für Schnaps und Wein, ihr kämpft für die guten Leute von Diron! Tötet sie!", schrie er seinen übrigen Kameraden zu und bekam als Antwort tapferes Kriegergebrüll.

Während der nächsten Stunde kämpften sich die übrigen elf Wächter in einen Rausch. Sie köpften eine Bestie nach der anderen, während ihre Muskeln begannen, vor Erschöpfung zu zittern und vor Kälte zu krampfen. Irgendwann im Kampfesrausch bemerkte Mousa, dass nicht mehr so viele der Bestien nach kamen. Sie wurden weniger, endlich.

„Gebt nicht auf, sie werden weniger! Wir werden siegreich sein!"

Keine Antwort. Er nutzte sehr präzise die Augenhöhlen vieler Angreifer, um mit seinen Schwertern ihren Kopf zu durchbohren, während er dabei nur minimal viel Kraft einsetzen musste. Irgendwann fiel schließlich auch die letzte Bestie zu Boden.

„Alle Brüder zu mir!", rief Mousa.

Keiner antwortete.

„Hört mich, wer braucht Unterstützung?"

Doch seine Frage war überflüssig. Die Symphonie der Schlacht war längst verklungen. Es kämpfte niemand mehr. Hektisch stapfte der Führer einer verlorenen Garnison durch die nassen, leblosen Körper seiner Kameraden und Feinde. Er tastete gelegentlich nach einem Puls, fand jedoch nichts außer starrem, kaltem Fleisch. Unfähig zu weinen setzte er sich auf einen umgestürzten Baum. Sein Körper hatte noch nie so geschmerzt, ohne eine einzige Verletzung erlitten zu haben. Der Schmerz, der von seinem Körper ausging, war jedoch nicht der, den er vorrangig spürte. Die Schande, seine Brüder nicht beschützt zu haben und die Scham, wohl als Einziger überlebt zu haben, waren dabei, ihn zu übermannen. Eine Bewegung, die er nur aus dem Augenwinkel heraus wahrnehmen konnte, lenkte ihn jedoch ab. Sollte doch noch eine Bestie übrig sein? Gut, dann mochte sie ihn auch fressen. Sollte er gemeinsam mit dem Rest von seinen Brüdern hier auf dem Schlachtfeld sterben, so wie es sich gehörte.

„Jack! Wie hast du es schafft?!"

Sein bester Freund stapfte durch den Schlamm. Er sah ebenso erschöpft aus wie Mousa selbst. Dieser stand auf, um dem Mann zu helfen, der schon so viele Schlachten mit ihm geschlagen hatte.

„Jack?", rief Mousa fragend.

Keine Antwort. Jack kam nun näher und Mousa bemerkte, dass seine Augen grün leuchteten. Nein! Das konnte nicht sein! Wie haben sie ihm das angetan, fragte Mousa sich, der jetzt auch nicht mehr in der Lage war zu sprechen, als er sah, dass da, wo Jacks Kehle einmal war, nun ein großes, blutiges Loch klaffte.

„Es tut mir leid!" Mousa nahm eines seiner Schwerter, rammte es Jack in die Schulter und drückte ihn nach unten in eine sitzende Position, so dass er sein Schwert in den Baum bohren konnte, auf dem er zuvor gesessen hatte. Die Bestie Jack war gefangen. Mousa konnte ihm einfach nicht den Kopf abschlagen. Irgendetwas in ihm sagte ihm, dass er es tun musste, doch er ignorierte diese Stimmen. Das hier war sein bester Freund und er würde ihm nicht den Kopf abtrennen.

Für einen kurzen Moment dachte der stolze Wächter daran, sich das Leben zu nehmen, doch sein Pflichtgefühl lies das nicht zu. Er hatte in Diron noch die andere Hälfte seiner Garnison zu führen und außerdem die wichtige Aufgabe, die Nachricht, dass ein neuer Feind Diron bedrohte, zu überbringen. Das gab ihm Kraft. Den Schnaps und Wein musste er hier lassen. 14 Männer, die jetzt tot waren, hatten den Karren gezogen, alleine würde er das nicht schaffen.

Ohne seinen Freund Jack noch einmal anzuschauen, machte er sich auf den Weg zurück nach Hause. Es war weiterhin nass, kalt und windig, doch das machte ihm nichts aus. In den 17 Stunden, in denen er ohne Pause marschierte, merkte er ungefähr zur Hälfte, dass er Fieber bekam. Danach nahm er alles nur noch verschwommen wahr. Dann wurde ihm schwarz vor Augen und er kippte um. Endlich, dachte er sich. Doch es war keine Erlösung, die über ihn kam.

Die Fieberträume, die er bekam, quälten ihn mit Schuldgefühlen und den Bildern seiner sterbenden Brüder.

In Diron hingegen war alles friedlich. Auch hier regnete es, weshalb auf den Straßen nicht viel los war. Die Wächter der Ostseite der Mauer saßen im überdachten Aussichtsturm und spielten Rommee. Zumindest die Meisten. Raffa war in seinem ersten Jahr bei den Wächtern und hatte noch zu viel Pflichtbewusstsein, um die Lage um die Mauer unbeaufsichtigt zu lassen.

„Hey! Hey, hört auf zu spielen. Da liegt einer!"

Die Kartenspieler wurden hellhörig.

„Ist das ein Wilder? Ich hab noch nie einen gesehen, geb mir das Fernglas!"

Raffa winkte ab. „Nein, nein! Kein Wilder. Der trägt unsere Uniform! Er trägt das Wappen der Wächter von Diron!"

Als Mousa wieder zu sich kam, lag er zwar in einem Bett, aber nicht in seinem. Er hatte noch Schmerzen und fühlte sich sehr schwach, setzte sich aber trotzdem auf. Auf dem Nachttisch stand eine Karaffe aus Holz, gefüllt mit Wasser. Ungestüm griff Mousa nach dem Gefäß, schmiss es beinahe um und trank es in einem Zug aus. Dann fiel der Garnisonsführer wieder ins Bett und schlief bis zum Abend.

Später wurde er von einem Bezirksdiener geweckt, der ihm seinen Namen nicht nannte. Mousa war zu schwach, um ihn dafür zurechtzuweisen. Die Aufgabe des Bezirksdieners war es, Mousas Bericht zu erfassen, weiter zu leiten und nötige Maßnahmen zu ergreifen. Mousa erzählte ihm fast alles, was passiert war. Dass der seltsame Bestienmann eine persönliche Nachricht für ihn selbst hatte, ließ er aus. Zum Schluss empfahl er, alle Truppen in Alarmbereitschaft zu versetzen.

„Danke, wir wissen, was wir tun", sagte der Bezirksdiener, während er den Stuhl zur Seite stellte, um das Zimmer wieder zu verlassen.

„Wie ist überhaupt ihr Name?", wollte Mousa wissen. Der Namenlose öffnete die Tür und ging hindurch.

„Es wird sich jemand bei ihnen melden."

Erst jetzt fiel ihm auf, dass der Mann ein Emblem trug, dass dem des Bestienmannes stark ähnelte. Es war ein Gesicht mit einem Text drum herum. Bestand eine Verbindung zwischen den beiden? Mousa konnte hören, wie der Mann einer Dienerin ein paar Anweisungen gab. Als er wenige Minuten später fast eingeschlafen war, kam diese in sein Zimmer und stellt ihm eine frische Karaffe auf den Nachttisch, worauf hin Mousa sich bedankte. Er hatte immer noch großen Durst.

Diesmal nutzte er den hölzernen Becher, der dabei stand, um daraus zu trinken. Der Garnisonsführer nahm einen Schluck und spuckte ihn gleich wieder aus. Das war kein Wasser, sondern hochprozentiger Schnaps. Wer gab denn einem kranken eine Karaffe voller Schnaps? Auf wackeligen Beinen setzte Mousa sich in Bewegung und traf die Dienerin in einer Küche neben seinem Zimmer. Sie befanden sich anscheinend in der Burg, die in der Mitte von Diron lag. Das war seltsam. Mousa verlangte nach Wasser und machte die Dienerin auf ihren Fehler aufmerksam.

„Oh, das war kein Fehler. Mir wurde gesagt, dass sie den Schnaps gut gebrauchen können. Sie haben wohl viel mitgemacht, sie Ärmster. Sie haben es sich verdient."

Mousa wurde etwas wütend. „Wenn ich etwas verdient habe, dann vielleicht einen Schluck Wasser. Also bitte."

Die Dienerin sagte ihm, dass die Wasserspeicher leer seien, sie ihm aber etwas besorgen würde, er sollte geduldig sein. Zurück auf seinem Zimmer starrte er den Schnaps an. Wie großzügig, dachte er. Dann schossen ihm die Bilder seiner toten Brüder durch den Kopf. Wie sie schrien, wie sie von den Massen an Wilden überwältigt worden und zum Schluss sah er immer wieder Jacks herausgebissene Kehle. Mousa wollte den Schnaps gegen die Wand werfen, entschied sich dann aber doch dazu, seinen Kummer darin zu ertränken.

Die nächste Karaffe, die er bekam, war wieder voller Schnaps. Mousa trank sie. Danach bekam er etwas Wasser. So ging es auch am nächsten Tag weiter. Inzwischen war der stolze Wächter dauerhaft betrunken. Gegen Abend bekam er Besuch von einem weiteren Bezirksdiener, der sich als Mareen, oder Manfred vorstellte. Dieser sagte Mousa, es wurde entschieden, dass er sich einen Urlaub verdient hätte. Er durfte jetzt nach Simplex ziehen, dort würde es Frauen und vor allem Schnaps geben. Mousa antwortete nicht. Er bekam ein kleines Zimmer neben der Schänke und trank in den folgenden zwei Wochen jeden Tag bis zur Besinnungslosigkeit. Der ehemalige Garnisonsführer bemerkte erst sehr spät, dass ihm übel mitgespielt wurde. Der Vorfall sollte unter den Teppich gekehrt werden. Es wurde so dargestellt, als hätte er als einziger Überlebender nun Schuldgefühle, war nun ein Trinker und fantasierte von Wesen, die es gar nicht gab. Aber so war es nicht.

Mousa fragte sich, wie viele hochrangige Politiker in Diron noch für den Bestienmann arbeiteten, und entschloss sich dazu, fortan nicht mehr zu trinken. Dieser Zustand hatte allerdings den Nachteil, dass die Schuldgefühle und Albträume wieder auftraten. Das machte ihm zu schaffen und es war so schwer, dem Drang zu widerstehen, sich in der Schänke die nächste Ladung Schnaps abzuholen um seine Gefühle und Ängste wieder darin zu ertränken. Die gesündere Alternative seine Schuldgefühle zu bekämpfen war es wohl, beichten zu gehen, dachte sich Mousa.

Also wollte er zu diesem Reverend, der immer mit seiner Bibel in der Hand herumrannte. Vielleicht würde es ihm helfen oder zumindest Trost spenden. Als er in die Kirche eintreten wollte, hörte er Stimmen und lauschte. Was er da hörte, machte ihn neugierig. Es ging anscheinend um eine verschwundene Leiche. Interessant. Die Stimmen verstummten nach einiger Zeit, also ging er herein. Hatte dies vielleicht etwas mit dem Angriff auf ihn und seine Brüder zu tun? Er erinnerte sich an Jack, die wandelnde Leiche und an den modrigen Gestank der Angreifer. Die drei Personen, die er gehört hatte, waren hinaus auf den Friedhof gegangen, also schlich er ihnen langsam nach und blickte durch die Türe, welche noch einen Spalt offen stand. Was er sah, ließ das Blut in seinen Andern gefrieren. Da war cinc der wilden Bestien. Obwohl sie eigentlich aussah, wie ein dicker Handwerker hier aus dem Königreich. Aber diese grünlich schimmernden Augen. Das war einer von ihnen. Mitten in Diron! Mousa wollte sein noch übriges Schwert ziehen, doch er hatte es in seinem Zimmer gelassen. Zum Glück war es auch nicht nötig, zu kämpfen, denn die drei erlegten das Monster selbst. Irgendwie gefiel ihm das seltsame Trio auf dem Friedhof. Besonders der Junge. Mousa öffnete die Türe und trat heraus.

Kapitel 2 Diron

„Deine Hirngespinste behalte besser für dich, Müllmann!" Reverend Carreyman marschierte strammen Schrittes über den Friedhof, der sich hinter seiner Kirche befand, in der Hoffnung, der Dorftrottel würde ihm nicht folgen.

„Aber Reverend! So schenkt mir doch eurer Gehör! Dieses Gebräu kommt von Gott!"

Das letzte Wort schrie er förmlich dem fortlaufenden Prediger hinterher. Dieser drehte sich daraufhin um, ging einige Schritte auf Tallo zu und konnte nicht verhindern, dass er im Gesicht rot anlief.

„Sag du mir nicht, was von Gott kommt! Wie kannst du es wagen? Bei dir helfen auch keine Beichte und 100 Ave Maria mehr."

Nun richtete der Mann Gottes seine Augen auf das seltsam geformte Fläschchen mit grünlich schimmerndem Elixier. Tallo war ja sonst ein Nichtsnutz und überall als Unruhestifter bekannt, doch in einem solchen Aufruhr hatte der Reverend ihn noch nicht erlebt. Dass seine Aufmerksamkeit sich nun endlich auf das Elixier Gottes richtete, bemerkte selbst Tallo. Darauf wollte er gleich aufbauen.

„Der friedliche Mann, der mir das gegeben hat, hat mir versichert, dass es ein Geschenk des einzig wahren Gottes ist. Es führt uns zu ihm, sagte er und es wäre meine Aufgabe, es den Menschen zu geben. Meine Aufgabe! Kannst du dir das vorstellen, Reverend? Ich hatte noch nie eine Aufgabe!"

In gewohnter Weise wurde Tallo direkt sentimental und ihm standen die Tränen in den Augen. Das blieb auch Carreyman nicht verborgen. Sofort tat es ihm leid, dass er den armen Irren angebrüllt hatte.

„Hör mal, es gibt viele Menschen, die nichts Gutes im Sinn haben. Dieser Händler hat dir das nicht aus Nächstenliebe geschenkt. Es gibt eine neue Masche unter solchen Halunken. Sie verteilen Elixiere wie dieses und versprechen, es macht einen jung und stark, doch in Wahrheit macht es einen nur süchtig. Man will immer mehr davon und ist bereit, horrende Summen zu zahlen. Das ist noch schlimmer als der Schnaps vom Wilfried. Verstehst du, was ich sagen will? Er nennt sich zwar friedlicher Mann, aber in Wahrheit will er keinen Frieden."

Tallos Augen blitzten kurz auf. Sie sahen jetzt irgendwie viel intelligenter aus, als noch vor einigen Sekunden.

„Doch, das ist er. Er ist der Mann des Friedens. Du kannst mir vertrauen, Reverend. Nimm einen Schluck und dir wird es so gut gehen wie nie!"

Für einen kurzen Augenblick überkam den Reverend das Gefühl, er könne Tallo vertrauen. Es konnte doch nicht schaden, einen kleinen Schluck zu nehmen. Möglicherweise würde er sich wieder jung fühlen und sein Körper würde erstarken. Tallo hatte den Korken aus dem Flaschenhals gezogen und hielt ihm das Elixier so vors Gesicht, dass es fast seine Lippen berührte.

„Trink, Reverend. Trink und höre seine Stimme!", flüsterte Tallo. Ein kühler Windhauch ließ den Mann Gottes aus seiner Trance erwachen. Erschrocken stieß er Tallos Hand von sich, wobei etwas von dem Elixier auf dem Boden des Friedhofs verschüttet wurde.

„Bleib weg von mir, du Nichtsnutz!", fauchte er.

„Na gut, oller Prediger! Dann nich! Haste eben Pech gehabt und ein anderer kriegts!", sagte Tallo und wurde vom Reverend vom Friedhof und aus der Kirche gejagt.

Das Königreich Diron war in fünf Wohn- und Arbeitsbereiche aufgeteilt. In Simplex wohnte das gewöhnliche Volk, welches sich mit niederen Arbeiten über Wasser hielt. Ganz anders war Nobilar. Dort lebten Politiker, Bezirksdiener, Berater, Adlige und ihre Bediensteten. Der wichtigste Bereich war Agrico. Die Bauern, Erntehelfer und Viehzüchter sorgten dafür, dass es dem Volk von Diron nicht an Lebensmitteln mangelte. Der vierte Bereich nannte sich Caminer. Es war jedem Bürger, der nicht den Kriegern des Königs oder den Wächtern von Diron angehörte, strengstens verboten, diesen Ort zu betreten. Diese beiden Gruppierungen sorgten für die Sicherheit des Königreiches und verteidigten es gegen Gefahren von innen und von außen. In der Mitte dieser vier Bereiche stand die Burg von Diron. Sie war kleiner als die von Handura oder Saien, aber erfüllte ihren Zweck. Hier hauste König Konrad mit seiner Familie, seiner Leibwache und seinen Dienern. Reverend Carreyman lebte in einer kleinen Hütte aus Holz in Simplex, direkt an der Grenze zur Burg. Dies war eine der Privilegien, die ihm als Mann Gottes gewährt wurden. Wie jeden Abend trank er einen Tee, las ein wenig in seiner Bibel und legte die Füße hoch.

Heute Abend würde er jedoch nicht viel zum Lesen kommen, denn jemand klopfte eifrig an seiner Türe. Geduldig, aber leicht gereizt stand er auf und ging zur Türe, wobei er die Bibel nicht aus der Hand legte. Als er sie öffnete, war er verwundert, denn Alfred, der oberste Büttel Dirons stand vor ihm.

„Reverend, es gibt Arbeit für sie", sagte der Gesetzeshüter.

In seiner gewohnt überheblichen Art antwortete der Geistliche dem Ordnungshüter. „Bei allem Respekt, ich arbeite bereits. Die Arbeit, die mir Gott aufgetr ... "

„Ja, ja, bitte ersparen sie mir das. Ich würde sie nicht stören, wenn es nicht wichtig wäre. Heinrich ist tot. Sie müssen ihn für die Beisetzung vorbereiten", unterbrach ihn Alfred.

Der Reverend war sichtlich überrascht.

„Was ist passiert? Ich habe ihn gestern Abend noch gesehen, wie er in Richtung Schänke getrabt ist. Ist er betrunken gestürzt und hat sich den Hals gebrochen? Das musste ja so kommen."

Der Büttel blickte immer noch besorgt drein. Als würde er sich vor irgendetwas fürchten.

„Nein, Reverend. Er wurde angegriffen. Von irgendeinem Tier. Als er beim Wilfried raus ging, ging es ihm noch gut. Das haben mehrere Zeugen ausgesagt. Doch kurz darauf muss irgendwas passiert sein. Wir haben ihn am nächsten Morgen mit einer Bisswunde in einer Gasse liegend gefunden."

„Mit einer Bisswunde? Wie kommt denn so ein Tier hier hinter die Mauern? Ist er verblutet?", fragte Carreyman.

Leicht verwirrt kratzte sich der Büttel am Kopf. „Nein, der Biss an sich war gar nicht so schlimm und tief, eher mickrig. Doch die Wunde war infiziert, schimmerte ganz grünlich und stank scheußlich. Er hatte wohl auch Fieber, denn er fantasierte von einem Mann, der ihn in seinem Kopf rufen würde. Vor einer halben Stunde ist er schließlich gestorben. So eine seltsame Wunde habe ich noch nie gesehen, Reverend", antwortete Alfred.

Als er das Wort „grünlich" hörte, lief dem Mann Gottes ein Schauer über den Rücken. Wieso, konnte er sich nicht erklären. Oder wollte nicht.

„Nun gut. Ich sollte mir nicht den Kopf darüber zerbrechen, wer oder was die Schuld an seinem Tode trägt, das ist ihre Aufgabe. Ich werde den Toten zurechtmachen."

Ihr kurzes, seltsames Gespräch war damit beendet und beide gingen ihrer Wege. Den Büttel verschlug es, wie sollte es anders sein, zu Wilfried in die Schänke. Irgendwie konnte er den Anblick der Wunde nicht verkraften. Ja, sie war klein, aber sie schimmerte grünlich, stank fürchterlich und schien seinen ganzen Arm irgendwie absterben zu lassen. Während er einen Schnaps nach dem anderen kippte, ließ er meist eine Hand an seinem Revolver. Alfred hatte ein ungutes Gefühl, so als stimmte etwas mit der Wunde nicht. Der Gedanke kam ihm, dass jemand oder etwas mit dunkler Magie experimentierte und ein Monster erschaffen hatte, das hier nun sein Unwesen trieb. In Diron war es verboten, über Magie zu sprechen, doch in seinem Denken war er schließlich frei. Trotzdem schob er den Gedanken beiseite. Alfred war ein Mann der Vernunft und glaubte an das, was er mit eigenen Augen sehen konnte. Es gab einen Toten und ein wildes Tier. So einfach war die Sache, dachte er sich, während er das nächste Glas Schnaps im Nu austrank.

Auf den Reverend hingegen wartete die Arbeit. Er mochte es überhaupt nicht, beim Lesen gestört zu werden, musste aber zugeben, dass der Büttel immerhin einen triftigen Grund hatte. Als er in der kleinen Leichenkammer der Burg ankam, wurde ihm augenblicklich schlecht. Es stank nach Eiter, Schimmel und nach bereits sehr fortgeschrittener Verwesung. Welches Tier den armen Trinker auch immer gebissen hatte, es musste fürchterliche Krankheiten mit sich schleppen. Während er den Toten vorbereitete, sprach er die üblichen Gebete. Anders als sonst wiederholte er sich ständig, fast wie bei einem Mantra. Irgendwie beruhigte ihn das. Dass er sich selbst beruhigen musste, kam normalerweise jedoch nicht vor. Carreyman wurde etwas hektisch und schluderte bei der Arbeit.

„Nun ja, der arme Kerl wird sich sicher nicht beschweren", sagte er mit einem aufgesetzten Lächeln vor sich hin.

Der plumpe Witz, der nur dazu diente, sich selbst aufzuheitern, verfehlte seine Wirkung. Schleunigst beendete er seine mittelmäßige Arbeit und begab sich zurück in seine kleine Hütte neben der Kirche. Dort war inzwischen sein junger Anwärter Alain angekommen.

Alain war zwar erst zwölf Jahre alt, verfügte für sein Alter jedoch über eine erstaunliche Arbeitsmoral. Es war nicht einfach, als Jungspund so eine gute Anstellung zu finden. Alain stammte aus Simplex und war von Geburt an zu einem Leben in Armut verdammt. Die meisten Kinder in seinem Alter bettelten oder stahlen Lebensmittel, um zu überleben. Durch seine Anstellung als Anwärter beim Reverend hob er sich deutlich von der Masse ab und sah für sich eine Chance auf ein besseres Leben. Mit ernster Miene setzte er sich nun auf den kleinen Hocker vor der Totenkammer in der Burg und nahm sich fest vor, seinen Posten bis zum Morgengrauen nicht mehr zu verlassen. Eine einfache Aufgabe, wie es schien. Wach zu bleiben sollte kein Problem sein und Schwierigkeiten erwartete er auch nicht. Es war ja nur eine Leiche. Der tote Körper irgendeines Mannes, dessen Seele jetzt im Himmel bei Gott oder in der Hölle beim Teufel war, soviel wusste er. Die Totenwache hatten sie erst vor kurzem eingeführt, als einige Fremde nach Diron gekommen waren, die etwas zu viel Interesse an Leichnamen gezeigt hatten. Alain fand den Gedanken, dass es hier eine Art Totenkult gab, beängstigend, besann sich dann aber wieder auf seine Arbeit. Vor Toten brauchte man keine Angst haben. So etwas wie Geister gab es schließlich nicht.

Die ersten Zweifel daran kamen ihm als ein leises Knarzen aus der Kammer an seine Ohren drang. Er schluckte einmal schwer, blieb jedoch diszipliniert auf seinem Hocker sitzen. Die schlimmen Gedanken, die sich sofort in seinen Kopf schlichen, beachtete er nicht. Sie versuchten, ihm klar zu machen, dass es im Dunkeln *doch* Monster gab, dass die Geräusche in den Mauern nachts *keine* Ratten waren und dass Geister *wirklich* existierten. Ein lautes Knallen, als ob ein Stuhl umgefallen sei, ließ ihn zusammenfahren. Ob Geist oder nicht, irgendetwas oder irgendwer war in dieser Kammer und er oder es war ganz und gar nicht tot. Der junge Anwärter nahm all seinen Mut zusammen und sprintete los, um den Reverend zu benachrichtigen. Als er schnaufend und schwitzend an der Hütte seines Lehrmeisters ankam, kamen ihm plötzlich Zweifel.

Sollte er den Reverend wirklich wecken, um ihm zu sagen, dass ein Geist in der Totenstube Geräusche machte? Sicher würde er ihn auslachen und bestrafen. Vielleicht verlor er sogar seine Anstellung. Doch was war, wenn er recht hatte? Vielleicht hatte sich jemand mit dunkler Magie zutritt verschafft und trieb nun seine unheiligen Schandtaten mit der Leiche? Dann würde er ein Verbrechen verhindern und vielleicht dazu beitragen, den mysteriösen Totenkult hinter Gittern zu bringen.

Sicher würde man ihm fortan mit Anerkennung begegnen und ihn vielleicht sogar einen Helden nennen. Mutig klopfte er an der Tür des Reverends.

„Was machst du hier? Wieso bist du nicht auf deinem Posten?", fragte der Mann Gottes.

„Reverend, ich, ähm, es tut mir leid, aber ich habe Geräusche gehört", antwortete Alain.

„Geräusche? Ach, tatsächlich? Und wieso erzählst du mir das? Sag nicht, du hast die Geister mit ihren Ketten rasseln hören, Alain."

Bei diesem Anflug von Arroganz wurde der junge Alain tatsächlich etwas wütend, was ihm kraft gab.

„Mein Verstand ist klar, Reverend. Ich habe erst Schritte gehört und dachte, meine Angst spielt mir Streiche. Doch dann ist in diesem Raum definitiv ein Stuhl umgefallen, ich habe es selbst gehört. Reverend, jemand ist in diesem Raum!"

Reverend Carreyman wollte den Jungen zuerst wegschicken, doch dann fiel ihm ein, wie er die seltsamen Unbekannten letztens auf dem Friedhof erwischt hatte. Sie standen einfach nur da und starrten die Gräber an. Damals dachte er, sie konnten vielleicht zu einem Totenkult gehören. Falls dem so war, sprach sein junger Anwärter die Wahrheit.

„Ich glaube dir, mein Junge. Lass uns nachsehen, aber wir nehmen den Büttel mit, falls die Schänder bewaffnet sind. Ich hoffe nur, er hat nicht zu viel getrunken."

Tatsächlich war Alfred der Büttel grade dabei, seine Türe aufzuschließen, als sie bei seiner Hütte ankamen, die nicht weit von der des Reverends entfernt stand. So wie er aussah, vermutete Carreyman, dass der Gute bereits seit fünf Minuten dort stand und versuchte, seine Türe zu öffnen.

Aufgebracht über den Fakt, um seine wohlverdiente Nachtruhe gebracht worden zu sein, und undeutliches Zeug stammelnd trabte der besoffene Mann des Gesetzes hinter den beiden her. Als der junge Anwärter anfing, von Geräuschen aus der kleinen Totenkammer zu berichten, wollte er dem Jungen schon einen Vortrag darüber halten, dass er zu viel Fantasie hatte und sich die Geräusche nur eingebildet hätte. Die Aussicht, dass er dort jedoch vielleicht einen Verbrecher oder Leichenschänder traf, den er festnehmen konnte, stimmte ihn um.

Irgendwie brauchte er das. Diese dunklen Gedanken über Magie und ein Monster, welches damit erschaffen wurde, konnte er dann erst mal vergessen. Einen gewöhnlichen Verbrecher konnte er schließlich mit eigenen Augen sehen, festnehmen und bestrafen.

Als sie schließlich an der Totenkammer ankamen, hoffte er schon fast darauf, einen Leichenschänder anzutreffen.

„Wer immer da auch drin ist, das Gesetz wird euch hart treffen. Wenn euch euer Leben lieb ist, legt euch auf den Boden und wehrt euch nicht", rief der Büttel.

Er gab dem Reverend das Zeichen, die Türe jetzt aufzuschließen, und strich sich dabei mit der Zunge über seine spröden Lippen. Die Türe flog auf und der Büttel stürzte hinein. Zu seiner großen Enttäuschung fand jedoch kein Kampf statt. Da der Raum sehr klein und überschaubar eingerichtet war, erkannte der Besoffene sofort, dass niemand hier war.

„Ich wusste doch, dass es nur die Hirngespinste eines törichten Jungen sind! Dafür musst du bestraft werden, Tunichtgut! Komm mit, du kannst die Wache schrubben!", schnauzte Alfred.

Der junge Blondschopf stand nur da und streckte den Finger aus. Er zeigte auf den Totentisch.

„Wo ist die Leiche?", fragte er.

Was die beiden Männer nicht wahrgenommen hatten, erkannte der Junge sofort. Die Leiche des Schmieds fehlte. Der Stuhl neben dem Tisch, auf dem üblicherweise die Toten zurechtgemacht wurden, war umgekippt. Das war irgendwie ein Widerspruch in sich. Die Schänder mussten schließlich überaus geschickt vorgegangen sein, um hier überhaupt unbemerkt einzudringen. Doch dann stolperten sie über einen großen, gut sichtbaren Gegenstand wie einen Stuhl? Das ergab für Alain keinen Sinn.

„Das gibt es doch nicht! Diese Schweine! Wie sind die hier hereingekommen? Bestimmt haben sie sich aus dem Staub gemacht, als der Junge Hilfe geholt hat", keifte der Büttel.

„Und haben dann die Türe hinter sich wieder verschlossen? Mit einem Schlüssel, den sie gar nicht besitzen?", warf der Reverend ein.

Alain gefiel der Scharfsinn seines Lehrmeisters. Und er hatte recht. Niemand außer dem Reverend und Alfred hatte einen Schlüssel zu diesem Raum. Selbst, wenn sie aus irgendeinem seltsamen Grund einen gehabt hatten, weshalb haben sie die Türe hinter sich wieder verschlossen? Etwas stimmte hier nicht.

„Richtig. Und das lässt uns darauf schließen, dass der Bursche ein Komplize ist! Wahrscheinlich hat er sich gedacht, es könne nicht schaden, die ein oder andere Münze extra zu verdienen. Komm am besten gleich mit in die Wache."

Mit ruhiger und besonnener Stimme schaltete sich der Reverend ein. Alain war zu geschockt, um selbst zu reagieren.

„Da muss ich leider widersprechen, bei allem Respekt. Der junge Mann wurde von mir nicht nur sehr gut ausgebildet, er flehte mich auch förmlich an, mit zu kommen, weil etwas in der Leichenkammer nicht stimmte. Wäre er einer der Schänder, würde er wohl kaum versuchen, das Verbrechen zu verhindern."

Das ergab auch für den betrunkenen Büttel Sinn, der sich nun am Kopf kratzte und wirklich müde aussah.

„Nun ja, das mag vielleicht sein. Ich sehe, dass im Augenblick keine akute Gefahr besteht. Also schlage ich vor, wir gehen alle erst mal zu Bett und schlafen. Morgen früh treffen wir uns dann bei ihren Gemächern, Reverend, und werden mit klarem Verstand dieses kleine Mysterium lösen."

So wie es der Büttel rüber brachte, klang es für Alain sinnvoll. Die Schänder hatten nun ihre Beute und würden wohl keinem etwas zu Leide tun. Allerdings war ihm auch klar, dass der besoffene Kerl einfach nur in sein Bett wollte. Er selbst war ebenfalls müde wie ein Hund und so gab es keine Einwände, sondern zustimmendes Nicken. Als der junge Anwärter zuhause ankam, schlief seine Mutter schon. Sie war es gewohnt, dass ihr Sohn sehr spät von der Arbeit kam. Darauf war er stolz. Alain kam sich dadurch wie ein richtiger Mann vor. Im Schlafzimmer legte er seine Arbeitskleidung ab und wusch sich, betete und löschte dann das Licht mit Daumen und Zeigefinger.

Wie ein richtiger Mann eben. Im Dunkeln fühlte er sich aber ganz und gar nicht mehr wie ein Mann. Mit dem Erlöschen des Lichts flammte etwas anderes auf. Gedanken und Ängste. Was war das eigentlich für ein Tier, das den armen Mann so zugerichtet hatte? Lief es noch frei herum? Natürlich tat es das, schließlich hatte es keiner eingefangen. Wahrscheinlich hatte es sehr spitze Zähne, lange Klauen und vor lauter Wahnsinn floss ihm die ganze Zeit Speichel aus dem Mund. Konnte Alain mit Sicherheit sagen, dass es nicht grade vor seinem Fenster lungerte?

Konnte er nicht. Vielleicht war es sogar wahrscheinlich. Schließlich hatte er einige Zeit in der Nähe seines letzten Opfers verbracht. Es war gut möglich, dass das kranke Vieh dort seine Fährte aufgenommen hatte. Nur mit großer Anstrengung und Konzentration konnte der junge Anwärter dieses teuflische Gedankenkreisen beenden. Trotzdem dauerte es noch fast zwei Stunden, bis er einschlief. Ähnlich sah es bei Alfred aus. Er hatte zwar einiges an Schnaps intus, doch dieser Fall ließ ihn einfach nicht los. Zuerst gab es diesen Biss eines mysteriösen

Tieres, dass nie jemand gesehen hatte, und nun war die Leiche des Schmieds aus einem verschlossenen Raum verschwunden. Alfred war alles zu wider, dass er sich nicht rational erklären konnte. Das Unbekannte machte ihm Angst. Er lag noch eine ganze Weile wach und suchte nach Erklärungen für das Verschwinden der Leiche.

Der Reverend hingegen schlief schnell ein. Doch dabei begleitete ihn ein Gefühl drohenden Unheils. Als ob nichts mehr in Ordnung war, als ob das Böse hinter jeder Ecke lauerte. Diese Gemütslage beeinflusste wohl auch seine Träume. Denn obwohl er ein Mann war, der sich mit vielen finsteren Geschichten der Bibel beschäftigte, schlief er normalerweise gut und träumte sanft, wie es seine Mutter immer gesagt hatte. In dieser Nacht war es anders. Im Traum saß Tallo ihm in der Schänke gegenüber. Beide waren in einem Gespräch, das sie schon hunderte Male geführt hatten.

Reverend Carreyman versuchte in all seiner Gutmütigkeit, die eigentlich Überheblichkeit war, Tallo endlich davon zu überzeugen, der Kirche beizutreten, den einzig wahren Gott als seinen anzuerkennen und sich seinen Lehren entsprechend zu benehmen. Das war der einzig richtige Weg, sagte er ihm immer wieder. Endlich wäre auch mit dem Betteln Schluss.

Normalerweise schaute der Müllmann nun zu Boden, biss sich dabei auf der Lippe herum und murmelte, dass das einfach nichts für ihn sei und er sowieso nicht gut genug für Gott wäre. Dieses Gespräch jedoch war anders. Tallo blickte ihm die ganze Zeit über in die Augen. Die

Augen des Mannes, der von allen Müllmann genannt wurde, waren klar, wach und intelligent. Sie musterten ihn. Aber das war noch nicht alles. Er grinste voller Selbstvertrauen. Und das machte den Reverend so nervös, dass er begann zu schwitzen.

„Verstehst du, mein Junge? Es ist wichtig, sich einer höheren Sache unterzuordnen. Wenn du zu Gott findest, dann wirst auch du gefunden werden!", versprach ihm Carreyman.

„Ich weiß die Mühe wirklich zu schätzen, Reverend, doch ich habe bereits ein besseres Angebot erhalten und muss daher leider ablehnen", entgegnete der Müll fressende Bettler.

Ganz deutlich vernahm Tallo das nervöse, unsichere Lächeln des Reverends, der jetzt stärker schwitzte.

„Aber mein Junge, wir reden hier nicht von dem Angebot eines Händlers. Es geht um kein Geschäft, sondern um Gott! Wenn du es schon als Angebot bezeichnest, dann musst du doch auch erkennen, dass es ein Einzigartiges ist."

Jetzt lehnte Tallo sich nach vorne auf den Tisch.

„Wie kommst du denn auf so einen Mist? Das Angebot, welches ich angenommen habe, stammt von einem anderen Gott. Es stammt von einem besseren Gott. Von meinem Gott!"

Aus Furcht und Wut gleichermaßen stand der Reverend so plötzlich auf, dass sein Stuhl umfiel. Er stützte die Hände auf den Tisch und lief rot an.

„Wie kannst du es wagen? Das ist Gotteslästerung! Es gibt nur einen Gott!"

Vergnügt und zufrieden lehnte sich der Müllmann wieder zurück.

„Es gibt so viele Götter. Aber meiner, meiner ist der stärkste von allen. Mein Gott ist real. Mein Gott spricht zu mir. Er ist anders als deiner, Reverend. Mein Gott ist rot und dein Gott ist tot!"

Kapitel 3 Das Geheimnis der Totenstube

Das letzte Wort schrie Tallo ihm ins Gesicht, was den Reverend so sehr erschreckte, dass er aufwachte. Die Sonne schien bereits durch sein kleines Fenster, er hatte also mindestens sechs Stunden geschlafen. Trotzdem fühlte er sich keineswegs erholt.

Im Gegenteil, er war kraftlos und ausgezehrt. Krampfhaft versuchte er umgehend, nicht mehr an den Traum zu denken, doch die Worte des Müllmanns spukten weiterhin in seinen Gedanken herum. Dein Gott ist tot, hatte er gesagt. Doch es war nicht nur der Traum. Der ganze gestrige Tag hat ihn irgendwie aus der Fassung gebracht. Sonst waren seine Tage immer sehr einfach. Er predigte, nahm Leuten die Beichte ab und fühlt sich wohl und wichtig dabei. Verschwundene Leichen standen normalerweise nicht auf der Tagesordnung.

Weiterhin mit einem unguten Gefühl in der Magengegend säuberte er sich mit einem Lappen und kaltem Wasser aus seiner Holzwanne, so wie er es jeden Tag tat. Im Anschluss streifte er sich seine Kutte über und machte sich auf den Weg zu seiner kleinen Kirche neben der Burg, denn die musste geputzt werden. Wenn man seine Kirche mit denen aus Handura oder Saien verglich, war sie eher mickrig, zumindest wenn man den Aussagen der Wächter trauen durfte. Das störte den Reverend jedoch nicht, er war stolz auf sie. Auch wenn das vielleicht eine Sünde war, dessen war er sich nicht so sicher. Gebaut war sie aus einfachen, roten Ziegelsteinen. An Baumaterial stand bei der Errichtung der Kirche nicht viel mehr zur Verfügung. Ein kleiner Turm ragte über dem Eingang und verlieh dem Gebäude etwas mehr Würde. Daran schloss sich das Langhaus, ein langer und breiter Gang an, in welchem die Holzbänke standen, gefolgt vom Altarbereich. Da er nicht mit kunstvollen Fensterbildern und atemberaubenden Deckengemälden aufwarten konnte, hatte er alle Bilder, die Religion auch nur ansatzweise zum Thema hatten aufgehangen. Das Gesamtbild war zwar simpel, einer Kirche aber durchaus würdig. Damit das auch so blieb, machte der Reverend sich daran, den Holzboden zu wischen.

Er war sich bewusst, dass er etwas zu eingenommen von sich selbst war, deshalb sollte diese niedere Arbeit ihn wieder auf die Erde holen. Dass das meistens nicht funktionierte, war eine andere Geschichte.

An normalen Tagen konnte er so aber zumindest den Kopf frei kriegen, mal an nichts denken und irgendwie ausspannen. An diesem Tag war das anders. Das ungute Gefühl, dass ihn beim Einschlafen begleitet hatte, war noch präsent. Der Traum über den plötzlich so selbstbewussten Dorftrottel tat sein Übriges zur Gemütslage des Reverends dazu. Dieses Lächeln, diese musternden Augen. Als wäre er eine ganz andere Person. Als hätte ihn jemand verändert. Reverend Carreyman war heilfroh, als er seine Arbeit beendet hatte und sich langsam auf den

Weg machen konnte, um Alain und den Büttel zu treffen. Er wusste nicht wieso, aber der Gedanke daran, mit den beiden gleich wieder in einem Raum zu sitzen, tat ihm gut.

Er nahm sich seine Bibel und begab sich in gemütlichem Tempo zurück zu seiner bescheidenen Unterkunft. Egal wo und zu welcher Uhrzeit man den Reverend antraf, er hatte stets seine schlichte gebundene Ausgabe der heiligen Schrift dabei. Viele Bewohner von Diron hielten es bloß für ein Zeichen seines tiefen Glaubens, andere wiederum meinten, er kam sich damit einfach wichtiger vor. Schließlich hatte der Mann Gottes als einziger Bürger von Simplex die Genehmigung, überhaupt ein Buch zu besitzen. Jedem anderen war es verboten, da so Wissen über dunkle Magie oder andere Schandtaten verbreitet wurde. Das war zumindest der offizielle Grund. In seinen Gemächern setzte Carreyman einen Tee auf und wartete dann auf seine beiden Besucher. Alain traf natürlich zuerst ein, er hatte sich schließlich nicht am Vorabend besoffen wie der Büttel. Dieser gesellte sich erst am späten Vormittag zu dem Reverend und seinem Anwärter, was er damit begründete, noch wichtigen Papierkram erledigt zu haben. Schnell packte der Reverend das Schachspiel weg, dass er und Alain vor einer Stunde begonnen hatten, um mit dem Palaver zu beginnen.

„So, jetzt sitzen wir wieder zusammen und der tote Mann ist noch nicht wieder aufgetaucht. Das heißt, heute wartet Arbeit auf uns. Wir werden weiter zusammen arbeiten, denn dieser Fall betrifft nicht nur die Büttelswacht, sondern auch die Kirche, die für das Begräbnis verantwortlich ist. Stimmt mir da jeder zu?", fragte der rothaarige Gesetzeshüter.

Alain und der der Reverend nickten.

„Es ist klar, dass wir noch zu wenige Informationen besitzen. Tragen wir noch ein Mal zusammen, was wir haben."

Während er nachdachte, spielte Alfred an seinem üppigen Oberlippenbart. „Wir haben hier innerhalb der Mauern des Königreiches ein wildes Tier, welches Heinrich in angetrunkenem Zustand angegriffen und in den Arm gebissen hat, woraufhin ihn eine seltsamen Infektion getötet hat. Nachdem sie die Leiche des armen Kerls zurechtgemacht hatten, wurde sie aus einem abgeschlossenen Raum entwendet, während ihr junger Anwärter die Tür bewachte."

Alain hatte das Gefühl, er müsse etwas zu seiner Verteidigung vortragen. Irgendwie hatte er doch ein schlechtes Gewissen. Immerhin wurde der Leichnam gestohlen, während er für diesen verantwortlich war.

„In der ganzen Zeit, in der ich die Leiche bewacht habe, ist niemand in die Nähe der Totenkammer gekommen, das schwöre ich! Dann kamen komische Geräusche aus dem Raum und ich habe sofort den Reverend alarmiert", warf er ein.

Alfred nickte.

„Richtig, während du den Raum bewacht hast, kam niemand rein. Aber was ist mit der Zeit, als du deinen Posten verlassen hast, um den Reverend zu rufen? Mit einem Trick könnten die Leichenschänder Geräusche verursacht haben, um dir Angst zu machen und haben dann die Gunst der Stunde genutzt als du deinen Lehrmeister geholt hast. Allerdings hätten Sie einen Schlüssel gebraucht, um die massive Holztür aufzubekommen."

Nun brach auch Reverend Carreyman sein schweigen.

„Ich habe da vielleicht noch etwas wichtiges vergessen. Da war noch diese Sache mit Tallo, dem Müllmann", sagte Carreyman.

Jetzt wurde auch Alfred der Büttel richtig hellhörig. Wenn der Müllmann freiwillig beim Reverend war, konnte das nichts Gutes bedeuten.

„Er kam vor zwei Tagen zu mir auf den Friedhof und wollte mir irgendein Elixier andrehen. Angeblich sei es vom allmächtigen Gott höchst selbst. Irgendein Mann des Friedens hätte es ihm gegeben, er war ganz aufgedreht. Als ich mich weigerte, das Zeug zu trinken, ging er fort und wollte es jemand anderem andrehen. Vielleicht gehörte dieser Händler zu dem Totenkult. Es könnte sein, dass er etwas mit dem Verschwinden der Leiche zu tun hat. Er könnte einfache Magie benutzt haben, um die Türe aufzubrechen und wieder zu fliehen. Vielleicht haben die Wächter von Diron Aufzeichnungen über die Händler, die in den letzten Tagen angekommen sind."

„Kommen sie mir nicht mit diesem magischen Blödsinn. Das ist alles Aberglaube aus grauen Vorzeiten. Ich habe jetzt ein paar Aufgaben für uns. Reverend, sie werden zur Kirche gehen und den Friedhof bewachen. Dort liegen immer hin noch mehr Leichen. Falls noch mehr von diesen mutmaßlichen Schändern auftauchen, lassen sie mich umgehend rufen. Ich selbst mache mich auf, den Müllmann zu finden. Wahrscheinlich schläft er wieder in irgendeinem Stall. Falls er etwas mit diesen Leuten zu tun hat, finde ich es heraus", war sich der Büttel sicher.

Nun wandte er sich Alain zu.

„Du, junger Mann, wirst dich zur Totenkammer begeben. Untersuche den Raum bitte noch einmal gründlich nach möglichen Beweisen oder Hinweisen. Ich gehe stark davon aus, dass du dort nichts finden wirst, also säubere den Raum doch bitte direkt danach."

Stolz wie immer, wenn er eine wichtige Aufgabe bekam, nickte Alain dem Büttel zu. Dabei bemerkte er nicht, dass er nur zum Putzen geschickt wurde, weil der Büttel keine andere Aufgabe für ihn hatte. Kurze Zeit später machten sich alle auf den Weg.

Der Reverend begab sich zur Kirche, wo er den ganzen Mittag dafür betete, heute nicht auf die verrückten Schänder zu treffen. Alain hingegen bewies mehr Mut und zögerte nicht, sich alleine in die Totenkammer zu begeben, aus der er noch gestern die seltsamen Geräusche gehört hatte. Alfred der Büttel hatte den weitesten weg und vielleicht sogar die unangenehmste Aufgabe. Tallo der Müllmann war einfach so anstrengend. Ständig heulte er und bettelte einen an, konnte aber auch nicht damit aufhören, ein Tunichtgut zu sein. Wenn es nach Alfred Winster, dem obersten Büttel im Königreich Diron ging, hätte Tallo gerne in Saien oder Handura leben können. Wenn es nicht anders ging, gerne auch außerhalb der Mauern bei den wilden Bestien, die dort lauerten. Sollten die sich mit ihm rumschlagen. Als sich der abfallende Weg, der zu den Feldern führte, dem Ende neigte, sah er schon den Stall, der sein Ziel war. Der Bauer Winnie hatte ein viel zu gutes Herz und ließ den Bettler bei den Kühen schlafen, ohne was dafür von ihm zu verlangen.

Irgendwann würde ihm das noch leidtun, dachte Alfred immer. Wer wusste schon, was der Verrückte mit dem Vieh anstellte. Sein Verdacht sollte sich bestätigen, als er den Müllmann laut schnarchend hinter einem Berg Heu erblickte.

„Morgenstund hat Gold im Mund!", rief der Mann des Gesetzes laut, als er dem Irren in den Hintern trat.

Zuerst schaute Tallo verwirrt und verschlafen umher. Als er jedoch Alfred erblickte, wurden seine Augen ganz groß und weit und er stand umgehend auf.

„Büttel! Büttel! Ach herrje! Was ist los? Was hab ich wieder gemacht? Ich hab was angestellt, ja ich weiß, es tut mir so leid ich kann ja nicht anders. Es tut mir leid tut mir leid tut mir leid tut mir leid..."

„Ja ja, schon gut. Meine Güte, beruhige dich du Nichtsnutz! Du sollst mir heute mal wieder helfen. Ich brauche ein paar Antworten von dir. Schaffst du das? Dem Gesetz helfen?"

Die Augen des Dorftrottels wurden nun noch größer und glänzten vor Stolz. Alfred wusste, wie er ihn manipulieren konnte. Beim eifrigen Nicken streckte Tallo sogar die Zunge raus.

„Schön! Wie viele Nächte schläfst du denn schon hier? Und hast du für das Übernächtigen gearbeitet? Hast du dich nützlich gemacht beim Winnie?"

„Nächte sinds jetzt vier, das weiß ich noch. Vier! Eins, zwei, drei, vier!", antwortete der Müllmann. Inzwischen blickte er zu Boden.

„Und was ist mit Arbeit?"

„Ach, na ja. Ich habe es versucht! Wirklich! Ich habe alles versucht! Immer! Ich will Sachen tragen, Sachen schieben, Sachen ziehen, Sachen wässern. Aber immer mache ich was falsch und dann wird geschimpft! Ständig Schimpfe! Alle schimpfen mich aus, was soll ich denn tun?"

Selbst nach so kurzer Zeit hatte Alfred die Nase schon gestrichen voll von dem Kerl, der sich meistens vom Müll anderer ernährte. Vielleicht konnte der Arme nichts dafür, aber er war Büttel und kein Wohltäter wie der Winnie.

„Schon gut, ich verstehe! Jetzt kommt was Wichtiges, also pass bitte gut auf! Hast du mit einem Mann geredet, der dir ein Elixier gegeben hat? Mit einem friedlichen Mann? Und hat er irgendwas über Leichen oder den Friedhof gesagt?"

Nun folgte eine Pause von mehreren Sekunden. Das irritierte Alfred, denn wenn man mit Tallo dem Müllmann sprach, gab es nie Pausen. Der Grund dafür war auch recht simpel. Tallo dachte nie nach, bevor er sprach. Diesmal anscheinend schon.

„Ach, friedlicher Mann, nicht so friedlicher Mann. Das kann man ja nicht wissen, wie friedlich die Männer sind. Mit Männern geredet hab ich oft, aber ob die auch friedlich waren? Und Exelier das kenn ich nich, weiß nich, was das is! Und Leichen, puh! Das ist ja gruselig, hör lieber auf! Mit sowas will ich nix zu tun haben, sonst spukt es hier! Ach, herrje! Ich verspreche auch, ich werde arbeiten! Jawohl, packe mir gleich ein Ballen Heu auf den alten Rücken und schleppe ihn raus zu den Kühen! Muh! Meine Güte, die werden sich freuen!"

„Ich glaube, du lügst mich an, Tallo!", erwiderte der Mann des Gesetzes trocken.

Wieder gab es eine längere Pause und für einen kurzen Moment glaubte der Büttel, tatsächlich in den Augen des Müll fressenden Bettlers verschlagene Intelligenz entdeckt zu haben.

„Ach, Büttel! Guter Büttel! Ich kann doch nicht lügen, ich kann doch gar nix. Bitte hab Erbarmen mit dem armen Bettler! Lügen kann ich nicht, arbeiten kann ich nicht! Ich kann nix, ich bin nix, ich hab auch nix! Kannst du mir nich was geben, Büttel? Nur ein bisschen, bitte! Ich hab nix aber ich brauch doch was, was soll ich denn tun?"

Als Tallo mitten in seiner armseligen Tirade anfing zu heulen wie ein Schlosshund, hatte Alfred endgültig die Nase voll und beschloss, so schnell es ging von hier zu verschwinden. Der Spinner hatte irgendwas ausgefressen, aber sicher nichts, was für diese Ermittlung wichtig wäre. Genervt warf er ihm eine halbe Silbermark in den Dreck.

„Kauf dir damit dein Bier und lass mich bloß in Frieden!"

„Oh, danke! Du großzügiger Büttelsmann! Du Heilsbringer! Ich danke dir, ich bin so glücklich!"

Hätte Alfred der Büttel sich noch mal umgedreht, hätte er in Tallos Augen erkannt, dass der Müllmann nicht lächelte, weil er eine halbe Silbermark bekommen hatte. Er lächelte, weil er siegreich war.

Zur selben Zeit lächelte auch ein anderer junger Mann aus Diron. Alain war stolz auf seine Arbeit. Nicht nur, dass er eine gute Anstellung als Anwärter des Reverends hatte, jetzt durfte er auch noch in einem Fall gemeinsam mit dem Büttel ermitteln. Es bestand sogar eine gute Chance, dass er für seine zusätzliche Arbeit ein paar Silbermark bekommen würde. Alfred ließ es sich nicht gerne anmerken, aber er war im Grunde seines Herzens ein gutmütiger Mann. Sicher würde seine Mutter sich sehr freuen, wenn er ihr unerwartet etwas mehr Geld mit nach Hause brachte. Von seinem Vater konnte man das ja nicht erwarten.

Er war als Diener im Bezirk Nobilar angestellt und wie alle anderen Diener auch, musste er rund um die Uhr arbeiten, bekam aber einen sehr schlechten Lohn. Die Adligen, die in Nobilar wohnten, waren für ihren Geiz und ihre fürchterliche Laune bekannt. Alain wusste, dass sein Vater nichts dafür konnte, doch trotzdem war er enttäuscht und wütend. Viel lieber wäre er der Sohn eines Wächters von Diron. Die verdienten gut und erlebten Abenteuer außerhalb der Mauern. Jeder respektierte sie und niemand würde je auf die Idee kommen, respektlos über sie zu sprechen. Vielleicht waren all diese Dinge ja auch für Alain in greifbarer Nähe. Mit seiner Anstellung und der neuen Verbindung zum Büttel war er vielleicht schon bald der Mann im Haus. Und mit etwas Glück konnte er sich und seine Mutter aus Simplex holen, um woanders ein besseres Leben zu führen. Mehr Motivation brauchte Alain nicht, als er vor der Türe der gruseligen Totenkammer stand.

Ohne zu zögern, stieß er sie auf und trat ein. Nachdem er sich versichert hatte, dass nicht doch eine Leiche irgendwo im Raum umherlief, suchte er nach Spuren der Schänder. Zuerst begutachtete er den Fußboden. Er war sich nicht sicher, ob das die normale Vorgehensweise der Büttel war, doch es erschien ihm logisch. Der steinerne Boden war mit altem Staub bedeckt und lieferte auf den ersten Blick keine Beweise für ein Eindringen.

Vor dem Arbeitstisch war Staub aufgewirbelt und man konnte etwas erkennen, was mal Fußspuren waren, doch die stammten wahrscheinlich vom Reverend. Und falls nicht, konnte man sie zumindest nicht mehr von den seinen unterscheiden. Als Nächstes begab sich der junge Anwärter zum kleinen Fenster des Raumes. Dies war die einzige Möglichkeit, wie die Schänder in den Raum hätten gelangen können, denn er stand ja selbst Wache vor der Tür. Bei genauerem Hinsehen jedoch bestätigte sich seine Vorahnung. Das offene Fenster, welches nur aus einem schmalen Schlitz in der Mauer bestand, ohne Glas- oder Holzelemente, war viel zu mickrig, als das ein

Mensch hindurch passen würde. Selbst ein Neugeborenes hätte Schwierigkeiten, sich da durchzuquetschen. Höchstens eine Eule oder eine Fledermaus hätten da durch gepasst aber Alain bezweifelte, dass eines dieser Tiere die Leiche vorsichtig auseinandergenommen und dann Stück für Stück abtransportiert hatte.

Das war etwas niederschmetternd für ihn, denn seine beiden größten Hoffnungen, eine Spur zu finden, waren zunichtegemacht. Er würde also nicht als großer Held dastehen, der einen Fall für den Büttel gelöst und Diron sicherer gemacht hatte. Denn das hatte er sich insgeheim erhofft. Alain, Sohn eines Dieners aus Simplex war nicht das, was er sein wollte. Alain, der Held von Diron klang viel besser.

Und als Held müssten sie sich nicht ständig von wässriger Suppe ernähren, die kaum Gemüse und noch weniger Fleisch enthielt.

Auch das Begutachten der Raumdecke, des Arbeitstisches und der Tür brachte keine Ergebnisse. Es sah so aus, als musste er wohl auf die paar Silbermark hoffen, die er zumindest für seine Mühen bekam. So schnell war er also wieder von Alain, dem großen Helden von Diron zu Alain, der Putzkraft geworden. Den Eimer hatte er zwar schon mitgenommen, hatte jedoch gehofft, ihn erst mal nicht benutzen zu müssen. Trotz dieser Demoralisierung gab er sich beim Schrubben auf Händen und Knien größte Mühe. Die Borsten der alten Bürste waren schon viel zu weich, weshalb er einiges an Kraft aufwenden musste, um den Boden halbwegs sauber zu bekommen. Man konnte nach Beendigung seiner Arbeit nicht sagen, dass der Boden glänzte, doch als sauber konnte man ihn allemal bezeichnen. Da Alain bei jeder seiner Arbeiten große Sorgfalt an den Tag legte, reichte ihm der Boden jedoch nicht.

Auch der Arbeitstisch und die Wände des Raumes wollte er in ordentlichem Zustand hinterlassen. Wenn man bedachte, wofür diese Kammer genutzt wurde, sollte sie eigentlich öfter gereinigt werden, dachte er sich. So konnte man den Ausbruch von Krankheiten vorbeugen, hatte er vom Reverend erzählt bekommen.

Die Wände kamen zuerst dran und bei diesen gab sich der junge Anwärter genau so viel Mühe wie beim Boden. Das war auch bitternötig, denn es hatte sich bereits eine wirklich grobe Schmutzschicht über den einfachen Steinwänden gebildet. Einige Stellen waren auch mit komischen Flecken bedeckt, deren Ursprung Alain lieber nicht kennen wollte. Während er versuchte, den großen Schrank mit dem Handwerkszeug des Reverends beiseitezuschieben, ärgerte er sich über sich selbst, weil er noch nicht kräftig genug war. Es blieb ihm nichts anderes übrig, als einfach drum herum zu putzen.

Als er sich wieder an die Arbeit machte, war er zuerst erstaunt, denn der Bereich der Wand unmittelbar neben dem Schrank kam ihm doch sehr sauber vor. Alain schaute nach oben und bemerkte, dass der schmale, saubere Streifen von ungefähr zehn Zentimeter breite nur bis zur exakten Höhe des Schrankes reichte. Moment mal! Er brachte sein Gesicht näher an die Stelle und bemerkte auf seiner Haut einen Luftzug, der deutlich vom Schrank ausging. Sofort war diese freudige Erregung, dieses Kribbeln in seinen Eingeweiden wieder da. Vielleicht wurde ja doch noch was aus Alain, dem Helden von Diron.

Trotz seiner jugendlichen Aufregung stellte er erst den Eimer, Lappen und Besen bei Seite, schloss die Türe hinter sich ab und trabte dann schnellen Schrittes in Richtung Kirche. Ein Geheimgang! Ein waschechter Geheimgang! Und er hatte ihn gefunden. Das war genau das, auf was er gewartet hatte.

Eine Gelegenheit, mehr aus sich zu machen, um besser für seine Mutter sorgen zu können. Oder auch eine Gelegenheit, um sein Ansehen zu steigern. Um eben jemand zu sein! In letzter Zeit beschäftigte Alain sich oft damit, was aus ihm werden würde, wenn er ein Mann war. Die Anstellung beim Reverend war sehr gut, zweifelsohne. Doch genügte ihm das? Alain, die Putzkraft der Kirche. Ein prunkvoller Ruf war das in seinen Augen nicht.

Seine Gefühle gaben für ihn selbst keinen Sinn, denn ihm und seiner Familie ging es durch seine Anstellung deutlich besser als den meisten anderen in Simplex. Eigentlich hätte er zufrieden sein müssen. Doch er war es nicht.

Als der Junge mit dem Reverend im Schlepptau angerannt kam, dachte sich Alfred bereits, dass es neue Informationen im Fall des verschwundenen Toten gab. Er ging davon aus, dass Reverend Carreyman ein paar Anhänger dieses seltsamen Totenkults auf dem Friedhof erwischt hatte und höchste Eile geboten war. Der junge Alain, den er eigentlich nur zum Putzen entsendet hatte, war es jedoch, der wertvolle Informationen für ihn hatte. Alain erzählte ihm aufgeregt von seiner Entdeckung und Alfred war sich sicher, dass der Junge wieder fantasierte. Die genaue Beschreibung der sauberen, helleren Stelle an der Wand neben dem Schrank und des Luftzuges jedoch überzeugten ihn.

Genau so wie der Fakt, dass ein Geheimgang das ganze Mysterium erklären würde. Kein übernatürlicher Hokuspokus, keine Magie, sondern ein guter, alter Geheimgang und die Sache war geklärt. Und sehnte er sich nicht insgeheim nach einer solchen Erklärung? Tief im Innern? Denn das, was sonst hinter dem Schleier dieses Verbrechens auf ihn warten konnte, machte ihm Angst.

„Eigentlich habe ich alle Karten des Königreichs studiert. Nirgendwo ist auch nur ein einziger Geheimgang eingezeichnet", sagte Alfred, als er sich den hellen Streifen neben dem Schrank ansah. Nun spürte er auch den zarten Hauch an modriger Luft, der ihm entgegen stieß. Tatsache, es gab keinen Zweifel mehr.

„Allerdings wären Sie dann auch nicht sonderlich geheim. Also gut. Der Reverend und ich schieben den Schrank zur Seite. Alain, du wirst acht geben, dass er nicht umfällt."

Das massive Möbelstück ließ sich erstaunlich leicht bewegen und entblößte nach wenigen Sekunden ein Loch in der Wand, dass nicht viel größer als ein durchschnittlich großer Mann in Diron war.

„Meine lieber Büttel, ich bin mir nicht sicher, ob der gute Alain und ich die richtigen Gefährten für dieses Unterfangen sind. Vielleicht solltest du nach Verstärkung rufen und die Verfolgung später aufnehmen", schlug der Reverend vor.

So kannte Alfred den Reverend. Er war immer die wichtigste Person im Raum, außer es musste richtige Arbeit getan werden.

„Reverend, bei allem Respekt, es ist schon sehr viel Zeit vergangen, seit die Schänder mit der Leiche verschwunden sind. Falls sie noch in der Nähe sind, müssen wir sofort los. Außerdem bin ich gut ausgestattet, das wissen sie doch."

Der Büttel deutete auf seine beiden Revolver, die er an einem Holster trug. Außer einem Seufzer gab es keine Widerworte mehr. Alain dachte sowieso nicht daran, zu widersprechen. Dieses kleine Abenteuer war genau das, was er sich so ersehnt hatte. Eine Chance, Ruhm zu erlangen und ein besseres, ein wichtigeres Leben zu führen. Die Gaslampen, die sie mitgebracht hatten, wurden angezündet und an Alain und den Reverend verteilt. Der Büttel Alfred zog einen seiner Revolver und ging als zweiter hinter dem jungen Anwärter in den dunklen, modrigen Gang. Der Reverend bildete die Nachhut. Beim Übertritt kam es ihnen kurz so vor, als durchschritten sie eine Art Schleier, doch das Gefühl legte sich schnell wieder. Der Gang sah so aus, wie man sich einen

Geheimgang in einer Burg vorstellen mochte. Er war eng, feucht und überall hingen Spinnweben. Nach ein paar Minuten der Wanderung fiel den drei Abenteurern auf, dass der Verlauf des Geheimgangs keinen Sinn ergab. Sie liefen Treppen hoch, Treppen runter. Gingen nach rechts, gingen nach links, stiegen eine Wendeltreppe hinauf, dann wieder eine hinab. Da das aber erst mal keine Rolle zu spielen schien, sagte keiner was.

Erst nach ungefähr einer Viertelstunde sah es so aus, als würden sie das Ende des Ganges erreichen. Hier gab es keine Treppen, keine Abzweigung nach links oder rechts. Einfach eine Wand aus alten Steinen, bedeckt mit unzähligen Spinnweben.

„Das war es jetzt? Das war der Geheimgang? Die Schänder müssten noch hier sein, wenn es keinen anderen Ausgang gibt!", murmelte Alain entsetzt.

Er war sichtlich enttäuscht.

„Müssten sie nicht. Sie können sich hier versteckt haben, bis wir unsere Untersuchungen beendet hatten und sind dann wieder durch den Eingang hinter dem Schrank hervorgekrochen", erklärte Alfred.

Alain ließ jetzt den Kopf hängen.

„Aber ... Das kann doch nicht sein!"

Der Büttel legte ihm eine Hand auf die Schulter und tröstete ihn, auch wenn es ihm seltsam vorkam, einen Jungen zu trösten, weil er keine Begegnung mit gefährlichen Verbrechern hatte.

„Seid mal ruhig!", flüsterte der Reverend.

„Was meinst du? Wir sollten zurückgehen, Carreyman!"

„Ihr sollt ruhig sein, habe ich gesagt!"

Die Anfuhr des Predigers zeigte Wirkung. Und tatsächlich. Als für einige Sekunden Stille herrschte, konnte man einen leisen Ton hinter einer der Mauern hören. Reverend Carreyman ging einige Schritte zurück und positionierte sich vor einem Wandteppich, auf dem der alte König Eldor zu sehen war.

Jetzt hörten sie es alle ganz genau. Es war ein Summen. Ein fröhliches, vergnügtes, unschuldiges Summen. Vorsichtig tastete Alfred hinter dem Teppich herum, ehe er den anderen mit leiser Stimme seinen Angriffsplan mitteilte.

„Also gut, hinter dem Wandteppich ist ein größerer Hohlraum, dahinter habe ich einen weiteren Teppich fühlen können. Ich gehe davon aus, meine Herren, dass sich dort ein geheimer Raum befindet und dass die Schänder grade unsägliche Dinge mit der Leiche des armen Schmieds treiben. Ich muss sie hoffentlich nicht daran erinnern, dass sie dazu verpflichtet sind, mich in dieser Angelegenheit des Gesetztes von Diron zu unterstützen."

Der alte Prediger und der Junge nickten ihm entschlossen zu.

„Ich gehe voraus und gebiete den Widerlingen Einhalt. Ihre Aufgabe wird es sein, rasch den Raum nach möglichen Waffen oder Fluchtwegen auszukundschaften und mir Bericht zu erstatten. Was wir da gleich sehen werden, wird wahrlich kein Augenschmaus sein, also versuchen sie, standhaft zu bleiben."

Als der Büttel sicher war, dass alle bereit waren, zählte er mit den Fingern von drei langsam herunter. Jetzt stellten sich auch die Nackenhaare der Gefährten auf, Gänsehaut machte sich auf ihren Armen breit. Gleich würde es so weit sein, sie würden dem Bösen gegenübertreten. Bei eins trat der Mann des Gesetztes von Diron zuerst durch den Hohlraum hindurch, dicht gefolgt vom Reverend und seinem jungen Anwärter. Sofort zielte er mit seiner Waffe auf die Gestalt vor ihnen und war bereit, diese auch zu benutzen.

„Im Namen des Gesetzes von Diron! Haltet ein und zeigt mir eure beiden, oh ... ähm, erflehe eure Verzeihung!"

Das Bild, welches sich den Gefährten bot, war für sie nicht so einfach zu verarbeiten. Mit aller Willenskraft hatten sie sich auf einen grausamen Anblick schlimmster Leichenschändung vorbereitet, doch davon war nichts zu sehen. Das, was sie nun sahen, war eigentlich wunderschön und doch auf so vielfältige Art beängstigender als jeder Schänder in ganz Diron.

Die hübsche junge Maid hörte nicht einmal auf, ihr langes blondes Haar zu kämmen.

„Ich gehe davon aus, dass ihr drei Tunichtgute eine passable Entschuldigung für euer aufdringliches Auftreten habt. Andernfalls kann ich mir vorstellen, dass mein Vater euch hängen lassen wird", sagte sie.

Alain realisierte zuerst, wer da vor ihnen auf dem Bett saß. Zwar hatte er sie noch nie persönlich getroffen, doch die Ähnlichkeit zu den kleinen Ölgemälden, die seine Mutter in der Küche aufgehängt hatte, war unverkennbar. Mit der Erkenntnis, dass sie unbefugt in Prinzessin Eleonoras Schlafgemächer eingedrungen waren, kam auch die zweite Erkenntnis, dass sie wirklich die Macht hatte, ihn und seine Freunde am Galgen baumeln zu lassen.

Als es Alfred auch endlich klar wurde, kniete er sofort nieder und steckte seine Waffe in das Holster.

„Verehrte Prinzessin! Wir erflehen eure Verzeihung! Bitte nehmt zur Kenntnis, dass wir uns auf einer Mission in der Angelegenheit zum Schutze des Gesetzes von Diron befinden!".

Jetzt hielt das hübsche Geschöpf plötzlich inne und zeigte Interesse.

„Oh? Ist das so? Bitte, lieber Büttel, erklärt mir doch, wie ihr das Gesetz von Diron in meinem Schlafgemach schützt. Habe ich mein Haar aus Versehen gegen den Strich gekämmt?"

„Oh, äh, sehr witzig, eure Hoheit. Nein, also eigentlich verfolgen wir widerwärtige Schänder. Leichenschänder, um genau zu sein. Sie haben über einen Geheimgang, der hier endet, einen leblosen Körper transportiert."

Das Haarekämmen wurde nun fortgesetzt.

„Einen leblosen Körper? Das bezweifle ich. Aber gut, geht eurer Wege, Mann des Gesetzes. Behelligt mich aber bitte nicht weiter."

Die drei Abenteurer waren sehr erleichtert, vor allem Alain. Leicht gebückt gingen sie in Richtung der Türe, die aus dem Zimmer führte, als Alfred erst kurz stehen blieb und sich dann noch einmal zur Prinzessin umdrehte, die ihnen jetzt den Rücken gekehrt hatte und aus dem Fenster schaute. Seine Stimme war fest und drückte keine Demut aus.

„Da wäre noch eine letzte Sache. Eure Hoheit, habt ihr denn nicht gewusst, dass es einen Geheimgang direkt hinter dem Wandteppich in euren Gemächern gibt? Ist euch in letzter Zeit etwas komisch vorgekommen, habt ihr Geräusche gehört?"

Eine sehr lange, unangenehme Pause folgte.

„Nein. Und jetzt geht."

Die Burg von Diron war sehr groß. Die Privatgemächer der Königsfamilie lagen im obersten Bereich von vieren. Erst als sie im ersten oberen Bereich, der hauptsächlich als Küche und Vorratslager genutzt wurde, ankamen, wurde wieder gesprochen.

„Das war komisch", sagte Alain.

Der Reverend, der immer noch froh war, nicht gehängt zu werden, wandte ihm verwundert den Kopf zu. „Was meinst du?"

Neugierig schielte Alfred zu Alain hinüber und wartete auf seine Antwort. Der Junge hatte ganz schön was auf dem Kasten.

„Sie hatte gar keine Angst und war auch nicht besorgt, als wir ihr von den Schändern erzählt haben. Und der Geheimgang war auch von ihrer Seite aus nur von einem lockeren Teppich bedeckt, wie kann einem das denn nicht auffallen?"

Alfred war schon irgendwie stolz auf den Jungen, obwohl er der Anwärter des Reverends und nicht sein eigener war.

„Das kann ich dir sagen. Das kann gar nicht sein. Denn Eleonora wusste von dem Geheimgang. Sie wusste nicht nur davon, sie benutzt ihn auch regelmäßig. Trotz ihres jungen Alters gibt es Gerede über sie. Über sie und nächtlichen Männerbesuch. Ich bin mir sicher, dass sie den Gang benutzt, um besagte Herren unbemerkt in ihre Gemächer kommen zu lassen. Als Prinzessin hat sie außerdem viele Verpflichtungen und ist meist unterwegs.

Die Schänder hatten also mehr als genug Zeit, unbemerkt aus ihrem Zimmer zu entkommen. Wahrscheinlich sind sie bereits über alle Berge."

Die letzte Erkenntnis entlockte ihm einen enttäuschten Seufzer.

„Na gut, geht nach Hause. Erzählt keiner Seele etwas von den Vorkommnissen und vor allem: haltet die Augen offen. Wenn euch etwas seltsam vorkommt, eilt zur Büttelswacht und berichtet mir. Ansonsten treffen wir uns in drei Tagen erneut im Morgengrauen bei der Kirche."

In einem Königreich wie Diron vergingen oft Monate, ohne dass irgendwas passierte, was nicht alltäglich war. Fast jeder hatte eine feste Aufgabe, die, um den Fortbestand von Diron zu ermöglichen, unbedingt erfüllt werden musste. Je nachdem, aus welchem Bezirk man stammte, konnten die Aufgaben so unterschiedlich wie Tag und Nacht sein. In Agrico war das Volk damit beschäftigt, Nahrungsmittel für ganz Diron bereitzustellen. Viehzucht, Getreide- und Gemüseanbau wurde betrieben, Wasser aus dem tiefen Brunnen geschöpft und für die Weiterverarbeitung vorbereitet. Mehr als 90 Prozent der jungen Bevölkerung waren Bauernhelfer und Viehtreiber.

Der bessergestellte Rest bestand aus Schlachtern und Bauern, die ein vergleichsweise gutes Leben führten. Diese hatten auch das Glück, in Agrico wohnen zu dürfen. Alle anderen mussten im Nachbarbezirk Simplex wohnen, was nicht grade angenehm war. Die Behausungen waren winzig und eng aneinandergereiht, damit möglichst viele Bewohner Platz hatten. Dreckige Gassen und zwielichtige Schänken rundeten das Bild ab. Die einzigen beiden Gebäude, die in Stand gehalten wurden, waren die Büttelswacht und die Kirche von Reverend Carreyman.

In der Burg, die exakt in der Mitte der vier Bezirke stand, gab es einen eigenen Sicherheitsdienst, deshalb wurde die Schutzwacht logischerweise in dem Bereich gebaut, in dem es zu den meisten kriminellen Aktivitäten kam. Da der Adel von Diron nichts davon hielt, dass es etwas Größeres und Wichtigeres, als sie selbst gab, brauchten sie auch keine Kirche und überließen das Hoffen, Beten und Betteln um ein besseres Leben lieber den Armen. Die beiden Bezirke, die im Süden lagen, Nobilar und Caminer waren die beliebtesten in ganz Diron. Das war kein Wunder, denn das Leben dort wurde nur von dem puren Luxus der Burg übertroffen. In Nobilar hausten die Adeligen, Bezirksdiener des Königs, Philosophen und deren Diener. Da es davon nicht viele gab, hatte jede Familie ein eigenes, prunkvolles Haus auf einem schönen Grundstück mit einem kleinen Garten. Die meisten Bewohner dieses Bezirks waren entfernte Verwandte der Königsfamilie und mussten seit ihrer Geburt keinen Finger krumm machen, um sich ihren Lebensunterhalt zu verdienen.

Die härteste und wertvollste Arbeit wurde hier von der Dienerschaft verrichtet. Sie putzten, reinigten, hackten, schnitten und kochten, was das Zeug hielt, um ihrem Arbeitgeber gerecht zu werden. Der Nachteil, ein Diener in Nobilar zu sein war, von seiner Familie getrennt zu sein, die wahrscheinlich in Simplex wohnte.

Der Vorteil, nicht beschäftigungslos zu sein und etwas Geld zu verdienen, überwog jedoch diesen Nachteil. Auch Alains Vater hatte dieses Leben gewählt. Er war zwar von seinem Sohn und seiner Frau getrennt, konnte ihnen dafür aber wöchentlich ein paar Münzen zukommen lassen. Solche Probleme kannten die Menschen in Caminer nicht, denn eine Familie war für sie kein Thema.

Die Menschen, die hier lebten, waren Krieger des Königs und die Wächter von Diron, die das Königreich vor den unterschiedlichsten Gefahren von außerhalb beschützen sollten. Im Kampf sollten sie nicht daran denken, ihre Familie mittellos zurückzulassen, falls sie fielen. Deshalb war es verboten, als Wächter oder Krieger eine Familie zu gründen. Daran hielten sich vor allem die

Wächter rigoros. In der Zeit, die sie innerhalb der schützenden Mauern von Diron verbrachten, fertigten sie allerhand Dinge aus Metall.

Beschläge für verschiedene Holzwagen, Schwerter, Kugeln für die Revolver der Büttel oder auch Messer für die Schlachter. Auch ihre Rüstungen stellten sie selbst her. Es gab Leichte aus Leder und etwas schwerere aus Metall, die für Zeiten des Krieges gedacht waren. Beide Versionen trugen auf dem Brustpanzer das Wappen der Wächter von Diron, zwei gekreuzte Schwerter vor einem Baum. Vielen Wächtern ging der komplette Verzicht auf jede Annehmlichkeit des Lebens jedoch zu weit, weshalb sie nachts öfter nach Simplex rüber schlichen, sich in der Schänke ihres Vertrauens ein Fass Schnaps besorgten und dies gemeinsam an einem Lagerfeuer tranken. Dabei erzählten sie Geschichten von außerhalb der Mauern. Manchmal erzählten sie auch mehr, als sie eigentlich sollten. So auch in dieser Nacht, als der junge Alain, selbsternannter Held von Diron, bei ihnen am Lagerfeuer saß, um sie zu bewundern. Dieses war schon fast abgebrannt und das erste Fass war bereits geleert. Trout öffnete grade das Zweite, als Alain sich traute, die beiden anzusprechen.

„Wie ist es da draußen?", fragte der junge Anwärter und ließ dadurch Rainer kurz zusammen zucken.

Die beiden Wächter waren es nicht gewohnt, von den Bewohnern aus Simplex angesprochen zu werden. Sie hatten zu großen Respekt vor ihnen. Vielleicht auch

Angst. Aber dieser Junge war anders, das ließ Rainer lächeln.

„Gefährlich, Junge. Gefährlich. Gehe niemals nach draußen", antwortete er.

Trout reichte seinem besten Freund einen weiteren Krug und sah sich veranlasst, dem außergewöhnlichen Jungen ebenfalls einen Ratschlag zu geben.

„Denke am besten nicht mal daran. Schon der Gedanke an all die kranken und verdrehten Dinge, die dort draußen lauern, kann dich verrückt werden lassen. Das willst du sicher nicht. Das wollt ihr alle nicht. Kümmert euch darum, was innerhalb der Mauern passiert."

Da passierte momentan auch eine ganze Menge, dachte sich Alain. Er war trotzdem neugierig geworden. Beim besten Willen konnte er sich nicht vorstellen, was ihn außerhalb der Mauern verrückt werden lassen sollte. Dass es Gefahren gab, war unbestritten. Aber verrückt werden?

„Seid ihr diesen Dingen schon mal begegnet?"

Trout und Rainer schauten sich an. Konnte es denn schaden, mal etwas von dem Zeug in ihren Gedanken raus zu lassen? Hatten sie nicht vielleicht sogar gehofft, am Lagerfeuer jemanden zu treffen, der die kranken Geschichten hören wollte? Es bestand ja auch die Möglichkeit, dass die Stimmen dann mal für eine Nacht verstummen würden, denn der Schnaps half schon lange nicht mehr so gut.

„Du weißt nie, wann es dich trifft", begann Rainer. „In der einen Sekunden tust du einfach nur deine Pflicht, in der anderen siehst du dich mit etwas konfrontiert, dass dich an allem zweifeln lässt, was du kennst. Manchmal ist es einer von den Wilden, manchmal nur ein winziger Gegenstand, der nicht existieren sollte. Beides kann dich fertig machen."

Trout nickte zustimmend. „Wobei die Wilden dich natürlich wahrhaftig töten können. Und das tun sie auch. Ohne zu zögern. Sie sind kaltherzig und ohne jede Art von Vernunft. Glaubt mir, wenn ich euch sage, dass diese Bestien nicht mehr wie wir sind."

Von den anderen Interessierten am Lagerfeuer kam keine Reaktion auf das eben ausgesprochene, außer ein leeres, furchterfülltes Starren ins Feuer. Alain hob jedoch verwirrt die Augenbraue.

„Wieso sollten sie auch wie wir sein? Es sind doch Bestien, sagt ihr? Wilde Tiere oder Monster, nehme ich an?"

Der Blick von beiden Wächtern wurde wieder etwas wacher, fast schon erschrocken. Dieser Junge war wirklich etwas Besonderes, dachte sich Rainer und antwortete ihm.

„Ja, wilde Tiere oder Monster. Vielleicht eher eine Mischung aus beidem. Sie sind einfach nicht so wie wir. Oder wie die Tiere, die wir hier in Diron halten. Das wollten wir euch damit sagen."

Inzwischen hatten sich etwas mehr als zehn Zuhörer versammelt, um den Geschichten und dem Knistern des Feuers zu lauschen.

„Stimmt es, dass die wilden Bestien manchmal in Königreiche eindringen?", fragte ein junges Mädchen verängstigt.

„Ja, das tun sie. Aber habt keine Angst, junge Maid. Dies geschieht nur sehr selten, wenn sie in ihren Wäldern nichts zu fressen finden. Rainer, ich und viele hundert andere Wächter haben geschworen, unser Leben zu geben, um euch und das gesamte Volk von Terusa zu beschützen. Euch wird nichts geschehen, dafür bürge ich mit meinem Namen."

Rainer nickte Trout anerkennend zu. Gut gelöst.

„Wie lange bleibt ihr hier, bis ihr wieder nach draußen müsst? Wo geht ihr da eigentlich hin, was macht ihr? Gibt es noch viele Königreiche außer Diron?"

Der offensichtliche Mangel an Bildung dieser Kinder machte Trout betroffen. So sollte es nicht sein. Seiner Meinung nach verdiente jedes Kind, ganz egal welcher Herkunft, eine ordentliche Bildung. Denn ohne Bildung kann man keine Entscheidungen treffen. Es wurde einem vielleicht vorgegaukelt, man hätte eine Wahl, doch die hatte man eigentlich nicht. Ob man nun in einer Schänke die Kotze vom Boden wischte, oder für den gleichen Hungerlohn Botengänge für Bessergestellte erledigte kam auf das Gleiche hinaus. Man blieb nämlich genau da, wo man war.

„Manchmal verbringen wir hier einige Wochen, meistens nur ein paar Tage. Draußen besorgen wir dann Vorräte wie zum Beispiel Holz oder treiben auch Handel mit anderen Königreichen. Das Getreide aus Diron ist sehr beliebt."

Rainer blickte nun auch zu dem Jungen. „Es gibt einige Königreiche in Terusa. Zwei Tagesmärsche entfernt liegt Rose. Die kleine Siedlung wurde von ehemaligen Bewohnern von Diron erbaut, als es hier mal zu eng wurde. Es ist zwar um einiges kleiner als Diron, aber der Marktplatz ist immer gut besucht. Wenn man so waghalsig ist und noch weiter durch den Fochwald schreitet, direkt durch das Gebiet der wilden Bestien, kommt man nach Handura. Dieses Königreich mit gewaltigen Mauern ist eines der größten in ganz Terusa, es gibt einen riesigen Marktplatz und sogar einen Hafen. Dort kommen jeden Tag Schiffe von weit entfernten Königreichen an."

Es erfüllte Rainer mit Stolz, als er sah, dass die Kinder ihn mit weit aufgerissenen Augen anstarrten. Gleichzeitig machte es ihn traurig, weil er wusste, dass sie niemals etwas von dem sehen würden. Wahrscheinlich kamen sie nicht mal aus Simplex raus.

„Wenn ich kann, werde ich euch ein Buch bringen, in dem alles über Terusa geschrieben steht. Wie groß unsere Welt ist, was es für Länder und Königreiche jenseits der Meere gibt, welche Schätze hier verborgen liegen oder wie die Könige von Handura, Saien oder Feral heißen. Ihr müsst natürlich aufpassen, dass euch keiner erwischt, und es sind bei den meisten Büchern ein paar Seiten über das verbotene Königreich heraus gerissen, aber das sollte nicht weiter stören. Wichtig ist nur, dass ihr jemanden findet, der Lesen ..."

Rainer packte das Fass Schnaps auf die linke Schulter und deutete Trout an, dass es Zeit wäre zu gehen.

„Wir haben euch für heute genug Unsinn erzählt. Wenn wir den nächsten Marsch überleben, kommen wir euch vielleicht wieder besuchen."

Ohne jedes weitere Wort zogen beide von dannen, wobei Trout ein schuldbehaftetes Gesicht zog. Die Zuhörer setzten das Palaver selbst auch nicht fort und zogen sich nach und nach in ihre Unterkünfte zurück. Viele von ihnen hatten mehr Fragen als zuvor. Vor allem Alain war irritiert. Wieso gab es nie eine genaue Beschreibung der Bestien, die draußen lauerten? Dass es welche gab, stand außer Frage. Schließlich konnte man sie manchmal nachts grunzen hören und die Verletzungen der Wächter waren sicher auch nicht selbst zugefügt. Konnte eine wilde Bestie vielleicht verantwortlich für das Verschwinden der Leiche sein? Und was war mit den anderen Königreichen in Terusa? Es schien so, als sei heute der Tag der Mysterien.

Aber vielleicht konnte er sie eines Tages ja lösen. Wenn man ihn als Held von Diron endlich anerkannte, würde er sicher Möglichkeiten haben. Möglichkeiten, die er als Bewohner von Simplex sonst nie hätte.

Als er sich in sein Bett legte, achtete er sorgsam darauf, seine Mutter, die im Bett daneben bereits schlief, nicht zu wecken. Er schlief mit dem Entschluss ein, etwas Größeres zu werden, als es ihm bestimmt war. Zwei Tage später erfolgte das geplante Palaver in der Kirche. Alfred und der Reverend trafen als Erstes ein und warteten schon eine ganze Weile auf Alain. Als der junge Mann an die hölzerne, einen Spalt weit offen stehende Türe der Kirche klopfte und seinen Kopf durch den Spalt schob, erkannten die beiden sofort, dass er sich bewusst war, viel zu spät erschienen zu sein.

„Da ist er ja. Unser Ehrengast höchstpersönlich. Wenn es dir nichts ausmacht, geselle dich doch in unsere Runde", sagte Alfred.

Alain sagte keinen Ton. Den Blick nach unten gerichtet trabte er in Richtung der beiden Anderen.

„Reverend, ich denke, sie haben am meisten zu erzählen. Bitte beginnen sie."

Alfred wollte die Sache so schnell wie möglich hinter sich bringen und den Fall zu seinen Akten legen, das war deutlich.

„Sehr gerne. Die Familie und die Bruderschaft des Toten waren zuerst sehr erbost. Ich versicherte ihnen, dass die Schuld weder beim Burgpersonal, noch bei der Kirche lag und dass die Büttelswacht bereits Ermittlungen aufgenommen hat."

Sein Gesichtsausdruck veränderte sich nun, wirkte etwas angewidert. „Sie schienen dann nicht mehr so zornig, als ich ihnen darlegte, dass keine Beerdigungskosten anfallen würden."

Alfred fand dies zwar auch nicht unbedingt liebenswert, verstand jedoch, dass die Leute bettelarm waren.

„Nun gut, so viel dazu. Sonst ist ihnen nichts aufgefallen, nehme ich an? Dann sollten wir, falls ihr

Anwärter keine neuen Informationen hat, den Fall beenden."

Carreyman hob die Hand, sah sich aber nicht ganz sicher aus, ob die nächste Information es wert wäre, besprochen zu werden.

„Nun ja, alles war das nicht. Ich bin mir ziemlich sicher, dass jemand in einem Grab gewühlt oder gar gegraben hat. Die arme Lydia ist vor ein paar Tagen aus großer Höhe gestürzt und ihren Verletzungen erlegen. Ich weiß ganz genau, dass ihr Grab in einer sehr guten Verfassung war, weil ich es persönlich pflege."

Alain beobachtete die Reaktion des Büttels. Dieser schien nicht sehr erfreut darüber zu sein, dass der Reverend nicht so einfach die Flinte ins Korn werfen wollte. Mit den großen Ambitionen, die Alain hatte, war er selbst jedoch heilfroh über diese neue Wendung.

„Nun gut, wie es scheint, treiben immer noch Grabschänder ihr Unwesen. Ich werde jemanden abstellen, der regelmäßig in der Nähe der Kirche und des Friedhofs patrouilliert."

Damit schien Reverend Carreyman einverstanden. Nur der junge Anwärter nicht. Dieses Abenteuer, mag es auch noch so winzig und unbedeutend sein, durfte doch noch nicht enden. Panik machte sich in ihm breit.

„Geheimgang! Was ist mit dem Geheimgang?!" Etwas überrascht schauten die Erwachsenen hinunter zum vorher so stillen Jungen.

„Wir lassen uns doch nicht diesen Humbug aufschwatzen, den die Prinzessin uns erzählt hat? Wir sollten dem noch einmal nachgehen!"

Der Mann Gottes und der Mann des Gesetzes schauten sich an und waren sich einig. Alfred legte Alain eine Hand auf die Schulter.

„Mir ist aufgefallen, dass du großes Potential hast, mein Junge. Aber deine Stelle als Anwärter beim Reverend ist eine große Aufgabe. Vernachlässige sie nicht, nur weil du den Ruhm in der Verbrechensbekämpfung suchst, das wäre falsch."

Seine Stelle als Anwärter des Reverends war Alain unglaublich wichtig. Sie war seine einzige Chance, etwas aus sich zu machen. Kein Diener zu werden. Doch irgendwas in ihm drin wollte mehr. Es riet ihm, er sollte genau das tun, was sein Herz ihm sagte.

„Das Grab! Was ist damit? Der Reverend hat uns berichtet, dass es umgegraben wurde. Wollen wir das nicht einmal nachprüfen?"

Erneut blickten sich die beiden Männer an und nickten dann.

„Ich schlage dir mal was vor, junger Mann. Alfred und ich werden mit dir hinten auf den Friedhof gehen und das Grab begutachten. Danach wirst du die Sache auf sich beruhen lassen und deine Arbeiten erledigen wie vorher auch. Einverstanden?"

Ja, Alain war einverstanden, was er mit einem Nicken signalisierte. Der Friedhof, auf dem selbstverständlich nur Leute aus Simplex begraben lagen, war hinter der Kirche angelegt. Durch die Hintertür gelangte man direkt auf den friedvoll angelegten Platz. Die Wege waren mit Kieselsteinen ausgebaut, die Gräber alle mit denselben Blumen bewachsen. Einige Gräber hatten ein Kreuz aus Holz am Kopfende, andere einen kleinen Stein. Lydias Grab befand sich nahe des Hintereingangs der Kirche, doch dass beachteten die drei gar nicht. Anscheinend waren sie nicht die Einzigen, die heute den Toten einen Besuch abstatten wollten.

Am anderen Ende der Totenstätte stand ein großer Mann, der ihnen den Rücken zugewandt hatte. Er sah verwahrlost aus, was aber für den durchschnittlichen Einwohner dieses Bezirks nichts Ungewöhnliches war.

„Könnte das ein Schänder sein?", flüsterte Alfred.

„Ich bin mir nicht sicher. Ich weiß nicht mal, wie er hergekommen ist. Wäre er durch die Türe gekommen, hätte ich es gewusst. Er muss über die Mauer geklettert sein, ich habe den ganzen Morgen keinen Besucher in der Kirche gehabt."

Alain meldete sich mit einer weiteren scharfsinnigen Idee zu Wort. „Oder er war die ganze Nacht hier draußen. Er hat auf uns gewartet."

Als er die Worte ausgesprochen hatte, lief allen Dreien ein kalter Schauer über den Rücken.

„Guten Tag, der Herr. Besuchen sie das Grab eines Verwandten?", rief der Reverend.

Alfred legte vorsichtshalber eine Hand an seinen Revolver. Der Mann drehte sich langsam um. Alains Augen wurden riesig. Reverend Carreyman wurde ganz bleich im Gesicht und Alfreds Hände zitterten, jedoch nur kurz.

„Heinrich! Wie kann das sein? Du lebst?"

Der tote Schmied blickte zwar in ihre Richtung, doch seine grünlich schimmernden Augen starrten durch sie hindurch in die Leere. Sein Arm sah aus, als wäre er schon stark verwest. Grüne, schimmernde Linien liefen an ihm nach oben in Richtung seines Kopfes. Der Gestank nach dunkler Magie ging von ihm aus. Dann setzte er sich in Bewegung.

„Heinrich, bleib stehen! Es könnte sein, dass du eine sehr ansteckende Krankheit hast, wir bringen dich wieder zum Heiler! Bleib stehen, habe ich gesagt!"

Doch der Schmied dachte gar nicht daran. Konnte er überhaupt noch denken? Er trabte weiter schnellen Schrittes auf die kleine Gruppe um Alain zu und wurde nicht langsamer. Alfred zog seine Waffe und zielte auf seine Brust.

„Heinrich, wenn du nicht stehen bleibst, muss ich dich erschießen!", drohte der Büttel.

Auch das brachte den Totgeglaubten nicht dazu, langsamer zu werden. Irgendwas hatte seine Instinkte geweckt. Als er gefährlich nahekam, senkte Alfred seine Waffe etwas und schoss ihm in sein linkes Knie. Wenige Meter vor ihnen fiel der große und stämmige Mann hin. Sofort fiel Alain ein sehr merkwürdiges Detail auf. Noch merkwürdiger war allerdings, dass der Schmied weder vor Schmerzen schrie, noch sonst irgendeine Reaktion zeigte. Er stand wieder auf, hinkte etwas, aber kam weiter auf sie zu. Alfred sagte nichts mehr und schoss dem armen Mann zwei Mal in sein Herz. Eine seltene Krankheit wie diese in Diron zu verbreiten würde den König und das gesamte Volk in Gefahr bringen und das konnte er nicht zulassen. Doch wie es aussah, konnte er es auch nicht verhindern. Nach den beiden Schüssen stoppte der Koloss kurz, setzte dann aber seinen Weg fort. Wieder staunte Alain. Der Reverend bekreuzigte sich.

„Heinrich! Stop!" Als der Schmied vor Ihnen stand und seine Hand nach ihnen ausstreckte, schoss ihm Alfred direkt zwischen die Augen. Heinrich fiel um und sollte auch nicht wieder aufstehen.

„Herr, mein Gott, bitte nimm die Seele unseres Bruders zu dir. Und, vielleicht, reinige sie. Ich weiß auch nicht. Was in Gottes Namen war das?!"

Der sonst so fromme Prediger war immer noch bleich im Gesicht.

„Ich schätze, der Mann war schwer krank. Die Krankheit hat seinen Körper stark verändert. Tut mir leid, dass du das mit ansehen musstest, Junge", sagte Alfred.

„Habt ihr das gesehen? Habt ihr es gesehen? Oder eher nicht gesehen." Alain schien sehr aufgeregt zu sein.

Alfred blickte den Jungen besorgt an. Wie sollte er das seiner Mutter erklären?

„Was meinst du? Komm, wir gehen rein, du hast bereits genug mitgemacht."

Alain wehrte die Hand von Alfred ab, die ihn in Richtung der Türe schieben wollte.

„Alfred, als du gesagt hast, er hätte eine ansteckende Erkrankung und auf ihn geschossen hast, da wollte ich ganz genau auf sein Blut achten, das herausspritzt. Damit ich nichts davon abbekomme und auch krank werde."

Die beiden Männer waren erstaunt über das Wissen des Zwölfjährigen.

„Aber es spritzte kein Blut heraus. Nicht, als du ihm in sein Bein geschossen hast, nicht als du ihm zwei Mal in sein Herz geschossen hast und auch nicht, als du ihm in den Kopf geschossen hast. Wie kann das sein? Lebende bluten, Tote bluten nicht. Das habe ich vom Reverend beim Zurechtmachen der Leichen gelernt. Manchmal kommt ein Lebender auf den Totentisch, den kann man dann daran erkennen, dass er blutet, wenn man ihm zur Prüfung einen kleinen Schnitt versetzt. Aber die Toten, die bluten nicht mehr!"

Das stimmte. Sie sahen sich nach Spritzern in der Nähe der Leiche um. Keine zu sehen.

„Alfred. Du hast ihm in sein Herz geschossen. Zwei Mal. Der Mann hat nicht mal gezuckt. Das hätte jeden Mann in ganz Terusa getötet."

Alfred wurde etwas mürrisch. Vielleicht hatte er auch nur Angst vor dem, was jetzt gesagt werden würde.

„Was willst du damit sagen? Bitte mach nichts Biblisches daraus."

Augenblicklich hob der Mann Gottes die Bibel in die Höhe, die er stets bei sich trug.

„Alles ist biblisch, Büttel. Aber darum geht es nicht. Es geht nicht darum, etwas zu meinem oder deinem Fall zu machen. Alfred, wenn die Toten auferstehen, und ich sage dir, das ist hier passiert, dann ist das ein äußerst schlechtes Zeichen."

Alfred begutachtete die Leiche. Falls sie das diesmal auch war.

„Vielleicht hast du recht. Das Blut in seinen Adern, das ist schon längst geronnen. Er ist also nicht jetzt, sondern schon vor ein paar Tagen gestorben. Meine Güte, was soll das bedeuten?"

Die Türe hinter ihnen knarrte plötzlich. Heinrich war vielleicht nicht der einzige Untote hier. Alfred zückte seine Waffe und war bereit, zu schießen.

Kapitel 4 Neue Gefährten

Mousa stellte sich den dreien vor, welche es ihm gleichtaten. Da er niemand anderen hatte, dem er vertrauen konnte, erzählte er ihnen die ganze Geschichte. Fast die ganze Geschichte. Den Teil, in dem er persönlich vom Bestienmann angesprochen wurde, ließ er erneut aus.

Seine Offenheit schockierte das Dreigespann, ganz besonders Alain, der fasziniert von der Geschichte war. Aufgrund seines hohen Ranges und der Ereignisse, die sie selbst erlebt hatten, schenkten sie ihm umgehend Glauben. Reverend Carreyman und Alfred der Büttel sahen sich an, nickten und erzählten Mousa ebenfalls alles, was sie wussten. Auch Mousa war schockiert. Dass der Angriff auf Diron schon in vollem Gange war, hätte er nicht erwartet.

Aber immerhin wusste er nun, wer dahinter steckte. „Einer der Strippenzieher ist offensichtlich dieser friedliche Mann. Wie wir wissen, gab es mindestens einen Weiteren, den ich aber im Wald getötet habe. Wenn der friedliche Mann ähnliche Fähigkeiten hat, müssen wir vorsichtig sein. Nichts für ungut, Reverend, aber dies scheint keine biblische Geschichte zu sein. Diese Männer sind Feinde von Diron und verschaffen sich durch dieses chemische Gebräu Kräfte, die sie nicht haben sollten." Natürlich musste Carreyman darauf antworten.

„Alles ist eine biblische Geschichte, aber ich weiß, was sie meinen und Stimme ihnen sogar zu. Wir haben es nicht mit einer Strafe Gottes oder Ähnlichem zu tun. Das sind finstere Intrigen und dunkle Männer, die Seuchen verbreiten und Menschen ermorden."

Alain war erstaunt, er hätte gedacht, der Reverend würde sich aufregen.

„Die Frage lautet: Was tun wir jetzt? Offensichtlich wissen einige Obere in Diron bescheid, wollen aber nichts unternehmen oder sind sogar Teil der Verschwörung. Wir wissen nicht, wem wir trauen können," warf Alfred ein.

„Und damit können wir nur uns vieren trauen, guter Büttel", entgegnete Mousa. Alle sahen ein, dass er damit recht hatte.

„Ganz recht. Wir sollten ihnen nun den Geheimgang zeigen, Garnisonsführer!"

Alain war immer noch etwas aufgeregt, einem Wächter mit dem Rang eines Garnisonsführers begegnet zu sein. Mousa lächelte. Zumindest dieser Junge hatte noch Respekt vor ihm.

„Ja, das halte ich für die richtige Entscheidung."

Die vier gingen zur Wache der Büttel und besorgten sich dort die benötigte Ausrüstung. Mousa ging die Sache etwas anders an, als sie es bei ihrem letzten Ausflug in den Geheimgang taten. Der Reverend bekam die Aufgabe, einen genauen Plan des Gangs zu zeichnen, während sie diesen entlang gingen. Alain trug eine Lampe, die für genug Sicht im Gang und auf dem Papier vom Reverend sorgte. Alfred und Mousa hielten ihre Waffen bereit, falls diese benötigt wurden. Immerhin wussten sie jetzt, dass sie nicht nur Schändern auf der Spur waren. Die Aufregung schien Alain erneut fast zu übermannen, als er vor dem Eingang beinahe die Öllaterne fallen lies. Seine erwachsenen Kameraden warfen ihm fragende Blicke zu.

„Tut mir leid. Das ist so, als würden wir uns auf machen, das verbotene Königreich nach Schätzen zu durchsuchen!", sagte der Junge. Sichtlich überrascht drehte sich Mousa zu ihm um.

„Woher weißt du von dem verbotenen Königreich?", wollte er wissen.

Alain riss die Augen weit auf. „Wissen? Das ist eine Geschichte, die wir Jungs uns abends beim Lagerfeuer erzählen. Also gibt es das verbotene Königreich tatsächlich."

Das war keine Frage, sondern eine Feststellung. Mousa fiel auf, dass er den Jungen unterschätzt hatte. Er war viel intelligenter, als er zuerst angenommen hatte.

„Es ist aber sicher nicht so, wie in euren Geschichten. Vor langer Zeit experimentierten die Menschen mit Magie, Giften und anderen verbotenen Dingen. Sie zerstörten dabei ein ganzes Königreich und dessen nähere Umgebung. Bis heute ist der ganze Bereich schwer vergiftet und die Luft nicht atembar, das sollte uns eine Lehre für die Zukunft sein. So, jetzt aber rein. Ich gehe zuerst, da ich ein Nahkämpfer bin. Danach ihr beiden und Alfred zum Schluss."

Alle drei befolgten seine Befehle. Ganz natürlich hatte der Wächter die Führung übernommen und alle von ihnen akzeptierten es. Mousa staunte nicht schlecht, als er den Gang betrat, der sich hinter dem Schrank der Totenstube befand. Die Wände waren aus älterem Stein, als es die Wände im Rest der Burg waren, und es war etwas feucht. Alain war zwar mit der Lampe noch nicht bei ihm, doch durch das einfallende Licht aus der Totenkammer konnte er bereits erkennen, dass der Gang viele Meter weit geradeaus verlief, ein Ende konnte er nicht erkennen.

„Hier hinter müssten doch Zimmer sein, oder irre ich mich?"

Seine neuen Gefährten hatten sich jetzt zu ihm gesellt.

„Nein, du irrst dich nicht. Das ist uns auch schon aufgefallen. Es ergibt keinen Sinn, irgendein architektonischer Trick muss dahinter stecken. Vielleicht ist der Gang schmaler, als wir ihn wahrnehmen."

Davon war Mousa nicht überzeugt. Egal wie schmal der Gang war, er würde mit dieser Länge geradewegs mitten durch mehrere Nähstuben und Zimmer der Bediensteten verlaufen. Ein ungutes Gefühl überkam ihn, doch er spielte es herunter. Laut dem Reverend gab es nur ein paar Weggabelungen und Treppen, sie könnten sich aber an den Weg, der zum Zimmer der Prinzessin führte noch gut erinnern. Verlaufen konnte man sich ohnehin nicht, da es keine Abzweigungen gab. So ging die Reise los. Mousa hatte gute Augen und konnte auch im spärlichen Licht der Öllampe genug sehen, um potenzielle Angreifer frühzeitig zu erkennen. Auch nach einigen Minuten trafen sie auf keine einzige Abbiegung oder

Treppe und Mousa fragte sich, ob es eine gute Idee war, sich auf das Wort des Geistlichen und des alten Büttels zu verlassen. Als sie etwas über 15 Minuten in hohem Tempo geradeaus gelaufen waren, blieb Mousa stehen.

„Das kann doch nicht sein! Wir müssten inzwischen mitten in Simplex sein, so viele Meter wie wir gelaufen sind!", fand er.

Alfred kratzte sich am Kopf.

„Ich weiß nicht, mir kommt das auch seltsam vor. So war es das letzte Mal nicht. Die erste Abbiegung nahmen wir nach wenigen Minuten. Ich kann mir das nicht erklären."

Jetzt bekam auch Reverend Carreyman ein ungutes Gefühl. Er hatte Angst.

„Vielleicht haben sie uns falsch geführt, Wächter?", sagte er zu Mousa.

„Falsch geführt? Mein guter Mann Gottes, wir sind geradeaus gegangen! Wie kann man dabei denn Leute falsch führen?!"

Mit einer Geste wollte er Mousa klar machen, dass er es nicht böse gemeint hatte, als Alain sich einschaltete.

„Ähm, haben wir vielleicht Abbiegungen genommen, ohne es gemerkt zu haben?"

Die drei Männer blickten ihn verwirrt an, er drehte ihnen jedoch den Rücken zu.

„Zweifelst du auch an meiner Führungsqualität, Junge?", fragte Mousa und klang dabei fast enttäuscht.

„Nein, aber schaut doch mal!" Er zeigte mit dem Finger auf den Bereich direkt hinter ihnen.

Wenige Zentimeter von seinem Finger entfernt befand sich eine Mauer. Der Gang machte von Alain aus eine Linkskurve, doch die hatten sie vorher nicht genommen, da waren sie sich sicher. Der Reverend bekreuzigte sich.

„Nein, das kann nicht sein", sagte Alfred und zog seine Waffe und auch Mousa zückte sein Schwert.

„Wir wurden in die Irre geführt, das hätte ich gleich erkennen sollen. Bleibt dicht beieinander. Ich weiß nicht, was das für eine List ist", sagte der ehemalige Garnisonsführer.

Alfred blickte zuerst um die Ecke, die hinter ihnen entstanden ist. Nichts zu sehen außer dem Gang. Es war erst mal sicher. Die Gruppe trat gemeinsam um die Ecke. Mit dem Licht der Öllampe war zu erkennen, dass ein paar Meter weiter eine Weggabelung war. Dort, wo vor wenigen Sekunden noch ein einzelner Gang, der lediglich geradeaus führte, zu finden war, befand sich jetzt ein Labyrinth.

„Wo lang gehen wir jetzt? Wir haben uns verlaufen", sagte der Büttel.

Dem musste Mousa direkt widersprechen, sein Stolz war etwas verletzt.

„Verlaufen kann man das ja wohl nicht nennen, wir sind einfach nur geradeaus gegangen."

Jetzt bemerkte auch Alfred, dass Mousa für einen Garnisonsführer der Wächter von Diron ein sehr geringes Selbstwertgefühl hatte. Erst kurz darauf fiel ihm wieder ein, dass all seine Kameraden unter seiner Führung gestorben waren und es tat ihm leid, den Mann verärgert zu haben.

„Das war keine Kritik an dir, Garnisonsführer. Ich habe nur nicht das richtige Wort gefunden."

Mousa nickte ihm zu.

„Aber die Frage ist weiterhin, was wir jetzt tun sollen? Hier geht offensichtlich etwas vor sich. Jemand greift uns an. Wie hat er dieses Labyrinth erschaffen? Könnte das Magie sein?", fragte der Reverend.

Alfred machte große Augen. „Sprechen sie dieses Wort nicht mehr aus! Es ist entweder albern oder höchst gefährlich und beides gefällt mir nicht", keifte der Büttel.

Alain, der vorher still gewesen war, meldete sich nun zu Wort. „Ich denke nicht, dass wir angegriffen oder bedroht werden."

Seine Begleiter waren verwundert und erwarteten eine Erklärung.

„Überlegt doch mal. Ich habe diesen Gang nur durch puren Zufall entdeckt. Da war der Gang noch normal. Jetzt hat aber jemand bemerkt, dass wir seinen Gang benutzen, und hat so etwas wie einen Schutzmechanismus eingebaut. Er soll verwirren und uns daran hindern, den Gang weiter zu benutzen. Wir sind die Bedrohung", erklärte der junge Anwärter.

Das ergab Sinn. Kein Angriff, sondern eine defensive Maßnahme. Das bedeutete aber auch, dass es hier etwas oder jemanden gab, was vor unseren Augen geschützt werden sollte, dachte sich Mousa. „Habt ihr das gehört?!", fragte er flüsternd.

Die anderen waren keine Wächter, also hatten sie natürlich nichts gehört. Dementsprechend verwundert schauten sie ihn an.

„Nein, natürlich nicht. Unser Gehör wurde so intensiv trainiert, damit wir außerhalb der Mauern die Wilden schon auf große Entfernung ausmachen können. Ich habe jemanden flüstern gehört, jedoch nur sehr leise. Es kam von da vorne."

Mousa zeigte auf den linken Weg der Abzweigung.

„Gut, jetzt haben wir so was wie einen Ankerpunkt. Wir orientieren uns nicht mehr wie üblich, sondern nach Mousas Gehör. Egal ob wir im Kreis laufen. Wir orientieren uns nur an Mousa."

Damit konnten alle leben. Ab jetzt sprachen sie kein Wort mehr, um ihr Ziel nicht wissen zu lassen, dass sie ihm auf der Spur waren. Im nächsten Gang nahmen sie eine Abzweigung nach rechts, mussten dann wieder zurücklaufen und erneut eine Abzweigung nach rechts nehmen. Mousa konnte die Geräusche nun deutlicher hören. Bei den nächsten drei Abzweigungen gingen sie jeweils nach links, wonach Mousa jedoch anhielt. Er deutete auf sein Ohr. Alain und die anderen nickten. Sie konnten es jetzt auch hören.

Es klang so, als würde jemand den Gang fegen oder etwas bürsten. Alfred und Mousa zogen erneut ihre Waffen und gingen vor. Sie traten um die nächste Ecke und sahen eine Gestalt, die einen grünen Umhang samt Kapuze trug.

„Halt! Was immer du da tust, hör damit auf und nehme deine Hände hoch, so wie es das Gesetz von Diron verlangt!", rief der Büttel.

Alfred hatte seinen Revolver auf die Person gerichtet, die auf die Ansprache nicht reagierte, aber auch kein aggressives Verhalten an den Tag legte. Auch der Reverend und Alain traten jetzt um die Ecke. Das Licht der Öllampe war jedoch nicht ausreichend, um das Gesicht unter der Kapuze zu enthüllen.

„Wer immer du auch bist, der Büttel wird dich nun festnehmen. Ich bin ein Wächter von Diron und werde ihn dabei begleiten. Solltest du auch nur einen deiner Finger bewegen, schneide ich dir auf der Stelle den Kopf ab", drohte ihm Mousa.

Alain war etwas geschockt, der Kapuzenmann jedoch nicht. Im Gegenteil, er lachte. Sein Lachen war tief und klang bedrohlich. Jetzt konnten sie sehen, dass der Kapuzenmann ein Emblem mit einem lachenden Gesicht an der Brust trug. Mousa lief ein eiskalter Schauer über den Rücken, fast wäre ihm sein übriges Schwert aus der Hand gefallen.

„Schön, dich wieder zu sehen, Garnisonsführer. Deine Garnison ist aber geschrumpft. Ist ja auch kein Wunder, wie viele deiner Männer habe ich im Wald abgeschlachtet?", fragte der Bestienmann.

Auch die anderen drei waren starr vor Angst. Mousa befreite sich jedoch davon, er war noch nicht gebrochen.

„Bestienmann. Es freut mich, dass ich dich noch einmal töten darf. Aber vorher sagst du mir, was du hier tust."

Der Bestienmann, der diesmal in seinem eigenen Körper erschienen war, hob den Kopf etwas, so dass man unter der Kutte zwei grünlich schimmernde Punkte sehen konnte.

„Aber klar, was sollte ich auch sonst tun. Ihr beiden starken Männer seid schließlich bewaffnet und der alte Mann hat sogar ein Buch dabei", sagte er in einem überheblichen Ton.

Jetzt hob er wirklich die Hände. Nicht aus Furcht, sondern um sich über die Vier lustig zu machen.

„Nun, zuerst wollte ich meine Warnung erneuern. Du hast sie beim ersten Mal ignoriert und führst wieder Leute in den Kampf. Das solltest du nicht tun. Löst euch auf. Falls nicht, wird diese Drei und auch die, die noch kommen, das gleiche Schicksal ereilen wie Jack und die anderen."

Mousa hob sein Schwert und zeigte damit auf den Bestienmann. „Nimm seinen Namen nicht in dein verdorbenes Maul!"

Darauf reagierte er nicht. „Das war nicht böse gemeint, ich bin doch ein friedlicher Mann. Ich bin der Mann des Friedens, um genau zu sein. Die Warnung war aber nur einer meiner Versuche, euch aufzuhalten, der andere ist viel effektiver. Ich sagte ja, dass das mein Gang ist. Und ich werde ihn nun einstürzen lassen. Viel Erfolg im ewigen Nichts zwischen den Welten."

Der Bestienmann, der sich Mann des Friedens nannte, zeigte ihnen seine beiden Daumen, die nach oben zeigten, doch mit der Geste konnten die vier aus Diron nichts anfangen.

Hinter ihm materialisierte sich eine große, rote Türe, die sich öffnete. Der Bestienmann ließ sich hindurch fallen und war samt der Tür augenblicklich verschwunden. Es blieb keine Zeit, sich über die merkwürdigen Worte oder das Verhalten des Bestienmannes zu wundern, oder gar, um geschockt über die offensichtliche Magie zu sein, die er anwandte, denn alles um sie herum begann zu zittern.

„Ist das ein Erdbeben?", fragte Alain ängstlich.

Wie ein Erdbeben fühlte es sich nicht an, eher wie ein vibrieren. Man konnte die Vibration sogar sehen. Erst schwach, dann sehr deutlich und intensiv. Für kurze Zeit verschwanden die Wände, der Boden, der Staub und alles andere um sie herum und entblößten eine Leere, ein dunkles Nichts. Auch Alfred und Mousa hatten noch nichts Furchterregenderes gesehen.

„Folgt mir."

Die Stimme riss sie aus ihren Gedanken und Ängsten. „Dir folgen? Aber Reverend, weißt du, was du tust? Du kennst den Weg nicht", warf Alfred ein.

Der Mann Gottes blieb gelassen. Er hatte Vertrauen.

„Folg mir, mein Sohn. Gott ist bei uns. Aber jetzt beeilen wir uns."

Keiner stellte mehr Fragen, sie folgten einfach dem Reverend, der gar nicht einem bestimmten Pfad folgte, sondern etwas zu suchen schien. Die Wände verschwanden nun in immer geringeren Abständen, der Gang schien tatsächlich einzustürzen.

„Da ist es!" Er zeigte auf einen Schrank.

So einen hatten sie auf ihrem Weg zum Bestienmann auch gesehen, aber nicht beachtet. Weshalb auch?

„Reverend, bei allem Respekt. Was sollen wir mit dem Schrank?"

„Ich sagte doch, folgt mir! Ohne zu zögern!"

Eine großartige Wahl hatten sie nicht. Der Prediger öffnete die Schranktür und sprang hinein. Die anderen wunderten sich zwar, zögerten jedoch nicht, sprangen hinterher und schlossen die Türe hinter sich.

„Ich schätze den Versuch, aber ich würde mich wundern, wenn uns ein Holzschrank vor der Hölle schützt, Reverend", sagte Mousa.

Doch der Reverend schien auf irgendwas zu warten.

„Hab vertrauen, Wächter. Gott ist immer bei uns, auch wenn wir nicht mal an ihn glauben", antwortete Carreyman.

Er wartete noch einige Sekunden und öffnete dann die Tür. Die vier stürzten aus einer Vorratskammer im westlichen Teil der Burg. Sichtlich verwirrt richteten sie sich auf und prüften ihre Umgebung.

„Wir sind wieder in der Burg. Obwohl wir ja eigentlich vorher auch in der Burg waren, oder nicht?", fragte Alain.

Die Frage konnte dem jungen Anwärter keiner beantworten. Alfred war noch von ihren Erlebnissen erschüttert. Er ergriff eine Flasche Schnaps in der Speisekammer und nahm ein paar ordentliche Schlucke.

„Oh! Schämt euch! Schnaps in der Speisekammer mit einem keinen Jungen trinken! Ich hoffe, ihr habt ihm nichts abgegeben", sagte eine empörte Stimme.

Alfred verschluckte sich. Eine junge Magd kam herein und interpretierte die Situation etwas anders.

„Entschuldigen sie, Verehrteste, es ist wirklich nicht so, wie sie denken."

Die Magd schüttelte gutmütig den Kopf.

„Es ist immer anders, als wir denken, oder? Jetzt aber raus. Heute ist der Weinabend, ich habe also viel zu tun."

Mousa war etwas verwirrt.

„War der Weinabend nicht immer am 21. des Monats?"

Verwundert blickte ihn die junge Magd an. „Ihr habt wohl mehr getrunken, als gut für euch war, Wächter. Es ist der 21. des Monats. Also, raus hier, meine Lieben."

Die vier sagten keinen Ton mehr. In der Kirche stellten sie fest, dass es wirklich der 21. des Monats war. Ein Messdiener aktualisierte stets den hölzernen Kalender, der auf dem großen Tisch neben dem Altar lag. Als sie den Geheimgang betraten, war es ganz sicher der 19. des Monats. Sie konnten sich das selbst nicht erklären.

Erklären musste sich auch der Reverend. Alfred, Mousa und Alain war es schleierhaft, woher er den Ausgang aus diesem Labyrinth kannte.

„Als wir das erste mal an dem Schrank vorbeigingen, spürte ich so ein Kribbeln, ein Vibrieren in den Eingeweiden. Da beachtete ich es nicht weiter, doch als dieser magische Flur kollabierte und es überall um uns herum vibrierte, dachte ich mir, das musste etwas bedeuten. Vielleicht war es nur eine Ahnung, vielleicht aber auch ein Zeichen Gottes", sagte der Reverend.

Alfred verdrehte die Augen. Es wurde ausgemacht, nach Hause zu gehen, auszuschlafen und sich morgen erneut in der Kirche zu treffen. Alain entschuldigte sich mehrmals bei seiner Mutter, die es aber gewohnt war, dass er ab und zu in der Kirche schlief, wenn die Arbeit mal länger dauerte. Die anderen drei hatten niemanden, dem sie Erklärungen schuldeten. Zur Nacht hin schliefen alle schnell ein, bis auf Mousa. Er grübelte. Zu diesem Zeitpunkt war er sich ziemlich sicher, dass Diron in Gefahr war. Der Bestienmann plante etwas und er war dem Königreich sicher nicht freundlich gesonnen. Was aber noch viel schlimmer war, war der Fakt, dass etwas davon den hochrangigen Bezirksdienern und Verwaltern von Diron bekannt war, doch sie wollten es unter den Teppich kehren. Mousa konnte keinem trauen.

„Ich kann niemandem trauen. Niemandem, außer meinen neuen Freunden. Wenn man die Drei so nennen kann. Wenn ich sie überhaupt so nennen sollte. Die Letzten, die ich meine Freunde nannte, wurden unter meinem Kommando hingerichtet. Und wenn dieser Mann des Friedens so mächtig ist, wie er bisher erscheint, wird sie das gleiche Schicksal ereilen. Darf ich das überhaupt tun? Darf ich je wieder Freunde haben? Oder verdamme ich sie dadurch zu einem Schicksal, welches schlimmer kaum sein könnte? Woher soll ich das wissen? Wie soll ich eine Entscheidung treffen? Vielleicht wäre es richtig, einfach nur hierzubleiben. In diesem Zimmer. Etwas Wasser, Essen und zwei Flaschen Schnaps am Tag. Dann kann mir hier drin keiner etwas tun. Vermissen wird mich auch niemand. Nach so einer schmählichen Niederlagen wird die Garnisonsverwaltung einfach so tun, als hätte ich nie existiert.

Abgeschoben haben sie mich bereits. Doch so ein Leben zu führen passt nicht zu mir. Hätte ich bei der Kirche niemanden angetroffen, würde ich jetzt vielleicht so leben. Doch es ist noch nicht so weit. Ich habe noch eine Aufgabe. Der Bestienmann, der Mann des Friedens ist real. Er benutzt Magie und schmiedet ein Komplott gegen Diron, vielleicht auch noch gegen andere Königreiche in Terusa. Was aber viel wichtiger ist, dass er aus irgendeinem Grund verhindern will, dass ich Wächter gegen ihn in den Krieg führe.

Genauer gesagt, will er nicht, dass ich den Reverend, den Büttel und den Jungen anführe. Er wollte, dass wir uns auflösen. Wieso? Kann ich ihm gefährlich werden? Bin ich doch noch dazu in der Lage, Leute zu führen? Es mag sein, dass der Alptraum im Wald ein heimtückisch geplanter Angriff in einem Krieg war, von dem ich gar nicht wusste, dass er existierte. Ich kann es versuchen. Ich habe eine Aufgabe."

Mit diesen Gedanken schlief schließlich auch Mousa ein. Mit einer Aufgabe. Carreyman schlief zwar schneller ein, profitierte davon aber nicht. Er bekam erneut Besuch vom Müllmann.

„Reverend! Oh, mein lieber Reverend!"

Carreyman setzte sich erschrocken im Bett auf. Er konnte schwören, jemand hätte ihn grade gerufen. Oder etwas. Es dauerte einige Sekunden, bis sich seine Augen an die Dunkelheit gewöhnten. Sein Schlafraum war klein. Außer seinem Bett stand hier nur noch ein Schaukelstuhl. Für gewöhnlich war er leer, doch heute Nacht saß Tallo der Müllmann darin.

„Um Himmels Willen! Was tust du hier?! Scher dich aus meinem Schlafquartier, du Taugenichts", brüllte der Prediger. Der Müllmann antwortete erst nicht. Er ließ sich Zeit und schaukelte ein wenig. Er dachte nach. Das kann nicht sein, dachte sich Reverend Carreyman.

„Aber Reverend! Ich kann doch jetz nich einfach abhauen! Ich muss und wollte und muss noch immer mit dir reden es ist so wichtig bitte verzeih mir die Störung hab Erbarmen halleluja ave Maria im Namen des Paters und der Geister, Abra Kadabra, drei mal Schwarzer Kater!"

Das wirre Gestammel des Irren beruhigte ihn irgendwie. Es war ihm lieber als der Nachdenkliche, abwartende Tallo. Aus irgendeinem Grund, den er selbst nicht verstand, blieb er im Bett sitzen.

„Welch Anliegen kann so wichtig sein, dass du bei mir einbrichst? Es ist mitten in der Nacht!"

Wieder dauerte es einige Sekunden, bis der Trottel antwortete.

„Ja, ja ich weiß, ich bin furchtbar böse. Aber bitte erlaube mir nur eine kurze Audienz bei dir, euer Ehren, Amen und auch wir vergeben unseren Schuldigern", sagte Tallo. Der Reverend konnte sich sein eigenes Verhalten nicht erklären. Wie es in Träumen eben manchmal so war. Er bekreuzigte sich.

„Was kann ich für dich tun, mein Sohn?", fragte er.

Tallo der Müllmann hörte auf zu schaukeln.

„Geh nicht fort. Bleib bei dem, was du tust. Versuche nicht, mehr zu werden, als du bist. Sonst werden dir Dinge widerfahren, die schlimmer sind als die Höllenstrafen, die du aus deinen dummen Büchern kennst. Sie werden alle brennen. Alle werden sie brennen und du wirst zusehen müssen. Nicht hier, nicht in Diron, aber anderswo. Nur wenn du gehst und losziehst. Bleib hier, dann musst du nicht mit ansehen, wie sie alle brennen."

Die leichte Trance, die ihn umgeben hat, konnte Carreyman nun abschütteln.

„Wer bist du? Was hast du hier zu suchen? Und wieso glaubst du, meine Freunde und ich würden Diron verlassen?", wollte er wissen. Bei dem Wort Freunde verdrehte Tallo die Augen.

„Ach, Reverend! Bitte! So hör mich doch an! Wenn ihr fortgeht, dann bleibt mir keine andere Wahl, als ihn dir vorzustellen! Den König! Den König der Hölle, mit den furchtbaren Augen!"

Trotzig rümpfte der Reverend die Nase.

„Der ist mir schon begegnet. Und abgesehen von seinen grünen Augen scheint er mir nicht wirklich besonders zu sein!", fand der Mann Gottes.

Tallo beugte sich jetzt nach vorne, nah an sein Gesicht heran.

„Aber Reverend! Ich rede nicht von dem mit den grünen Augen, sondern von dem mit den Roten!"

In der anderen Ecke des Raumes materialisierten sich zwei glühend rote Augen. Sie blickten Carreyman an und durch sie hindurch konnte er für einen kurzen Augenblick in die tiefsten Tiefen der Hölle sehen.

Dann wachte er schweißgebadet auf. Den ganzen Morgen über versuchte er, nicht mehr an den Traum zu denken. Es war nicht der erste Albtraum und vielleicht sollte es auch nicht der Letzte sein, aber seiner Meinung nach, sollte man dies nicht zu wichtig nehmen. Es war sein Unterbewusstsein, dass nur versuchte, mit den seltsamen Geschehnissen umzugehen. Aber diese Augen. Diese roten Augen. Die waren anders als die Grünen. Sie waren das reine Böse, der reine Hass.

In dem Moment, in dem er sie sah, suchte eine alles verzehrende Furcht sein Herz heim. Und sie sollte sich dort einnisten. In der Kirche, wo sie sich am späten Nachmittag treffen wollten, kam Mousa als letzter an. Die Anderen hatten die Zeit genutzt und gemeinsam ein Abendessen vorbereitet, welches aus Brot und verschiedenen Wurstspezialitäten bestand. Als Mousa in die Eingangshalle stolperte, wirkte er so gar nicht wie ein Wächter mit Spezialausbildung, der Jahre lang eine ganze

Garnison geführt hatte. Er kam ihnen vor wie ein Schuljunge, der zu spät zum ersten Schultag kam. Dafür sorgte sein aufgeregter Blick, und der Stapel Bücher, den er mit sich rumschleppte.

„Die Verspätung tut mir leid! Aber das müsst ihr sehen!", rief der Wächter.

Alfred war schon etwas erstaunt. Bücher waren selten in Diron. Die meisten konnten nicht lesen und es war Bürgern von Simplex und Agrico auch nicht erlaubt, Bücher zu besitzen. Zu ihrem eigenen Schutz, verstand sich.

„Was hast du da? Das sind doch nicht etwa Bücher? Wie kommst du da dran?", fragte Alfred.

Mousa zögerte kurz, antwortete dann aber doch mit einem gewissen Stolz.

„Meine Schwester ist die Hüterin von Dirons Bibliothek. Wir hatten Glück und dürfen sie uns einen Tag lang ausleihen", sagte er.

Der Reverend wollte ihn zuerst fragen, ob seine Schwester wusste, dass er jetzt in Simplex hauste, riss sich dann jedoch zusammen. Die Schande, verbannt worden zu sein, war für den armen Mann so schon schwer zu ertragen. Trotzdem fühlte er sich unwohl mit Büchern hier in seiner Kirche. Es war ihm erlaubt, eine Bibel zu besitzen und mehr nicht. Er war stolz, als er sah, dass Alain mitgedacht hatte und die großen Türen hinter Mousa fest verriegelte.

„Wenn wir schon das Gesetz brechen, dann müssen wir es ja nicht gleich jedem erzählen", fand der Junge.

Alfred musste lachen. Schließlich war er es, der das Gesetz in Diron vertrat, doch daran dachten seine Mitstreiter anscheinend schon gar nicht mehr. Ihm war das recht. Wenn es um Mord oder Diebstahl ging, nahm er seinen Beruf sehr ernst.

Solche unterdrückenden Gesetze wie das Bücherverbot konnten ihm allerdings gestohlen bleiben. Mousa erstaunte die anderen erneut, als er sich mit den Büchern vor dem Altar auf den Boden setzte und diese ausbreitete. Der Reverend hob eine Augenbraue.

„Alain, hole uns doch ein paar Decken".

Der junge Anwärter befolgte den Befehl und so setzten sie sich in einem Kreis auf die Decken. In der Mitte richtete Alain den hölzernen, großen Teller mit Brot und Wurst an. Auch einige Kerzen stellte er dazu, denn heute wurde es rasch dunkel. Mousa machte sich ein Brot zurecht, wollte auch bereits abbeißen, als er den vorwurfsvollen Blick von Carreyman sah.

„Oh, Verzeihung", sagte er leise.

Alain reichte ihm die Hand und er tat das Gleiche mit Alfred. Dieser nahm die Hand vom Reverend, der bereits die von Alain hielt. Sie schlossen die Augen und fühlten zum ersten Mal eine so starke Verbindung, wie sie sie noch nie gespürt hatten. Sie fühlte sich richtig und wahrhaftig an.

„Herr, mein Gott, wir danken dir, dass wir ein reichliches Abendessen vor uns haben und vor allem danken wir dir dafür, dass wir es unter Freunden einnehmen können. Bitte segne diese Gaben und sei stets bei uns, behüte uns und unsere Lieben bei allem, was uns vielleicht bevorsteht. Amen."

„Amen!", sagten die übrigen drei.

Mit zwei Bissen verschlang Mousa sein Wurstbrot. Der Mann hatte wohl in den letzten Tagen wenig zu sich genommen, dachte sich Alfred. In Wahrheit schlang er es jedoch nur so schnell herunter, um ihnen von den Büchern erzählen zu können.

„Wie ich bereits sagte, ist meine Schwester die Hüterin der Bibliothek von Diron. Ich konnte sie überreden, mir ein paar für einen Tag zu überlassen. Der Mann des Friedens, sagte ich zu ihr. Gib mir alles, was du über ihn hast. Sie erzählte mir, dass der Mann des Friedens eine mythische Figur in der Geschichte von Diron und auch von ganz Terusa sei. Manche würden ihn als Engel, manche als Dämon bezeichnen. Manche sagen, er wäre eine tatsächliche Figur in der Geschichte unserer Welt gewesen, manche sagen, er wäre ein Märchen. Ein Buch gab sie mir, dass in einem gesonderten Raum aufbewahrt wurde, darin würde ganz sicher etwas über ihn stehen, aber es sei kein gutes Buch, wir sollten nicht viel darin lesen.

Dann gab sie mir noch einen Stapel anderer Bücher, von denen sie vermutete, dass er darin erwähnt werden könnte. Und dies ist nun unsere Aufgabe. Wir sind zu viert und haben vier Bücher, wir blättern sie also durch und suchen nach Erwähnungen vom Mann des Friedens. Danach müssen wir gemeinsam über das andere Buch sprechen", sagte Mousa.

Er reichte jedem ein Buch, obwohl seine Freunde noch am Essen waren. Der Reverend versuchte, einen Blick auf das fünfte Buch zu erhaschen, doch Mousa legte es rasch hinter sich.

„Meins handelt von Kräutern und anderen Heilmitteln bei Haarausfall und Ekzemen. Ist das auch das Richtige?", fragte der junge Anwärter.

Mousa belegte sich noch ein zweites Brot. „Ja, das ist das Richtige. Er ist so was wie ein Magier, die haben oft mit Kräutern zu tun", antwortete er.

Überzeugt schien Alain nicht wirklich zu sein. Trotzdem war er stolz, dass so einfach vorausgesetzt wurde, dass er lesen konnte. Der Reverend hatte es ihm beigebracht. Das eine Jahr in der Schule, welches Kindern aus Simplex vergönnt war, reichte nicht mal, um alle Buchstaben und Zahlen kennen zu lernen. Also überflog er die ersten Seiten des Buches und hielt dabei nach den Schlüsselwörtern Ausschau. Alfred hatte ein Buch über Politik, während der Reverend und Mousa beide Bücher über Sagen und Geschichten von Diron lasen. Sie aßen nebenbei und langweilten sich schnell.

Es kamen Zweifel auf, ob sie beim Überfliegen der Seiten auch wirklich jeden Text über die Zielperson ausfindig machen konnten. Nach ungefähr einer Stunde war es Alain, der als erster etwas zu vermelden hatte.

„Ich habe etwas!", rief der Junge.

Alle blickten gespannt zum ihm.

„Ein altes Rezept vom guten Mann des Friedens jedoch besagt, dass die Dosis Melisse und Ginseng deutlich erhöht werden müsse, um den gewünschten Effekt zu erzielen. Und wer solle es wagen, dem größten aller Heiler und Friedensbringer zu widersprechen? Dann geht es weiter mit Rezepten. Kein Wort mehr über ihn", sagte Alain.

Alfred schaute etwas verdutzt.

„Ich dachte, wir suchen nach Informationen. Schwachstellen, Eigenschaften oder ein richtiger Name. Das hier war ja ein Lobgesang auf dieses Monster."

Wie ein Lehrer hob der Reverend die Hand.

„Ich habe etwas gewartet und erst das gesamte Buch durchforstet. Relativ zu Beginn des Buches habe ich eine kleine Geschichte gefunden. Sie soll wohl Kindern Angst machen. Ich zitiere: Und werden sie nicht hören auf Vater und Mutter, sollen sie Bekanntschaft machen mit ihm und seinen Anhängern. Mit dem Heuchler und dem Teufel, dem Mann des Friedens.

Sein Zuhause ist die Hölle, dort dienen ihm Dämonen und Geister. Qualen litt er selbst, und bracht´ sie dann in unsere Welt. Dann geht es weiter mit einer Geschichte von einem Märchenschloss am Straßenrand. Im Rest des Buches ist nichts mehr über ihn zu finden. Ist er jetzt ein begnadeter Heiler oder ein Dämon aus der Hölle?"

Sie schienen alle etwas verwirrt. Die Sonne war bereits untergegangen, das spärliche Kerzenlicht die einzige Lichtquelle im großen Raum. Alfred legte sein Buch zur Seite, Mousa tat es ihm nach.

„Ich habe auch nichts gefunden. Wir haben zwei unterschiedliche Meinung über ihn, das passt zu dem

Charakter, den er uns bisher offenbart hat. Nun, es ist auch egal. Denn das wirklich interessante Buch liegt hier hinter mir."

In der Gruppe machte sich eine gewisse Spannung breit. Irgendwas lag in der Luft. Und es war nichts Gutes.

„Meine Schwester wollte dieses Buch nicht mal anschauen. Es sieht auch etwas merkwürdig aus. Es ist sehr alt und scheint auf eine Art Leder geschrieben zu sein", erzählte Mousa.

Er holte das Buch hervor und legte es in ihre Mitte.

„Mein guter Gott, ist das Menschenhaut? Was für ein abscheuliches Teufelswerk ist das? Ich bin mir nicht sicher, ob ich das in meiner Kirche haben will", motzte der Reverend.

Von dem Buch ging eine seltsame Kälte aus. Alain rückte etwas näher an Alfred heran.

„Ich habe nicht viel davon gelesen, mir ging es dabei nicht gut. Fragt mich nicht, wieso. Aber gleich am Anfang habe ich eine Art Gedicht gefunden. Hier ist es." Mousa schlug die Seite auf und las das Gedicht vor.

Ein Mann des Friedens, ist er nicht fein
   Der Mann des Friedens, das will er sein
   Tunichtgute mag er nicht, pass auf, es ist dein Gesicht, dass er Zerbricht
   Bitte, Mann des Friedens, beende nun all die Qualen
   Egal, was es ist, den Preis den woll´n wir zahlen!

Unter dem Gedicht waren zwei grüne Punkte zu sehen, die seinen Augen unheimlich ähnlich sahen.

„Auch hier scheint es so, als wolle man Kindern mit ihm Angst machen. Aber er scheint auch eine Art Heilsbringer für den Verfasser zu sein. Er soll alle Qualen beenden. Viel mehr kann ich daraus aber leider nicht ableiten."

Alfred schaltete sich ein, Alain saß nun direkt neben ihm. „Doch, da ist noch was. Etwas über seinen Charakter. Er ist eitel und ehrgeizig. Er will nicht nur ein Mann des Friedens sein, er will der Mann des Friedens sein. Er hält sich für etwas Besonderes. Das passt zu dem, den wir getroffen haben. Aber dieses Buch ist alt. Sehr alt. Wie kann er so lange leben?", fragte der Büttel.

Mit lauter und erboster Stimme unterbrach ihn Reverend Carreyman. „Ich will wissen, was das für ein Buch ist, habe ich gesagt! Es ist hunderte Jahre alt, auf Haut geschrieben und fühlt ihr nicht, wie kalt es ist? Das ist etwas Unheiliges, etwas Dunkles. Wir spielen mit etwas, was die Grenzen unseres Verständnisses sprengt", fand er.

Daran hatte keiner einen Zweifel. Sie alle fühlten sich nicht wohl dabei, Alain am wenigsten.

„Ich glaube, du hast recht, Reverend. Aber der Mann des Friedens hat uns eine Falle gestellt. Er weiß, wer wir sind, und er mag uns nicht. Und er hat angekündigt, uns wieder eine Falle stellen zu wollen. Selbst wenn wir wollten, wir können nicht einfach aufhören. Vielleicht gab Gott uns die Aufgabe, ihm das Handwerk zu legen?", sagte Alain.

Genau wie damals, als er die Totenkammer reinigen sollte, wünschte er sich, trotz seiner großen Angst, dass es nicht vorbei war, sein Abenteuer. Seine Gelegenheit, etwas zu werden, was er nicht sein sollte. Auch, wenn jede Faser seines Körpers ihn warnte, wollte er jetzt nicht aufhören.

„Bitte Mousa, sag uns, was da noch drin steht. Wir brauchen jede Information, um ihn aufzuhalten", sagte der Junge.

Mousa schaute fragend zum Reverend und auch zu Alfred. Beide schienen verängstigt, nickten jedoch.

„Ich habe mal kurz reingeschaut. Es sind viele Rituale beschrieben und es ist eine Art Lexikon über die verschiedenen oberen Dämonen der Hölle. Das sind wirklich keine schönen Dinge. Es geht darum, Macht zu erhalten, Portale zu öffnen, die an Orte führen, die nicht auf dieser Welt sind. Auf der nächsten Seite zum Beispiel geht es um ein Blutschlamm-Portal. Ich weiß nicht, ob ihr das wirklich hören wollt."

Die Blicke seiner Mitstreiter verrieten ihm, dass sie es wollten.

„Na schön. Ich kann nicht alles davon lesen, aber ich versuche es. Es gibt wohl einen Ort nahe Diron. Eine Höhle. Da soll eine Barriere sehr schwach sein, obwohl ich nicht weiß, was damit gemeint ist." Mousa las ihnen nun die Anleitung vor.

„Die Erde muss angerührt werden, damit der Strudel geboren werden kann. Um geboren zu werden, muss in der Nähe der Schwachstelle unschuldiges Leben geopfert werden. Es wird viel Blut benötigt. Mit blanker Hand muss aus dem Blut ein Kreis gezeichnet werden. Und ein Kreis in diesem Kreis. Und ein Kreis in dem Kreis in dem Kreis. Und viele weitere Kreise. Bis die Kreise sich selbst zeichnen, zu leben beginnen. Kurze Zeit später kann man hindurch treten. Zielort ungewiss. Tod bei Übertritt möglich und zu erwarten. Mobile Funkgeräte sollte man nicht bei sich tragen, diese könnten explodieren."

Der Reverend bekreuzigte sich. Dafür, dass er so einen Text in das Haus Gottes gelassen hatte, würde er in die Hölle kommen, da war er sich sicher.

„Was sind denn mobile Funkgeräte?", fragte Alain. Verdutzt schauten die anderen zum Jungen herüber.

„Das hat deine Aufmerksamkeit erweckt in diesen Zeilen?", fragte Alfred.

So absurd es auch war, Mousa musste lachen und die anderen stimmten mit ein.

„Das waren wirklich grausame Dinge und am liebsten würde ich sie so schnell wie möglich vergessen. Ich muss morgen früh auch für meinen Hilfsbüttel Fenton einspringen, seine Frau liegt in den Wehen. Also würde ich vorschlagen, dass wir, so sehr es mir auch davor graut, den Rest des Buches gemeinsam durchgehen. Oder zumindest überfliegen."

Die anderen nickten, Mousa blätterte auf die nächste Seite.

„Nun gut. Möge Gott mit uns sein. Oder uns zumindest nicht dafür hassen", sagte der Wächter.

Der Mann Gottes bekreuzigte sich schon wieder und schien seine geliebte Bibel fast zu erdrücken. Die Heiterkeit durch Alains Frage war verschwunden und eine beklemmende Stille war wieder eingekehrt. Alfred schwitzte stark.

„Da geht es jetzt um Dämonen. Um Arten von ihnen, oder, ich weiß nicht, Personen", sagte Mousa unsicher.

Mit einer Handbewegung machte Carreyman deutlich, dass Mousa das Buch zu ihm drehen sollte.

„Lass mich mal sehen. Es interessiert mich, ob ich welche wiedererkenne. Die Bibel ist voll von Dämonen, müsst ihr wissen."

Alain wusste das, schließlich wurde es in fast jeder seiner Predigten erwähnt.

„Das ist beeindruckend. Eine genaue Beschreibung der Dämonen, wie sie auch in der Bibel vorkommen. Es ist beschrieben, wie man sie erkennt, was ihre Fähigkeiten und ihre Schwächen sind. Das könnte noch sehr nützlich sein."

Alfred hob seine buschigen Augenbrauen an.

„Du scheinst das alles für bare Münze zu nehmen und bist trotzdem nicht überrascht oder besorgt?", fragte er.

Anscheinend war der Büttel noch nicht überzeugt. Ein komischer Kerl mit Zaubertricks war das eine, aber Dämonen aus der Hölle?

„Falls es nicht deutlich zu sehen ist, möchte ich dich daran erinnern, dass ich fest an Gott glaube. Das heißt auch, dass ich an alles glaube, was er erschaffen hat, und dazu gehört nun mal auch der Teufel. Wenn man wirklich glaubt, dann pickt man sich nicht nur die schönen Teile der ganzen Geschichte raus, sondern nimmt die Gesamtheit der Schöpfung ernst. Das heißt, ja: Ich glaube auch an Dämonen. Und das hier ist eine verdammt genaue Enzyklopädie über eben diese."

Der Gesetzeshüter hob beschwichtigend die Hände.

„Ich wollte nicht an deinem Glauben zweifeln. Es wäre mir nur sehr recht, wenn wir weiter nach Informationen über den flüchtigen Verbrecher suchen, anstatt uns mit Dämonen zu befassen."

Um das Gespräch der beiden grundverschiedenen Männer nicht noch unnötig in die Länge zu ziehen, blätterte Mousa weiter.

„So soll es sein, wir setzen unsere Suche fort."

Alain war still geblieben. Er schien sich immer noch zu fürchten. Man konnte es dem Jungen auch nicht verübeln. In einer finsteren Kirche, direkt neben dem Friedhof nur bei Kerzenschein in einem alten Buch über Dämonen und böse Magier zu lesen übertraf seine sonstigen Aufgaben als Anwärter des Reverends bei weitem. So überflogen alle, außer Alain, die nächsten Seiten des dunklen Buches.

Manche Dämonen hatten auch Zeichnungen bei ihrem Bericht stehen. So war eine weiße Gestalt mir vier Hörnern bei einem Dämon, der sich Begierde zu Nutze machte zu sehen. Sein Name war Tamoron. Andere Dämonen mit vielen verschiedenen Spezialgebieten wie Alpträume, Krieg, Hass oder Lust wurden bis auf das kleinste Detail beschrieben. Dann endete der typische

Aufbau der Seiten. Stattdessen fanden die Männer einen Fließtext.

„Das ist es, seht!", rief Mousa und las den Text vor.

„Achtung! An alle Mitarbeiter! All die genannten Dämonen, ausgenommen unsere erhabenen Höllenfürsten, sowie jegliche andere Diener der Hölle sollen dem Mann des Friedens in der Endzeit Gehorsam schwören, andernfalls droht eine Vertragsstrafe. Die Endzeit kennzeichnet sich durch bestimmte Ereignisse. Das Elixier wird fertig gestellt sein. Die Toten werden zurückkehren und dem Mann des Friedens gehorchen. Im Wald wird er die Seele des Kriegers zerschmettern, genau wie sein Gesicht. Danach wird er beim Hafen jemandes Frau rauben und die Sünder im Labyrinth einsperren. Sobald das große Feuer brennt, darf es als sicher angenommen werden, dass die Zeit der Befreiung gekommen ist. Der Verrat wird das letzte Glied der Kette sein. Sobald ihnen eines dieser Ereignisse zu Ohren kommt, sollten sie das Geschehen über diverse verfügbare Flure verfolgen und sich bereit machen. Der Sieg der Hölle ist nah, die Welten werden brennen."

Alfred brach das Schweigen, dass einige Sekunden lang nach dem Lesen des Textes währte, als erster.

„Im Labyrinth einsperren! Das hat er mit uns gemacht! Also wusste der Autor des Buches von seinem Plan. Wir müssen den ausfindig machen, der das verrückte Buch geschrieben hat", fand er.

Alain blickte verständnislos zu ihm herüber, der Reverend und Mousa schauten beide zu Boden und dachten weiter nach.

„Aber Alfred, das Buch ist steinalt! Das wurde mit Sicherheit vor mindestens 100 Jahren geschrieben! Und der Autor hat es damals schon gewusst. Kommt dir das nicht seltsam vor?", fragte der Junge.

Der Büttel hob den Finger, doch er kam nicht dazu, Alain über Märchen und echte Investigationen zu belehren.

„Es tut mir leid, wenn ich Salz in eine offene Wunde streue, aber es muss gesagt werden. Das Labyrinth ist nicht das einzige, was vorhergesagt wurde. Im Fochwald hat der Mann des Friedens sprichwörtlich Mousas Seele zerstört, weil er ihm eine schlimme Niederlage zugefügt und alle seine Kameraden getötet hat. Damit hat er auch, wie im Text beschrieben, sein Gesicht zerstört. Damit ist wohl sein ehrenwerter Ruf gemeint. Wie wir alle wissen, wurde er nach Simplex verbannt. Es tut mir leid, Garnisonsführer."

Mousa nahm ihm das nicht übel. Eigentlich bewunderte er den Prediger sogar dafür, dass er so scharfsinnig war und den Zusammenhang erkannte.

„Es gibt nichts zu entschuldigen. Diese Sache hier ist wichtiger als mein Wohlergehen. Die Zeichen sind klar. Diron, sogar ganz Terusa droht großes Unheil", war sich Mousa sicher.

An seinem Schnauzer spielend grunzte Alfred abwertend.

„Bei allem Respekt. Wir haben ein paar Hinweise auf den Mann gefunden, der hier sein Unwesen treibt, aber er ist ganz sicher kein Bote der Hölle und wird auch nicht das Ende von Terusa bedeuten. Wir geben unsere Informationen an den Bezirksdiener Walter weiter, der ist für die Sicherheit des Königs verantwortlich", sagte er.

Inzwischen war Alain wieder etwas munterer. Das lag daran, dass sie nicht mehr aus dem Buch lasen.

„Büttel! Du weißt doch nicht, wer mit dem Mann des Friedens gemeinsame Sache macht. Durch Mousa wissen wir, dass der Mann des Friedens den wichtigen Personen in Diron bekannt ist, aber sie wollten nichts gegen ihn unternehmen. Vielleicht arbeiten einige sogar für ihn. Und selbst, wenn es nicht so wäre, denkst du, sie würden uns glauben? Dass wir in einem magischen Labyrinth eingesperrt waren, das zusammenbrach und wir dann durch die Zeit gereist sind?"

Alfred wollte widersprechen, doch er wusste nicht, wie.

„Das ist schon okay, du musst nicht mitkommen. Der Reverend und ich werden alleine gehen", sagte Mousa.

Carreyman nickte ihm entschlossen zu, während Alain fast die Kinnlade herunterfiel. Sie dachten gar nicht daran, ihn mitzunehmen. Für sie war er immer nur noch ein Kind.

„Das Buch habe ich zwar wirklich nur sehr ungern in meiner Nähe, seine Informationen könnten jedoch nützlich sein. Bevor wir es mitnehmen, würde ich es jedoch gerne purifizieren. Etwas Weihwasser und ein Gebet sollten ausreichen."

Alfred verdrehte die Augen so, dass es jeder sehen konnte.

„Reverend, ich bitte sie!", fauchte der Büttel, während Carreyman eine kleine Phiole mit Weihwasser aus dem Taufbecken füllte und dabei einige Worte murmelte.

„Ich weiß, wie gerne sie sich und ihren Glauben wichtignehmen, aber sie begehen eine Sünde, wenn sie aus ihrem eigenen Stolz heraus diesen armen gebrochenen Mann ausnutzen", meckerte er.

Carreyman hielt kurz inne, fuhr dann mit der Zeremonie fort. Mousa blickte zu Boden und Alain verfolgte mit Spannung den sich anbahnenden Streit seiner beiden Vorbilder.

„Sie haben richtig gehört, sie nutzen ihn aus. Dieser mutige Mann wurde auf dem Schlachtfeld gebrochen und er leidet immer noch! Hören sie das? Er leidet! Er wäre bereit, alles zu tun, um seiner Schmach und der Trauer zu entfliehen. Es ist widerlich, dabei zu zuschauen, was sie bereit sind zu tun, nur um wichtig zu erscheinen!", rief Alfred.

„Schluss jetzt"!, schrie der Reverend in schriller Stimme.

„Ich denke nicht dran!", entgegnete der Büttel.

Der Reverend ignorierte die weitere Provokation und sprach sein Gebet, diesmal lauter.

„Dabei erhebe uns ins Göttliche, indem wir dir dienen. Säubere dieses Stück Finsternis, so dass es uns von Nutzen ist, oh Herr."

Jetzt stand Alfred auf, es sah aus, als wolle er dem Geistlichen eine scheuern. Carreyman beachtete ihn nicht und war bereit, dass Weihwasser über das Buch zu gießen.

„Hören sie auf mit dem Blödsinn!"

Zischhhh.

„Was war das?", fragte Alain ängstlich.

Das Geräusch war eine lautere, intensivere Version von dem Zischen, was zu hören ist, wenn sich jemand an einer heißen Pfanne verbrannte.

„Ich weiß es nicht. Vielleicht eine Art chemische Reaktion?"

Carreyman kippte ein paar weitere Tropfen auf das Buch hinunter. Diesmal schleuderte sich das finstere Buch selbst in die Ecke, weit weg vom Weihwasser.

„Aaaaaaaaah!", schrie eine unmenschliche Stimme.

„Was um alles in der Welt ist hier los?"

Alfred war sichtlich verwirrt, Alain fasste Mousa am Arm, doch der blickte immer noch zu Boden. Das Buch schlug sich selbst auf und lag für eine Sekunde einfach nur da. Eine blutige, kleine Hand schoss aus seinen Seiten heraus und suchte Halt am steinernen Fußboden der Kirche. Kurz darauf erschien auch die zweite Hand und suchte Halt auf der anderen Seite. Das Buchwesen zog sich nach oben, von wo auch immer, und schaffte es mit Mühe, erst seinen blutigen Kopf und dann seinen Oberkörper aus dem Buch zu quetschen. Der Reverend hatte inzwischen in seine Hosentasche gefasst. Dort bewahrte er das heilige Siegel auf, das Kreuz aus Silber. Er wollte es aus der Tasche ziehen und dem Geschöpf entgegen strecken, überlegte es sich dann jedoch anders. Vorerst.

Alain war weiterhin zu geschockt, um sich zu bewegen, und Mousa beachtete das Geschehen gar nicht. Anders als Alfred. Der hatte seine Hand bereits an seinem Revolver, doch hielt sich auf ein Handzeichen des Reverends hin noch zurück. Das blutige, kleine Wesen stieg nun aus dem finsteren Buch heraus. Es war keinen Meter groß, hatte anscheinend keine wirkliche Haut und das Gesicht eines alten Mannes.

„Ihr wisst, dass es nettere Arten gibt, mich zu beschwören?", schnauzte der verärgerte Höllendiener. „Weihwasser, wow. So wurde ich lange nicht mehr behandelt", meckerte er.

Alfred wusste nicht wirklich, was er von der blutenden Figur halten sollte. Sie wirkte bedrohlich, aber auch etwas lächerlich. Anscheinend waren seine Gefühle verletzt.

„Ich erflehe deine Verzeihung, uns ist kein Beschwörungsritual bekannt, das dich herbeigerufen hätte", sagte der Reverend.

Offensichtlich hatte Carreyman einen Plan. Der blutende Höllendiener rümpfte die Nase.

„Meine Güte, nicht mal ein einfaches Beschwörungsritual könnt ihr durchführen. Was seid ihr denn für Anfänger? Auf jeden Fall habt ihr Glück, denn euch zu

Diensten steht Alfk, der Bibliothekar der Hölle. Na ja, selbsternannter Bibliothekar, aus rechtlichen Gründen muss ich das erwähnen, aber an meinen erstklassigen Diensten ändert das nichts. Ich nehme an, ihr habt die Zeichen gesehen und wollt nun auf den Höllenzug aufspringen, häh?"

Weder Alain noch Alfred verstanden etwas von dem Zeug, was der Bibliothekar faselte, der Reverend jedoch schien den Durchblick zu haben.

„Na ja, sozusagen. Ist denn in der Hölle noch Platz für ein paar loyale Diener mit vielen Talenten?", fragte er.

Alfk beäugte die Vier nun kritisch, so als wäre er ein potentieller Arbeitgeber bei einem Vorstellungsgespräch.

„Talentiert, häh? Der Junge hat auf jeden Fall Talent, und der Hass in dem traurigen Krieger lässt sich ausnutzen. Und einen Platz für Überläufer haben wir doch immer, Reverend. Schließlich gibt es keine größere Sünde, ihr habt meinen Respekt", sagte Alfk anerkennend.

Carreyman versuchte, so verschmitzt wie möglich zu lächeln.

„Danke, Bibliothekar. Also sag uns doch, wie wir helfen können. Was sollen wir tun? Gibt es vielleicht einen Plan, an den sich alle halten?"

Dramatisch breitete Alfk die Arme aus, um deutlich zu machen, dass er es nicht wusste.

„Ich kenne keine Pläne. Ich kenne Daten und Fakten. So wie die Stadtpläne in Mison City. Nur hübscher. Den Rest müsst ihr selber auf die Beine stellen. Wenn ihr wirklich blutige Anfänger seid, schlage ich vor, wir lernen heute mal etwas über Flure. Sicheres und schnelles Reisen ist das A und O im ewigen Krieg. Je mehr Personen dabei sind, um so schwieriger ist es jedoch, einen Passenden zu finden. Ihr seid zu viert?", fragte der Dämon.

Jetzt änderte sich etwas im Blick des Bibliothekars der Hölle. Sie waren zu viert. Der Gesetzeshüter. Der Mann Gottes. Der Junge. Und der gebrochene Krieger.

„Ihr seid es! Die Verfluchten. Ihr wolltet mich reinlegen! Aabach, wieso denkt jeder, er kann auf mir rumtrampeln?!"

Rauch stieg nun von seinem Körper auf und die Temperatur in der Kirche stieg drastisch an. Jetzt streckte ihm der Reverend das silberne Kreuz entgegen.

„Ich beschwöre dich, Dämon, Feind der Menschheit, erkenne an die Gerechtigkeit des Herrn ... ", begann der Reverend.

Alfk lachte laut. „Du Witzfigur, du hast ja nicht mal gelogen. Ihr wisst ja wirklich nichts. Ich habe doch niemanden besessen, was willst du also mit einem Exorzismus? Meine Güte, ihr tut mir ja fast leid, so unterlegen wie ihr seid."

Ein lauter Knall ertönte, als Alfred ihm ins Gesicht schoss und dort ein klaffendes Loch hinterließ.

„Okay, dass macht es etwas einfacher, euch zu fressen", sagte Alfk.

Er stürmte mit einem Sprung auf Alfred zu und trat ihm den Revolver aus der Hand. Mit einem Ruck fuhr er ein paar spitze, schwarze Krallen aus seinen Fingern der rechten Hand und schlitzte den Oberschenkel des Büttels auf. Dieser schrie auf, gepeinigt vor Schmerz und zog sich einige Meter zurück, während Alfk hastig sein Blut vom Boden leckte.

„Mousa! Bitte! Du musst was tun! Siehst du denn nicht? Die Leute, die euch im Wald angegriffen haben, sie sind hier. Das ist einer von ihnen. Du hast den Kampf noch nicht verloren, denn er ist noch gar nicht vorbei. Bitte, kämpfe für uns!", flehte ihn Alain an.

Schützend stellte sich der Reverend vor Alfred und streckte immer noch das silberne Kreuz dem Dämon entgegen. Der zeigte sich jedoch unbeeindruckt, machte einige Schritte auf ihn zu und leckte mit einer von Geschwüren übersäten, blutigen Zunge am Zeichen Gottes.

„Ein süßes Früchtchen, dieser Jesusmensch", sagte er.

Sich bewusst, dass es keinen Zweck hatte, holte der Reverend zornig zum Schlag aus. Er sollte jedoch verfehlen, denn ein großer Stiefel traf Alfk mit einem heftigen Tritt im Nacken. Mousa hatte sich aufgerafft und war bereit, den Dämon zu töten.

Der Bibliothekar wollte etwas sagen, doch Mousas Knie verwehrte ihm dieses Recht und beförderte ihn desorientiert zu Boden.

„Ich kann ihn verletzen, aber wenn Alfreds Schuss in seinen Kopf ihn nicht töten konnte, kann ich es auch nicht", sagte der Wächter.

Während der Dämon versuchte, wieder auf die Beine zu kommen und Alfred und Carreyman noch dabei waren, Mousas Fähigkeiten zu bestaunen, hatte Alain eine Idee.

„Aber der Reverend kann es!", schrie er und zeigte mit dem Finger auf die Phiole, in der das Weihwasser war. Der Junge hatte recht, es hatte dem Dämon so sehr weh getan, dass er sich gezwungen sah, seine wahre Gestalt anzunehmen.

Mousa blickte ihn fragend an und der Reverend nickte. Er machte sich mit Alfred auf in das kleine Bad im Hinterzimmer der Kirche. Sichtlich angefressen kreischte der Dämon in Mousas Richtung und stürmte so auf ihn zu, wie er vorher auf Alfred losgestürmt war. Mousa wich dem ersten Hieb mit den Höllenkrallen aus und landete seinerseits einen Tritt gegen den linken Knöchel des Bibliothekars. Diesmal schrie er nicht, sondern revanchierte sich mit einem schnellen Hieb, der Mousas rechte Wade erwischte und ihn bluten ließ.

„Es ist bereit! Bring ihn her!" Die Anweisung des Reverends lenkte Alfk kurzzeitig ab und sorgte dafür, dass er sich einen weiteren Kniestoß direkt ins Gesicht einfing und erneut benommen zu Boden ging. Mousa packte ihn am Knöchel, den er eben getroffen hatte, und schleifte ihn in den Waschraum. Alain stand auf, ging aber nicht hinterher. Irgendwie hatte er jetzt ein ungutes Gefühl.

„Was hast du vor, Wächter? Was hast du ...? Tu das nicht! Bitte nicht!", bettelte Alfk.

Jetzt sah er die gefüllte Holzwanne und wusste, was der Mann Gottes hier drin getan hatte. Er hatte das gesamte Wasser geweiht.

„Das brennt schlimmer als Feuer! Bitte! Bitte tut das nicht!", flehte der Diener der Hölle.

Dass er Angst hatte, bewies, dass Alain recht hatte. Mousa hob ihn in die Höhe und lies ihn in die Badewanne fallen. Alfk heulte und schrie, von Schmerzen gepeinigt. Das Weihwasser begann zu blubbern, als würde es kochen.

Das Heulen verstummte nach kurzer Zeit, da das Weihwasser die Stimmbänder des Dämons zersetzt hatte. Wehren konnte er sich nicht mehr, doch er zuckte noch gelegentlich. Das endete, als Alain allen Mut zusammen nahm und das dunkle Buch zu dem Dämon in die Wanne warf.

„Er war irgendwie an das Buch gebunden", sagte er und klang dabei traurig.

Dazu hatte niemand etwas zu sagen. Es wurde beschlossen, dass Alain nach Hause gehen würde und die drei Erwachsenen abwechselnd vor der verschlossenen Türe zum Waschraum Wache halten würden. Zuerst wollte der junge Anwärter sich dagegen wehren, schließlich hatte er Angst, seine Mitstreiter könnten ihn in einer Nacht- und Nebelaktion zurücklassen, ging dann aber trotzdem. Irgendwie wollte er weg von diesem Ort. In den wenigen Stunden, in denen er schlief, plagten ihn Albträume. Keine Albträume, die ihm der Mann des Friedens sendete, keine Albträume, in denen sich seine Angst vor diesem finsteren Mann manifestierten, sondern Albträume über das, was sie heute getan hatten. Er hatte Schuldgefühle. Auch wenn er sich klarmachte, dass es ein Dämon war, der sie töten wollte (wollte er das?), machte es die Sache nicht besser.

Sie haben ein irgendwie fühlendes Wesen auf grausame Weise getötet. Er war sich klar, dass, wenn er diesen Weg weiter gehen würde, damit klar kommen müsste so etwas zu wiederholen. Ein Held zu sein bedeutete eben auch, zu kämpfen. Leben zu nehmen. Die anderen drei dachten nicht daran, was sie Alfk angetan hatten. Oder wollten es nicht. Nach zwei Stunden sah Mousa nach, was sich in der Wanne abspielte und stellte fest, dass sich der Bibliothekar aufgelöst hatte. Nur das Buch war noch übrig. Sie säuberten es und schlossen es in einen Schrank am Altar ein. So konnten sie nun alle ein wenig schlafen. Ihre Nachtruhe wurde jedoch zeitig unterbrochen, als der erste Sonnenstrahl seinen Weg in Gottes Haus fand.

„Ich werds allen sagen!", schrie Alain und weckte damit die drei Männer auf.

„Wenn ihr ohne mich gehen wollt, werd ich´s allen erzählen. Also müsst ihr mich mitnehmen."

Alfred rieb sich verwirrt die Augen.

„Und außerdem wollte der Mann des Friedens unsere Gemeinschaft zerstören, um seinen Sieg schon jetzt zu sichern. Wenn ihr mich hier lasst, erledigt ihr seine Arbeit für ihn."

Mousa setzte sich auf, ließ aber noch den Kopf hängen.

„Ganz ruhig, mein Junge. Wir haben zusammen gekämpft. Wir sind eine Einheit", sagte er.

Alains Augen wurden groß und füllten sich für eine Sekunde mit Tränen. „Ich komme auch mit. Wenn Diron in Gefahr ist, bin ich verpflichtet, etwas zu unternehmen. Und offensichtlich ist die Bedrohung groß", sagte Alfred.

Auch er verschloss sich nicht länger vor der Wahrheit. Sie würden aufbrechen, und das gemeinsam. Der Junge, der keinen Nachnamen hatte (Das war in Simplex so üblich), hatte sich im Leben noch nie besser gefühlt.

Sein Traum schien wahr zu werden. In einer kurzen Besprechung verabredeten Alain und der Reverend, dass sie als Ausrede für ihre längere Abwesenheit von Diron eine Pilgerreise verwendeten. Das war für Alains Mutter und die Gemeinde plausibel und niemand würde nähere Fragen stellen. Alfred brauchte nicht mal zu lügen. Er gab in der Wache an, dass er den Leichenschänder verfolgte, da herauskam, dass er noch weiteres Übel im Sinn hatte. Mousa brauchte keine Ausrede, denn es gab niemanden, der sich um seinen Verbleib scherte.

Als Alain nach seiner Schwester fragte, wollte der Garnisonsführer jedoch nicht weiter über sie reden. Dem Jungen war es recht, er hatte bereits, was er wollte. Endlich komme ich hier weg. Ich bin nicht mehr gefangen. Ich kann tun, was ich will, endlich, dachte sich der junge Anwärter. Für den ersten Gedanken schämte sich Alain etwas, schließlich würde er seine Mutter für eine Weile zurücklassen. Er empfand jedoch keine Trauer, oder hatte Angst vor dem Abschied. Der Wunsch, aus diesem endlosen Kreis von Armut und Unterjochung auszubrechen, war einfach viel zu groß. Alle erledigten ihre Aufgaben wie besprochen und trafen sich dann am Haupttor, welches in den Fochwald führte, wieder. Das war Mousas Idee gewesen. Anstatt sich heimlich raus zu schleichen, konnten sie doch einfach durch das Tor spazieren. Hierzu war eine kleine Lüge nötig, die konnte er aber später auf sich nehmen, versicherte er. Sein Ruf wäre ja eh schon ruiniert.

„Hey, Rainer, mach doch mal für einen kurzen Augenblick das Tor auf, wir haben einen kleinen Auftrag!", rief er dem diensthabenden Torwächter entgegen. Der hatte grade ein kleines Nickerchen gemacht. Mousa wusste, dass er erst in einer Stunde von seiner Nachtschicht befreit wäre.

„Garnisonsführer Relleon! Ich habe mich, ähm, nur kurz ausgeruht. Aber das Tor kann ich leider nicht öffnen."

Mousas Blick wurde etwas schärfer.

„Wie war das?"

Rainer bekam etwas Panik. „Es tut mir leid, Garnisonsführer. Die Tore sollen doch momentan generell geschlossen bleiben. Es gab wohl mal wieder einen Vorfall in den Wäldern. Mehr weiß ich nicht."

Die Situation war völlig unter Kontrolle, das wurde Mousa jetzt klar.

„Mein guter Rainer, um diesen Vorfall geht es doch. Ich war daran beteiligt. Meine Garnison war es, die angegriffen wurde. Nun soll ich mit Hilfe des Büttels nach Überlebenden suchen und der Geistliche soll mit seinem Anwärter Gebete für die Toten sprechen. Befehl vom König."

Die letzte Salbung wollte Rainer seinen gefallenen Kameraden nicht verwehren.

„Habt eine gute Reise. Ich hoffe, ihr kommt sicher wieder nach Diron."

Das hoffe ich auch, dachte sich Mousa und hob die Hand zum Gruß. Das dicke, hölzerne Tor öffnete sich langsam und die vier schritten hindurch.

Kapitel 5 Das Magievolk und Handura

Während die drei Abenteurer durch den Fochwald wanderten, dachte Alfred daran, wie absurd das war, was sie hier taten. Sie jagten einem Mythos nach. Einem irren Zauberer, der mit der Hölle selbst im Bunde stand. Ihm war dieser ganze absurde Hokuspokus zu wider, doch er hatte mit eigenen Augen gesehen, dass es wahr war. Alfk, der kleine Bibliothekar war ein waschechter Dämon. Daran bestand keinen Zweifel. Und er hatte geschworen, Diron vor allen möglichen Fahren zu schützen. Wenn da eben auch ein teuflischer Zauberer dazu gehörte, war das eben so.

„Du siehst so verträumt aus, Alfred. An was denkst du?", fragte Alain.

Der Büttel fühlte sich ertappt. „Ich? Ach, nur daran, wie wir diesen Schurken dingfest machen. Ich hoffe, wir finden ihn schnell, damit er nicht noch mehr Unheil anrichten kann."

Alain nickte.

„Wo sagtest du doch gleich, soll dieses ominöse Volk leben, dass so viel über Magie weiß?", fragte der Reverend Mousa.

„Im nordwestlichen Teil des Fochwaldes. Angeblich haben sie sich dort hin verzogen, damit sie von keinem Königreich behelligt werden. In den meisten ist es ja verboten, von Magie oder Hexerei überhaupt zu sprechen."

Ihm war bewusst, dass sie nicht grade viele Anhaltspunkte hatten und quasi die Nadel im Heuhaufen suchten.

„Gibt es denn viele andere Königreiche?", fragte Alain.

Die drei Erwachsenen schauten sich an. Wenn der Junge schon außerhalb der Mauern unterwegs war, um einen kriminellen Magier zu jagen, dann sollte er vielleicht auch etwas mehr über die Welt erfahren, die er jetzt bereiste. In Diron war es nicht gerngesehen, wenn man Kindern etwas über die Welt erzählte, da es sie ermutigen konnte, die schützenden Mauern zu verlassen. Es war Alfred, der ihm antwortete.

„Weißt du, es gab wohl mal mehr Königreiche. Und mehr Menschen. Aber das hat sich geändert. Viele der Menschen sind gestorben, ihre einstigen großen Königreiche brachen auseinander und es entstanden die Königreiche, die wir heute kennen. Die Mauern brauchte man, um sich vor den wilden Bestien zu schützen. Jetzt steht es nicht mehr so gut um Terusa.

Es gibt wenig Handel, die Menschen schließen sich hinter ihren Mauern ein und es gibt viel Armut. Vielleicht können wir ja unseren Teil dazu beitragen, dass es mal wieder bessere Zeiten geben wird", erzählte der Büttel.

Das musste Alain erst mal sacken lassen. Er hatte von den Wächtern, die manchmal in Simplex am Lagerfeuer tranken, schon ein wenig über Terusa erfahren, doch dass es so schlecht um ihre Welt stand, war ihm neu. Carreyman nickte Alfred zu. Er hatte seine Aufgabe gut gemacht. Mousa hörte gar nicht mehr zu und wurde etwas stiller, er hielt bereits jetzt Ausschau nach den Wilden. Wie er seinen Mitstreitern versichert hatte, war die Route zwar von Umwegen geprägt, dafür aber sehr sicher. Keine Rudel der Wilden hätte sich jemals in diesen Gebieten aufgehalten.

Trotzdem zeigte sich der Garnisonsführer in höchster Alarmbereitschaft. Sein Schwert schindete ganz schön Eindruck bei Alain. Er hatte es zwar schon einmal im Geheimgang hinter der Totenstube gesehen, doch hier draußen im Licht des Tages wirkte es noch beeindruckender.

Außer ihren Waffen, Schlafsäcke und etwas Proviant, hatten sie nichts mitgenommen. Falls ihre Reise tatsächlich länger gehen sollte, konnten sie ihre Vorräte in einem anderen Königreich aufstocken.

Auch, nachdem sie bereits einige Stunden unterwegs waren, hörte der Junge nicht auf zu staunen. Er war das erste Mal außerhalb der Mauern. So etwas wie den Wald, den sie jetzt bewanderten, gab es in Diron natürlich nicht. Es gab Hütten, die Burg, Geschäfte und auch die Felder, aber nichts davon hatte in seinen Augen eine solche Anmut, wie der Fochwald. Anders, als einmal in der Schule behauptet wurde, die er ein Jahr lang besuchen durfte, waren die Bäume hier weiß und nicht braun. Ihre dünnen Stämme ragten hoch in die Luft und die kleinen Blätter waren alle so unglaublich grün. Niemals hätte er zu Träumen gewagt, einmal ein solches Wunder erleben zu dürfen. Als sein Blick wachsam umherschweifte, merkte der Garnisonsführer, wie sehr der Junge über den Wald staunte. Bei dem Anblick wurde ihm ganz warm ums Herz, doch die Angst in ihm wurde größer.

Die Angst, die ihn schon seit der Kirche begleitete. Was war, wenn sie wieder von einer Horde von untoten Wilden angegriffen wurden? Diesmal hatte er nicht seine gut ausgebildete Garnison dabei, sondern nur einen alten Büttel, einen Priester und einen kleinen Jungen. Wenn er schon die ausgebildeten Wächter nicht retten konnte, wie sollte er das dann mit diesen zufällig zusammengewürfelten Leuten schaffen?

Er musste sich stark konzentrieren, um die Gedanken bei Seite zu schieben, und sich wieder auf die Aufklärung zu konzentrieren. Immerhin war bisher kein Geräusch zu hören. Die Route, die er ausgewählt hatte, schien tatsächlich frei von Wilden zu sein. So wanderten sie einige Stunden, ohne dass einer von ihnen ein Wort verlor.

Reverend Carreyman war es, der das Schweigen mit einem Seufzer brach.

„Hm."

Mousa setzte sofort seine Hand an den Griff seines Schwertes.

„Was ist, Reverend?"

Der zuckte nur mit den Schultern und sah sich um. „Ich war so lange nicht mehr außerhalb der Mauern. Wir suchen hier nach Magie, dabei umgibt sie uns doch schon in all ihrer Pracht."

Alfred verdrehte die Augen, doch Alain fand, dass er recht hatte.

„Das mag sein, wir sind jetzt seit einigen Minuten in dem Bereich, in dem das Dorf dieser Leute laut unseren Aufzeichnungen sein soll. Es wurde mehrmals geplant, ihnen ein Besuch abzustatten, um zu kontrollieren, was sie hier so treiben, die Pläne wurden aber immer wieder verworfen. Sie waren einfach nicht wichtig genug."

Dass sie den Befehl bekommen hatten, dass Dorf aufzulösen, wollte Mousa erst mal nicht erwähnen.

„Haltet die Augen offen. Wenn diese Menschen sich verstecken, wird es nicht einfach sein, sie zu finden. Achtet auf kleine Abzweigungen am Wegesrand, die eventuell von Gebüsch oder Bäumen verdeckt sind", sagte Alfred.

Das taten sie auch alle – ohne großen Erfolg. Weder umgeknickte Zweige an Gebüschen, noch versteckte Wege oder gar Rauch waren irgendwo zu sehen. Alain begann bereits, seine Heldenreise langweilig zu finden, da blieb Mousa plötzlich stehen und hob die Faust.

„Das kann nicht sein. Das kann doch nicht sein!"

In einer Bewegung, die so schnell war, dass keiner seiner Mitstreiter sie wahrnehmen konnte, zog er sein Schwert und begab sich in Kampfposition.

„Es sind Wilde! Es tut mir leid. Bleibt hinter mir." Auch Alfred zückte seine Waffe, der Reverend schlug die Bibel auf. Mousa fragte sich, was er damit bezwecken wollte.

„Wo denn? Ich sehe niemanden", fragte der verängstigte Alain.

Mousa hob nur erneut die Faust. Sie gingen langsamen Schrittes weiter und nach wenigen Minuten hörten sie es auch. Ein seltsames Stöhnen und Bewegung im Gebüsch. Als das Wesen sich zeigte, begann Mousas gesamter Körper zu zittern. Es war einer der untoten Wilden, die vom Mann des Friedens befehligt wurden. Seine gesamte Haut war grünlich verfärbt und sein Kopf war fast nur noch ein Schädel, das Fleisch war gänzlich abgenagt. Die Bewegungen des Wilden wurden schneller. Er sank auf alle viere und rannte wie ein Tier direkt auf Alain zu. Es dauerte keine Sekunde, bis er die zehn Meter überbrückt hatte, zum Sprung ansetzte, und ihm dabei von Mousa der Kopf abgetrennt wurde.

Alain schrie und Alfred schoss überrascht und verwirrt in die Leere.

„Hör auf zu schießen! Das lockt noch mehr an. Wir hatten Glück, dass es nur einer war. Das war beim letzten Mal noch anders."

Er hockte sich neben die Kreatur, deren Kopf nun neben ihrer eigenen Schulter lag.

„So waren auch die anderen Wilden. Offensichtlich tot und doch lebendig. Aber das ist für euch ja nichts Neues. Mir ist es nur ein Rätsel, wie er uns sondieren konnte und gezielt auf Alain Anlauf genommen hat. Er hat weder eine Nase noch Augen." Die Bibel wurde wieder zugeklappt.

„Beim Allmächtigen! Dieses Ungeheuer ist schnell wie der Wind, aber du bist schneller. Ich habe es nicht einmal wirklich gesehen, wie du dein Schwert gezückt hast. Das ist unglaublich", sagte der Reverend.

Mousa hatte gar nicht daran gedacht, dass seine neuen Gefährten ihn noch nie in einem richtigen Kampf gesehen hatten. Das kleine Scharmützel mit dem armen Alfk war etwas anderes. Der war nicht so schnell und auch nicht so blutrünstig wie die Wilden.

„Es kommt noch einer. Bitte macht euch bereit, ich bin mir sicher, es wird nicht der Einzige sein. Alfred, ziele auf den Kopf. Reverend, sie beschützen den Jungen."

Alfred nickte.

„Gott beschützt uns."

Der nächste Wilde hetzte aus einem Baum am Wegesrand auf die Gruppe zu. Blitzschnell sprang ihm der ehemalige Garnisonsführer entgegen und trennte diesmal beide Beine des Angreifers ab. Nachdem dieser auf dem Boden aufschlug, drückte ihm Mousa sein Schwert zwischen die Augen. Das nahm alles jedoch etwas Zeit in Anspruch. Währenddessen kam ein weiterer untoter Wilder aus dem Geäst auf sie zugestürmt. Alfred hatte ihn sehr früh erkannt und schoss ihm direkt zwischen die Augen. Mousa drehte sich überrascht zu ihnen.

„Gute Arbeit."

In Wahrheit war er bestürzt, dass er diesen nicht hatte kommen sehen. Seine Freunde hätten tot sein können. Schon wieder.

„Da ist noch einer!"

Alfred hatte ihn also auch bemerkt, das machte dem Wächter Hoffnung.

„Bleibt zurück und seid wachsam."

Das taten sie, während er dem Angreifer den Schädel mit seinem Schwert durchbohrte. Im Moment schien sich kein weiterer Untoter zu nähern.

„Diese Höllenkreaturen passen vom Aussehen her zu denen, die uns von dir beschrieben wurden. Aber sie verhalten sich nicht so. Sie sind schnell und blutrünstig wie die Wilden, greifen aber nicht koordiniert an", sagte der Mann Gottes nachdenklich.

„Ich weiß. Das ist seltsam. Vielleicht gehört es aber auch einfach zu ihrem Angriffsplan. Vielleicht wollen sie uns verwirren."

Alfred nickte nachdenklich. Das konnte sein.

„Oder ihr Meister hat sie im Stich gelassen. Wie ein Spielzeug, dass er jetzt nicht mehr braucht, weil er ein besseres hat. Der Mann des Friedens ist wohl weiter gezogen."

Alains Gedanke klang irgendwie plausibel. Die Kreaturen irrten ziellos umher und ließen sich von ihren Instinkten treiben. Das taten auch die beiden Wilden, die sie erst hörten und wenige Sekunden später auf sie zu sprinten sahen. Per Handzeichen kriegte Alfred die Anweisung, den auf der rechten Seite auszuschalten. Mousa selbst nahm ein paar Schritte Anlauf, sprang auf den heranrasenden Untoten zu und trennte ihm Diagonal die Hälfte seines Kopfes ab. Ein Schuss ertönte. Gut, dachte sich Mousa. Allerdings ertönte kurz darauf ein zweiter Schuss.

„Verdammt, das Vieh bewegt sich so schnell!"

Ruckartig drehte sich der Garnisonsführer zu seinen Freunden um.

„Weiche von uns, Bestie! Der Herr befiehlt es dir!" Die Kreatur der Hölle war bis auf wenige Meter vorgedrungen. Gebete halfen ihnen in dieser Situation nicht, aber Mousas Schwert tat es. Er warf es wie einen Speer auf das Monstrum. Es trat an einem Ohr ein und am anderen wieder hinaus, die Bestie war erlegt. Alain atmete durch und setzte sich erstmal hin. Ein Held zu sein war ganz schön gefährlich.

„Tut mir leid, Mousa, das Ding war einfach zu schnell".

Es blieb jedoch keine Zeit, um zu antworten. Mousa zählte sechs Angreifer. Zumindest hörte er sie. Einer von ihnen war bereits sehr nahe. Zeit für Gespräche gab es nicht mehr. Vielleicht waren Gebete doch das, was sie jetzt brauchten. Als der erste der kleinen Gruppe auf allen vieren aus einem Gebüsch heraus sprang, war Mousa schon bereit und stieß ihm sein Schwert von oben durch den Nacken und durchtrennte dabei sämtliche Nerven.

Während Mousa sein Schwert aus dem Nacken des Vierbeiners zog, betrachtete Alain den toten Wilden. Er hatte überaus lange Arme und Beine, wirkte kaum noch menschlich. Auch sein Mund oder Maul war sehr breit und schien immer noch zu grinsen.

„Vorsicht!"

Mousa riss ihn aus seinen Gedanken. Von vorne näherten sich insgesamt fünf Untote. Drei Gewöhnliche, einer auf allen vieren und einer, der unglaublich muskulös und groß war. Sein Kopf war rot, als wäre er wütend auf jemanden. Wäre da nicht eine vernarbte, lange, offene Wunde in seiner Brust, hätte Alain ihn nicht für untot gehalten.

Der Koloss schien auch für Mousa neu zu sein, denn der kam ganz schön ins Schwitzen.

„Wenn wir das nicht überstehen, sollst du wissen, dass ich gerne an deiner Seite gedient habe", sagte Alfred, der ihm eine Hand auf die Schulter legte.

Nein. Er würde seine Garnison nicht erneut verlieren dürfen. Er selbst würde den Angriff überleben, das wusste er. Er konnte einen nach dem anderen ausschalten. Doch in der Zeit wären seine Leute längst nicht mehr am Leben. Der riesige Wilde machte ihm zudem sorgen. Es war ihm nicht möglich, einzuschätzen, wie einfach er seine dicke Muskelschicht durchdringen konnte.

Es waren nun nur noch wenige Meter zwischen ihnen und den Bestien, und Mousa hatte immer noch keinen Angriffsplan, der zum Erfolg führen würde. Er gab innerlich auf und beschloss, sich von den Kreaturen fressen zu lassen.

„Ach, um Himmels willen! Dann lasst sie eben rein. Aber ich habe nichts damit zu tun!"

Keiner von ihnen konnte lokalisieren, wo die Stimme herkam. Sie schien von hinter ihnen zu kommen.

„He! Beeilt euch, Abenteurer, ihr seid eingeladen!"

Diese Stimme kam aus nächster Nähe, der Mann musste direkt hinter ihnen stehen. Als sie sich umdrehten, sahen sie keinen Mann, sondern einen großen Kreis, der aus Funken bestand. Im Kreis selbst sahen sie das innere eines Wohnzimmers mit rosafarbenem Teppich und einem gemütlichen Kamin. Keiner von ihnen, nicht einmal Mousa, dachte darüber nach, woher der Kreis kam, aber sie verstanden, dass es ihr einziger Ausweg war. Alain, Joe und Alfred machten einen Schritt darauf zu.

Mousa schubste sie hinein, schlug dem Vierbeiner noch den Kopf ab und gesellte sich mit einer Rolle rückwärts zu seinen Freunden. Das Portal schloss sich.

„Willkommen bei mir zuhause! Ich bin Fragnor, das ist Malta und das ist Riegam", sagte ihr Gastgeber.

Die vier saßen auf dem rosa Teppich, mit dem Rücken zum Kamin und blickten auf eine Sitzecke mit Holztisch. Auf der mit reichlich Kissen ausgestatteten Holzbank saßen ein dünner Mann mit ungekämmten weißen Haaren, ein junges, blondes Mädchen und ein junger Mann mit freundlichem Gesicht.

Der Weißhaarige hatte sich als Fragnor vorgestellt, das Mädchen war offenbar Malta und der nette Mann war Riegam. Alain verstand als Erster.

„Ihr seid das Magievolk!"

Fragnor zeigte mit dem Finger auf ihn.

„Du bist clever, mein Junge. Ich schätze, so kann man uns nennen, ja."

Langsam stand die Gruppe auf und klopfte sich die Klamotten ab.

„Wir haben euch also gefunden! Wir waren am richtigen Ort!", sagte Mousa, stolz darauf, das mysteriöse Volk entdeckt zu haben.

„Was? Oh! Nein, ihr wart viele Kilometer weit entfernt, ganz wo anders. Meine Güte, komplett verloren. Aber zu eurem Glück haben wir euch beobachtet und wollten euch nicht sterben lassen."

Mousa war leicht geknickt, aber natürlich auch froh darüber, dass das drohende Unheil abgewendet wurde. Dass er eben noch beschlossen hatte, Selbstmord zu begehen, schob er in die hintersten Tiefen seiner Gedanken. Die Bibel in beiden Händen an seiner Brust haltend, trat der Reverend hervor.

„Es freut uns, eure Bekanntschaft zu machen. Auch wenn ihr es schon wisst: Das ist Mousa Relleon, Garnisonsführer der Wächter von Diron, Alfred Winster, oberster Büttel von Diron, mein junger Anwärter Alain und ich bin Reverend Joe Carreyman!"

Ihre drei Retter breiteten die Arme zu einer Art Willkommensgeste aus und lächelten erfreut.

„Es ist uns eine Ehre!"

Alain war sofort aufgefallen, wie hübsch das junge Mädchen war. Sie war zwar ein paar Jahre älter als er, aber er konnte seinen Blick nicht von ihr abwenden. Als sie ihn bemerkte, ließ sich der Blick plötzlich ganz schnell lösen und er schaute zu Boden. Malta musste lachen.

Jetzt fiel ihnen die große Schale mit Wasser auf, die auf dem Tisch stand. Das Wasser glitzerte merkwürdig und Alfred kam es so vor, als würde man auf der Wasseroberfläche den Fochwald sehen. Riegam bemerkte sein Interesse.

„Ist dies das Portal, durch das ihr uns gerettet habt?", fragte der Gesetzeshüter.

Riegam rührte mit dem Finger einmal linksherum in der Schüssel und der Wald verschwand.

„Nein, das ist nur eine Art Fernglas. Das Portal ist geschlossen, sonst hätten wir noch ein paar mehr Besucher und die wollten wir lieber nicht bei uns im Haus haben!"

Fragnor und Malta grinsten. Auch Alain musste etwas lachen. Riegams Unbeschwertheit half ihm, nicht mehr daran zu denken, grade von Höllenkreaturen angegriffen worden zu sein. Fragnor ergriff nun wieder das Wort und wurde etwas ernster.

„Wir wissen, auf welcher Mission ihr unterwegs seid. Wir sollten palavern. Aber nicht hier, wir müssen euch etwas zeigen und das befindet sich in der Bibliothek."

Bei dem Wort wurde Alain ganz unwohl.

„Wir haben auch die Erlaubnis, sie zu nutzen. Also folgt uns doch bitte!", sagte Malta und begab sich mit den anderen beiden zur Tür der hölzernen Hütte.

So folgten sie ihnen hinaus in das Dorf des Magievolkes. Auf den ersten Blick sah es aus, wie man sich ein Dorf im Wald vorstellen würde. Es gab viele Hütten, einen großen Platz mit einer Art Bühne, die vielleicht für Reden und Unterhaltung genutzt wurde. Einen Brunnen oder Geschäfte waren nicht zu sehen. In einiger Entfernung konnte man ein glitzerndes Schimmern wahrnehmen, welches bis über die Baumkronen reichte und die Form einer Kuppel hatte. Alles außerhalb dieser Kuppel war nur schwer erkennbar. Alle Menschen, die sie auf ihrem kurzen Weg durch die Hütten sahen, trugen braune Kutten mit heruntergelassenen Kapuzen. Alain fand das irgendwie langweilig. Keiner von diesen Leuten schien die Fremden zu beachten. Keiner, bis auf einen Mann, der vor einer kleinen Hütte stand. Er hatte die Kapuze aufgezogen, war sehr groß und wirkte mit seinen langen, fettigen weißen Haaren und einem ungepflegten langen Bart eher verwahrlost.

Dann verschwand er auch mit einem grimmigen Gesichtsausdruck in seiner Hütte. Fragnor blieb vor einem größeren Gebäude, welches wohl die Bibliothek darstellte, stehen. An dem Punkt, an dem sie vor dem Gebäude standen, gab es jedoch keine Tür. Riegam streckte die rechte Hand aus, breitete die Finger so aus, als wolle er einen unsichtbaren, riesigen Türknopf fassen und drehte seine Hand samt Unterarm mehrmals hin und zurück. Um seine Hand herum leuchtete es nun in diversen Farben. Ein Klicken ertönte, ein Teil des Hauses öffnete sich wie eine Schwingtür nach innen.

Mousa fragte sich, welche Kräfte sie noch vor ihnen versteckten.

„Das ist die Bibliothek, bitte tretet ein!" Fragnor ließ ihnen den Vortritt.

Der Raum, den sie betraten, war offensichtlich schon vorbereitet. In der Mitte stand ein großer, runder Tisch mit genug Bestuhlung für alle. Wenige Meter daneben gab es noch einen kleinen Beistelltisch mit einer unscheinbaren Holztruhe, ansonsten war der Raum leer. Er wirkte auf Alfred nicht grade wie eine Bibliothek. Vermutlich konnten diese Leute die Bücher einfach aus der Luft erscheinen lassen, wenn ihnen danach war. Die Existenz von Magie war ihm zwar nun bekannt, anfreunden konnte er sich damit aber noch nicht wirklich.

Alle setzten sich und Fragnor zögerte nicht lange. „Seid ihr sicher, dass ihr den Mann des Friedens herausfordern wollt?"

Er kam also gleich auf den Punkt. Das war den vieren nur recht, denn so konnten sie schneller herausfinden, ob sie hier Informationen oder eventuell sogar Unterstützer gefunden hatten. Mousa antwortete ihm.

„Ja. Wir haben uns dazu entschieden. Alle."

Die restlichen drei nickten entschlossen. Das wurde Fragnor deutlich. Er sah erst Malta, dann Riegam an und nickte.

„Gut. Das dachte ich mir. Dann muss ich euch einige Dinge über Jacob Lester erzählen. Das ist sein richtiger Name."

Mousas Augen wurden größer.

„Kennt ihr diesen Mann etwa?"

Malta und Riegam blickten nun beide zu Fragnor. „Nein. Wir nicht. Es gibt einen in unserem Dorf, der ihn kennt, aber er will nichts, absolut gar nichts mit eurer Sache zu tun haben. So geht es auch dem Rest von unseren Leuten. Unser Volk hat sich vor langer Zeit dazu entschieden, an keinen Konflikten mehr teilzunehmen und im verborgenen zu leben. Wir sind Hasenfüße, Feiglinge, Pazifisten, denn wir wollen leben."

Alfred konnte mit dieser Einstellung nichts anfangen. Diese Leute waren offenbar mächtig, zogen es aber vor, den Rest der Welt untergehen zu lassen. Keiner der vier sagte etwas dazu.

„Gut, das müsst ihr nicht verstehen. Noch nicht. Es sei euch gesagt, dass wir drei etwas anderer Meinung sind. Wir wollen euren Kampf, zumindest passiv, unterstützen. Das wichtigste, was wir euch geben können, sind Informationen. Also bitte hört gut zu."

Immerhin haben die drei etwas Mumm, dachte sich Alfred. Fragnor lehnte sich nach vorne und begann zu sprechen.

„Jacob Lester ist der Mann des Friedens. Er ist seit tausenden von Jahren auf einer dunklen Reise. Er nennt sich Mann des Friedens, weil sein Ziel angeblich der ewige Frieden ist, doch die Lüge ist sein Beruf. Überall wo er auftaucht, hinterlässt er Tod und Zerstörung. Er dient der Hölle, befehligt Dämonen und andere Kreaturen. Seine Macht übersteigt die unsere bei weitem.

Wir können Portale schaffen, aber er nutzt die Flure zwischen den Welten wie kein anderer vor ihm, er ist ein Meister im Reisen. Und durch das Reisen wird er mächtiger. Gewinnt Informationen, neue Fähigkeiten, neue Kontakte. Und dies alles nutzt er, um die Hölle auf Terusa und anderen Welten zu entfesseln. Er ist die Manifestation aller Höllenqualen. Und er ist hier. Er wandelt wieder auf Terusa und es gilt als anzunehmen, dass er dieses Mal ernst macht. Er wird ganz Terusa vernichten und es liegt vermutlich nicht in eurer Macht, ihn aufzuhalten. Wollt ihr ihn wirklich immer noch bekämpfen?"

Nicht ein mal Alain hatte die Hälfte von dem verstanden, was Fragnor ihnen da erzählte. Die Botschaft war jedoch klar. Sie kämpften einen aussichtslosen Kampf.

„Es gibt immer was, für das es sich zu kämpfen lohnt. Egal, wie mächtig der Gegner ist", sagte Alain.

Seine Freunde blickten ihn erstaunt an.

„Der Junge hat recht. Ich werde meine Heimat beschützen und meine Freunde werden es auch."

Mousa und der Reverend nickten dem Büttel zu. Das hatte er gut gesagt.

„Wunderbar, dann wäre das ja geklärt. Wir wissen, dass er vor einiger Zeit in Handura mit einem Schiff angekommen ist. Das Schiff stank fürchterlich. Die Crew und die anderen Passagiere waren tot, nur der Captain hatte überlebt. Von da aus verfolgte er seinen Plan, griff Mousa und seine Garnison im Wald an, trieb sein Spielchen in Diron und ist dann weiter gezogen. Wir wissen nicht, wo er jetzt ist, aber in Handura solltet ihr mehr Informationen finden." Das war immerhin ein Anhaltspunkt.

„Handura ist sehr weit weg, ich weiß nicht, wie wir diesen Marsch bewerkstelligen sollen. Gott beflügelt meinen Geist, doch mein Körper ist schon etwas in die Jahre gekommen", warf der Reverend ein.

Der Fochwald war in der Tat riesig. Von dem Punkt aus, an dem sie in das Portal gestiegen sind, wäre es ein Marsch von ungefähr acht Tagen gewesen.

„Das ist uns bewusst, Reverend. Wir können ein Portal schaffen, das euch an den Rand der Fochwälder bringt. Vorbei am Gebiet der Wilden. Von da aus ist es noch ein Tagesmarsch bis zum Königreich Handura."

Das klang schon besser. Die Gefahr der Wilden umgehen und dabei sieben Tagesmärsche einsparen, anstatt wieder einen Umweg zu gehen, war ein großer Vorteil. Die vier schauten sich an. Auch wenn das ein sehr gutes Angebot war, würden sie damit eine sehr wichtige und unwiderrufliche Entscheidung treffen. Das Magievolk i, Fochwald besuchen um Diron zu beschützen war eine Sache, doch bis nach Handura zu gehen und den Mann des Friedens womöglich noch weiter zu verfolgen, war eine andere.

Vorher hatten sie angenommen, sie könnten den Mann des Friedens, diesen Jacob Lester, möglicherweise in den Wäldern aufspüren. Vielleicht mit Hilfe des Magievolks. Trotzdem wollte keiner von ihnen einen Rückzieher machen. Sie hatten geschworen, dass sie den Mann des Friedens verfolgen wollen und genau das würden sie auch tun.

„Danke. Wir nehmen euer Angebot an. Und an dieser Stelle möchten wir euch auch ein Angebot machen. Begleitet uns. Drei Magier können nicht schaden, wenn es darum geht, einen der obersten Höllendiener zu jagen", sagte Mousa.

Die drei schienen doch sehr überrascht zu sein. Sie guckten sich kurz an und lächelten. Malta antwortete ihnen.

„Wir haben uns genau so wie die anderen für die Lebensweise der Feiglinge entschieden und werden nicht vom Weg abkommen. Es tut mir leid."

Alain war sichtlich enttäuscht, die anderen hatten dieses Ergebnis jedoch bereits erwartet. Leute, die so offen Feiglinge waren, waren auch mit ganzem Herzen Feiglinge. Immerhin blieben sie ihrer Linie treu. Fragnor hob den Finger, so als hätte er beinahe etwas wichtiges vergessen.

„Ich muss euch noch etwas geben. Es ist etwas sehr Besonderes. Ich denke, ich werde es Mousa zur Verwahrung geben, da er ein Wächter ist. Ihr anderen geht doch bitte mit Riegam und Malta ins Nebenzimmer, dort gibt es ein weiteres Geschenk von uns."

Riegam und Malta führten sie ins Nebenzimmer, während Fragnor die hölzerne Truhe zu sich auf den Schoß hob.

„In dieser Truhe liegt ein Schatz, den man vielleicht so nicht erwarten würde. Es ist das heiligste und mächtigste Artefakt, das wir besitzen. Unser Ältester hat es erlangt und es seitdem versteckt gehalten."

Jetzt wurde Mousa wirklich hellhörig.

„Es ist in der Lage, den Mann des Friedens und jeden Dämon, sei er auch einer der oberen, zu töten. Leider nutzt uns unser mächtigstes Artefakt nichts, da es absolut nicht zu unserem Lebensstil passt. Ich konnte also meinen guten Freund dazu überreden, das Artefakt euch zu überlassen."

Jetzt öffnete Fragnor langsam die Truhe, Mousa konnte es vor Spannung kaum erwarten. Auf einem weißen Seidentuch von feinster Qualität lagen zwei Dolche, die fast die Länge eines Kurzschwertes hatten. Ihre Klingen sahen stumpf und verrostet aus. Der Knauf der Waffen war silbern und rundlich, das Heft war mit schwarzem Leder umwickelt. Am Übergang von Griff zu Klinge war ein heller Edelstein eingesetzt, der jedoch stark verschmutzt aussah. Die Parierstange war auf beiden Seiten kurz und am Ende eingerollt.

„Ich kann dir aber nicht sagen, wer sie führen sollte. Vielleicht bist es du, vielleicht ist es der Junge. Ja, es könnte der Junge sein, der ihr Potential weckt. Aber das musst du herausfinden. Bitte, nimm sie an dich und verwahre sie gut. Beschütze sie mit deinem Leben!"

Als Mousa merkte, dass es dem Magier wirklich ernst war, versuchte er, dankbar auszusehen, und nahm die Dolche samt Seidentuch an sich. Sie waren irgendwie schwerer, als er angenommen hatte. Er vertraute einfach darauf, dass Fragnor recht hatte und es da auch wirklich Potential gab, das entfaltet werden konnte.

„Ich danke dir, Fragnor. Wirst du mir noch eine Frage beantworten?"

„Sicher!"

„Ihr sagtet, der Mann des Friedens reist zwischen den Welten. Wenn er so viele Welten bereist, weshalb scheint ihm dann Terusa so wichtig zu sein?"

„Das ist eine gute Frage. Wir glauben, dass es mit dem Elbenkern zutun hat."

„Was ist der Elbenkern?", wollte Mousa wissen.

Davon hatte er noch nie gehört.

„Die Elben waren ein Volk, das vor Uhrzeiten auf Terusa gelebt hatte. Die Elben waren das erste große Volk, das Magie erlernte und meisterte. Sie besiegten, in einem langen Krieg, eine andere Rasse. Ein Volk dunkler Hexen. Die Höllenfürsten hatten einige der ersten Menschenfrauen entführt und ihnen die dunklen Geheimnisse des Universums offenbart. So entstand das Hexenvolk. Um die verunreinigten Seelen der Menschen wieder reinzuwaschen, erschufen die Elben ein Artefakt, das so mächtig war, dass es alles Böse vernichten konnte, das in seine Nähe kam. Das war der Elbenkern. Als die Elben den Krieg schließlich gewonnen hatten, waren nicht mehr viele von ihnen übrig. Es heißt, dass sie sahen, wie kriegerisch die Menschen und anderen Völker waren, die sich inzwischen erhoben hatten, und wurden des Krieges müde. Über die Jahrtausende sind sie dann verschwunden. Und ebenso der Elbenkern. Wir nehmen an, dass der Mann des Friedens oder einer der Dämonen den Elbenkern als Energiequelle nutzen will. Mehr weiß ich leider nicht."

„Ich danke dir trotzdem. Um einen Gegner zu besiegen, muss man lernen, ihn zu verstehen. Du hast mir sehr dabei geholfen."

Fragnor nickte.

Sie begaben sich gemeinsam zu den anderen im Nebenraum und bereiteten sich darauf vor, weiter zu reisen.

Es war schon Nachmittag und sie wollten noch ein gutes Stück an Weg hinter sich bringen, bevor sie zur Nacht lagerten.

Alfred erzählte Mousa, dass er seine beiden Revolver angeblich nicht mehr nachladen brauchte, so lange er sie im Kampf gegen die Dunkelheit verwendete. Falls das stimmte, dachte sich Mousa, war das ein weitaus besseres Geschenk, als das, was ihm übergeben wurde.

Alain und der Reverend haben ein paar Vorräte bekommen, die sie bereits in ihren Beuteln auf dem Rücken gelagert hatten.

„Euer Besuch war kurz, aber angenehm. Wir drei wünschen euch im Namen unseres gesamten Volkes Erfolg. Bitte, passt gut auf euch auf!" Mit einem Handzeichen öffnete Fragnor das Portal mitten im Raum.

„Sorgt euch nicht. Der Herr ist unser Hirte, uns wird nichts Mangeln", entgegnete der Reverend.

Dieses Mal verdrehte Alfred nicht die Augen, sondern hob die Hand zum Abschied. So gingen sie erneut durch das magische Portal und setzten ihre Füße wieder auf dem Boden des Fochwaldes auf. Die Sonne stand bereits hoch am Himmel.

„Wir können uns austauschen, wenn wir lagern. Jetzt sollten wir das Tageslicht nutzen. Handura liegt geradeaus", sagte Mousa.

Keiner hatte etwas hinzuzufügen. Trotz des Versprechens der Magier blieb Mousa konzentriert und hielt nach Wilden Ausschau. Er konnte kein Risiko eingehen. Der Rest der Gruppe nutzte die Zeit, um die Eindrücke vom Magievolk zu verarbeiten. Ohne darüber zu sprechen, hatten sie alle denselben Gedanken.

Sie haben uns nicht mal ansatzweise alles von ihrem Dorf sehen lassen. Und das war wohl überlegt. Wahrscheinlich hatten sie keine bösen Absichten, sie trauten Außenstehenden einfach nicht.

Als die Sonne dabei war unterzugehen, gab Mousa das Kommando zu lagern. Das kam allen recht, schließlich waren sie keine gut trainierten Wächter wie er. Feuerholz wurde von den drei Erwachsenen nur im Sichtbereich gesammelt, während Alain in der Mitte der kleinen Lichtung am Wegesrand ihr Hab und Gut bewachte. Glücklicherweise fanden sie mehr als genug Äste, um ein ordentliches Feuer zu schüren, das Mousa mit Feuersteinen entfachte. Dieses Feuer diente nicht dazu, Nahrung zu garen, sondern um Licht und Wärme zu spenden. Auch wenn es Frühsommer war, konnte es nachts noch sehr kalt werden. Gemeinsam einigten sie sich darauf, etwas von dem getrockneten Fleisch auf ihre Brote vom Magievolk zu legen. Das Fleisch hatte Mousa aus der Burgküche entwenden können, wogegen Alfred erst heftigst protestierte, es dann aber jedoch selbst genoss. Da sie alle erschöpft waren, redeten sie beim Essen nicht sehr viel. Alain nahm sich sogar direkt nach dem Verzehr seines zweiten Brotes seinen Schlafsack, der aus zwei zusammen genähten

Decken bestand und legte sich hinein. Angeblich nur, um sich etwas auszuruhen. Er versicherte Alfred, dass er die ganze Nacht wach bleiben könne und auch eine Wache übernehmen würde. Wenige Minuten später war er fest eingeschlafen.

„Der Junge ist was Besonderes. Aus ihm wäre ein guter Wächter geworden", fand Mousa.

„Und was wird jetzt aus ihm? Wird überhaupt noch was aus ihm?", grunzte Alfred.

Mousa war etwas überrascht. „Was willst du damit sagen?"

„Ist das nicht offensichtlich? Wir haben ihm die Chance auf eine anständige Zukunft genommen. Vielleicht die Chance darauf, überhaupt eine Zukunft zu haben."

Jetzt schaltete sich auch der Reverend ein. „Du bist jetzt also doch der Meinung, dass wir ihn lieber nicht mitgenommen hätten?"

Er sprach ruhig, unaufgeregt und leise.

„Wir gehen nach Handura und wer weiß, wo es uns sonst noch hin verschlägt. Das ist keine Pilgerreise, das ist ein Himmelfahrtskommando."

„Damit willst du uns also mitteilen, dass du nicht an unseren Erfolg glaubst. Wieso hast du dich dann doch der Mission angeschlossen?"

„Wechsel nicht das Thema, es geht um den Jungen! Habt ihr denn keine Zweifel? Was ist, wenn ihm etwas passiert? Was sagen wir dann seiner Mutter?"

Alfred schien verzweifelt, er schaute die anderen beiden nicht an, sondern konzentrierte sich auf das knisternde Lagerfeuer. Der Reverend klappte die Bibel zu, in der er gelesen hatte. Grade war ihm klar geworden, dass Alfred keinen Streit aus Boshaftigkeit anfing, sondern weil der mürrische Büttel sich so sehr um den Jungen sorgte.

„Wir haben eine sehr große Verantwortung übernommen, Alfred. Wir sind für den Jungen verantwortlich und falls ihm etwas passiert, müssen wir die Konsequenzen tragen. Aber dazu wird es nicht kommen. Wir passen auf ihn auf. Wir halten uns bedeckt und falls es zu einem Kampf kommt, haben wir den besten Schwertkämpfer ganz Dirons in unseren Reihen."

Alfred sagte nichts mehr zu dem Thema und Mousa begab sich weg vom Lagerfeuer auf seinen Wachposten. Dem Reverend war jedoch klar, dass seine Worte angekommen waren. Was ihm nicht klar war, war, dass sie auch bei Alain angekommen waren. Der Junge wurde vom Streit geweckt, behielt aber die Augen geschlossen. Anstatt sich übergangen zu fühlen, weil über ihn geredet wurde, während er schlief, fühlte er sich wohl und beschützt. Die drei waren für ihn bereits Teil seiner Familie, sie sorgten sich um ihn, ließen ihn aber trotzdem an der Mission teilhaben. Er hätte sich nichts anderes wünschen können. In diesem Moment war er glücklich. Es dauerte nicht lange, bis der junge Anwärter wieder einschlief.

„Keine Vorkommnisse! Wir müssen weiter, macht euch fertig!" Mousa hatte die Erste und die dritte Wache übernommen, die auch gleichzeitig die Letzte war.

Die Zweite übernahmen der Reverend und Alfred zusammen. Alain wollte aufstehen, brauchte jedoch mehrere Anläufe. Die Betten in Simplex waren nicht wirklich luxuriös, aber gegen diesen Waldboden waren sie wahrhaftige Königsbetten. Trotzdem war er hoch motiviert, schließlich würden sie heute Handura erreichen. Ein anderes Königreich! Niemals hätte er geglaubt, dass er einmal so einen Ort besuchen darf. Während sie sich fertig machten, verwischte Mousa die Spuren ihres Lagerfeuers. Sie waren zwar diejenigen, die den Mann des Friedens verfolgten, doch er wusste, wie klug jener finstere Mann war.

Es dauerte nur wenige Minuten, bis sie ihre Reise fortsetzten. In diesen nächsten Stunden wurde kaum geredet. Alle vier merkten, dass sich in ihnen nun etwas verändert hatte. Wie viele andere Bewohner von Diron auch, keimte in jedem von ihnen das Gefühl, oder der Gedanke, dass in ihrer Welt etwas nicht stimmte, schon lange. Es wurde zu viel getuschelt, gab zu viele Geheimnisse und zu viele Verbote. Und nun, da sie einige dieser Geheimnisse gelüftet hatten und ihr Leben aufs Spiel setzten, um den Mann des Friedens aufzuhalten, fühlten sie sich anders.

Sie fühlten sich zum ersten Mal im Leben wahrhaftig, als ob sie vorher unter einem Schleier gelebt hätten, der nun endlich gelüftet wurde. Diese Veränderung zu verstehen war ein längerer Prozess, der grade erst seinen

Anfang machte, das wussten sie. Gegen Nachmittag, als der Wald weniger dicht wurde und der Weg, dem sie folgten, langsam zu einer mit Steinen befestigten Straße wurde, brach Alain das Schweigen.

„Hast du schon immer gewusst, dass die Wilden Menschen sind, Mousa?"

Mousa, der selbstverständlich wachsam voranging, war etwas erschrocken. Er war so konzentriert und hatte nicht erwartet, dass noch einer ein Gespräch begann, bevor sie in Handura ankamen.

„Ich wusste es schon sehr lange. Aber schon immer? Nein. Doch das ist mir auch nicht wichtig."

Alain dachte kurz darüber nach.

„Was ist denn mit deinem Gewissen?"

„Mit meinem Gewissen? Was soll damit sein?"

Jetzt erhöhte Alain sein Schritttempo etwas, er wollte Mousa anschauen, während sie sprachen.

„Na ja, wenn ich das richtig verstehe, waren sie ja nicht immer Untote. Das ist ja erst seit kurzem so. Die Wilden sind eigentlich Menschen. Du hast Menschen getötet."

Um ein Haar wäre der Reverend gestolpert, Alfred half ihm jedoch, die Balance zu wahren. Beide waren erschrocken darüber, wie ehrlich Alain mit Mousa umging. Der Garnisonsführer brauchte fast eine Minute, bis er dem jungen Anwärter antwortete.

„Du musst wissen, dass sie einem in der Ausbildung nicht sagen, was die Wilden wirklich sind. Du bist auf deiner ersten Mission, die Späher geben dem Garnisonsführer die Information, dass Wilde unterwegs sind und kurze Zeit später stehst du ihnen plötzlich gegenüber. Als ich dem Jungen, der vielleicht fünf Jahre älter war als du, mein Schwert durchs Herz bohrte, teilte sich auch das meine in zwei. Mir gingen danach schlimme Gedanken durch den Kopf. Doch nach all den Jahren in denen sie so viele von meinen Freunden umgebracht und bei lebendigem Leibe gefressen haben, fühle ich keine Reue mehr. Sie wollen nicht mit dir reden, warten nicht ab. Wenn du nicht zuerst zuschlägst, springen sie dir an die Kehle und beißen sie durch. Mein Gewissen ist absolut rein. Und jetzt seht nach vorne."

Die Ablenkung von der größten Lüge seines Lebens funktionierte perfekt, denn sie war einfach faszinierend. In mehreren hundert Metern Entfernung konnten sie hinter wenigen Bäumen die Mauern Handuras erkennen. Die Mauern von Diron waren stark und dick, aber die von Handura waren nicht aus Holz, sondern aus festem, weißen Stein und mindestens doppelt so hoch wie die von Diron. Das Tor, das von zwei Wachtürmen flankiert wurde, war sogar aus einem Metall gemacht, dass sie nicht bestimmen konnten.

Sie standen vor einem Königreich, dass so nicht mal in den Märchen am Lagerfeuer beschrieben wurde. Aus einem spontanen Gefühl heraus wollte Alain loslaufen, doch Mousa hielt ihn zurück.

„Ich weiß, dass du dich freust, hier zu sein, aber wir wissen nicht, ob er auch hier ist. Wenn du mit uns reisen willst, lerne, dich zu beherrschen."

Das verstand Alain. Die indirekte Drohung, er könne nicht weiter Teil Ihrer Gemeinschaft sein, wenn er seinen kindlichen Impulsen nachgab, zeigte sofort Wirkung.
„Wir werden gründliche Untersuchungen anstellen müssen, um herauszufinden, ob er hier war und falls ja, was er in der Stadt angerichtet hat", sagte Alfred.

„Eventuell ist Handura ja auch verschont geblieben. Ich habe gehört, die Einwohner dort seien sehr gottesfürchtig."

Wieder mal verdrehte Alfred die Augen.

„Nein, sie sind definitiv nicht verschont geblieben." Diese simple Feststellung überraschte Mousas Gefährten, schließlich hatten sie das Königreich noch nicht einmal betreten.

„Seitlich neben dem Tor seht ihr zwei große Wachtürme, daneben geht es auf beiden Seiten auf einen langen Wehrgang. Das ist der einzige Eingang in das Königreich und der ist immer von mindestens 24 Wächtern bewacht. Zehn auf den Wehrgängen jeder Seite und jeweils zwei in den Türmen. In diesem Moment sind es keine 24, sondern nur Einer. Etwas stimmt nicht."

Die Besorgnis über die tatsächliche Anwesenheit des Mannes der Jacob Lester hieß, lenkte die Gruppe nicht von dem Fakt ab, dass ihr Anführer offensichtlich Personen auf etwas über tausend Meter Entfernung erkennen konnte, die zudem noch auf einer über 100 Meter hohen Mauer standen und von denen man höchstens einen Kopf sehen konnte. Diese Wächter nahmen ihr Training wirklich ernst.

„Wir werden langsam auf das Tor zugehen, die Wache wird uns schnell bemerken. Ich denke, als Garnisonsführer hat mein Wort bei ihm Gewicht und er wird uns Einlass gewähren."

Obwohl jede Faser seines Körpers losrennen wollte, konnte sich auch Alain beherrschen. Auf der Hälfte des Weges blieben sie kurz erschrocken stehen, weil Mousa sich plötzlich umdrehte, gingen aber weiter, als nichts hinter ihnen zu sehen war. Inzwischen konnten auch die anderen die einzelne Wache erkennen. Sie sah nicht so aus, als hätte sie die nahenden Besucher bemerkt. Selbst als sie direkt vor dem beeindruckenden Tor standen, machte der Wächter keine Anstalten, sie aufzufordern, sich zu identifizieren.

„Bruder! Ich bin Garnisonsführer Mousa Relleon von Diron. Ich bringe wichtige Reisende auf Geheiß des Königs nach Handura. Bitte, öffne die Tore."

Die kräftige und überzeugende Stimme ihres Freundes stimmte die Gemeinschaft zuversichtlich, umgehend Einlass gewährt zu bekommen. Nach wenigen Sekunden war es jedoch offensichtlich, dass sie sich täuschten. Der Wächter antwortete nicht.

„Bruder! Hast du mich nicht gehört?"

„Verschwindet! Keiner rein, keiner raus. Findet euch damit ab."

Er hatte sie also gehört. Der Reverend legte Mousa eine Hand auf die Schulter und nickte ihm zuversichtlich zu.

„Junger Mann! Hier spricht Reverend Joe Carreyman. Kirchenoberhaupt der vereinten Kirche von Diron, Diener des Herrn höchstselbst. Es handelt sich hier um eine Pilgerreise im Namen Gottes. Ihr wollt euch doch nicht gegen Gott wenden, oder?"

Hier unten hörte die Gemeinschaft nur ein dumpfes Geräusch. Was sie nicht mitbekamen, war der verzweifelte Gesichtsausdruck des einsamen Wächters, der mit der linken Faust sein Kreuz, das er an einer Kordel um den Hals hängen hatte, umklammert hielt und sich bekreuzigte. Mit einem kleinen Funken Hoffnung im Herzen betätigte er einen großen, hölzernen Hebel.

Dieser setzte einen komplexen Mechanismus in Gang, der eine kleine Tür im großen Tor aus Metall öffnete.

„Los! Rein! Bevor er es sich anders überlegt!" Mousa hatte recht.

So nahmen sie die Beine in die Hand und betraten endlich Handura. Im Gegensatz zu Diron war hier der Boden mit Steinen gepflastert, das fiel Alain als Erstes auf. Als Nächstes stellte er fest, dass weit weniger Leute auf diesen steinernen Straßen unterwegs waren, als er vermutet hätte. Die Straßen waren zwar nicht leer gefegt, aber ließen nicht vermuten, dass dies die beliebteste Handelsstraße aller Königreiche war.

„Ist nicht wirklich was los hier, oder? Wo werden wir unser Lager aufschlagen?"

„Ich weiß, Alfred. Das ist nicht sehr typisch für Handura. Wir müssen uns geradeaus in Richtung des

Hafens begeben. Dort suchen wir das alte Inn. Mein Freund Jack kennt den Inhaber."

Wachsam überquerten die vier den großen Marktplatz, der direkt an das riesige Tor anschloss. Trotz der wenigen Kunden waren hier eine Menge Stände zu sehen, die alles verkauften, was man sich nur vorstellen konnte. Obst, Fleisch, Kleidung und sogar Waffen. Alfred staunte nicht schlecht. In Diron war es den einfachen Leuten strengstens verboten, bewaffnet zu sein.

Einige der Händler beäugten die Neuankömmlinge kritisch. Sie waren schon ein komisches Gespann und Reverend Carreyman hatte sogar seine Bibel dabei. In Diron war es ihm als Ausnahme gestattet, diese zu besitzen, ansonsten waren Bücher dort verboten. Vielleicht wussten die Leute hier nichts, von dieser Sondergenehmigung.

Die Gruppe ließ sich nichts anmerken und erreichte schnell ein kleines Wohnviertel, das an den riesigen Marktplatz angrenzte. Die Häuser hier waren nicht prunkvoll, aber um einiges größer und vor allem sauberer als die, die Alain aus Simplex kannte. Er bemerkte auch, dass die Luft hier anders war. Nicht nur reiner und etwas kühler, da war noch etwas anderes in der Luft, aber er konnte es nicht wirklich beschreiben.

Umso weiter sie durch das Wohnviertel gingen, umso heftiger wurde auch der Wind. Dass Alain diese Entwicklung nicht richtig einschätzen konnte, lag auch daran, dass er gar nicht genau wusste, was ein Hafen überhaupt war. Als sie das Wohnviertel hinter sich gelassen hatten, bemerkte der junge Anwärter zudem, dass er in Blickrichtung keine Mauer sehen konnte. Hätte ihm Mousa nicht vor kurzem eine Standpauke bezüglich der Selbstkontrolle gehalten, wäre er erneut einfach losgelaufen. Aber er beherrschte sich. Schließlich wollte er die Reise fortsetzen dürfen.

Schon bald konnte er die See nicht nur riechen, sondern auch hören. Keiner der Erwachsenen kommentierte diese atemberaubenden Geräusche. Schließlich konnten sie auch die Wellen sehen, die gegen die Kaimauer krachten. Auf eine gewisse Weise war das noch atemberaubender als das Magievolk im Fochwald zu besuchen. Die Natur besaß ebenso viel Magie wie jenes Volk. Mousa drehte sich kurz ruckartig um, wandte sich dann aber schnell wieder dem leicht aufbrausenden Meer zu.

„So schön es auch ist, wir müssen weiter nach Osten. Haltet die Augen offen nach dem alten Inn."

Schweren Herzens lösten sie sich von der schönen Aussicht und brauchten keine fünf Minuten, bis Alain das alte Inn ausfindig machte. Es war nur ein paar hundert Meter die Hafenstraße herunter. Das Inn sah von außen relativ klein aus, so als stünden grade mal eine handvoll Zimmer zur Verfügung. Im Eingangsbereich gab es neben einem kleinen Speisesaal mit 3 Tischen auch einen Tresen, der von einem alten, knochigen Kerl besetzt war. Er trug ein kariertes Hemd, eine Stoffhose und Hosenträger.

„Wir haben geschlossen, bitte gehen sie."

Im Gegensatz zu seinen Kameraden ließ sich Mousa nicht entmutigen und schritt mit seinen schweren Stiefeln lauthals hinüber zum Tresen. Erst jetzt blickte der knochige Mann auf.

„Ich bin Mousa Relleon, Garnisonsführer der Wächter von Diron. Jack Finner von Diron sagt, meine Gruppe und ich könnten hier nächtigen."

Bei der Erwähnung von Jack wurden die Augen des Mannes groß und es kam Mousa so vor, als füllten sie sich mit Tränen.

„Jack sagt das, ja? Na dann will ich einen Teufel tun und ihn sein Wort brechen lassen, ihr kriegt natürlich ein Zimmer. Allerdings haben wir wirklich nur noch eins übrig, ich habe aber ein paar Decken für die, die auf dem Boden schlafen."

Bei dem Gedanken daran, noch eine Nacht auf dem Boden schlafen zu müssen, sträubten sich bei Alfred die Nackenhaare. Der Inhaber holte das Bettzeug und ging die schmale Treppe nach oben zu den Zimmern, während die anderen ihm folgten. Das Zimmer war nicht sehr groß, aber es bot einen Tisch, ein Bett, eine Sitzbank und zwei Stühle. Mehr brauchten sie nicht. Das Meer konnten sie vom kleinen Fenster aus zwar nicht sehen, aber immerhin hörten sie das Rauschen.

„Wir würden gerne etwas essen, für jeden eine große Portion Fisch mit dem, was immer sie als Beilage anbieten können. Wir zahlen in Silber."

Silber war ein gern gesehenes Zahlungsmittel in ganz Terusa und hatte einen sehr hohen Wert.

„Jawohl die Herren. Wir haben leider keine Kartoffeln, wie in Diron, aber ich kann Brot bieten. In einer halben Stunde bringe ich es ihnen hoch. Ach ja, sagen sie, wie geht es dem guten Jack?"

Obwohl die Frage wirklich nicht überraschend kam, traf sie Mousa doch absolut unvorbereitet. Nun musste er darum kämpfen, nicht die Tränen in die Augen getrieben zu bekommen.

„Ihm geht es gut. Sehr gut."

„Das freut mich zu hören. Der Mann hat meine Tochter vor einem Schänder gerettet und ihn hochkant aus Handura geschmissen. Das vergesse ich ihm nie."

Ja, Jack war ein guter Kerl, dachte sich Mousa. Reverend Carreyman bemerkte seine Trauer, bedankte sich beim Inhaber und schloss die Tür hinter ihm. Keiner wollte Mousa darauf ansprechen, nicht mal Alain. So packten sie ihre wenigen Sachen in den Schrank und teilten sich die Schlafplätze zu.

Alfred und der Reverend durften die Sitzbank und das Bett in Beschlag nehmen, weil Alain und Mousa sich diesbezüglich nicht umstimmen ließen. Wenn er ehrlich war, hatte Alfred auch kein wirkliches Problem damit. In aller Ruhe richteten sie ihre Schlafplätze ein und wuschen sich in dem kleinen Badezimmer auf dem Flur. Es war nicht sehr luxuriös, hatte aber immerhin fließendes Wasser. Das war mehr, als die meisten Bewohner Dirons hatten. Wenig später klopfte es an der Tür. Ein eindringlicher Geruch verriet ihnen, dass es sich dabei nur um ihre Mahlzeit handeln konnte. Es war schon irgendwie anmutig, wie der knochige Kerl alle vier hölzernen Teller auf den Armen balancierte, ohne dass auch nur ein Stück Brot hinunter fiel. Sie bedankten sich und setzten sich an den kleinen Tisch. Der Fisch war offensichtlich paniert und sah sehr köstlich aus. Auf Mousas Teller legte der Inhaber des alten Inns noch eine kleine gelbe Halbkugel.

„Wofür ist das gut?", fragte Alfred.

„Das ist eine Zitrone. Ihr kennt keine Zitronen? Man presst ihren Saft über den Fisch, macht das Ganze noch etwas schmackhafter. Ihr müsst euch aber die Hälfte teilen, die sind wirklich selten, seitdem keine Frachter mehr kommen."

Tatsächlich hatten sie eine solche Frucht noch nie gesehen, befolgten aber die Anweisung, nachdem der Reverend das Tischgebet gesprochen hatte. Es stellte sich heraus, dass die seltsam anmutende Mischung tatsächlich ein überraschend schmackhaftes Gesamtbild abgab. Auch das Brot war knusprig und frisch.

Alain konnte sich nicht erinnern, jemals etwas Besseres gegessen zu haben. Trotzdem sich alle vier bemühten, das Mahl gebührend zu genießen, brauchten sie keine zehn Minuten um ihre Teller restlos zu leeren.

„Das war unerwartet gut. Ein Geschmack, der wirklich eigen und auch etwas gewöhnungsbedürftig ist, aber trotzdem ausgezeichnet. Ich danke dem Herrn, dass ich ein weiteres seiner Wunder erleben durfte."

„Amen", fügte Alain pflichtbewusst hinzu und wurde dafür von Alfred schief angeguckt.

„Die Stunde ist schon zu weit fortgeschritten. Wir werden uns gut ausruhen und morgen in aller Früh aufbrechen, um das Königreich zu erkunden und Informationen einzuholen. Alain und ich begeben uns zu den Kasernen der Wächter, meine Brüder werden mir Auskunft über alles geben, was sie über den dunklen Mann wissen. Alfred und Reverend Carreyman werden die Arbeiter am Hafen befragen. Schließlich ist er hier angekommen. Vielleicht lohnt sich danach noch eine Befragung der Händler, an denen wir vorhin vorbeigegangen sind. Schließlich brauchte er nach einer langen Reise Vorräte."

Stolz nickte Alain. Dass er Mousa begleiten durfte, war eine Ehre für ihn. Garnisonsführer Relleon. Ein passender Begleiter für Alain, Held von Diron.

„Falls du noch ein paar deiner Silbermünzen hast, von denen ich gar nicht wissen will, wo du sie her hast, wäre es gut, uns zwei oder drei davon zu überlassen. Deine Wächter haben vielleicht Ehrgefühl und werden dir gerne behilflich sein, doch Befragungen beim normalen, arbeitenden Volk führt man am erfolgreichsten mit Bestechung durch."

Das leuchtete Mousa natürlich ein. An so was hatte er gar nicht gedacht. Es erwies sich also wie erhofft als große Bereicherung, dass er den erfahrensten Büttel Dirons in seiner Truppe hatte. Er ging hinunter, um den Inhaber zu bezahlen, der den Namen Heinz trug, wie er ihm unaufgefordert mitteilte. Dabei nahm er gleich noch eine Karaffe voll Wasser und vier Becher mit nach oben. Gesprochen wurde nicht mehr viel, denn obwohl es noch früh am Abend war, waren sie alle vom Marsch zuvor noch sehr erschöpft. Hinzu kam, dass es draußen wirklich ruhig war. Alfred hatte sich den Hafen als einen Sündenpfuhl vorgestellt, an dem abends getrunken und gespielt wurde, aber kein Mensch schien mehr unterwegs zu sein, der Hafen war leer.

Auch das sollte ihm recht sein, denn gesunder Schlaf war wichtig für gute Büttelsarbeit. Von sich aus bot er dem Reverend das Bett an und legte sich selbst auf die hölzerne Sitzbank, die er mit einer Decke auspolsterte. Sie schliefen schnell ein und dieses Mal gab es keinen Alptraum. Noch während dem Sonnenaufgang wachte Mousa auf und fühlte sich ausgeruht und kampfbereit. Auch seine Mitstreiter wurden früh wach und schienen alle bereit für die heutigen Aufgaben zu sein. Mousa zog sich als erster an, wusch sich und holte bei Heinz eine Karaffe mit frischem Kaffee und etwas Brot.

Weil er zu den Erwachsenen gezählt werden wollte, nahm sich Alain auch einen halben Becher Kaffee, ohne ein großes Ding daraus zu machen. Als er sicher war, dass ihn keiner beobachtete, probierte er vorsichtig einen Schluck und musste sich beherrschen, nicht gleich alles wieder auszuspucken. Die anderen hatten das natürlich mitbekommen und mussten lauthals lachen, während der Kopf des jungen Anwärters rot vor Scham wurde.

„Wir haben einen weiteren Weg vor uns, also werden wir uns schon mal von euch verabschieden. Nach Erledigung der Aufgabe treffen wir uns wieder hier im Zimmer. Zieh dich an, Alain. Wir gehen los."

Das musste er dem Jungen nicht zwei Mal sagen. Heute schien noch weniger los zu sein als gestern bei ihrer Ankunft. Die gleichen Stände waren auf dem Marktplatz zu sehen, wobei bei einigen die Waren und die dazugehörigen Händler fehlten. Vielleicht war es noch zu früh, dachte sich Mousa.

Nach dem Marktplatz durchquerten sie das große Arbeiterviertel. Abgesehen von den Behausungen des einfachen, arbeitenden Volkes von Handura gab es hier auch etliche große Hallen, in denen Stoffe gefärbt, Kaffee gemahlen oder Papier hergestellt wurde. Es dauerte über eine Stunde, bis sie das Arbeiterviertel durchquert und die ersten Kasernen erreicht hatten. Im Hintergrund sah Alain nun zum ersten Mal die Burg, in der König Baldun von Handura hauste. Sie war etwas kleiner als die Burg in der Mitte Dirons, sah aber dafür massiver aus und hatte ausschließlich stabile Eisentore anstatt die Hölzernen, die er aus Diron kannte.

„Ich werde mit den Wächtern reden. Falls es zur Sprache kommt, bist du ein Anwärter der Wächter und nicht der Kirche. Es ist nichts Schlechtes an der Kirche, aber diese Lüge dient unserer Sache, einverstanden?"

Alain nickte. Die Kasernen befanden sich innerhalb eines großen Zaunes und sahen den Hallen, in denen die Stoffe gefärbt wurden, sehr ähnlich. Am Eingang zum Kasernenbereich war ein Schild angebracht, der es Frauen, die keine Wächter waren, und Personen, die Alkohol mit sich führten, verbot, die Kasernen zu betreten. Immerhin durften seine Brüder hier anscheinend die Kasernen verlassen und am Leben teilhaben, anders als es in Diron der Fall war. Ohne zu zögern, trat Mousa mit Alain ein und begab sich direkt zur ersten Kaserne. Es wunderte ihn, dass die Wächter nicht bei ihren Übungen auf dem Trainingsfeld neben der Behausung beschäftigt waren. Vielleicht gab es hier einfach andere Tagesabläufe. Vor der Kasernentür angekommen, klopfte er drei Mal kräftig, nannte seinen Namen und Rang. Keine Reaktion. Die Türe war nicht verschlossen und so traten sie in die leere Kaserne ein. Die Betten waren gemacht, alles war aufgeräumt und es war weit und breit kein Wächter zu sehen.

„Wo könnten die sein?", fragte Alain.

Mousa zuckte nur mit den Schultern. Er war besorgt, das war deutlich zu spüren. Handura hatte ein riesiges Kontingent an Wächtern. So eine Masse an Menschen konnte nicht einfach verschwinden. Zügig folgte Alain dem Garnisonsführer zur nächsten Kaserne, die hundert Meter entfernt stand. Diesmal klopften sie gar nicht erst an, sondern traten einfach ein.

Auch hier war alles leer. Bis auf eines der Betten ganz hinten. Es sah so aus, als würde jemand drin liegen. Mousa zeigte dem jungen Anwärter per Handzeichen, dass er etwas zurückbleiben solle, während er sich der Person näherte. Nur für den Fall der Fälle. Während Mousa immer näher kam, wurde erst der beißende Gestank von Urin und dann der von Schweiß mehr als deutlich. Immerhin war es kein Verwesungsgeruch, dachte sich Mousa. Er ging um die Betten herum und stand nun auf dem hinteren Flur, so dass er einen guten Blick auf das Bett hatte. Die Person war zwar zugedeckt, doch er erkannte sie gleich. Das machte Sinn.

„Steh auf, Wächter!"

Eine Flasche Schnaps fiel aus dem Bett, als der heruntergekommene Wächter hochschreckte und sich verwirrt umschaute.

„Was? Wer bist du?!"

Entschlossen trat Mousa mit verschränkten Armen noch einen Schritt nach vorne.

„Wie ich dir bereits sagte, ich bin Garnisonsführer Mousa Relleon von Diron. Wie ist dein Name und Rang, Wächter?"

Die Augen des Stinkenden wurden klarer, so als wäre er aus einer Trance erwacht.

„Ich bin Alder Venkamp. Ich war ... ich *bin* Kadett der Mauerwache. Man könnte auch sagen, ich bin die Mauerwache, zumindest seit sie alle Weg sind."

Mousas Verdacht schien sich zu bestätigen, die Wächter waren fort. Bis auf diesen hier.

„Was meinst du damit? Wo ist der Rest von unseren Brüdern? Wieso sind sie fort?"

Verwirrt blickte ihn Alder Venkamp an, bis er sich daran erinnerte, dass Mousa ja erst gestern angekommen war.

„Ihr habt nicht mitbekommen, was hier los war. Seit dieser Mann angekommen ist, geht alles den Bach runter. Ich wünschte, er wäre auch auf diesem verfluchten Schiff gestorben."

„Bruder! Erzähl uns, was passiert ist. Von Anfang an." Während Alder, der einzig verbliebene Wächter von Handura seinen beiden Besuchern die ganze Geschichte erzählte, hatten Alfred und der Reverend Schwierigkeiten, überhaupt ein Gespräch zu beginnen.

Keiner der am Hafen anwesenden Fischer wollte mit ihnen reden, schon gar nicht über den komischen Mann, der vor kurzem hier ankam. Die beiden wollten schon aufgeben, als sie ein Hafenarbeiter von sich aus ansprach. Er sah verwahrlost und abgemagert aus.

„Guten Tag, die werten Herren. Ich habe mitbekommen, dass sie Informationen brauchen?"

„Guten Tag, mein Sohn. Das ist richtig. Mein Freund hier ist der oberste Büttel von Diron, sein Name ist Alfred Winster. Ich bin Reverend Joe Carreyman."

„Aha, aha. Und sie brauchen Informationen über das Geisterschiff und den Mann, der damit ankam, richtig?"

Alfred regte sich innerlich darüber auf, dass der Mann es nicht für nötig hielt, sich vorzustellen. Das bekam der Reverend mit und ergriff schnell das Wort.

„Richtig, wärst du so gütig und würdest uns erzählen, was passiert ist?" Der Arbeiter blickte nun zur Seite. Er schien verlegen zu sein.

„Nun ja, ich habe diese Informationen und wäre bereit, sie ihnen zu überlassen. Wären sie im Gegenzug bereit, mir etwas von ihrem Silber zu überlassen? Mir ist zu Ohren gekommen, sie hätten welches."

Alfred hatte doch gewusst, dass sie das Silber brauchen würden. Obwohl er damit gerechnet hatte, regte ihn die dreiste Art des Mannes auf.

„Eine Untersuchung im Namen des Gesetzes zu behindern könnte dich in Diron ins Gefängnis bringen, du Nichtsnutz!", schnauzte Alfred.

„Bitte entschuldige das Benehmen meines Freundes. Er ist etwas ungehalten, da wir in einer sehr dringlichen Angelegenheit unterwegs sind. Hier, nimm diese Silbermünzen und ernähre deine Familie."

Erst als Alfred das erleichterte Gesicht des Fischers sah, wurde ihm klar, in welcher Lage er steckte. Wenn die Gerüchte stimmten, kamen hier keine Schiffe mehr an. Er konnte so viel fischen, wie er wollte, wenn niemand seine Fische kaufte, konnte er weder Miete zahlen, noch seine Familie ernähren.

„So viele! Ich danke euch vielmals! Also, der Mann auf dem Geisterschiff. Ich weiß nicht mehr, wann es ankam, es ist schon etwas her. Schon bevor es überhaupt angelegt hatte, war der Gestank am Hafen zu riechen. Der Kapitän hat dann eine Leiche nach der anderen von seinem Schiff gekarrt. Wohin weiß ich nicht. Der einzige überlebende Passagier war ein Mann mit dunklem, zurückgekämmten Haar in einer Robe. Das Komische war, dass er kerngesund aussah und dazu auch noch sehr gut gelaunt schien. Wer ist denn bitte nach so einer Todesfahrt gut gelaunt? Und nicht nur das war seltsam, sondern auch die Botschaft, die er uns überbrachte. Es würden keine Schiffe mehr kommen, sagte er. Kein einziges. Wer eine neue Arbeit suchte, solle am nächsten Abend zu den Kasernen der Wächter kommen. Den ganzen Tag kamen keine Schiffe mehr an, obwohl mehrere angekündigt waren. Auch nicht am nächsten Tag. Viele waren bereits seit Tagen überfällig. Der komische Mann schien recht zu haben. Und sein Todesschiff war plötzlich auch nicht mehr aufzufinden. Viele von uns sind dann abends zu den Kasernen gegangen. Sie hatten Angst, ihre Familien nicht mehr ernähren zu können. Und jetzt kommt das Seltsamste. Am Abend sind alle Wächter und zwei Dutzend Fischer einfach aus Handura raus spaziert, haben keinem gesagt, was sie vorhaben. Der komische Mann ist wohl schon vorher verschwunden. Der König wurde seit der Ankunft des Geisterschiffes nicht mehr gesehen. Alles geht den Bach runter, nur wegen dieses Kerls. Der hatte was an sich, sag ich euch. Ganz geheuer war der mir nicht. Das war alles, was ich weiß. Ich hoffe, ich konnte euch helfen. Ach ja, und er sollte recht behalten. Schiffe sind bis heute keine mehr angekommen."

Mehr Informationen würden sie wohl nicht mehr bekommen. Wenn es noch mehr herauszufinden gab, lag das jetzt bei Mousa und Alain. Schließlich waren sie zu jenen Kasernen unterwegs, die auch der Mann des Friedens besucht hatte. So begaben sich der Reverend und Alfred zurück zum alten Inn, wo sie auf ihre Gefährten warteten. Gegen Abend trafen Mousa und Alain endlich ein. Die beiden hatten schließlich auch einen langen Weg hinter sich. Als sie sich gemeinsam an den Tisch setzten, musste der junge Anwärter darum kämpfen, dass ihm nicht die Augen zufielen. Das nahm ihm keiner der Erwachsenen übel. Alfred erzählte ihnen alles, was sie von dem Fischer am Hafen erfahren hatten.

„Das ergibt Sinn", sagte Alain. Mousa nickte zustimmend.

„Wir haben erfahren, was er danach getan hat. Nachdem der Mann des Friedens irgendwelche Angelegenheiten in der Burg erledigt hatte, begab er sich wie verabredet zu den Kasernen. Neben den Wächtern waren auch eine Menge Fischer und Hafenarbeiter anwesend. Auch hier hat er angefangen, Panik zu verbreiten, das Königreich wäre in Gefahr, ganz Terusa wäre in Gefahr. Ganz nebenbei stellte er einen seltsamen kleinen Stein auf dem Tisch neben ihm ab. Während er weiter sprach, begann der kleine Stein zu leuchten. Alle Augen waren nun auf das Leuchten gerichtet. Sie waren wie hypnotisiert. Alder Venkamp, der einzige Wächter, der noch hier in Handura ist, berichtete uns, was der Stein mit ihnen angerichtet hat. Erst sahen sie ihn alle an, dann sahen sie ihn nur noch vor dem inneren Auge. Sie sahen Farben, Bilder und fühlten Gefühle. Auch er war davon betroffen. Völlig hypnotisiert. Doch bei ihm lief etwas schief. Er sah nicht nur das, was er sehen sollte, sondern noch mehr. Den Mann des Friedens und seine eigentlichen Pläne. Dinge, die er getan hatte. Dinge, die er nicht mal aussprechen wollte. Das ließ ihn aus der Trance aufwachen. Er konnte jedoch nicht verhindern, dass die Gehirnwäsche der anderen fortgesetzt wurde. Erst nachdem der Stein aufgehört hatte zu leuchten, konnte er sich wieder bewegen. Da war der Mann des Friedens schon längst verschwunden. All seine Kameraden marschierten mit den Fischern geschlossen aus Handura, keiner ließ sich daran hindern oder sprach auch nur ein Wort mit ihm. Wo sie hin sind, weiß er nicht. Er weiß nur, dass der Mann des Friedens nach Saien wollte."

„Also haben wir unser nächstes Ziel!", rief Alain voller Tatendrang.

Alfred war da nicht ganz seiner Meinung.

„Unser nächstes Ziel? Hast du denn dem Mann nicht zugehört? Der Verrückte hat jetzt eine Armee aus Killern, die alle fast so gut sind wie Mousa. Wie sollen wir die besiegen?"

„Ich will nicht behaupten, dass ich eine weitere Verfolgung dieses Teufels für aussichtsreicher halte, als vorher, aber ich glaube nicht, dass wir gegen eine Armee kämpfen müssen, wenn wir ihm an den Kragen wollen", warf der Reverend ein.

Alfred war etwas verwundert.

„Ach ja? Und wie kommt der gnädige Herr zu dieser Annahme?", wollte er wissen.

„Laut dem Wächter ist der Mann des Friedens schon weiter gezogen, bevor die Gehirnwäsche beendet war. Würde er mit seiner Armee reisen wollen, würde das keinen Sinn ergeben. Außerdem wissen wir, dass das nicht sein Stil ist. Er operiert aus dem Schatten heraus, reist allein. Mit einer Armee unterwegs zu sein, ist auffällig und würde seinen Standort verraten."

Mousa klatschte Beifall.

„Bemerkenswert, Reverend. Eine hervorragende Analyse. Wofür auch immer er die Wächter von Handura braucht, er braucht sie nicht für uns. Vorerst. Und wir wissen, wo er sich befindet. Das ist eine gute Gelegenheit."

Das leuchtete selbst Alfred ein.

„Na ja, ich schätze, das ist wahr. Und um jetzt einen Rückzieher zu machen, ist es sowieso zu spät. Wir sollten wohl nach Feral gehen und dann über die Berge weiter nach Saien. In wenigen Tagen sind wir da."

„Das sollte die schnellste Route sein, ja. Also los. Lasst uns noch mal Fisch essen. Wir haben eine lange Reise vor uns!", sagte Mousa.

Und so taten sie es auch. Diesmal gab es keine Zitrone, die wären immer sehr knapp, sagte Ihnen Heinz der Inhaber. Trotzdem genossen sie die Mahlzeit. Am nächsten Tag fragten sie ihn, ob er ihnen Vorräte für die Reise verkaufen könnte, doch er hatte keine. Es war grade mal genug, um seine Familie und ein paar Gäste zu füttern.

Die Einzige, die in ganz Handura noch Vorräte haben könnte, war die Bäuerin Karina. Alle anderen Bauern hätten Handura schon vor Wochen verlassen. Sie hatte ihren Hof in der Nähe der Kasernen und war nicht wie die anderen Bauern geflohen, also machte sich die Gruppe auf den Weg zu ihr.

Erneut hatte Mousa das Gefühl, dass sie beobachtet und verfolgt wurden, genau so wie vor ihrer Ankunft in Handura. Aus dem Gefühl wurde Gewissheit, als er

Schritte hörte. Per Handzeichen wies er die anderen an, stehen zu bleiben.

„Was ist?!", meckerte Alfred.

„Seid auf der Hut. Er gibt sich gleich zu erkennen!" Und schließlich tat er es.

„Lauf weg!", schrie die gepeinigte Stimme des Mannes, der aus einer Gasse neben ihnen kam und nun auf die Gruppe zulief. Es war Alder Venkamp, der letzte Wächter von Handura.

„Was ist los, Bruder?", fragte Mousa besorgt.

„Lauf endlich weg!"

Jetzt zog er sein Schwert und sprang auf Mousa zu. Der konnte sich problemlos verteidigen und wies Alfred mit einer Handbewegung an, sein Schießeisen stecken zu lassen.

„Was tust du da? Einen anderen Wächter ohne Grund anzugreifen ist gegen den Eid!"

Alder schien sich sehr zu quälen.

„Ich kann nicht anders. Ich will das nicht, ich werde gezwungen. Bitte lauf weg von mir!"

Das verstand Mousa nicht. Hier war niemand, der ihn zu etwas zwingen konnte. Der letzte Wächter von Handura war ziemlich kräftig. Mousa blockte mit seinem Schwert den nächsten Angriff, doch Alder schubste ihn zurück und setzte direkt zum nächsten Schwerthieb an. Auf seiner Brust glänzte das Wappen der Wächter in der Sonne. Das sollte nicht sein. Brüder sollten nicht kämpfen. Mousa musste das vor nicht allzu langer Zeit schon einmal tun und es hatte fast seine Seele zerstört.

„Ich werde mich verteidigen, aber ich werde dich nicht angreifen, Bruder!"

„Du musst es tun! Töte mich! Nur so kann es enden. Dieser Mann ... Er kommt aus der Hölle. Bitte, bereite dem ein Ende!"

Aber Alder erkannte in den Augen seines Gegenübers, dass er es nicht tun würde. Er wusste nicht, wieso, aber er sah, dass Mousa sich lieber töten lassen würde, als ihm etwas anzutun. Das durfte nicht geschehen. Wenn der Mann des Friedens Mousa tot sehen wollte, dann war er zu wichtig. Wichtiger als er. Alder ließ von Mousa ab, was ihm anscheinend viel Willenskraft kostete. In einer Geschwindigkeit, in der sich nur die Wächter bewegen konnten, raste er plötzlich auf Alain zu, der sich mit den anderen ein paar Meter entfernt hatte.

„Tu das nicht!", rief Mousa verzweifelt.

Er hatte keine Wahl. Alder wusste wohl, dass Mousa schneller war als er. Als er zum Sprung ansetzte, um Alain sein Schwert durch die Brust zu jagen, war Mousa bereits direkt hinter ihm und rammte ihm sein Schwert so durch den Rücken, dass es aus seiner Brust wieder heraus ragte. Alder sackte auf die Knie, aus seinem Mund lief Blut. Eine menge Blut.

„Es tut mir so leid, Bruder. Es tut mir so leid."

Alder lächelte. „Was denn? Ich danke dir. Du hast mir meine Freiheit wieder gegeben. Er wollte, dass ich dich töte. Ich bin froh, dass ich das verhindern konnte."

„Wer wollte das? Der Mann des Friedens? Bruder?!"

Alder weilte bereits nicht mehr unter den Lebenden. Der letzte Wächter von Handura war tot. Vorsichtig legte Alfred seinem Gefährten eine Hand auf die Schulter.

„Du hast ihn befreit."

„Ich habe ihn getötet."

Mit ernster Miene blickte Alfred zu Reverend Carreyman. Er sollte es Mousa erklären.

„Dein Wächterfreund war nicht immun gegen den Zauber vom Mann des Friedens. Es war nur ein anderer Zauber als bei all den anderen. Er sollte hier zurückbleiben in dem Glauben, er hätte ihm widerstanden. Dann sollte er dich töten, wenn du Handura wieder verlässt. Es war eine Falle."

Darüber dachte Mousa kurz nach.

„Nein. Er sollte mich nicht töten. Sein Plan war viel niederträchtiger. Er wusste, dass Alder mir nicht gewachsen sein würde. Er sollte mich nicht töten, er sollte mich zwingen, ihn zu töten. Wieder ein Bruder, den ich töten musste. Er wollte meinen Schmerz vergrößern, genau wie das Loch in meiner Seele."

Daran hatten die anderen drei nicht gedacht. Es schien aber logisch und passte zum Mann des Friedens. Alain meldete sich jetzt mit gebrochener Stimme zu Wort.

„Das ändert einiges. Wir wissen also jetzt, dass er uns in Saien erwartet. Das Überraschungsmoment ist verloren."

Sie alle wussten, dass dies nichts ändern würde. Sie würden trotzdem nach Saien reisen und dem Mann des Friedens gegenübertreten. Alfred und Mousa trugen

Alders Leiche zu den Kasernen, wo sie ihn begruben. Nach einer Schweigeminute setzten sie ihre Wanderung in Richtung des Bauernhofes fort. Mit verschränkten Armen stand sie bereits vor ihrem Hof. Es sah so aus, als hätte die Bäuerin Karina bereits auf die Gruppe gewartet.

Karina war für eine Frau recht groß, dürr und hatte kurzes, strohiges blondes Haar. Sie trug eine Latzhose und darunter ein einfaches Hemd. Sie sah genau so aus, wie man sich eine Bäuerin vorstellen würde.

„Guten Tag. Wir sind nur eine Gruppe Reisender und würden gerne Vorräte kaufen", sagte Mousa.

Die Bäuerin sagte keinen Ton. Stattdessen musterte sie ihn und die anderen. Das verunsicherte die Gruppe irgendwie.

„Reisende? So so. Dann seid ihr nicht die Gruppe, die dem Zauberer aus der Hölle folgt?"

Das hatte sich schnell rumgesprochen. Mousa war zu überrascht, um zu antworten.

„Das er ein Zauberer ist, ist noch nicht bewiesen!", warf Alfred ein.

„Mir ist egal, was er ist. Er hat etwas getan. Er hat Menschen verzaubert, hypnotisiert oder verführt, nennt es, wie ihr wollt. Ich werde euch Vorräte überlassen. Aber nur unter der Bedingung, dass ich euch begleiten darf."

Erneut waren Mousa und seine Gefährten überrascht. Wieso sollte sich jemand freiwillig ihrem Kreuzzug anschließen wollen?

„Verehrte Bäuerin, dieser Weg den wir gehen, ist nichts für euch. Wir werden euch gut in Silber bezahlen."

Verärgert trat Karina einen Schritt vor und blickte Mousa direkt in die Augen. Der war so verdutzt, dass er fast zu seinem Schwert gegriffen hätte.

„Aber es ist was für einen kleinen Jungen? Ich will nicht verarscht werden, hörst du? Euer Silber könnt ihr euch sonst wo hin stecken."

Das war ein Problem. Es gab keine andere Möglichkeit, an Vorräte zu kommen.

„Ich erflehe eure Verzeihung, falls ich euch verärgert haben sollte. Weshalb wünscht ihr, euch uns anzuschließen?"

Nun standen der schroffen jungen Frau Tränen in den Augen. „Meine Frau. Er hat sie irgendwie beeinflusst. Sie ist ihm gefolgt und hat sich nicht mal von mir verabschiedet. Er hat sie mir genommen und ich will sie wieder. So einfach ist das."

Mousa nickte. Sie erschrak, als der ehemalige Garnisonsführer ihr eine Hand auf die Schulter legte.

„Willkommen, Karina. Lass uns die Vorräte packen. Wir haben eine lange Reise vor uns."

Brot, getrocknetes Fleisch, ein paar Gurken und Tomaten wurden in die Rucksäcke der Gefährten gepackt, bis nichts mehr hereinpasste. Der Weg war in der Tat lang und auch mit so viel Proviant mussten sie ihre Vorräte definitiv nochmal aufstocken, bevor sie Saien erreichten. Als sie Handura verließen, wunderte sich Karina, dass das große Tor offen stand und völlig unbewacht war. Die anderen wussten, dass es hier keinen Wächter mehr gab, der es bewachen konnte. Nachdem die Gefährten sich auf den Weg gemacht hatten und bereits einen halben Kilometer näher an Feral, dem nächstgelegenen Königreich, waren, blieb Mousa plötzlich stehen.

„Was hast du denn schon wieder?", grunzte Alfred.

„Geb dich zu erkennen. Wir wissen, dass du uns verfolgst."

„Ach ja, wissen wir das?", entgegnete Alfred und schaute sich um, die Hand wieder an seinem Revolver.

Direkt hinter ihnen entstand ein wohl bekannter Kreis aus blauen Funken. Es war Malta. Entschlossen trat das blonde Mädchen aus dem Kreis heraus und lächelte.

„Was tust du hier? Beobachtest du uns wieder?"

Die kleine Magierin war etwas überrascht über Mousas Ton.

„Nein. Dazu gibt es einfachere Wege, das wisst ihr doch."

„Wieso bist du dann hier, junge Anwärterin?"

Jetzt wurde ihr Lächeln noch breiter.

„Weil ich mit euch gehen möchte. Ich will kämpfen", sagte sie entschlossen.

Alain schien sich besonders zu freuen, aber auch Alfred und der Reverend waren begeistert, während ihr Mousa zu nickte. Nur Karina war kreidebleich.

„Was war das für ein Kreis? Wo bist du plötzlich hergekommen, Mädchen?"

„Oh, es tut mir leid. Mein Name ist Malta. Ich bin eine Magierin vom Volk aus dem Wald. Na ja, zumindest eine Anwärterin. Es freut mich, dich kennen zu lernen."

Kapitel 6 Der Junge

Stolz erzählte Alain der Bäuerin von ihrem Besuch beim Magievolk im Wald. Zwar hatte Karina akzeptiert, dass der Mann des Friedens wohl übernatürliche Kräfte besaß, aber ein ganzes Volk von Magiern, versteckt im Wald, konnte sie sich nur schwer vorstellen. Während Mousa beobachtete, wie seine neuen Gefährten sich unterhielten, gemeinsam lachten und eine Bindung aufbauten, wurde ihm ganz mulmig.

Er war derjenige, der schlussendlich für sie verantwortlich war. Umso mehr sie wurden, umso größer wurde auch die Gefahr, dass er einen von ihnen verlieren konnte. So, wie er seine ganze Garnison verloren hatte. Obwohl er schon zugeben musste, dass eine kleine Magierin in seinen Reihen zu haben auch nützlich sein konnte.

In den wenigen Pausen, die sie einlegten, gab Alfred Alain Schießunterricht. Reverend Carreyman regte sich zuerst auf, war dann aber irgendwie auch stolz, als er sah, wie viel Talent sein junger Anwärter besaß. Auch Alain selbst war stolz auf sich. Für ihn war das ein weiterer Schritt hin zu dem Helden, der er sein wollte. Erst ging er auf eine große Reise, stand Monstern gegenüber, entdeckte das Magievolk und nun würde er vielleicht bald selbst in den Kampf gegen Monster ziehen. Schließlich war das Alfred´s bestes Argument gewesen. Er hatte zwei

Revolver und bei einem erneuten Aufeinandertreffen mit den Untoten wäre es von Vorteil, wenn sie zwei Schützen hätten, die Mousa den Rücken freihielten. Alain wünschte sich fast, dass sie in den nächsten Tagen erneut auf die seltsamen Höllendiener trafen, die ihnen schon im Fochwald begegneten. Egal ob es ein Vierbeiner, ein Kletterer oder ein Koloss war, er würde ihnen eine Kugel zwischen die Augen jagen. Als die Sonne unterging, lagerte die Gruppe auf einem alten, verlassenen Feld neben der Straße. Karina bestand energisch darauf, dass sie zum Suchen von Feuerholz eingeteilt wurde, auch wenn Mousa dagegen war.

Schließlich willigte er ein. Das kleine Waldstück in der Nähe war vermutlich nicht groß genug, um den Wilden eine Heimat zu bieten. So eine Frau wie Karina war ihm noch nie begegnet. Sie war störrisch, energiegeladen und verdammt mutig. Und außerdem war sie loyal. Immerhin nahm sie eine lange Reise und den Kampf gegen die Hölle in Kauf, um ihre Frau wieder zu finden. Hoffentlich war sie es auch wert.

Schon nach einer halben Stunde kam sie zurück. Dabei hatte sie nicht nur eine Ladung Feuerholz, sondern auch einen etwas zu großen, dicken Ast. Als Alfred sie darauf hinwies, dass der wohl nicht für ein Lagerfeuer geeignet wäre, sagte sie, der sei zum Schnitzen gedacht. Während Alain und der Reverend das Feuer vorbereiteten, setzte sie sich auf ihren Platz, holte ein Messer aus der Tasche und fing wirklich an zu schnitzen. Alfred fand es erfrischend, eine Frau mit so ungewöhnlichen Fähigkeiten in ihrer Gruppe zu haben. Das gab es in Diron nicht.

„Was wird das denn, wenn es fertig ist? Etwa ein Wanderstock?", fragte er neugierig.

„Nein. Ein Bogen. Um die Monster zu töten, von denen ihr mir erzählt habt. Da der Junge den Revolver bekommen hat und ich nicht zaubern kann, muss ich mich eben anders verteidigen", antwortete sie trocken aber entspannt.

Alfred war es jetzt etwas peinlich, bei der Vergabe seines zweiten Schießeisens gar nicht erst an sie gedacht zu haben. Alain hatte Karinas leichte Verärgerung nicht bemerkt. Er suchte in seinem Rucksack nach den Feuersteinen. Die brauchte er jedoch nicht mehr, denn Malta entfachte aus dem Nichts ein schönes, helles Feuer.

„Wow! Ich wusste nicht, dass du sowas kannst. Das kann ganz schön nützlich auf so einer langen Reise werden", sagte der Reverend.

„Ich fange selber grade erst an zu verstehen, was ich alles kann. Es ist aber anstrengend, das könnte ich nicht dauernd tun."

Tatsächlich sah man zwei kleine Schweißtropfen auf ihrer Stirn. Karina verteilte nun an jeden einen längeren, dünnen Stock. Heute Nacht war das Feuer nicht nur dazu da, um Wilde abzuschrecken. Die Bäuerin hatte ein paar Klumpen Teig mitgebracht und händigte jedem nun ein Stück aus.

„Den Teig müsst ihr über die Spitze vom Stock stülpen. So wie ich. Haltet ihn dann so lange über das Feuer, bis er leicht braun wird. Das nennt man Stockbrot."

Jeder grillte sein eigenes Stockbrot und stellt dann fest, dass es nicht nur Spaß machte, sondern auch verdammt gut schmeckte. Als Alfred aufgegessen hatte, löste er Mousa vorzeitig von seiner Wache ab, damit dieser auch in den Genuss des ungewöhnlichen, aber schmackhaften Brotes kam.

„Danke für die leckere Mahlzeit, Karina", sagte er, während er sich den Mund abputzte. Sie nickte ihm zu.

„Wir sollten das Königreich Feral in ungefähr drei Tagen erreichen. Erst kurz vor unserem Ziel müssen wir durch bewaldetes Terrain. Vorher auf Wilde zu treffen ist zwar nicht unmöglich, aber die Wahrscheinlichkeit ist eher gering", sagte Mousa.

„Das höre ich gerne. Die Bestien, gegen die ihr gekämpft habt, als wir euch in unser Dorf ließen, sahen furchtbar aus. So unnatürlich. Der Mann des Friedens muss Schreckliches mit ihnen angestellt haben."

Ja, das hatte er wohl. Und nicht nur mit den Wilden. Auch Mousas Garnison hatte dieses schreckliche Schicksal erfahren müssen.

„In Diron haben wir Hinweise darauf gefunden, dass er dies wohl mit einem grünen Gebräu anstellt. Es hat einen Toten wieder auferstehen lassen", erzählte der Reverend.

„Das deckt sich mit meinen Informationen. Wie ihr wisst, greift mein Volk nicht ein, beobachtet aber stets.

Jacob Lester ist nicht leicht zu beobachten, aber manchmal hört man etwas über ihn. So weit wir wissen, hat er viele Jahrhunderte lang experimentiert. Ich weiß nicht, was das genau für Experimente waren, ich will es auch gar nicht wissen, aber wir glauben, dass die Experimente dem Zweck dienten, dieses Elixier herzustellen."

Das war sehr interessant, fand Mousa.

„Wisst ihr auch, wozu er diesen Trank herstellt? Was bezweckt er damit?", fragte er.

„Wir wissen es nicht. Aber wir haben eine Vermutung. Lester hat sich vor langer Zeit dunklen Mächten verschrieben. Er arbeitet für die Fürsten der Hölle. Und er strebt nach Macht. Er will diese Welt erobern. Und dafür braucht er eine Armee. Also hat er sich in den letzten paar hundert Jahren Soldaten gezüchtet, die genau seinen Vorstellungen entsprechen. Manche sehr schnell, manche sehr stark. Manche haben andere Fähigkeiten. Durch dieses Gebräu schlägt er zwei Fliegen mit einer Klappe. Er kriegt einen übernatürlich starken Soldaten mit besonderen Fähigkeiten und jeder dieser Soldaten kann wiederum neue Soldaten für seine Armee rekrutieren, indem er mit seinen verseuchten Zähnen jemanden beißt."

Mousa fand, dass Maltas Volk sich ganz schön viel mit dem Mann des Friedens beschäftigt hatte. Er wollte es nicht sagen, aber es machte ihn überaus wütend, dass diese mächtigen Magier wussten, was vor sich ging, aber nichts unternahmen.

„Schau dir das mal an, Malta. Dieses Buch hat Mousa in Diron gefunden. Teile davon handeln von dem Mann des Friedens. Wie du sagtest, hat er wohl eine hohe Position in der Hölle. Man soll ihm gehorchen, wenn die Zeit des Krieges gekommen ist, steht hier", sagte der Reverend.

Malta nahm das Buch an sich und studierte die Zeilen sehr interessiert. „Das würde ich mir gerne morgen mal bei Tageslicht ansehen", sagte die junge Magierin.

Dagegen hatte keiner was einzuwenden. Mousa löste Alfred wieder ab, der dann auch schlafen ging. In den nächsten beiden Tagen legten sie eine große Strecke zurück. Malta studierte das dunkle Buch, Alain setzte seine Zielübungen fort und Karinas Bogen nahm richtig Gestalt an. Kein Wilder und keine Kreatur der Hölle behelligte sie in dieser Zeit. Doch mit den weiten Feldern und der guten Sicht war es jetzt vorbei. Sie befanden sich kurz vor Feral und bewegten sich nun durch bewaldetes Gebiet. Mousa war besorgt und wies alle an, etwas schneller zu gehen. Wenn sie das Tempo etwas anzogen, würden sie nur eine Stunde brauchen, um bis zum Königreich zu gelangen. Zwei mal blieben sie auf Kommando stehen, denn Mousa hörte etwas. Doch beide Male ging es schon nach kurzer Zeit weiter. Vielleicht war zwar ein Untoter in der Nähe, er griff allerdings nicht an. Man sah es ihm nicht an, aber Alain war sehr enttäuscht.

Zu gerne hätte er seine neuen Fähigkeiten getestet. Nach etwas mehr als 90 Minuten kamen sie vor den Toren von Feral an. Nach ihrem Ausflug nach Handura erschien Feral winzig. Hier gab es keine riesigen Mauern aus Stein, nur kleine aus Baumstämmen. Mousa hatte die

Bewegung auf den beiden Aussichtstürmen am hölzernen Haupttor bemerkt. In letzter Zeit hatten sie hier wohl nicht sehr viele Besucher. Jeweils vier weitere Wachen gesellten sich zu den zwei bereits vorhandenen. Sie gehörten nicht den Wächtern an, das erkannte er an ihrer Uniform. Nicht jedes Königreich hatte genug Wächter um auf andere Wachen verzichten zu können. Die Ausbildung war hart und setzte gewisse Fähigkeiten voraus. Wächter waren so zu sagen ein knappes Gut.

„Seid gegrüßt! Ich bin Mousa Relleon aus Diron. Meine Begleiter und ich ersuchen euch um Einlass, um unsere Vorräte aufzustocken. Wir befinden uns auf einer langen Reise im Auftrag des Königs."

Auch aus dieser Entfernung konnte er die Wachen flüstern sehen. Eine Antwort gaben sie ihm jedoch nicht.

„Ich bitte euch erneut um Einlass, hier draußen ist es zu gefährlich", sagte er in einem etwas eindringlicherem Ton.

Das stimmte tatsächlich. Bisher wurden sie zwar nicht angegriffen, doch länger an einer Stelle zu verweilen, konnte immer Wilde anlocken.

„Ich grüße euch, Mousa von Diron. Ich bin der Bezirksvorsteher Roman. Leider kann ich euch keinen Einlass gewähren, bitte geht Richtung Süden nach Handura, dort wird euch vielleicht geholfen", sagte der kleine Mann auf dem Aussichtsturm, der ihnen bereits wieder den Rücken zudrehte.

„Von Handura kommen wir. Das Königreich stirbt. Es hat keine Wächter, keinen König und keine Bauern mehr. Ihr seid unsere einzige Hoffnung", entgegnete Mousa.

Der Bezirksvorsteher drehte sich wieder um. „Ich bin offen zu euch, Wächter. Wir haben Angst. Vor einigen Tagen wurden wir von Monstern oder Untoten angegriffen, die vom Bergpass im Osten kamen. Wir sahen uns gezwungen, die Brücke zu zerstören. Aber viel gebracht hat es uns nicht. Es ist eine Art Seuche. Sie breitete sich auch bei uns aus. Wir haben sie in den Griff bekommen, deshalb können wir es nicht riskieren, dass die Dinge wieder außer Hand geraten. Es tut mir leid, ihr müsst draußen bleiben. Dies ist mein letztes Wort."

Das glaubte Mousa ihm.

„Was machen wir jetzt? Wir kommen nicht weit ohne Vorräte", schimpfte Alfred.

„Es ist nicht nur das. Sie haben die Brücke gekappt. Das war die einzige Möglichkeit, über die Schlucht zu gelangen. Wir haben einen langen und gefährlichen Umweg vor uns. Es gefällt mir nicht, aber wir müssen uns vielleicht gewaltsam Zutritt verschaffen, um uns Vorräte zu besorgen."

Der Reverend wollte dazu grade etwas sagen, als sich Roman überraschend wieder meldete.

„Mousa! Wartet. Ich habe gute Neuigkeiten für euch. Ich kann euch zwar keinen Einlass gewähren, aber eure Vorräte sollt ihr bekommen."

„Wie darf ich das verstehen?"

Roman lächelte. „Wir schicken einen jungen Burschen mit allen Vorräten heraus, die wir entbehren können. Ihr gebt ihm dann die Bezahlung. Haltet euch bereit, er macht sich gleich auf den Weg."

Malta, Alain und die anderen freuten sich. Mousa jedoch nicht. Der war skeptisch. Wenn sie Angst vor einer Ansteckung hatten, was machte es dann für einen Unterschied, ob der Junge wieder rein ging, oder einer von ihnen? Schließlich konnten sie ihn bei der Übergabe der Waren infizieren. Der junge Mann, der mit einem großen Sack heraus kam, war nicht älter als 18 Jahre. Mousa begutachtete ihn gründlich.

Er hatte kurzes, schwarzes Haar, war dünn, aber kräftig. Das konnte man auch unter seiner braunen Jacke sehen. Mousa war sich sicher, dass er Kampferfahrung hatte. Auch Malta beobachtete ihn. Wohl aus anderen Gründen als er selbst, dachte sich Mousa. So grimmig wie der Junge blickte, hatte er wohl keine große Lust auf diese Aufgabe.

Der Austausch von Waren und Silbermünzen fand wortlos statt. Während die Gruppe die Vorräte in ihren Rucksäcken verstaute, blieb der junge Mann vor dem Tor stehen, das noch keiner für ihn wieder geöffnet hatte.

„Das ist sehr witzig, Roman. Jetzt öffne das Tor, wir haben alle gelacht."

Diesmal kam der Bezirksvorsteher nicht auf den Wachturm, man hörte nur seine Stimme.

„Es tut mir leid, Junge. Wir können dich nicht wieder rein lassen. Geh mit den Fremden nach Handura oder meinetwegen nach Saien. Dort kannst du dir Arbeit suchen."

Dem jungen Mann war sofort klar, dass Roman es ernst meinte. Sie wollten ihn hier nicht mehr.

„Du sollst mich reinlassen! Was wirst du meiner Mutter sagen, Vorsteher?"

Es dauerte fast eine Minute, bis die nächste Antwort kam.

„Junge, es war die Idee deiner Mutter. Sie kann es nicht mehr ertragen. Jetzt mach ihr nicht noch mehr Schande und geh mit den Fremden."

Auch Mousa hatte begriffen, dass dies kein Streich war. Er ging vors Tor und legte dem Jungen eine Hand auf die Schulter.

„Wenn ich dich jemals außerhalb dieser Mauern sehe, dann töte ich dich", sagte Mousa.

Diese Drohung galt Roman.

„Komm, Junge. Du kannst mit uns nach Saien gehen. Hinter diesen Mauern gibt es nichts mehr, für das es sich zu bleiben lohnt."

Der Junge gab keine Antwort, aber kam mit Mousa zu den anderen. Die Situation war so beklemmend und merkwürdig, dass auch keiner von ihnen etwas sagte. Mousa schnürte den Sack, in dem vorher die Vorräte waren zu einem Beutel zusammen und legte wieder ein paar der Waren hinein, so dass der Junge auch etwas tragen konnte. Es war nicht viel und es ging auch nicht darum, dass er seinen Beitrag leisten sollte, wenn er sie begleitete. Der Junge sollte sich gebraucht fühlen. Das war

Mousa wichtig. Auch als sie die Wälder bereits hinter sich gelassen hatten, sprach keiner ein Wort. Mousa suchte einen guten Ort für einen Rastplatz, denn es musste dringend besprochen werden, was ihr nächstes Ziel war. Über die Brücke und den Berg Arratlea nach Saien zu gelangen war nicht mehr möglich. Er war heilfroh, als Malta das unangenehme Schweigen brach.

„Ich heiße übrigens Malta. Wieso wollten deine Eltern dich loswerden?"

Von Feingefühl hatte das Magievolk wohl noch nichts gehört. Der Reverend bereitete sich schon darauf vor, die Wogen zu glätten, doch der junge Mann lächelte.

„Ich schätze, ich habe ihre Erwartungen nicht erfüllt. Na ja eigentlich habe ich sie bei weitem übertroffen, aber das ist in ihren Augen wohl das gleiche. Ich heiße Juri."

Alfred, der Reverend und Mousa nickten. Sie konnten sich schon vorstellen, wie seine Geschichte aussah. Malta jedoch nicht, sie kannte die Verhältnisse in den Königreichen nicht und blickte Juri fragend an.

„Du bist nicht von hier, oder? Also, ich bin der Sohn zweier niederer Arbeiter. Als solcher habe ich die Wahl, ob ich auf dem Feld, in der Fabrik oder beim Metzger schuften will. Ich habe aber keine Lust auf solche Arbeiten. Meine Talente liegen eher im Kampf. Ich habe bei einigen Kampfturnieren auf dem Marktplatz mitgemacht und ging auch gegen die höher Gestellten meines Alters als Sieger vom Feld. Das ist in Feral eine Schande. Sie wollten mich immer dazu zwingen, niedere Arbeit anzunehmen, aber ich habe mich geweigert. Ich wollte Wächter oder zumindest Soldat oder Krieger werden, aber das stand mir wohl nicht zu. Meine Eltern mussten viel erdulden. Genau wie ich wurden sie beschimpft, bespuckt und in der Gesellschaft gemieden. Ich mache ihnen keinen Vorwurf."

Aber Mousa machte das. Solche Fälle waren auch ihm bekannt und sie erzürnten ihn immer wieder. Im Kodex der Wächter gab es keinen Abschnitt darüber, dass es jemandem verwehrt sei, die Ausbildung als Wächter zu beginnen. Ganz im Gegenteil. Den alten Schriften ist deutlich zu entnehmen, dass ein Jeder in der Gilde der Wächter aufgenommen wird, der wahrlich danach strebt. Dass die meisten Königreiche dies ignorierten und ihre eigenen Regeln festlegten, verletzte die Gesetze der Wächter.

Die Gruppe machte Halt bei einer geeigneten Lichtung und machte sich bereits daran, ein großes Lagerfeuer aufzubauen. Inzwischen waren sie ein eingespieltes Team. Das Feuer brannte jetzt deutlich schneller, auch ohne Maltas Zauber, als noch vor kurzem. Karina fing grade an, sich Pfeile für ihren Bogen zu schnitzen, als Mousa endlich die Gelegenheit fand, über ihre Route zu sprechen.

„Wie ihr gehört habt, ist die Brücke zum Bergpass nach Saien gekappt worden. Eine andere Möglichkeit, die Schlucht zu überbrücken, ist mir nicht bekannt. Das bedeutet also, dass wir ein paar Tage, oder vielleicht auch ein paar Wochen länger brauchen, als wir gedacht hatten."
Das war ihnen bereits klar.

„Dachtest du, wir hätten nicht bemerkt, dass wir in eine andere Richtung laufen, als geplant?", fragte Karina, ohne von ihrer Schnitzarbeit aufzusehen.

„Darum geht es eigentlich nicht. Unsere neue Route ist nicht nur länger, sie ist auch bei weitem gefährlicher. Glaube ich zumindest."

Jetzt schaute sie doch auf. Auch die Aufmerksamkeit des Reverends, der vorher in der Bibel gelesen hatte, hatte er jetzt erregt.

„Was genau willst du uns sagen, Mousa? Beim allmächtigen Herrn, meine alten Knochen vertragen nicht noch mehr Kämpfe gegen Monster."

„Das ist es nicht. Der einzige Weg nach Saien führt uns durch zwei potenziell sehr gefährliche Gebiete. Zum einen sind es die Pachy Sümpfe nahe Raff und Kolom. Diese beiden Königreiche werden wir jedoch meiden, sie befinden sich erneut miteinander im Krieg. Wir ziehen durch die Sümpfe nach Westen und werden so Saien erreichen. Bevor wir jedoch überhaupt in die Nähe der Sümpfe kommen, müssen wir das Gesetz brechen."

Alfred hob eine Augenbraue.

„Um dort hinzugelangen, müssen wir das verbotene Königreich durchqueren."

Jetzt stand ihnen allen der Mund offen.

„Das gibt es wirklich? Ich habe Geschichten gehört, aber die klangen eher wie Märchen", sagte Juri.

„Die Märchen sind wahr. Na ja, zumindest der Teil, dass das verbotene Königreich existiert. Es ist normalen Bürgern nicht ohne Grund verboten, eine Karte von

Terusa zu besitzen. Ich selbst war noch nicht da und da uns das Gesetz auch verbietet, über dieses Königreich zu sprechen, habe ich so gut wie keine Informationen darüber."

Das hieß im Grunde, dass sie nicht wussten, was sie erwartete. Eigentlich war das ja nichts Neues. Trotzdem stimmte dass die Gruppe nachdenklich. Außer Alain, der schien sich richtig darauf zu freuen.

„Wie ihr nun alle wisst, mache ich mir sowieso nicht viel aus Regeln", scherzte Juri.

„Ich hab mal gehört, dass man dort Dinge finden kann, die eigentlich nicht existieren sollten", sagte Alain trocken.

„Vielleicht war damit ja Magie gemeint?", entgegnete Malta.

„Das wäre möglich. Wir könnten es mit einer weiteren magischen Stadt zu tun haben, oder zumindest den Überresten davon", sagte Mousa.

Das war in der Tat eine Möglichkeit. Falls dem so war, war es großes Glück, dass sie die kleine Magierin dabei hatten. Alain fiel noch etwas ein.

„Überleben wir das überhaupt? Das ganze Gebiet soll doch vergiftet sein."

„Das sagt man uns zumindest. Ich bin schon lange der Meinung, dass dies nur eine Lüge ist, die uns von diesem Ort fernhalten soll", antwortete Mousa.

Nachdem das Abendessen eingenommen wurde, unterhielten sich zum ersten Mal alle miteinander. Selbst Karina beteiligte sich an der Konversation. Das sah

Mousa gerne. Die Stimmung einer Gruppe wirkte sich stets auf ihre Leistung aus. Nicht nur beim Kampf, sondern auch beim Marschieren. Er ließ Alfred die erste Wache übernehmen und wies den jungen Juri an, ihn zu begleiten. Alfred sollte ihm alles beibringen, was er benötigte, um bald selbstständig Wache zu halten. Der Junge war sofort dazu bereit. Wenn man ihnen Aufgaben gab, die sie forderten und mit Stolz erfüllten, war das junge Volk stets bereit zu arbeiten, dachte sich Mousa. Er verstand vollkommen, dass man als Jugendlicher nicht in eine Arbeit gesteckt werden wollte, die einem nicht zusagte, nur um dann sein Leben lang ausgenutzt zu werden.

Kapitel 7 Die Garnison

Die Nacht verlief ruhig und alle kriegten genügend Schlaf. Am nächsten Tag unterhielt sich die Gruppe nun auch während der Wanderung. Mousa erklärte ihnen zwar, dass das kontraproduktiv sei, denn beim Sprechen würde man Sauerstoff verbrauchen, aber abhalten konnte er sie nicht.

Malta sagte scherzhaft, dass sie nun Mousas neue Garnison seien und ihm lieber gehorchen sollten, woraufhin alle lachten. Irgendwie stimmte das schon und es war schön. Doch trotzdem brachte dieser harmlose Witz Mousas dunkle Gedanken zurück. Ja, sie waren wohl seine neue Garnison. Doch sollten sie sich darüber freuen?

Schließlich konnte er seine alte auch nicht beschützen und die war um einiges größer, sowie besser ausgebildet. Wollte er das also überhaupt? Wieder eine Garnison führen? Es sah so aus, als hätte er keine Wahl. Ein beklemmendes Gefühl überkam Mousa, als er daran dachte, dass bald wieder ein Tag kommen konnte, an dem er seine Garnison erneut verlieren würde.

Das gehörte dazu, wenn man Garnisonsführer war, das lernten sie schon in der Ausbildung. Doch wenn es dann wirklich passierte, war es etwas anderes. Momentan waren sie relativ sicher. Ihre Wanderung führte sie über einen alten, aber befestigten weg durch brach liegendes

Land. Hier gab es nur vereinzelt mal einen Strauch oder einen Baum. Einen Angriff von Wilden, Untoten oder anderen Monstern würden sie lange im Voraus erkennen und vielleicht sogar umgehen können. Danach würden sie ein Waldgebiet erreichen, dass sie, wenn sie sich beeilten, in fünf Tagen durchquert hätten. Nach diesen fünf Tagen, die sehr gefährlich sein würden, hatten sie wieder flaches Land vor sich. Das sagte zumindest die Karte, die er während seiner Ausbildung auswendig lernen musste. Danach würden sie erneut ein kleines Waldstück erreichen, welches jedoch schon zum Gebiet des verbotenen Königreichs gehörte.

Es wurde ihnen beigebracht, dass das Land dort verseucht und die Luft nicht atembar war, das hat jedoch in der Ausbildung schon niemand geglaubt. Das Gebiet des verbotenen Königreichs war riesig. Ohne zu wissen, wie es dort überhaupt aussah, konnte er nicht einschätzen, wie lange sie brauchten, um es zu durchqueren. In den Pausen, die sie einlegten, gesellte sich Karina nun zu den Schießübungen von Alain dazu. Es stellte sich heraus, dass sie eine sehr treffsichere Bogenschützin war.

Das war ein großer Vorteil. Karina hatte ihren Bogen, Alain und Alfred die Revolver, Malta ihre Magie und er hatte sein Schwert. Und der Reverend hatte immerhin seinen Glauben. Damit konnte Mousa selbst zwar nichts anfangen, aber er hatte bereits mehrmals bewiesen, dass seine Bibelsprüche gut für die Moral der Truppe waren. Da fielen ihm die Dolche wieder ein, die er von Fragnor im Dorf der Magier bekommen hatte. Als Schwerter konnte man sie nicht wirklich bezeichnen, so abgenutzt und klein sahen sie aus. Aber für den alten Magier waren sie etwas Besonderes. Zuerst dachte er mit „der Junge" hatte er gemeint, dass er sie Alain geben sollte, doch vielleicht hatte er auch Juri gemeint. In diesem Moment schien das für Mousa die richtige Wahl zu sein. Der Junge konnte bereits kämpfen, musste sich dringend gebraucht fühlen und hatte keine Waffe, um sich und die anderen zu verteidigen.

„Juri! Komm doch mal zu mir!"

Der junge Mann verlor keine Sekunde und spurtete sofort zum Garnisonsführer. Mousa war eine Art Vorbild für ihn. Er war das, was Juri selbst niemals sein durfte.

„Ich habe hier noch etwas, was ich dir gerne geben würde. Es sind keine wirklich guten Waffen, aber ein Freund sagte, sie seien etwas Besonderes. Ich gebe sie dir unter einer Bedingung."

Juri hatte überhaupt nicht damit gerechnet, von ihnen Waffen zu bekommen. Schließlich war er kein Teil ihrer Garnison, sondern nur ein Ausgestoßener. Dass Mousa es in Betracht zog, ihn zu bewaffnen, ehrte und rührte ihn zutiefst.

„Ich bin bereit, jede Bedingung zu erfüllen!"

Mousa lächelte. „Gut. Ich vergebe keine Waffen, wenn ich nicht weiß, ob die Person damit umgehen kann. Es liegt in meiner Verantwortung, dass du diese Klingen auch wirst führen können. Meine Bedingung lautet daher, dass du ab sofort bei mir als Anwärter in die Ausbildung gehst."

Noch nie hatte Mousa einen glücklicheren Gesichtsausdruck gesehen. Damit hatte der Junge nicht mehr gerechnet. Seinen Traum hatte er schon lange aufgegeben und bestand in Feral nur noch aus Trotz darauf. Schnell bemühte er sich um Fassung. Er hätte weinen können, wollte aber nicht, dass ihn jemand so sieht.

„Es ist mir eine Ehre, Garnisonsführer."

Mousa überreichte ihm seine beiden Dolche. Für einen Moment dachte er, er hätte ein kurzes, pulsierendes Licht in ihnen gesehen, als Juri sie an sich nahm, doch er hatte sich wohl getäuscht.

„Dann sei es so. Du bist ab heute Juri, Anwärter der Wächter von Diron."

Der Rest der Garnison hatte mitbekommen, was passiert war und gratulierte Juri. Karina versprach ihm sogar, eine passende Halterung für seine beiden Messer anzufertigen, sobald sie bei der Jagd erfolgreich war. Das wäre praktisch, denn Mousa hatte keine Schwertscheiden außer denen, die hinten an seiner Lederrüstung befestigt waren.

Dieses warme wohlige Gefühl, was ihn jetzt überkam, kannte Juri nicht mehr. Dass Gefühl, hier richtig zu sein. Eine Familie zu haben. Er kannte diese Leute zwar kaum, aber sie hatten ihn aufgenommen, ohne Bedingungen zu stellen. Sie nahmen ihn genau so, wie er war.

Dass sich sein Traum von einer Ausbildung als Wächter nun erfüllt hatte, brachte jedoch auch große Anstrengungen mit sich. In den wenigen Pausen, die sie während ihrer Wanderung machten, musste er hart trainieren. Kampfsequenzen, Kraft, Ausweichmanöver und mehr. Abends bei der gemeinsamen Wache brachte Mousa ihm den Kodex der Wächter bei. Als sie nun das Waldgebiet erreichten, war der Junge am Ende seiner Kräfte, weshalb Mousa ihm einen Tag frei gab. Schon kurz nachdem sie die ersten Schritte im Wald gemacht hatten, wies Mousa sie zum ersten Mal an, stehenzubleiben. Er hatte etwas gehört. Doch kurz darauf konnten sie weiter, die Verursacher der Geräusche hatten es sich wohl anders überlegt.

Alain war wieder enttäuscht. Zu gerne hätte er einen Untoten erlegt. Besonders jetzt, wo Juri zu ihnen gestoßen war. Er war so etwas wie ein Vorbild für Alain. Der Anwärter der Wächter war nicht viel älter als er selbst und trotzdem schon sehr stark und schnell, das konnte er beim Training beobachten. Juri hatte zwei Schwerter bekommen und hatte einen Wächter als Lehrmeister, er war also ein richtiger Held. Das wollte Alain auch sein. Und vielleicht würde er jetzt gleich die Chance dazu bekommen, denn Mousa gab ihnen wieder das Zeichen mit der Faust. Sofort hielten sie an.

„Okay, diesmal greifen sie an. Es sind zwei, schätze ich. Juri und ich übernehmen das. Falls einer von euch jedoch freies Schussfeld hat, lasst euch von mir nicht aufhalten."

Das war Musik in Alains Ohren. Er würde den Angreifern die Schädel wegpusten, noch bevor einer der beiden sein Schwert gezogen hatte. Der erste Untote kam aus einem Gebüsch vor ihnen gelaufen und Mousa stürmte auf ihn zu. Der Zweite kam von der anderen Seite angelaufen. Juri machte sich ebenfalls in hohem Tempo auf den Weg. Alain starrte immer noch den Ersten an. Er war sich ziemlich sicher, er hätte genug Zeit gehabt, zu ziehen und ihn auch zu treffen, doch er konnte sich nicht bewegen. Er schaute dem Untoten nur ins Gesicht. Das war mal ein Mann.

Genau wie der Reverend oder Alfred. Ein einfacher Mann. Vielleicht hatte er eine Arbeit und eine Familie. Jetzt hatte er nichts mehr. Sein Gesicht war zerrissen und zerfressen, ihm fehlten an der Seite Stücke von Haut und Muskeln, so dass man seinen Kiefer sehen konnte. Wahrscheinlich war das passiert, als er selbst angegriffen und dann verwandelt worden war. Er musste sehr gelitten haben. Davon befreite ihn Mousa nun, als er ihm mit einem Schwerthieb den Kopf abtrennte.

Auf der anderen Seite rammte Juri grade dem zweiten Angreifer eines seiner Messer von oben in den Schädel. Mousa war stolz und lächelte, doch das Lächeln hielt nicht lange an. Direkt hinter Juri kam noch ein dritter Untoter in hohem Tempo auf ihn zu gelaufen und packte den Jungen. Die beiden Messer fielen ihm aus der Hand, er hatte nichts, womit er den Angreifer abwehren konnte. Im Bruchteil einer Sekunde berechnete Mousa den Weg und wie lange er brauchen würde, um bei seinem Anwärter zu sein.

Entsetzt stellte er fest, dass er es nicht mehr rechtzeitig schaffen würde. Trotzdem setzte er sich in Bewegung, blieb dann aber direkt wieder stehen. Juri hielt den Kopf des Angreifers auf Abstand, packte ihn um den unteren Rücken und warf ihn über seine eigene Hüfte gekonnt zu Boden. Blitzschnell klammerte er sich selbst an den Rücken des Untoten und fixierte mit einer Hand unter dessen Kinn seinen Kopf, so wie bei einem Würgegriff. Dann nutzte er seine Beine und rollte sich mit der Kreatur zusammen über den Boden zu einem der Messer, nahm es sich mit der freien Hand und stieß es ihm seitlich in den Schädel.

Mousa und die anderen waren verblüfft. Anscheinend hatte der Junge wirklich ernsthafte Kampferfahrung. Er war zwar noch Anwärter, doch man konnte sich auf ihn verlassen, als wäre er einer von Mousas Freunden aus seiner ehemaligen Garnison.

„Gute Arbeit, junger Mann. Hier, dein zweites Messer. Hast du sie geputzt? Sie sehen irgendwie viel sauberer aus."

Und auch irgendwie größer.

„Nein, ich habe sie so gelassen, wie du sie mir übergeben hast. Aus Respekt."

Vielleicht steckte ja doch mehr hinter diesen beiden Waffen, als Mousa anfangs dachte. Während der Reverend und Karina dem Jungen zu seinem Sieg gratulierten, packten die anderen schon wieder ihre Sachen, um weiter zu ziehen. Wie üblich ging Mousa voran. Es war möglich, dass sie in Kürze wieder angegriffen wurden. Für den Rest des Tages blieben sie alle sehr wachsam. Trotz einigen Stopps, die sie auf Mousas Anweisung einlegten, fand kein Angriff mehr statt. Gegen Abend fanden sie eine kleine Lichtung, die sich hervorragend für ihr Nachtlager eignete. Die einseitige Kost wurde inzwischen langweilig, doch keiner beschwerte sich. Sie wussten, worauf sie sich eingelassen hatten. Alle außer Alain waren in anregende Unterhaltungen verwickelt. Er haderte immer noch mit sich selbst und war in Gedanken versunken. Es war Mousas Stimme, die ihn wieder zu sich kommen ließ.

„Hört mal alle kurz her. Wir haben heute einen kleinen, aber wichtigen Sieg errungen. Juri hat gute Arbeit geleistet und ich bin Stolz auf ihn. Jedoch könnte es morgen schon anders kommen. Wenn es zwei oder drei Angreifer mehr sind als heute, dann reichen auch Juris und meine Fähigkeiten nicht mehr. Aber das muss uns nicht entmutigen. Denn ich weiß, dass ihr alle auch etwas zu unserer Verteidigung beitragen könnt. Reverend Carreyman ist die Seele unserer kleinen Garnison. Er erfrischt unseren Kampfgeist. Karina ist eine ausgezeichnete Bogenschützin und schreckt vor einem Kampf nicht zurück. Malta ist vielleicht eine mächtigere Kriegerin als wir alle, sie weiß es nur noch nicht. Sie wird ihre Kreativität schon bald entdecken. Außer Juri und mir hätten wir noch Alfred und Alain die in den letzten Tagen bewiesen haben, dass sie Meister im Umgang mit dem Revolver sind. Alain ist unser Jüngster und doch schon so treffsicher. Ich bin mir sicher, dass wir auf ihn zählen können, wenn unsere Leben in Gefahr sind. Jeder von uns trägt auf seine Weise dazu bei, dass wir diese Reise gesund überstehen. Ich bin stolz, euch als meine neue Garnison zu führen. Jetzt schlaft, der morgige Tag wird hart."

Eigentlich hatten sie das Bedürfnis zu klatschen, doch angesichts der Tatsache, dass sie damit Feinde anlocken würden, ließen sie es lieber. Besonders Alain ließ sich die Worte von Mousa durch den Kopf gehen. Konnte man sich auf ihn verlassen, wenn das Leben seiner Freunde in Gefahr war?

Konnte er dann den Abzug drücken. Er war sich nicht so sicher. Auch Malta dachte darüber nach, was ihr Anführer gesagt hatte. War sie wirklich so mächtig? Vielleicht. Aber wie sie ihre Kräfte in einem Kampf einsetzen sollte, war ihr nicht klar. Vielleicht würde sie es merken, wenn es so weit war. Juri übernahm die erste Wache zum ersten Mal alleine. Zwar nur für eine Stunde, aber er war trotzdem stolz. Die Nacht und auch die nächsten Tage verliefen ruhig. Gut möglich, dass sie Glück hatten und von einem weiteren Angriff verschont bleiben würden. Mousa hörte ab und zu weiterhin Geräusche im Gebüsch am Wegesrand, doch ein Angriff fand nicht statt.

Besonders am fünften Tag ihrer Wanderung durch den Wald nahmen die Geräusche zu. Auch, wenn sich letztendlich kein Angreifer zu erkennen gab, machte es die Gruppe stutzig. Als er zum dritten Mal innerhalb von zehn Minuten Schritte hörte, war Mousa sich sicher. Ihrer Angreifer würden bald zuschlagen. Er hatte es nicht für möglich gehalten, aber inzwischen hatte er den Verdacht, dass sie sich sammelten.

Diese Kreaturen schienen zwar keinen Verstand mehr zu besitzen, aber eventuell konnte der Mann des Friedens sie befehligen. Momentan kamen sie jedoch nicht näher, die Geräusche entfernten sich.

Während ihrer nächsten Rast klärte Mousa seinen Anwärter über das Wappen der Wächter auf, dass er auf seiner Lederrüstung trug. Juri genoss diese Lehrstunden. Sie waren nicht nur eine willkommene Abwechslung zu den körperlichen Trainingseinheiten, sondern zogen ihn richtig in ihren Bann.

Was den Jungen schon immer an den Wächtern faszinierte, war die noble Idee, sich selbst zu opfern, um für das Wohl von anderen einzustehen. Jetzt ihre Werte und ihre Geschichte gelehrt zu bekommen, war ihm eine große Freude.

„Macht euch bereit!", sagte Mousa und zog sein Schwert.

„Was? Wofür?"

Alfred hatte grade ein Nickerchen gemacht und war über die Unterbrechung nicht erfreut.

„Keine Zeit zum Reden. Sie haben sich gesammelt. Es sind wahrscheinlich Dutzende. Kämpft für das, an was ihr glaubt. Kämpft für eure Freunde. Und kämpft für Terusa!"

Keine weiteren Worte wurden benötigt. Er hatte seine Garnison nicht schon vorher gewarnt, weil diese nervöse Spannung, das Warten auf einen unvermeidlichen Angriff sie in einen Zustand der Angst versetzt hätte. Es war besser, überrascht zu sein, als ängstlich. Alle, die Waffen besaßen, griffen zu diesen. Selbst Alain, der weiterhin an sich zweifelte. Malta wusste, dass sie selbst die Waffe war, und konzentrierte sich auf ihre Fähigkeiten. Als Nahkämpfer bildeten Juri und Mousa die Frontlinie, bereit, ihren Feinden Angesicht zu Angesicht gegenüberzutreten. Die erste Kreatur der Hölle war einer von den schnellen Vierbeinern. Er kam aus einem Gebüsch einige Meter vor ihnen raus gesprungen. Da diese Art schwer zu bekämpfen war, wollte sich Mousa diesem selbst annehmen.

Noch bevor er den ersten Schritt machen konnte, fiel das Ungeheuer leblos zu Boden. Alain hatte ihm eine Kugel genau zwischen die Augen gejagt.

„Für Terusa. Für meine Freunde", sagte der Junge.

Den nächsten Untoten nahm sich Juri vor. Auch Mousa stürzte sich in den Kampf, immer darauf bedacht, seine Angst vor dem Verlust seiner neuen Freunde zu verbergen. Die Schützen aus der hinteren Reihe waren zielsicher. Jeder Schuss saß und so drang zu Beginn der Schlacht keine der abscheulichen Kreaturen zu ihnen durch. Mousa und Juri waren ebenfalls sehr effizient. Der Junge staunte über die Schnelligkeit und Gewandtheit seines Lehrmeisters.

Mit einer Anmut, die in den Reihen der Wächter nur er besaß, sprang Mousa in einer Schraube über seinen Gegner und durchtrennte ihm noch vor der Landung das Rückenmark.

„Wohl an, alle die ihr durstig seid, kommt zum Wasser!", zitierte der Reverend die Bibel, die er aufgeschlagen in seiner rechten Hand hielt.

Es schien so, als würden die Untoten dieses Zitat etwas zu wörtlich nehmen. Mousa hatte wirklich recht gehabt, sie hatten sich gesammelt. So wie damals im Fochwald, als er seine damalige Garnison verlor. Immer mehr Angreifer traten aus dem Gebüsch. Es waren nicht nur infizierte Wilde, sondern auch Untote, die vorher einfache Menschen waren. Karina, Alfred und Alain konnten nicht alle von ihnen erschießen, bevor sie ihnen zu nahe kamen. Ein weiterer Vierbeiner hatte sie nun ins Visier genommen. In einem enormen Tempo sprintete er auf die Gruppe zu und war nur noch wenige Meter entfernt, als sich vor ihm ein Kreis aus Funken auftat und er darin verschwand. Einige Sekunden später schlug die Kreatur auf dem Boden auf und blieb reglos liegen.

Bis zur Sekunde, in der sie das kleine Portal, welches viele hundert Meter weit in Richtung Himmel führte, öffnete, hatte Malta nicht gewusst, was sie tun würde. Sie gab einfach dem Impuls nach, irgendwas zu tun. Und es hatte funktioniert. Sie sah, dass auch Mousa und Juri an der Front langsam Schwierigkeiten bekamen, und löste sich von der Gruppe der Schützen. Mit einem Luftstoß, den sie unter sich erzeugte, übersprang sie einige Untote, die Kanonenfutter für die anderen wurden und begab sich direkt zu den beiden Schwertkämpfern. Mit großer Anstrengung hob sie einige Büsche vor ihnen aus dem Boden, so dass die Sicht deutlich besser wurde. Die Büsche ließ sie so durch die Luft fliegen, dass sie zwei Untote in den Magen und durch den Schädel gestoßen wurden. Durch die freie Sicht, die sie nun hatten, konnte Mousa die vor ihnen liegenden Angreifer auf 40 bis 50 schätzen. Sie müssen sich wirklich lange gesammelt haben. Es lag noch eine Menge Arbeit vor ihnen, die Gefahr war durch die Menge der Angreifer groß. Grade wollte Mousa vorauslaufen, um den Kampf von seinen Freunden weg zu verlagern, da sah er, wie sich um Malta eine Art blaue Aura bildete. Das Mädchen biss die Zähne zusammen und sah so aus, als würde sie sich unglaublich anstrengen. Dann sah er auch, weshalb. Langsam aber sicher wurde ein riesiger Baum neben ihnen aus der Erde gehoben. Als seine Wurzen schließlich herausgerissen wurden, wirbelte ihnen eine Menge Dreck entgegen. Ohne zu zögern, lenkte Malta den Baum in Richtung der Horde von Untoten und ließ ihn auf eben diese herunterfallen. Mit einem lauten Krachen tötete sie gut dreiviertel von ihnen, schätzte Mousa. Unglaublich.

Dieses kleine Mädchen hatte grade in weniger als zehn Sekunden fast eine ganze Horde ausgelöscht. Wenn sie so weiter machte, war er selbst bald überflüssig. Nichts wünschte er sich mehr. Mousa gab Juri die Anweisung, sich zu den Schützen zurückfallen zu lassen und jeden zu erledigen, der ihnen zu nahe kam. Die verbliebenen aus der großen Horde vor ihnen konnte er selbst erledigen. Malta musste sich währenddessen setzen. Diese neue Art, ihre Magie zu nutzen, hatte sie ganz schön viel Kraft gekostet. Sie keuchte, schwitzte und ihr war etwas schwindelig. Diese blaue Aura um sie herum hatte sie zum ersten Mal bemerkt.

Als Mousa dem letzten Untoten sein Schwert durch den Schädel bohrte und auch hinter ihm keine Schüsse mehr zu hören waren, überkam ihn ein ganz seltsames

Gefühl. Vielleicht Erleichterung, vielleicht auch Verwunderung. Immerhin hatte er mit dieser zusammengewürfelten Truppe eine ganze Horde von den Bestien erlegt, die seine komplette Garnison ausgelöscht hatte. Ein klein wenig Hoffnung keimte in ihm auf. Malta war wirklich eine unglaubliche Waffe, so wie er es vermutet hatte. Juri war ihm schon fast ebenbürtig und seine Schützen hatten sich ebenfalls als höchst effizient bewiesen.

Vielleicht konnten sie es schaffen. Mit neuem Mut machte er sich auf den Weg zurück zu seiner Garnison. Der Reverend senkte langsam Alains Arm, der den Revolver immer noch vor sich hielt.

„Es ist gut, junger Anwärter. Du hast deine Freunde beschützt. Jetzt ruhe dich aus."

Das tat Alain, dessen Kopf sich noch ganz leer anfühlte.

„Ich bin stolz auf euch alle. Auf jeden Einzelnen. Wir haben uns gegenseitig beschützt, so wie es eine Garnison eben macht. Ein glorreicher Sieg! Lasst uns kurz verschnaufen und dann einen Ort für unser Lager finden."

Das taten sie gern. Bevor die Gruppe weiterzog, sagte Malta, sie hätte noch etwas zu erledigen. Das würde zwar Kraft kosten, aber sie schuldete es dem Wald. Erneut biss sie die Zähne zusammen, hob den Baum an, den sie vorhin auf die Horde geworfen hatten, und setzte ihn wieder an die Stelle, an der er vorher gestanden hatte. Die Liebe des Magievolkes zur Natur fand Karina bemerkenswert.

Es dauerte nicht lange und sie fanden einen guten Platz, um zu lagern. Das Waldgebiet ohne Namen neigte sich langsam dem Ende zu. Beim Feuerholz sammeln fanden Juri und Karina ein Schild, dass es jedem verbot, weiter zu gehen, als bis zu diesem Punkt. Man begebe sich in das Terrain des verbotenen Königreichs und die Strafe für Missachtung dieser Anordnung wäre der Tod. Keiner von ihnen ließ sich von dieser Androhung beeindrucken. Es machte sie nur noch neugieriger darauf, was sie in den nächsten Tagen erwartete.

Später am Feuer, als das letzte Stockbrot gegrillt war, ergriff der Reverend das Wort.

„Ich weiß, dass ich das lange nicht getan habe, möge Gott mir verzeihen, doch heute Abend würde ich gerne ein Tischgebet sprechen."

Auch wenn die meisten von ihnen nicht wirklich religiös waren, hatten sie nichts dagegen. Der Kampf hatte sie zusammengeschweißt. Alain fasste als Erster die Hand des Reverends und alle anderen folgten seinem Beispiel. Wie damals in der Kirche, bevor sie gegen Alfk kämpften, überkam die ganze Gruppe das Gefühl der Zusammengehörigkeit. Als wären sie eine Familie. Sie waren auf einer Ebene verbunden, die sie selbst noch nicht verstanden.

„Herr, mein Gott, wir danken dir, dass wir ein reichliches Abendessen vor uns haben und vor allem danken wir dir dafür, dass wir es unter Freunden einnehmen können. Wir danken dir auch, dass wir heute siegreich waren und dass wir keinen unserer Freunde zu Grabe tragen mussten. Wir bitten dich, segne unsere Speisen, Herr."

Alain schloss das Gebet ab. „Amen."

Heute wurde nicht viel geredet, alle waren erschöpft. Malta schlief sogar mit ihrem Brot in der Hand ein. Karina starrte noch einige Zeit ins Feuer und dachte nach. Sie fühlte sich schlecht. Auf dem Schlachtfeld und beim Tischgebet fühlte sie sich diesen Leuten, die sie kaum kannte, so verbunden. Als wären sie ihre Familie. Und für einen Moment wollte sie nichts anderes als mit ihnen ans Ende der Welt gehen und jede Arme schlagen, die der Mann des Friedens ihnen entgegenschickte. Dabei war sie aus einem ganz anderen Grund aufgebrochen.

Sie wollte ihre eigentliche Familie zurück, ihre Frau. Aber für diesen einen Augenblick, in dem sie eins mit ihren Mitstreitern war, hatte sie sie vergessen. Anstatt an ihre Rettung dachte sie an den Kampf gegen das Böse und wie gut er sich anfühlte. Und das brach ihr in gewisser Weise das Herz.

Ganz andere Probleme hatte hingegen Alain. Auf eine Weise war er stolz auf sich. Andererseits jedoch hatte er heute einen großen Schritt gemacht. Und ob der Schritt in die richtige Richtung ging, wusste er noch nicht. Er hatte auf jemanden geschossen. Auch, wenn diese Personen untot waren, war es nicht einfach, ihnen den Schädel wegzupusten. Doch er tat es für seine Freunde. Und er würde es wieder tun, falls nötig.

Alfred und der Reverend bemerkten beide, wie nachdenklich der Junge war. Sie störten ihn jedoch nicht und unterhielten sich weiter. Der junge Anwärter hatte einiges zu verarbeiten. Inzwischen hatte Mousa Stellung bezogen. Von diesem Baum aus hatte er die perfekte Sicht und eine gute Akustik. Alfred und Juri bewunderten ihn ständig, weil er fast jede Wache übernahm und kaum schlief, doch sie kannten den Grund dafür nicht. Wie in jeder Nacht liefen die Tränen unaufhörlich seine Wangen hinunter. Auch an einem Tag wie diesem kreisten seine Gedanken stets um dieselben Dinge. Das erste Aufeinandertreffen mit den untoten Wilden, der brutale Mord an Jack und all seinen anderen Freunden und die anschließende Verbannung nach Simplex. Plötzlich war er nichts mehr Wert. Er hatte versagt.

Er hatte seinen König, seinen Vorgesetzten und vor allem seine Brüder enttäuscht. Schlimmer noch. Er hatte sie im Stich gelassen. Wie konnte es sein, dass er in der Lage war, zu überleben, aber nicht seine Garnison zu beschützen? Das war falsch. Wieder einmal kam der Wunsch in ihm hoch, er wäre auch auf diesem Schlachtfeld gestorben. Zusammen mit Jack und den anderen. Und so verbrachte er den Rest der Nacht. Mit Selbsthass und vielen, vielen Tränen.

Das war immer noch besser als die Alternative. Wenn er schlief, durchlebte er immer und immer wieder die nächtliche Schlacht, die sein Leben so verändert hatte. Er sah die Gesichter seiner Freunde. Aber sie waren nicht mehr sie selbst. Sie waren ebenfalls untot. Infiziert mit der Seuche des Teufels. Und dann kamen sie, um ihn zu holen. Angeführt von seinem besten Freund. Jacks

Gesicht war zu einer widerlichen, fahlen Totenfratze geworden. Der Anblick seiner toten Garnison war für ihn nicht zu ertragen, also schob er lieber Wache. Am nächsten Morgen packten sie ihre Sachen, in dem Wissen, dass sie den Wald nun verlassen würden. Auch, wenn sie anderes im Kopf hatten, war doch jeder von ihnen neugierig, was sie im Gebiet des verbotenen Königreichs erwarten würde. Schon am späten Vormittag merkten sie, dass ihre Umgebung sich veränderte. Nur noch vereinzelt standen Bäume am Wegesrand. Der dichte Wald war einer Mischung aus Brachland und Wiesen gewichen.

„Sag mal, Malta. Du kannst doch diese Portale erzeugen. Wieso machst du nicht eins auf, wir schlüpfen alle hindurch und sind dann in Saien?", fragte Alain.

Das war eine gute Frage.

„Weil das so nicht funktioniert. Diese Portale, die wir selbst kreieren, können uns nicht weit bringen. Ich schaffe vielleicht 300 Meter, wenn ich mich anstrenge. Ein paar andere aus meinem Volk schaffen vielleicht ein paar Kilometer. Aber das verbraucht viel Energie." Das leuchtete Alain ein. Auch Alfred hatte zugehört.

„Du sagtest, Portale die ihr selbst kreiert. Gibt es auch Portale, die nicht von euch geschaffen sind?", wollte der Gesetzeshüter wissen.

„Ja. Wir nennen sie Flure. Oder Flüsse. Meistens aber Flure. Sie sind ein Bestandteil der Natur und können in andere Orte, andere Zeiten oder auch andere Welten führen. Aber ein Zugang zu diesen Fluren ist schwer zu finden. Und darin zu navigieren ist fast unmöglich."

Der Reverend fand, dass sich das so ähnlich anhörte wie das, worüber sie damals in dem verfluchten Buch gelesen hatten. Genau dieses Buch hatte er zur Rast am Mittag wieder Malta übergeben, die es ebenfalls studieren wollte.

Für Alfred war es immer noch ungewohnt, Fakten und Daten über verschiedene Dämonen zu hören, als wäre es das Normalste der Welt.

„Das Buch ist eigentlich ziemlich interessant. Die meisten der Dämonen in diesem Buch sind mir aus der Bibel bekannt, aber viele nicht. Dabei scheinen manche sehr wichtig zu sein", merkte Carreyman an.

„Das ist nicht verwunderlich. Dieses Buch, die Bibel, mag für dich auch heilig sein, wie du aber weißt, ist es von Menschen geschrieben. Ihr Wissen ist begrenzt. Derjenige, der das Daemonicum, so heißt das dunkle Buch, geschrieben hat, verfügte über deutlich mehr wissen."

Das Daemonicum. Jetzt hatte das verfluchte Ding auch einen Namen. Eigentlich wollte der Reverend es längst komplett studiert haben, doch die dunkle Natur dieses Teufelswerkes hielt ihn davon ab. Er kam immer nur langsam voran, weil er sonst Anfälle von Angst und Panik bekam.

Kurz nach ihrem Gespräch über das Daemonicum setzte die Gruppe ihre Wanderung fort. Ihre Körper hatten sich zwar langsam an diesen harten Lebensstil angepasst, doch jeder von ihnen sehnte sich nach einem weichen, warmen Bett. Besonders Malta war immer noch erschöpft von ihrem ersten Kampf gegen die Untoten. Trotzdem marschierte die Garnison weiter und weiter und natürlich blieb ihr auch in dieser Nacht der Luxus eines Bettes verwehrt. Im Laufe des nächsten Vormittages keimte jedoch in einigen von ihnen Hoffnung auf. Natürlich hatte Mousa es zuerst entdeckt. Eine halbe Stunde später konnten es auch die anderen sehen. Es sah aus, wie ein kleines Gebäude, noch ein paar Stunden entfernt von ihrem jetzigen Standort aus.

Rauch stieg aus dem kleinen Haus auf, was bedeutete, dass es nicht leer stand. Mousa versuchte, seine Garnison etwas zu bremsen. Schließlich konnte auch der Mann des Friedens dort grade am Kamin sitzen und auf sie warten. Sie würden es schon bald rausfinden. Es dauerte ungefähr drei Stunden, bis sie vor dem kleinen Häuschen ankamen. In der Nähe waren weder Untote noch Wilde zu sehen. Als sie nun vor der Tür standen und ihnen der Geruch von gekochtem Fleisch und Gemüse in die Nasen stieg, verschwanden ihre Zweifel.

Der Mann des Friedens würde sicher nicht hier draußen in aller Seelenruhe kochen. Die Aussicht auf ein richtiges Bett und eine Mahlzeit, die nicht aus getrocknetem Fleisch und altem Brot bestand, machte sie alle etwas rührselig. Alle außer Juri. Er war der Meinung, dass sie zu schnell urteilten, stellte aber die Führung seines Lehrmeisters nicht in Frage.

Mousa klopfte nun an der Türe. Die Antwort kam prompt.

„Es ist offen!", sagte eine freundliche, männliche Stimme.

Mousa lächelte und trat als Erster ein. Auf seinem Schaukelstuhl saß ein alter Mann in Latzhose und Karohemd. Vor ihm brodelte ein deftiger Eintopf über dem Kamin. Der Rest des Hauses war überschaubar. Es gab eine Sitzecke und Türen zu zwei weiteren Räumen.

„Na, wer seid ihr denn? Ich kriege hier draußen nicht oft Besuch. Mich könnt ihr Mister Hinkelbaum nennen, wenns beliebt", sagte der alte Mann.

„Freut mich, sie kennen zu lernen. Mein Name ist Malta. Das hier sind Mousa, Reverend Carreyman, Alfred, Alain, Juri und Karina. Dürften wir uns ein wenig bei ihnen ausruhen?", fragte die junge Magierin hoffnungsvoll.

Hinkelbaum lud sie herzlich ein, sich auszuruhen, so lange sie wollten. Er hätte nicht genug Stühle, aber Kissen und Decken wären im Überfluss vorhanden. Das reichte den Abenteurern. Sie setzten sich im Halbkreis um den Alten und den Kamin herum. Seinen Eintopf würde er liebend gern mit ihnen teilen, es wäre genug für alle da.

Wieder fand Juri, dass sie dem Alten zu schnell vertrauten. Der Eintopf konnte vergiftet sein, dachte er sich. Und dieses seltsame Grinsen, was alle aufgesetzt hatten, seit sie eingetreten waren, gefiel ihm gar nicht. Es machte ihm irgendwie Angst. Hinkelbaum gab Malta ein paar Gläser, die diese nun verteilte. Der alte Mann kam aus seiner Vorratskammer mit einer großen Glasflasche zurück. Das wäre Mineralwasser, sagte er ihnen. Sie wussten nicht, was das war, aber das Sprudeln und Zischen gefiel ihnen. Es schmeckte erfrischend.

„Wie fühlt ihr euch, meine Lieben?", fragte Hinkelbaum. Juri fand, dass sein Ton irgendwie sarkastisch klang.

„Schuldig", antwortete Mousa.

Ob das ein Witz sein sollte? Juri war sich nicht sicher.

„Müde. Ich bin nur noch müde. Ich bin zu alt für so was", sagte Alfred.

Die brutale Ehrlichkeit seiner Vorbilder bereitete dem jungen Schwertkämpfer langsam Sorgen.

„Ach, wenn das so ist, mein Lieber, dann bleib doch einfach hier. Ihr alle könnt hierbleiben. Ist doch keine große Sache", antwortete Mister Hinkelbaum.

„Das geht leider nicht. Wir haben eine wichtige Aufgabe zu erfüllen", entgegnete ihm Juri in der Hoffnung, seine Kameraden an den Grund ihrer Reise zu erinnern.

Hinkelbaum beäugte den jungen Mann kritisch. „Wie ihr meint, wie ihr meint, ihr Lieben. Habt ihr denn sonst noch andere Wünsche?", fragte er.

„Manchmal würde ich mich gerne Umbringen", gab Mousa zu.

Das schockierte Juri zutiefst. Er hätte seinen Ausbilder niemals für suizidgefährdet gehalten.

„Ach mein Junge, wenn es das ist, was sie wollen. Ich habe einen schönen Strick im Keller, wir alle helfen ihnen gerne dabei", sagte Hinkelbaum freundlich. Die ganze Gruppe, außer Juri und Alain, nickte. Jetzt lächelte auch Mousa. Er sah so aus, als fühlte er sich endlich verstanden.

„Nein! Was soll dieses Theater? Wir werden wieder gehen!", sagte Juri bestimmend.

„Wie können sie hier überleben? Sie haben weder Felder, noch einen Brunnen noch Vieh. Das ergibt keinen Sinn", stellte Alain fest und wirkte jetzt etwas wacher.

Der alte Mann beachtete Alain nicht und musterte Juri erneut. Irgendwas stimmte nicht mit ihm. Und wieso waren die anderen so ruhig?

„Woran liegt es? Sag es mir, ich bin neugierig, Junge. Wieso kann ich dich nicht mit deinen Wünschen einlullen wie die anderen?"

Das war es also! Der Alte benutzte irgendeine Magie, um sie einzulullen.

„Wünsche? Weil ich bereits alles habe, was ich mir immer gewünscht habe. Eine Bestimmung und eine Familie. Ich brauche nichts von Menschen wie ihnen", sagte Juri stolz.

„Ach, mein Junge, ich bin doch kein Mensch!", sagte Hinkelbaum und lachte.

Der Rest der Gruppe, außer Alain, lachte ebenfalls monoton.

„Ich bin jemand, der auf euch gewartet hat. Der Mann des Friedens wird erfreut sein, wenn ich ihm berichte, wie ihr geschmeckt habt!", sagte das Monster nun mit weitaus dunklerer Stimme.

Hinkelbaums Körper veränderte sich schnell. Seine Haut war in Sekunden mit schwarzem, klebrigem Fell bedeckt, nur sein Kopf blieb kahl. Er wuchs, und auch sein Gesicht war nicht mehr wiederzuerkennen. Es wurde schwarz, sein Maul wurde breit und entblößte scharfe, lange Zähne und eine unmenschlich lange Zunge. Augen und Nase hatte er keine mehr.

„Wer bist du?", fragte Juri.

„Ich bin Richter Alastor und die Hölle hat euch zum Tode verurteilt. Jetzt halt still, dann geht es schneller", sagte der Dämon und lachte.

Langsam kam er näher. Der Junge sah so aus, als konnte er sich vor Schrecken nicht bewegen. Gut. Alastor griff nach Juri und bereute es sofort. Der Anwärter der Wächter zog blitzschnell seine Schwerter und trennte dem Höllenrichter vier seiner sieben Finger ab. Dabei bemerkte er, dass die Schwerter erneut größer wirkten. Sie waren jetzt fast genau so lang wie das eine von Mousa. Doch darüber konnte er sich später noch wundern, jetzt musste er diese Kreatur der Hölle töten.

Der Dämon schrie kurz auf und nahm den Kampf jetzt ernst. Mit unmenschlicher Geschwindigkeit schnellte er nach vorne und versetzte Juri einen Hieb, der ihn gegen die Wand schleuderte. Sofort wollte er nach setzen, doch Juri bohrte ihm sein Schwert durch die bisher unversehrte Hand. Dieses Mal war der Dämon nicht überrascht, packte Juris Kopf mit der anderen Hand und hämmerte ihn gegen die Wand. Benommen sackte der Junge zu Boden. Alastor hatte jetzt Spaß. Er kniete sich auf die Brust des Anwärters und hämmerte mit heftigen Schlägen auf sein Gesicht ein. Während Juris Blut ihm in Strömen aus Mund und Nase lief, grinsten Mousa und die anderen fröhlich. Nur Alain grinste nicht.

Er schoss Alastor mit seinem Revolver in den Hinterkopf. Das schien ihn nicht so zu verletzen, wie Juris Schwerter, aber es erregte seine Aufmerksamkeit.

„Wäre das eine ordentliche Waffe, hättest du mich vielleicht töten können, Junge", sagte der Dämon lächelnd.

Er erhob sich und stapfte auf Alain zu. Anders als Juri konnte dieser sich vor Schreck tatsächlich nicht bewegen. Dieses Monster war noch grässlicher anzusehen als die Untoten, die sie bisher bekämpft hatten. Der Richter griff nach dem wehrlosen Jungen, doch sein Arm sackte leblos in Richtung Boden, als eines von Juris Schwertern sich von hinten schräg nach oben durch seinen Nacken bohrte und an der Stirn wieder austrat. Umgehend war der Bann des Dämons gebrochen und der Rest der Garnison war frei. Sie versuchten aufzustehen, stolperten jedoch schnell zu Boden. Der Dämon hatte ihnen während der Trance all ihre Energie geraubt. Als sie dann die dampfenden Überreste der Kreatur auf dem Boden sahen, beruhigten sie sich wieder.

Mousa wusste nicht recht, ob er sich freuen, oder sich ärgern sollte. Schließlich hatte er sich von dem Richter verschleiern lassen und seine Freunde waren dem Wesen aus der Hölle schutzlos ausgeliefert gewesen. Doch schutzlos stimmte nicht ganz. Sein Anwärter Juri hatte erneut seinen Wert bewiesen und den Dämon vernichtet. Auch Alain hatte großen Mut gezeigt. Mousa fragte sich, ob er dies auch geschafft hätte, wenn er in Juris Position gewesen wäre. Wahrscheinlicher fand er, dass er erneut versagt und auch diese Garnison im Stich gelassen hätte. Malta kümmerte sich rührend um Juri, der einiges abbekommen hatte. Sie versorgte seine Wunden mit Kräuterkompressen, die sie aus Zutaten aus ihrer Tasche mixte, und strich ihm über sein Haar. Dem jungen Anwärter schien das zu gefallen.

Mousa hingegen sah sich die Schwerter des Jungen an. Dieses Mal hatten sie sich definitiv verändert. Sie waren weitaus größer als zuvor und die Klingen glänzten, als wären sie vorgestern geschmiedet wurden. Dazu waren sie in der Lage, Dämonen zu töten. Das bewies, was den beiden schon länger klar war: Diese Schwerter, die sie von Maltas Volk bekommen hatten, waren in der Tat etwas Besonderes.

Während Alain und Alfred die Echtheit der Lebensmittel prüften, erzählte der Reverend, was er über Alastor wusste. Im dunklen Buch hatte er gelesen, dass er der Richter und oberste Henker der Hölle war. Mit seiner Fähigkeit zur Einlullung sorgte er dafür, dass sich die Verurteilten bei der Exekution nicht wehren konnten. Die Einlullung basierte auf den tiefsten Wünschen seiner Opfer, weshalb Juri und teilweise auch Alain ihm widerstehen konnten. Ihre Wünsche hatten sich bereits erfüllt, zumindest zum Teil. Die Garnison gab Juri eine Nacht um sich auszuruhen und machte sich am nächsten Tag mit den Vorräten des Höllenrichters wieder auf den Weg.

Bald war es so weit.

Kapitel 8 Das verbotene Königreich

Mousa ging voraus, um eventuelle Angreifer vorzeitig zu erkennen. Da Juri deutlich geschwächt war, wollte er es vermeiden, in den Kampf zu ziehen. Glücklicherweise standen die Chancen gering, hier draußen auf Wilde zu treffen, denn sie wanderten über offenes Land. Hier und da gab es mal einen Hügel oder einen Strauch, hinter welchem sich theoretisch eine weitere Kreatur der Hölle verbergen konnte, doch dazu kam es nicht.

Es war ruhig. Reverend Carreyman fand, dass dies eine gute Gelegenheit war. Er übergab seine Tasche an Alain und erhöhte sein Tempo. Obwohl er fast rannte, brauchte er einige Minuten, um Mousa einzuholen.

„Wie geht es dir, Mousa?", fragte der Reverend.

Der Garnisonsführer wusste, wieso der Mann Gottes hier war.

„Ich bin das blühende Leben, Joe", antwortete er trocken.

„Humor ist gut. Weißt du, was auch gut ist? Reden."

„Was willst du denn von mir hören? Ich weiß, dass Selbstmord eine Sünde ist. Ich habe diese Gedanken nicht freiwillig", sagte er leise.

Die anderen brauchten nicht zu hören, worum es hier ging.

„Ich bin nicht zu dir gekommen, damit du beichten oder dich entschuldigen kannst, sondern um dir ein offenes Ohr anzubieten. Der Angriff, den der Mann des Friedens auf dich und deine Brüder verübt hat, war furchtbar. Es ist keine Schande, Angst und Schuldgefühle zu haben. Anstatt heute Nacht alleine Wache zu halten und dich von deiner Trauer zerfressen zu lassen, werde ich dir Gesellschaft leisten. Und wenn du reden willst, dann werde ich zuhören, Garnisonsführer", sagte Joe.

„Danke, Reverend."

Die Aussicht darauf, mit seiner Trauer und seinen Ängsten nicht mehr allein sein zu müssen, stimmte den Wächter positiv. Er war dem Dämon fast schon dankbar, dass er ihm sein Geheimnis entlockt hatte. Am Wegesrand sahen die beiden nun das erste von vielen Schildern in diesem Gebiet. Es warnte alle Reisenden, ihren Weg nicht fortzuführen, sondern nach Feral oder Handura umzukehren.

Das Gebiet des verbotenen Königreichs würde hier beginnen und der Boden und die Luft wären giftig. Weder Mousa, der Reverend oder der Rest der Garnison schenkte den Lügen Glauben. Früher als sonst machten sie Halt, um das Lager zur Übernachtung aufzuschlagen. Malta kümmerte sich zwar rührend um Juri, doch der junge Anwärter brauchte auch Ruhe, um wieder zu Kräften zu kommen.

Während Alfred und Mousa die Gegend sicherten, sammelten Karina und Alain Feuerholz. Da sie nicht mehr durch dichtes Waldgebiet wanderten, war diese Aufgabe nun mit einiger Lauferei verbunden.

„Ist deine Frau auch Bäuerin?", fragte Alain.

Karina hatte gar nicht mit einer Unterhaltung gerechnet. „Ja. Wir haben den Hof von meinem Vater übernommen, als er vor einigen Jahren starb."

„Habt ihr denn nie etwas anderes machen wollen?"

„Wie meinst du das?"

„Na ja, war es denn euer Wunsch, auf dem Hof zu arbeiten? Du gehst so gut mit dem Bogen um und bist eine geschickte Kriegerin. Hätte der Mann des Friedens deine Frau nicht entführt und hättest du uns nicht getroffen, wäre dieses Talent verschwendet gewesen", erklärte der Junge.

„Dir kommt das alles bestimmt unglaublich toll vor. Auf Reisen gehen, das Magievolk besuchen und gegen die Mächte der Hölle kämpfen. Aber weißt du, was für mich der Himmel auf Erden ist? Mit meiner Frau nach einem Tag voller Arbeit auf der Veranda sitzen und den Sonnenuntergang zu beobachten. Verstehe mich nicht falsch, ich bin froh euch getroffen zu haben, aber ich weiß nicht ob es mir gefällt, diesen Teil von mir geweckt zu haben. Diese Kriegerin. Sie macht mir Angst."

Das verstand Alain. Er hatte auch Angst und Schuldgefühle, nachdem sie den Bibliothekar, Alfk war sein Name, mit dem Weihwasser vernichtet hatten. Ein Abenteuer war schön und gut, doch es hatte auch seine Schattenseiten, das verstand er nun. Als das Feuer brannte und Malta einen weiteren Tee für Juri zubereitete, entfernten sich der Reverend und Mousa, um Wache zu halten. Was die beiden besprachen, blieb unter ihnen.

In den nächsten sieben Tagen wanderten sie weiter in Richtung des verbotenen Königreichs. Obwohl sie ihm stetig näher kamen und die Schilder häufiger am Wegesrand standen, sahen sie weder Mauern noch die Silhouetten von Gebäuden aus der Ferne. Vor der Garnison erstreckte sich nun ein Waldgebiet, das bei weitem nicht so dicht wie der Fochwald erschien, aber trotzdem potenziellen Angreifern ein Versteck bot. Juri ging es inzwischen etwas besser, so dass er mit Mousa vorausging und eine Hand stets an einem seiner Schwerter hatte.

Nachdem er nicht nur Wilde, Untote und einen Dämon aus der Hölle bekämpft hatte, war er auf das Unvorhersehbare gefasst. Der Boden des Weges bestand hier nicht mehr aus unebener Erde, sondern aus glattem Stein. Es war weitaus angenehmer, darauf zu laufen, als auf der von Unebenheiten gespickten Straße davor. In Handura hatten sie zwar einige gepflasterte Wege gesehen, doch die waren nichts im Vergleich zu diesem hier. Erneut trafen sie auf ein von Büschen verdecktes Schild am Rande der Straße, doch dieses war anders. Es war nicht aus Holz wie die anderen, sondern aus Metall. Auf dem gelben Schild mit schwarzer Umrandung stand:

Willkommen in der Stadt des Fortschritts
   Mison City 1 Kilometer

Mison City. Keiner von ihnen konnte sich daran erinnern, je von diesem Ort gehört zu haben, obwohl der Name Alain bekannt vorkam. War das der Name des verbotenen Königreiches? Auf den letzten hundert Metern sagte keiner mehr etwas. Alle folgten sie dem Garnisonsführer und waren erpicht darauf, den ersten Blick auf das sagenumwobene verbotene Königreich zu erhaschen. Die Straße führte nun durch einige Büsche, die darauf gewachsen waren, und fiel langsam ab. Mousa fiel dies auf und er verlangsamte das Tempo, damit er nicht plötzlich in eine Schlucht fiel. Vorsichtig benutzte er sein Schwert wie eine Machete und schnitt sich den Weg vor ihm frei.

Dadurch hatte er nun freien Blick auf ein riesiges Tal, welches von gefährlichen Schluchten umgeben war. Das Königreich, oder die Stadt, auf die sie blickten, war auf so vielen Ebenen beeindruckender als das Dorf des Magievolkes. Es gab hunderte, riesige Gebäude aus Metall, Glas und Kristall. Unendlich viele Straßen und Maschinen, die sie nicht kannten. Das Volk, dass solch ein Königreich erschaffen konnte, musste unglaublich mächtig sein. Nur war kein Volk mehr vorhanden. Zumindest keines, dass sie entdecken konnten.

„Welche Menschen sind dazu in der Lage, solche Gebäude zu errichten? Und wo sind sie?", fragte Karina in die Runde.

Keiner hatte darauf eine Antwort. Mousa fand es nun nicht mehr verwunderlich, dass es verboten war, über dieses alte Königreich zu sprechen. Wenn bekannt wurde, wie es hier aussah, würde das viele Fragen aufwerfen. Fragen, auf die er jetzt Antworten suchen würde. Der Reverend bekreuzigte sich, als sie die Straße, die hinab ins Tal führte, nahmen um in das innere von Mison City zu gelangen. Kurz vor den ersten Gebäuden sahen sie eine Art Tafel aus Metall und Glas, die aus dem Boden ragte. Ganz oben hatte sie die Aufschrift „Stadtplan".

Einen Stadtplan konnten sie gut gebrauchen, denn einen Menschen, den sie nach dem Weg fragen konnten, würden sie wohl nicht antreffen. Die glatte Oberfläche der Tafel war völlig verdreckt, so dass Malta darüber wischte, um den Stadtplan freizulegen.

„Hallo, werte Reisende! Wie kann ich euch dienen?", fragte eine Stimme.

Überrascht zogen alle ihre Waffen und sahen sich um. Nicht mal Mousa hatte mitbekommen, dass sich jemand angeschlichen hatte.

„Wer spricht da?", fragte der Garnisonsführer.

„Stadtplan 3-7-A. Wie darf ich euch nun helfen?", fragte die Tafel.

Nun erhellte sich auch die Oberfläche des Stadtplans. Er musste eine Art Maschine sein. Doch welche Maschine konnte sprechen?

„Hallo, Plan! Kannst du uns sagen, wo all die Menschen hin sind?", fragte Malta.

Für sie stellte es keine besondere Überraschung dar, dass der Plan sprach. Schließlich gab es beim Magievolk auch eine ganze Menge verrückter Dinge.

„Zuerst einmal möchte ich euch beruhigen, werte Reisende. Ich bin geschaffen und programmiert, um jeden Bürger von Mison City und jeden Durchreisenden durch die Stadt zu führen. Ich stelle keine Gefahr dar. Ihre Frage, wertes Fräulein, kann ich nicht so einfach beantworten. Die Menschen, die hier lebten, haben die Stadt nach dem großen Krieg der Auslöschung verlassen, das war im Jahre 5008", erzählte der Plan.

„Du scheinst einen Fehler zu haben, Maschine. Ich meine Plan. Wir schreiben das Jahr 736 nach Entstehung. Meinst du etwa einen Krieg im Jahre 508?", fragte Mousa.

„Nein. Ich spreche vom großen Krieg der Auslöschung im Jahre 5008. Heute schreiben wir den 01. April des Jahres 5745", antwortete die Maschine trocken.

Das würde bedeuten, dass das Volk von Terusa 5000 Jahre seiner Geschichte einfach vergessen hätte. Obwohl die gesamte Garnison verunsichert und verwirrt war, verloren sie ihre Aufgabe und ihr Ziel nicht aus den Augen.

„Plan, wir müssen unsere Vorräte aufstocken. Gibt es hier einen Ort, an dem das noch Möglich wäre?", fragte der Reverend.

„Ich verfüge über die genauen Standorte der Verteiler dieser Stadt, jedoch weiß ich nicht, welche noch über Energie verfügen, da ich vor einiger Zeit vom Netz getrennt wurde. Es gibt einen weiteren Plan, zwei Straßen weiter Richtung Osten. Wenn dieser noch in Betrieb ist, kann er euch sagen, zu welchem Verteiler ihr müsst", antwortete die seltsame Maschine.

„Bevor wir weiterziehen, habe ich noch eine letzte Frage an dich. Ist es richtig, dass wir in die Pachysümpfe gelangen, wenn wir das andere Ende der Stadt erreichen? Gerüchten zu Folge ist es die einzige Möglichkeit, die Sümpfe zu erreichen, weil es drum herum nur Schluchten und wilde Flüsse gibt, doch jetzt wo wir diesen Ort gefunden haben, bin ich mir nicht mehr sicher, was ich noch glauben soll", sagte Mousa.

„Die Gerüchte stimmen. Am anderen Ende von Mison City gibt es eine Straße, die aus der Stadt führt. Wenn man dieser folgt, gelangt man zu dem Ort, den man heute die Pachysümpfe nennt. Die Schluchten und Flüsse die seitlich dieser Stadt liegen, sind für Menschen nicht passierbar."

„Danke, Plan. Mögest du noch ein gutes Leben haben", sagte Mousa, während sich die Gruppe auf den Weg machte.

„Ich lebe nicht, aber danke", entgegnete der Plan.

Die Garnison zog Richtung Osten. Zuerst blieben sie auf ihrem Marsch stumm, weil keiner so recht wusste, was er zu diesem Wunder, das sich Mison City nannte, sagen sollte. Dann blieben sie still, weil Mousa es ihnen mit einer Handbewegung anzeigte. Er hatte etwas gehört. Die Ohren des Wächters waren immer noch die geschultesten in ganz Terusa. Nach wenigen Minuten hörten auch Juri, Malta und die anderen, was Mousa in Alarmbereitschaft versetzt hatte. Schritte. Rumpeln. Und ein Klicken. Dieses Klicken klang weder so, als würde es von einer Maschine, noch von einem Menschen erzeugt. Vielleicht eher von einem Tier. Einem großen Tier. Mousa zog sein Schwert und seine Garnison tat es ihm gleich, wobei ihre Schwerter Revolver, Magie, ein Bogen und eine Bibel waren. Sein junger Anwärter Juri zog nun auch seine Schwerter, die anscheinend ebenfalls irgendeine Magie innehatten, und nickte entschlossen.

Er war bereit, seinem Lehrmeister in den Kampf und wenn nötig auch in den Tod zu folgen. Diese Entschlossenheit machte Mousa stolz, ängstigte ihn aber auch. Niemand sollte wegen ihm mehr sterben müssen. Die Schritte und das Rumpeln kamen jetzt von überall. Von den leeren Straßen neben ihnen, so wie aus den leer stehenden Gebäuden. Die Garnison versuchte, durch die Fenster in einige der leerstehenden Wohnungen und Geschäfte zu blicken, entdeckte aber nichts außer alten Möbeln, Staub und Schatten.

Doch manche der Schatten bewegten sich. Sie waren schnell.

„Achtung, sie greifen an! Ich weiß nicht, was sie sind, aber sie greifen an! Für Terusa!", rief Mousa.

Vielleicht hätte seine Garnison mit dem passenden Kampfschrei geantwortet, wäre die erste der Kreaturen nicht aus einem der Fenster in ihre Richtung gesprungen. Nur wenige Teile der Spinne sahen menschlich aus, doch man konnte erahnen, dass dies Mal anders war. Ihr Kopf sah dem eines Mannes ähnlich, hatte jedoch sechs Augen und das Mundwerkzeug einer Spinne. Ihre acht Gliedmaßen waren mit borstigen, schwarzen Haaren bedeckt, sahen aber so aus, als wären sie mal menschliche Arme und Beine gewesen. Während sie im Sprung der Garnison näher kam, bekam die Gruppe auch einen guten Blick auf ihr zweites Maul, das sich unter ihrem knubbeligen Körper befand. Der Bereich war vollkommen mit spitzen, schiefen Zähnen und Schleim bedeckt. Anscheinend versuchte sie, auf Maltas Kopf zu landen, um diesen umgehend zu verspeisen. Alfred traf sie mit einer Kugel, was ihre Flugbahn leicht änderte. Sie kam ungefähr einen Meter neben ihnen auf dem Boden an und sprintete direkt wieder auf Malta zu.

Mousa trat hervor und trennte ihr mit einem Hieb seines Schwertes eins ihrer Gliedmaßen ab. Eigentlich hätte er auf den Kopf gezielt, doch diese Kreatur war anders als alle, die er je gesehen hatte und es war nicht einfach, ihren Kopf zu treffen. Die Spinne schrie in einem unmenschlichen, hohen Ton und machte sich wieder zum Sprung bereit, doch Juri rammte ihr beide seiner Schwerter von oben durch den Schädel.

Selbst der Dämon Alastor kam nicht an die Ausmaße der Abscheulichkeit heran, die die menschlichen Spinnen darstellten. Sieben weitere der Kreaturen sprangen nun aus Fenstern um die Garnison herum herunter und machten sich zu Angriffen bereit.

Alfred stöhnte erschöpft, feuerte aber sofort, genau so wie Alain. Malta, die immer noch das favorisierte Ziel der Spinnen war, hob mit ihren magischen Kräften ein paar brüchige Teile der Straße nach oben und warf sie auf eines der Ungeheuer, dass auf sie zu sprang. Während Mousa und Juri ebenfalls den Kampf gegen die Spinnen aufnahmen, konzentrierten sich Karina, Alain und Alfred auf eine neue Bedrohung. Eine Horde Untoter marschierte aus der Seitenstraße zu ihrer Rechten heran. Der Büttel schätzte, dass es wohl zwei Dutzend Angreifer waren, und seufzte erneut. Sein Körper fühlte sich alt und müde an, doch er feuerte weiter.

Er, Karina und Alain trafen ihre Ziele sicher am Kopf und erlegten einen Untoten nach dem anderen. Währenddessen schoss Malta der letzten Spinne einen Feuerball entgegen. Juri nutzte die Ablenkung und sprang hoch, drehte sich dabei und ließ seine Schwerter so herumwirbeln, dass sie sechs der acht Beine abtrennten. Die Bestie fiel schreiend zu Boden, so dass die Garnison einen guten Blick darauf werfen konnte. Karina hatte auch den letzten Untoten erlegt und gesellte sich zur Spinne, die verzweifelt versuchte, mit ihren verbliebenen zwei Beinen davon zu kriechen.

„Das ist mit Sicherheit auch das Werk vom Mann des Friedens. Diese Abscheulichkeit trägt seine Handschrift. Seht es euch an, es war mal ein Mensch", sagte Mousa, als Alain der Kreatur in den Kopf schoss.

Überrascht blickte ihn der Rest der Garnison an.

„Habt ihr seine Augen gesehen? Er war mal ein Mann. Und er hat Angst gehabt. Er hat gelitten", sagte er mit zittriger Stimme.

Mousa nickte. Der Junge hatte selbst mit diesen widerlichen Monstern Mitleid. Das ehrte ihn.

„Du hast Recht, Mousa. Und ich bin mir ziemlich sicher, dass das erst der Anfang war. Diese Kreaturen sind sicher nicht die einzigen, die er hier positioniert hat. Er spielt Schach mit uns und das waren ein paar seiner Bauern", sagte der Reverend.

Auf dem Weg zum nächsten Plan dachte Alfred über den Mann des Friedens nach. Irgendwas stimmte mit dem Kerl doch nicht. Er war sich ziemlich sicher, dass er sie in dem Labyrinth hätte auslöschen können, doch er tat es nicht. Als Dirons dienstältester Verbrechensbekämpfer wusste er, dass Kriminelle immer ein Motiv hatten.

Seine Garnison tat so, als sei die Zerstörung von Terusa sein Motiv, aber dem war nicht so. Das war nur das Nebenprodukt. Man musste sich fragen, was der Mann des Friedens davon hatte. Wozu wollte er Terusa zerstören? Ging es ihm wirklich um diesen Elbenkern, wie Mousa erzählt hatte? Das war wohl eher das Ziel dieser Höllenfürsten. Doch was wollte der Mann des Friedens? Alfred wusste es nicht. Wie so oft in den letzten Wochen fragte er sich insgeheim, ob er nicht lieber umkehren sollte. Die jungen Leute konnten doch diesem magischen Gespenst hinterherjagen.

Er war nur ein einfacher Büttel, der Diebe und andere Tunichtgute jagte. Was hatte ihn überhaupt dazu bewogen, diese Reise anzutreten? Vielleicht sollte er wirklich umkehren.

„Hallo, werte Reisende! Wie kann ich euch dienen?", fragte der Plan.

Er sah genau so aus wie der andere. Ein metallisches Rechteck, welches aus dem Boden ragte und oben eine

Fläche aus Glas besaß. Dieser hier war jedoch nicht ganz so verwittert.

„Einer deiner Kollegen hat uns zu dir geschickt. Er sagte, er sei nicht mehr ans Netz angeschlossen, was immer das auch heißen mag", erzählte Mousa dem Plan.

„Oh, das muss Stadtplan 3-7-A sein. Es ist schön, dass es ihm gut geht", antwortete die Maschine.

„Kannst du uns sagen, wo wir unsere Vorräte aufstocken können?", wollte Malta wissen.

„Ja, das kann ich. Es gibt in Mison City noch einen einzigen Verteiler, der in Betrieb ist. Er befindet sich am anderen Ende der Stadt, Richtung Norden. Das Gebäude ist kleiner als die anderen, Silber und hat einen kleinen Eingang. Der Name der Straße ist Worf Street, die Hausnummer ist 19. Genügen euch diese Informationen, um euer Ziel zu finden?".

„Das tun sie, Plan. Vielen Dank", entgegnete Mousa.

„Da wäre noch eine Kleinigkeit. Vielleicht auch zwei. Mir wird angezeigt, dass der Verteiler zwar in Betrieb ist, seine Matrix jedoch einige Fehlfunktionen aufweist. Er könnte seltsam sein, nehmt euch in acht. Auch der Weg dorthin birgt Gefahren. Meine Sensoren erkennen, dass Wesen, die weder Mensch noch Tier sind, in den Straßen lungern. Laut allen Informationen, die mir vorliegen, würde ich sie als äußerst feindselig einstufen. Seid vorsichtig, werte Reisende", sagte die Maschine.

„Danke, Plan."

Weder Mensch noch Tier. Das war eine sehr vage Beschreibung der Monstrositäten, denen die Garnison bisher begegnete. Die Sonne stand bereits tief am Himmel und Mousa beschloss, dass sie in einer Stunde eine Unterkunft für die Nacht suchen würden. Überraschenderweise blieben sie völlig unbehelligt und konnten sich so etwas über die Dinge austauschen, die sie von den Plänen erfahren hatten. Das die Reichen und Mächtigen ihnen etwas verheimlichten, war allen auch vorher klar, aber dass es 5000 Jahre ihrer Geschichte und ein unglaublicher Fortschritt war, der das Leben in ganz Terusa verbessern könnte, hatte niemand vermutet.

Laut dem ersten Plan hatte es einen Krieg gegeben, den anscheinend nur wenige überlebt hatten. Karina fragte sich, wieso die Überlebenden Mison City verlassen hatten und ganz von vorn anfingen.

Anstatt ein Leben in Sicherheit und Luxus wählten sie eines im Dreck, voller Gefahren und Angst. Die angeregte Unterhaltung über die Vergangenheit wurde unterbrochen, als ihr Garnisonsführer das Kommando zur Rast gab. Das Gebäude, vor dem sie nun standen, war unglaublich hoch. So hoch, dass keiner von ihnen die Spitze sehen konnte. Mousa war der Meinung, dass dies ein Wohngebäude war, da auf einer Tafel mit einigen Knöpfen hunderte von Namen standen.

Um vor den Kreaturen, die in den Straßen ihr Unwesen trieben geschützt zu sein, nahmen sie die Treppen bis hoch in den 11. Stock und verbarrikadierten das Treppenhaus. Währenddessen hatten der Reverend und Alfred nach einem geeigneten Unterschlupf gesucht, kamen jedoch mit schlechten Nachrichten wieder. Keine der Türen zu den Unterkünften ließ sich öffnen, auch nicht mit Gewalt. Alain war es, der die Idee hatte, die Knöpfe zu benutzen, die sich neben den Türklinken befanden.

„Vielleicht aktivieren sie die Maschine, die uns reinlässt. Die Pläne waren ja auch Maschinen, vielleicht funktioniert hier alles so", hatte er gesagt.

Mousa war zuerst dagegen, weil er befürchtete, die Knöpfe könnten Maschinen wecken, die ihnen feindlich gesinnt waren, doch er ließ sich überreden. Er war überrascht, als ein Ton erzeugt wurde, der wie das Klingeln einer kleinen Glocke klang, als er mit einem seiner Finger auf den Knopf drückte.

Die Türe öffnete sich, doch eintreten konnte die Garnison nicht. Jemand stand in der Tür. Oder etwas. Es lag nahe, dass das Geschöpf eine Maschine wie die Pläne war. Es schien sich auf Rollen fortzubewegen und sein Körper war eine einzige, silberne Säule. An seiner rechten Seite hatte die Maschine einen Greifarm und oben, in der Höhe wo bei einem Mensch der Kopf zu vermuten wäre, blinkten zwei Lichter die, wie Augen aussahen.

„Guten Tag. Sie sind nicht die Familie Rieker. Darf ich fragen, was sie wünschen?", fragte die Maschine.

„Hallo. Wir möchten dich um Einlass bitten, gute Maschine", entgegnete Mousa.

„Ich bin eine Alltags-Einheit, Modell X4. Die Riekers haben mich jedoch Morty getauft. Da sie um Einlass bitten, darf ich davon ausgehen, dass sie Freunde der Familie Rieker sind?"

„Ja, richtig. Wir sind Freunde. Und wir sind weit gereist. Wäre es möglich, dass wir uns eine Weile hier ausruhen?", wollte Malta wissen.

„Das sind besondere Umstände und mir steht laut Programmierung ein Ermessensspielraum zu. Da Familie Rieker schon lange, sehr lange, fort ist, genehmige ich es. Mit der Auflage, dass sie die Wohneinheit so verlassen, wie sie sie vorgefunden haben und die Privatsphäre der Riekers respektieren. Das bedeutet, dass sie bitte keine Schränke oder persönliche Dateien an Computern öffnen."

„Wir versprechen, deine Auflagen zu erfüllen, Morty", sagte Alain und sie traten ein.

Obwohl hier eine Familie zu wohnen schien, kam ihnen die Wohnung oder die Wohneinheit, ziemlich steril vor. Die Wände, der Boden und die Decke waren weiß. An einer Stelle hingen einige wenige Bilder. Ansonsten gab es noch ein paar Schreibtische, eine große, gemütliche Sitzgelegenheit und einen kleinen Spielbereich für das Kind. Obwohl hier seit sehr langer Zeit niemand mehr gewesen ist, fand Alfred, der alles genau untersuchte, weder ein Staubkorn noch Spinnweben. Dieser Morty war wirklich fleißig, dachte er sich.

Während die anderen sich die Bilder der Familie ansahen, setzte er sich auf das weiche Sofa. Das war genau das Richtige für seine müden, alten Knochen. Ob Morty wohl was dagegen hatte, dass er einfach hierblieb? Der Büttel hatte genug vom endlosen Wandern und kämpfen.

Mousa und Karina sahen sich die Bilder an, die an den Wänden hingen.

„Das ist Miles Junior bei seinem ersten Baseballspiel. Sein Team, die Mison Bisons haben gewonnen", erklärte Morty.

Sie wussten zwar nicht, was Baseball war, freuten sich aber trotzdem für den Jungen. Dass das alles vor hunderten von Jahren passierte, kam ihnen dabei gar nicht in den Sinn. Morty tat so, als würde seine Familie in ein paar Stunden von der Arbeit und von der Schule kommen.

Karina fand, es interessant zu sehen, wie belebt diese Stadt einmal war. Kinder hielten Wettkämpfe im Baseball ab und die Ränge waren gefüllt. Was hatte die Menschen von Mison City dazu bewogen, dieses Paradies zu verlassen?

„Morty, kannst du uns sagen, wo wir ein Feuer machen können? Wir haben nicht mehr viel Proviant, aber das, was wir haben, würden wir gern braten", fragte Mousa.

„Um Himmels Willen, machen sie bloß kein Feuer. Sie scheinen ja nicht grade großen Luxus gewöhnt zu sein. Aber sie haben Glück. Misses Rieker bestand darauf, zusätzlich zum Nahrungsbereitsteller einen altmodischen Herd im Haus zu haben. Sie hat traditionell zubereitete Nahrung sehr geschätzt. Er befindet sich vom Eingang aus links, sie bedienen ihn mit der Stimme", erklärte die Maschine.

Der Reverend nahm sich den letzten Hasen, den sie vor ihrer Ankunft in Mison City erlegt hatten, und machte sich auf den Weg in die Küche.

„Morty, weißt du, was hier passiert ist? Ich meine, warum alle verschwunden sind. Der Plan hat etwas von einem Krieg erzählt", sagte Alain.

„Ja, junger Reisender, ich weiß, was hier passiert ist. Es ist traurig", antwortete Morty.

„Wirst du uns erzählen, was passiert ist?", fragte Mousa.

„Ja. Aber es ist eine lange Geschichte, ihr solltet euch setzen", antwortete die Maschine in einem traurig anmutenden Ton.

Und das machten sie. Karina, Mousa, Alfred und Malta setzten sich auf das gemütliche Sofa, wobei Juri der jungen Zauberin den letzten Platz anbot und sich dann mit einem Lächeln vor sie auf den Boden setzte. Alain setzte sich neben ihn und war gespannt, was Morty zu erzählen hatte. Dieser fuhr vor das Sofa und räusperte sich, so als würde er gleich eine wichtige Rede halten. Für eine Maschine kam er der Garnison ganz schön menschlich vor.

„Die Menschen in Terusa haben schon immer Krieg geführt. Egal ob vor 700, vor 1000 oder vor 4000 Jahren. Sie ließen sich von dunklen Kräften verführen und führten Kriege gegen sich selbst und andere Völker. Als Folge dieser Kriege sind viele der Völker, die einst auf Terusa lebten, nicht mehr existent oder haben sich versteck. Die Menschen waren die brutalsten und arglistigsten, weshalb sie überlebten. Nachdem sie die Kontrolle über Terusa gewonnen hatten, folgte eine lange Periode des Friedens und damit auch des Fortschritts. Doch anstatt sich ausschließlich auf Fortschritt in Medizin, Technologie und Kultur zu fokussieren, war das Hauptaugenmerk der Menschen immer noch auf das Kriegswerkzeug gerichtet. Das war absurd, da sie keine Feinde mehr hatten, aber sie waren fest entschlossen.

Früher benutzten sie Äxte, Schwerter, Pfeil und Bogen. Dann erfanden sie Gewehre und Revolver. Dann kamen Panzer und Bomben und kurz danach Laser. Viele dachten, dass es nicht schlimmer kommen konnte, doch sie lagen falsch. Da ihnen Feinde fehlten, fingen sie an, sich untereinander zu beharken.

Sie misstrauten sich gegenseitig und spalteten sich in viele verschiedene Staaten und Städte auf. Ihr Drang, Kriegswaffen zu erfinden, die sie überlegen machten, war nun noch größer, jetzt da sie wieder potenzielle Feinde hatten. Die Menschen erfanden Bomben, die man in die Kategorie der sogenannten Planet Buster einordnete. Das bedeutet, dass eine einzige dieser Bomben dazu in der Lage war, ganz Terusa zu vernichten. Den gesamten Planeten. Nach und nach hatte jede Fraktion der Menschen ihren eigenen „Planet Buster".

Da sie sich aber noch nicht im Krieg befanden, kamen manchen Zweifel. Was war der Zweck hinter diesen Bomben? Die Abschreckung? Was würde es bringen, eine dieser Bomben tatsächlich einzusetzen? Einige Städte, die sehr mächtig waren und über große Ressourcen verfügten, so wie Mison City, machten sich daran, Gegenmaßnahmen zu ergreifen. In Zeiten, in denen der Friede immer wackliger wurde, arbeiteten die Wissenschaftler auf Hochtouren an einer Lösung. Sie erfanden eine Technologie, die einem Zauber bereits sehr nahekam. Ein Schutzschild aus reiner Energie. Die Technologie war jedoch noch nicht sehr ausgereift, bedurfte Unmengen an Energie und konnte nur kleinere Bereiche schützen. Als dann die Zeit des Krieges gekommen war, hörte der Präsident des Westens und Befehlshaber von Mison City nicht auf seinen treuen Berater und drückte auf den Knopf. Er ließ den Planet Buster auf Terusa los, aus Angst, die anderen würden ihm zuvorkommen. Dann fuhr er den Schutzschild hoch. Es wird vermutet, dass es noch drei bis vier anderen Städten gelang, sich durch ein Schutzschild zu schützen. Doch das war alles. Der Rest des Planeten war nun Staub. Der Präsident konnte nicht mit seiner Entscheidung leben und ordnete an, dass jeder Bewohner von Mison City den Ort verlassen müsse. Wieso, weiß ich nicht. Seitdem gibt es hier keine Menschen mehr. Zumindest bis ihr eingetroffen seid. Die Riekers werden nicht zurückkommen, oder?"

„Nein, das werden sie nicht, Morty", sagte der Reverend, der mit dem mickrigen Abendessen in der Tür stand.

Während die anderen sich weiter mit Morty über die Geschichte Terusas unterhielten, lehnte sich Alfred auf dem Sofa zurück und knabberte an seinen Fetzen des dürren Hasen. Er fand es nicht sonderlich überraschend, dass die Menschen sich fast selbst ausgerottet hatten.

Schließlich hatte er in Diron immer wieder gesehen, zu welcher Brutalität sie fähig waren. Einer der Fälle, die ihm nie aus dem Kopf gingen, war einer seiner ersten. Er war 19 Jahre alt und erst zwei Monate ein Büttel im Auftrag des Königs von Diron. Die Frau lag erschlagen in ihrer winzigen Hütte. Ein Stück ihres Schädels fehlte und etwas graue Masse klebte neben ihrer Leiche auf dem Boden.

Diese graue Masse und eine Menge Blut fanden sich auch am Rand des Waschbeckens wieder, welches selbst einige Risse in seiner Struktur aufwies. Von ihrem Mann fehlte jede Spur. Während sein Kollege Rolaf sich nur darüber echauffierte, dass sie ein Waschbecken und fließendes Wasser besaß und er nicht, war Alfred über die Brutalität dieses Verbrechens erschrocken. Der Täter hatte, den Spuren nach zu urteilen, den Kopf der Frau mindestens zehn Mal gegen das Waschbecken gehämmert. Er hatte gehört, dass Gewaltverbrechen in Simplex keine Seltenheit waren, doch es mit eigenen Augen zu sehen war etwas anderes.

Alfred gelang es, den Tunichtgut in kürzester Zeit ausfindig zu machen, und stellte ihn vor Gericht. Der Mörder behauptete, seine Frau hätte ihn mit einem Metzger betrogen und er hatte sich vor lauter Wut und Enttäuschung nicht beherrschen können.

In Diron gab es ein Gesetz, welches es Frauen verbot, mit anderen Männern als dem eigenen zu schlafen. Hätte der Richter damals seine Behauptung anerkannt, wäre seine Strafe deutlich milder ausgefallen. Das nahm Alfred damals persönlich und widerlegte die Behauptung des Tunichtgutes. Er wurde zu 20 Jahren im Verlies der Königsburg verurteilt, was einem Todesurteil gleichkam und Alfred wurde direkt befördert. Doch das war nicht der Grund, wieso er sich an diesen Fall erinnerte. Der Beschuldigte hatte gar kein Interesse an Alfreds Beweisen für die Unschuld seiner Frau. Es war ihm völlig egal, ob sie ihn betrogen hatte oder nicht. Der Kerl hatte einfach nur nach einem Grund gesucht, seiner aggressiven Natur freien Lauf zu lassen.

Anderen Gewalt zu zufügen bedeutete, Macht auszuüben. Darum ging es den Menschen immer. Macht. Wieder wünschte sich der Büttel dieses alte Leben zurück. Ein Tatort, ein Verbrechen, ein Tunichtgut. Es war ein einfaches Leben, aber es erfüllte ihn. Und zum Teufel noch mal, man musste nicht so viel laufen.

Dieses neue Leben, in dem er dafür zuständig war die gesamte Zukunft Terusas zu sichern, gegen Dämonen zu kämpfen und einen uralten Magier zu jagen, war zwar aufregend, aber auch fordernd. Wenn er sah, wie Juri mit seiner Jugend und seinem Talent Massen von diesen Monstern in Minuten vernichtete, kam er sich selbst nutzlos vor.

In seinen Augen war er nur ein alter Mann mit einem Revolver. Kurz bevor er einschlief, dachte er sich noch, dass es das Beste war, umzukehren, nachdem sie ihre Vorräte aufgefüllt hatten. Als sich am nächsten Morgen alle auf den Marsch zum Verteiler vorbereiteten, erzählte Alfred niemandem von seinen Abwanderungsgedanken.

Sicherlich würden sie versuchen, ihn vom Gegenteil zu überzeugen, dachte er sich. Und wahrscheinlich würden sie damit durchkommen. Diese Leute, diese teilweise völlig Fremden sind mit der Zeit zu seiner Familie geworden. Es war am besten, sie vor vollendete Tatsachen zu stellen, wenn es so weit war.

Also setzte er ein Lächeln auf und machte sich gemeinsam mit den anderen auf den Weg. Das Wetter war gut. Sonnig, aber nicht zu heiß. Mousa ging voraus und schien sich ohne Probleme nach der Beschreibung des Plans orientieren zu können. Alain fand das erstaunlich, er selbst hatte keine Ahnung, wo in der Stadt sie sich grade befanden.

Kurz nach einer kleinen Rast am Mittag fiel Mousa etwas in der Ferne auf. Es stand einfach auf der Straße, war aber laut dem Garnisonsführer kein Mensch. Genauer konnte er es erst bestimmen, wenn sie näher kamen. Er musste seiner Garnison nicht erst befehlen, die Waffen griffbereit zu halten, das taten sie inzwischen automatisch.

Nach wenigen Minuten war klar, dass es kein Lebewesen, sondern eine Maschine wie Morty war. Sie war genau so gebaut wie er, hatte jedoch einen weiß-schwarzen Anstrich und eine rote Lampe auf dem Kopf, die jedoch erloschen war. Anstatt eines Greifarmes hatte die Maschine eine Röhre am Körper, deren Nutzen sie sich nicht erschließen konnten. Als sie bei dem leblosen Haufen Metall ankamen, inspizierten Alain und Malta es genau.

Es schien tot zu sein, oder funktionsunfähig.

„Hallo, bist du ein Plan?", fragte Alain.

Es gab keine Antwort.

„Vielleicht ist seine Lebensspanne vorüber, oder wie auch immer man das bei den Dingern nennt", sagte der Reverend.

„Wir sollten unsere Zeit nicht mit dieser Blechbüchse verplempern, wir sind hier draußen in Gefahr, falls ihr das schon vergessen habt", meckerte Karina zurecht.

Die rote Lampe blinkte plötzlich. Im inneren der Maschine setzte sich irgendwas in Gang.

„Gefahr! Sicherheitseinheit 34A bootet!", sagte die Maschine.

„Was soll das bedeuten?" Juri war verwirrt.

„Sie sind keine registrierten Bürger von Mison City. Sie besitzen kein Besuchervisum. Sie besitzen keinerlei ID-Chip. Bitte verlassen sie umgehend das Gebiet!", sagte die Sicherheitseinheit.

Mousa und die anderen waren ein wenig überrascht. Die Maschinen, die sie bisher in Mison City trafen, waren nicht so unfreundlich. Vielleicht half etwas Diplomatie.

„Werte Maschine, Sicherheitseinheit, höre uns an und dir wird klar ... ", begann Mousa.

„Verlassen sie umgehend das Gebiet!", rief die Maschine aggressiv.

Ohne eine weitere Warnung fuhren sechs Öffnungen aus der Röhre an dem Körper der Sicherheitseinheit, die wie die Mündungen eines Revolvers aussahen. Die Gruppe teilte sich auf Mousas Anweisung hin auf. Alfred,

Karina, Alain und der Reverend flüchteten hinter ein Pavillon, dass in einem Park neben der Straße stand, während Mousa und Juri ihre Schwerter zückten. Malta machte sich ebenso bereit, die Angriffe der Maschine abzuwehren.

„Sie sind potenziell gewalttätig, haben keinerlei ID-Chip und sind keine registrierten Bürger von Mison City. Sie sind Terroristen. Sie sind im Eilverfahren zum Tode verurteilt worden. Eine letzte Mahlzeit muss ihnen aufgrund besonderer Umstände verwehrt werden", sagte die Maschine trocken.

Dann fing sie an zu schießen. Doch sie schoss nicht mit Kugeln aus Blei, sondern mit Licht. Die Lichtgeschosse erzeugten eine kleine Explosion, als sie im Straßenbelag neben dem ausweichenden Mousa einschlugen. Vom Pavillon aus feuerten Alain, Alfred und Karina auf die Sicherheitseinheit, doch ihre Pfeile und Kugeln prallten an der Maschine ab. Als sie das Feuer auf das Pavillon eröffnen wollte, sprang Juri auf den Kopf der Sicherheitseinheit und versuchte, von dort aus mit seinen Schwertern den Röhrenarm abzutrennen, was jedoch nicht funktionierte. Malta zauberte einen Sprühnebel aus Eis, der in die Richtung ihres Angreifers zog und sich auf ihn legte.

„Alarm! Alarm!", jammerte die Maschine.

Mousa sah, dass sie sich jetzt langsamer bewegte, rannte auf sie zu und zielte auf einen der beiden Schlitze, die wohl die Augen des Dings waren. Sein Schwert passte grade so herein, drang ins Innere der Maschine vor und zerstörte dort irgendetwas Lebenswichtiges. Ihr Licht ging aus und sie bewegte sich nicht mehr.

„Alarm! Alarm!", schallte es einige Straßen weiter.

Immer mehr Sicherheitseinheiten schlugen Alarm. Einen Angriff von mehr als Dreien würden sie nicht ohne große Verluste überstehen, weshalb Mousa es vorzog, die Flucht anzutreten. Auf dem Weg zum Verteiler schlichen sie durch Seitenstraßen und nutzten Mousas gutes Gehör, um die aggressiven Maschinen zu umgehen. Vielleicht war Mison City doch nicht das Paradies gewesen, für das sie es hielten. Am frühen Nachmittag sah Mousa endlich das Schild, das sie suchten. Die Worf Street war nahe. Es war auch gar nicht nötig, die Nummer 19 zu suchen, denn das Gebäude dort vorne passte perfekt zur Beschreibung des Plans. Es war metallisch, kleiner als die anderen Behausungen und hatte nur eine Türe an der Seite, die als Eingang diente.

Dort gab es keinen Knopf, den sie betätigen konnten, nur eine rundliche Ausstülpung. Auch diese zu berühren aktivierte keinen Mechanismus, der sie hereinließ.

„Guten Tag, Verteiler. Wir bitten um Einlass", sagte Reverend Carreyman ohne große Hoffnung. In der runden Ausstülpung erschien nun ein Auge. Es blickte die Garnison fasziniert an.

„Sehr gerne! Bitte scannen sie ihre ID-Chips, dann können wir direkt loslegen. Ich freue mich!", sagte der Verteiler. Irgendwas an ihm war anders, dachte sich Mousa. Er klang menschlich, nicht wie eine Maschine.

„Sowas haben wir nicht. Wir können dich mit Silber bezahlen!", entgegnete Malta.

„Das geht leider nicht."

Die Stimme des Verteilers klang nur leiser und zittrig, fast traurig. Sie mussten nachdenken, was sie als Nächstes tun konnten, doch sie durften sich nicht so lange auf offener Straße aufhalten, sonst würden die Sicherheitseinheiten auf sie aufmerksam. Als sie dabei waren, sich zurückzuziehen, sprach der Verteiler erneut.

„H-hey! Warten sie! Ich habe grade einige Richtlinien überprüft und festgestellt, dass es mir in Notfällen erlaubt ist, Ausnahmen zu machen. Bitte treten sie ein!", sagte er.

Mousa fand ihn zwar immer noch seltsam, aber eine ihnen freundlich gesonnene Maschine war ihm lieber als die aggressiven Sicherheitseinheiten. Im inneren des Gebäudes gab es Tresen, einen Sitzbereich mit dünnen Büchern, die viele Bilder hatten und zwei metallene Türen, die verschlossen waren. Diese Bücher fand Mousa seltsam. Weshalb hatten sie so viele Bilder? Sie waren wohl für simplere Gemüter gemacht.

„Zuerst darf ich ihnen sagen, dass es mir eine Ehre und eine Freude ist, ihnen zu dienen. Es ist schon sehr lange her, dass ich mich nützlich machen konnte. Oh, ich habe so viele Fragen."

Anscheinend hatte er keinen Körper, so wie die Sicherheitseinheiten, sondern war an das komplette Gebäude gebunden. Er fragte die Garnison über ihre Herkunft, über den Zustand der Menschheit und vieles Weitere aus. Alain und der Reverend erzählten ihm alles, was er wissen wollte.

„Wir schätzen dein Interesse an uns, Verteiler, doch wir müssten dich bitten, deine Aufgabe zu erledigen und uns mit haltbarer Nahrung zu versorgen. Wir haben es sehr eilig, verstehst du?", sagte Mousa.

„Ja, ja doch! Aber sicher, Wächter! Bitte steigt doch in den Aufzug."

Der Aufzug war ein kleiner Raum hinter eine der metallenen Türen, die sich jetzt öffnete. Sie schauten sich alle verdutzt an, taten aber, was die Maschine verlangte. Dieser Aufzug ähnelte nicht den Aufzügen, die sie kannten. Diese wurden mit einem Seilzug betrieben und bestanden sonst nur noch aus einer Holzplattform.

Menschen wurden damit auch nicht transportiert, sondern Baumaterial oder Ähnliches. Sie hatten hier schon mehr als ein Wunder gesehen, also wieso sollte der kleine Raum nicht auch ein Aufzug sein. Möglicherweise wurden dort auch die Nahrungsmittel ausgegeben. Als der Aufzug sich in Bewegung setzte, legte Mousa kurz eine Hand an sein Schwert, beruhigte sich aber schnell wieder. Obwohl sie nicht sehr viel spürten, nahm Mousa an, dass sie sich mit hoher Geschwindigkeit nach unten bewegten. Dieser Aufzug war mehr wie ein Fahrzeug. Bisher hatte er nur Karren und Kutschen gesehen, die von Rindern gezogen wurden und Gerüchte von selbst fahrenden Wagen gehört, die es in alten Königreichen weit jenseits der Meere gab. Das hat er bisher für Magie oder Aberglaube gehalten, doch vielleicht war es auch eine Maschine.

Laut einer leuchtenden Tafel im Aufzug sind sie bis auf die unterste Ebene, U23 gefahren. Alfred konnte es nicht fassen, dass es insgesamt 23 Stockwerke unter der Erde gab. Aber darüber dachte er nicht lange nach, ihm schwirrten ganz andere Gedanken im Kopf umher. Der Verteiler redete und redete, erklärte ihnen auch das kleinste Detail des Prozesses, mit dem die Nahrungsmittel der Bewohner von Mison City hergestellt wurden. Anscheinend hatten sie eine Maschine entwickelt, die Stoffe in ihre kleinsten Teile zersetzt und sie so neu anordnet, dass daraus beispielsweise ein Steak werden konnte. Als Mousa ihn fragte, ob sie nun die Vorräte haben konnten, wich der Verteiler aus und behauptete, dass die Energie für diese Maschine erst eine Weile aufgeladen werden müsse. Alfred blieb stehen und rümpfte die Nase.

„Du magst vielleicht eine Maschine sein, aber du lügst wie ein Mensch", stellte er fest.

„Erflehe eure Verzeihung?", entgegnete der Verteiler.

„Du hältst uns hin, erfindest Ausreden und mir wird langsam klar, wieso. Du hast sie alarmiert. Die Sicherheitseinheiten", sagte der Mann des Gesetzes.

„Ist das wahr?", rief Mousa entsetzt und zog sein Schwert.

„Beruhigt euch erstmal. Ich bin mir sicher, dass all diese Maschinen irgendwie eine Verbindung haben. Er hat uns verpfiffen, da bin ich mir sicher. Ich bin mir aber auch sicher, dass er uns schon längst hätte ausliefern können. Doch er hat es nicht getan. Wieso? Was willst du, Verteiler? Rede."

Stille. Keiner außer Alfred hatte bemerkt, dass der Verteiler etwas im Schilde führte.

„Ich will euch nicht schaden. Wirklich nicht. Ich verhandle zurzeit mit den Sicherheitseinheiten über eure Übergabe. Mein Ziel ist es, dass sie euer Leben verschonen und euch stattdessen einen lebenslangen Hausarrest auferlegen. Hier in Mison City natürlich", erklärte die Maschine.

„Dann kannst du uns genau so gut töten lassen. Wir werden nicht hierbleiben. Wir haben eine Mission zu erfüllen", sagte Karina entschlossen.

„Was hast du davon?", fragte Alfred ruhig.

Anscheinend war sein berufsbedingtes Verlangen nach Antworten immer noch nicht gesättigt.

„Wie meinen?"

„Wozu tust du das? Wieso solltest du mit den Sicherheitseinheiten verhandeln? Was ist dein begehren, Verteiler?"

Wieder Stille. Die Maschine dachte nach. Mousa wusste nicht, ob das ein gutes oder schlechtes Zeichen war.

„Ich bin einsam. Ich wurde geschaffen, um nützlich zu sein und um mit den Menschen hier zu leben. Jeden Tag kamen die Familien von Mison City zu mir und ich durfte ihnen die Lebensmittel zubereiten, die sie verlangten. Es war ein erfüllendes Leben. Aber jetzt existiere ich nur noch. Euer auftauchen war das Schönste, was mir seit langer Zeit passiert ist. Ich will nicht, dass es endet. Ich will nicht wieder allein und nutzlos sein", sagte er.

Das erstaunte sogar Alfred. Damit hatte nicht mal der pfiffige Büttel gerechnet. Eine Maschine, die einsam war. Auffallend war auch, dass der Verteiler der Meinung war zu leben, anders als die Maschinen, die sie bisher getroffen hatten. Aber was er sagte, ergab Sinn. Irgendwie.

„Und um deine Einsamkeit zu bekämpfen, willst du unser Leben aufs Spiel setzen und uns einsperren? Bist du der Meinung, danach würden wir dir noch wohl gesonnen sein? Wärst du dann wohl glücklich?", fragte der Reverend.

„Es ist der einzige Weg", antwortete der Verteiler mit gedämpfter, brüchiger Stimme.

Alfred spielte an seinem Bart und ergriff dann das Wort.

„Das glaube ich nicht. Du bist eine Maschine und sicher gut, in dem, was du tust, aber dir fehlt es an Weitsicht und Beobachtungsgabe. Glücklicherweise hast du den gescheitesten Büttel von ganz Diron an deiner Seite", sagte er selbstbewusst.

Der Verteiler und auch der Rest der Garnison war ganz Ohr.

„Zuerst einmal werden sich die Sicherheitseinheiten nicht auf einen Handel einlassen. Das weißt du auch, sonst wärt ihr schon längst übereingekommen. Was aber viel wichtiger ist, Verteiler, weißt du, wie wir außerhalb von Mison City leben?", fragte der Büttel.

„Nein. Noch nicht genau. Bitte, sag es mir", verlangte die Maschine.

„Sehr wohl. Wir haben uns hinter Mauern verschanzt, weil wir Angst vor dem haben, was außerhalb liegt. In den Mauern leben die meisten von uns in Armut und im Dreck. Unsere Häuser sind aus Holz und im Winter hat nicht mal jeder einen Ofen. Wir arbeiten für Bauern im Schlamm, nur um Abends etwas zu essen, zu haben. So geht es vielen, sehr vielen Menschen in ganz Terusa", fuhr Alfred fort.

„Natürlich! Diesen Aspekt hatte ich nicht bedacht. Selbstverständlich haben sich meine Prioritäten nun geändert. Ich werde euch spezielle, sehr haltbare und nahrhafte Vorräte geben und euch dann durch einen Versorgungsschacht nach draußen geleiten. Dort werden die Sicherheitseinheiten euch nicht finden", sagte die Maschine aufgeregt.

„Moment mal! Woher kommt dieser Sinneswandel, Verteiler? Wieso interessiert es dich, wie wir leben?", wollte Mousa wissen.

„Meine Scannerdaten sagen, dass Alfred der Büttel nicht gelogen hat. Dies bedeutet, dass viele, tausende und abertausende Menschen in großer Armut leben. Meines Wissens nach ist das für Menschen äußerst unangenehm. Sie streben ein Leben in Luxus und Wohlergehen an. Das alles kriegen sie hier. In Mison City. Meine oberste Priorität liegt nun darin, euch gesund und unbeschadet aus Mison City heraus zu geleiten, damit ihr es jedem erzählen könnt und die Menschen endlich nach Mison City zurückkehren.

Ihr seid nun meine größte Hoffnung, nur anders als ich zuerst annahm", schlussfolgerte der Verteiler. Und er tat, wie er es versprochen hatte. Die Mahlzeiten, die sie aus einer weiteren Maschine bekamen, waren in silberne Tüten verpackt, die einfach zu verstauen waren und für viele Wochen genügen sollten. Dann öffnete der Verteiler für sie eine Türe mit der Aufschrift „nur für Mitarbeiter", welche sie in einen schwach beleuchteten, unterirdischen Gang führte, an dessen Ende ein weiterer dieser Aufzüge auf sie wartete.

Bevor sie oben angekommen waren, hatte der Verteiler ihnen noch etwas zu sagen.

„Wie ihr wisst, bin ich und alle anderen treuen künstliche Intelligenzen in Mison City darauf angewiesen, dass ihr am Leben bleibt. Deshalb müsst ihr wissen, dass er hier ist. Das sagen zumindest meine Daten. Er ist in einem Gebäude, das auf eurem Weg liegt und wartet dort auf euch."

„Von wem sprichst du?", fragte Malta.

„Vom Mann des Friedens. Was immer ihr tut, bitte bleibt am Leben. Wenn ich ein paar Tage Zeit habe, kann ich mit der Hilfe der Pläne die Sicherheitseinheiten neu booten. Sie werden den Menschen, die hier hoffentlich bald ankommen, nichts tun können. Seid vorsichtig, liebe Garnison", sagte der Verteiler.

„Wir tun unser Bestes, Verteiler", sagte Mousa und sie verabschiedeten sich.

Juri ging direkt zu Alfred und legte ihm eine Hand auf die Schulter.

„Alfred, du bist wirklich der Beste. Deine Augen und dein Verstand sehen einfach alles", sagte er bewundernd und die anderen stimmten ihm zu.

Alfred dachte nicht mehr daran, die Garnison zu verlassen, und er fühlte sich auch nicht mehr nutzlos. Juri, Mousa und Malta mögen im Kampf effektiver sein als er, doch er besaß noch viele weitere Qualitäten, die seine Freunde dringend brauchten.

„Wir sollten alle dankbar dafür sein, dass wir Alfred in unseren Reihen haben, und sobald wir hier raus sind, sollten wir uns mit den Tüten des Verteilers ein Festessen Alfred zu Ehren zubereiten. Doch noch ist diese Zeit nicht gekommen, meine Brüder", sagte Mousa.

Er schaute mit Absicht zu Karina und Malta. Auch sie waren für ihn seine Brüder. Dieser Begriff hatte für ihn und die Wächter allgemein nichts mit Geschlecht, sondern mit Verbundenheit zutun. Einen weiblichen Wächter nicht als Bruder, oder gar als Schwester zu bezeichnen, kam einer großen Beleidigung gleich.

„Dank dem Verteiler wissen wir, dass der Mann des Friedens hier ist. Wie ich bereits in Handura vermutet hatte, reist er nicht mit seiner neuen Armee. Er ist allein. Und er wartet auf uns. Vielleicht nimmt unsere Mission ein jähes Ende, wenn wir unserem Feind hier und jetzt ein Ende bereiten könnten! All das Unheil, was er bringt, all das Leid und all den Tod, können wir hier stoppen. Seid bereit, wir ziehen schon bald in die Schlacht", sagte Mousa und die Garnison nickte entschlossen.

Juri fragte sich, ob er überhaupt wollte, dass ihre Reise und ihre Mission schon jetzt endeten. Er hat bei diesen Leuten alles gefunden, was er sich je erträumt hatte. Auch, wenn sie absurd war, war die Angst, dass sie ihn alle verließen allgegenwärtig. Karina hingegen fragte sich, was dann aus ihrer Frau werden würde. Wenn sie dem Mann des Friedens heute begegneten, und gar siegreich aus der Schlacht hervorgehen würden, was war dann mit Rahma, der lieben Bäuerin, die sie vor vier Jahren in Handura zur Frau genommen hatte?

Würden Mousa, der Reverend und die anderen ihr Wort halten und ihr helfen, sie zu finden? Immerhin waren sie ehrbare Männer, das hatten sie bewiesen. Auf ihrem Weg Richtung Norden waren sie wachsam. Sie hielten nicht nur nach den Spinnen oder den Sicherheitseinheiten Ausschau, sondern auch nach dem Mann des Friedens. Doch die Straßen waren leer. Es fühlte sich fast so an, als hätte er seine Truppen abgezogen, um die Sache selbst in die Hand zu nehmen. Die Garnison kam dem östlichen Ende von Mison City immer näher. Die Häuser rechts und links der Straße war hoch. So hoch, so gewaltig, dass die Garnison erneut darüber staunte, über welche Macht das Volk verfügt haben musste, dass hier einst lebte.

„Huhu! Hier oben!", rief eine weit entfernte Stimme.

Sie zogen ihre Waffen und waren kampfbereit. Doch selbst Mousas geschulte Augen konnten keinen Angreifer ausmachen.

„Ich sagte doch, hier oben!", rief er erneut.

Nur der Garnisonsführer konnte die Silhouette eines Mannes, hoch oben auf dem Dach eines der riesigen Gebäude erkennen.

„Ich bin nicht hier, um zu kämpfen. Ich will mit euch palavern. Kommt doch aufs Dach. Ich öffne euch die Tür und sorge dafür, dass einer der Aufzüge funktioniert. Nehmt den ganz Rechten!", rief der Mann des Friedens, der sicher einen Zauber benutzte, um seine Stimme zu verstärken.

In höchster Alarmbereitschaft begab sich die gesamte Garnison in das Gebäude, auf dessen Dach der Diener der Hölle auf sie wartete. Sie waren der Überzeugung, dass dies nur eine Falle sei. Zuerst überprüften sie das Treppenhaus, da sie einem Aufzug, der vom Mann des Friedens kontrolliert wurde, nicht trauten. Natürlich war es blockiert. Soweit sie nur sehen konnten, war es vom Boden bis zur Decke mit allerhand Gerümpel gefüllt. Alfred hatte da den Verdacht, dass es so wahrscheinlich in jedem Stockwerk aussah, bis zum Dach. Der Mann des Friedens wollte, dass sie den Aufzug nahmen, das war ihnen nun klar. Malta erklärte sich bereit, den Fall mit ihrer Magie zu bremsen, falls er vorhatte, sie aus großer Höhe abstürzen zu lassen. Falls sie den Aufzug nicht nahmen, würden sie nicht nach oben kommen.

Aber dort oben war derjenige, den sie suchten. Das Ziel ihrer Reise. Diese Gelegenheit konnten sie nicht verstreichen lassen und nahmen den Aufzug. Er fuhr nach oben und Malta machte sich bereit. Mousa ebenfalls, falls sie eine Armee an Spinnen erwartete, wenn die Aufzugtüren aufgingen. Der Aufzug fiel weder nach unten, noch erwartete sie eine bösartige Kreatur, als die Türen der wundersamen Maschine sich öffneten. Überrascht trat die Garnison hinaus in den Flur des obersten Stockwerks und erkundete ihre Umgebung. Das Treppenhaus war blockiert, wie erwartet. Alle Türen der Wohneinheiten waren verschlossen und es antwortete auch keine Maschine wie Morty, als sie die Knöpfe neben den Türen betätigten.

„Glaubt ihr, er hat die Wahrheit gesagt? Will er wirklich nur mit uns reden?", fragte Alain.

„Nein", antwortete der Reverend kurz und trocken.

Die kurze Treppe hoch zum Dach, die aus fünf Stufen aus Metall bestand, war die einzige im gesamten Gebäude, welche nicht blockiert war. Mousa ging voraus und öffnete die Türe zum Dach. Dort stand er.

Der Mann des Friedens trug ein schwarzes Hemd, an welchem er eine Art Siegel angesteckt hatte. Ein lächelndes Gesicht war darauf zu sehen. Die Garnison versammelte sich vor der Türe zum Treppenhaus und blickte dem Mann des Friedens in seine glühenden, grünen Augen.

„Ich schätze, wir hatten keinen guten Start", scherzte der dunkle Mann.

„Deine Witze werden dich nicht retten, Magier", antwortete Mousa.

„Natürlich nicht, wovor sollten sie mich auch retten? Ich bin ja nicht hier, um gegen euch zu kämpfen. Ich möchte euch einen Vorschlag unterbreiten", sagte er.

„Was hast du uns anzubieten, das uns von Nutzen sein könnte, außer deinem Tod?", fragte Alfred verbittert.

Er hatte nicht vergessen, was der Mann des Friedens Mousas alter Garnison angetan hatte.

„Euer eigenes Leben selbstverständlich. Ist euch das denn nichts wert? Ich musste tun, was ich tat. Es war nötig. Ich verstehe, dass ihr einen Groll gegen mich hegt, doch ich fordere euch hiermit auf, euren Rachefeldzug gegen mich zu beenden. Hier und jetzt. Ihr werdet dabei keinen Menschen retten, ganz im Gegenteil. Ihr habt ja nicht die leiseste Ahnung, in welchen Krieg kosmischen Ausmaßes ihr euch einmischt. Legt die Waffen nieder, lasst mich mein Werk tun und ihr bleibt verschont", schlug der Mann des Friedens vor.

Die Garnison brauchte sich nicht mal anzusehen, geschweige denn ein Wort miteinander zu wechseln. Ihr Blick blieb auf den Diener der Hölle gerichtet.

„Wir werden dich vernichten, dunkler Magier. Selbst wenn wir hier und jetzt nicht siegreich sein sollten, so werden wir dich bis an unser Lebensende jagen. Du bist die Wurzel allen Übels auf Terusa", entgegnete Mousa.

„Du hast ja keine Ahnung, wie falsch du damit liegst. Die Übel, die in ihren Gefängnissen lauern, sind weit schlimmer. Aber ich weiß nun, was ich wissen musste. Man kann mit euch nicht verhandeln. Schade, der ein oder andere hat Talent", sagte der Mann des Friedens und blickte dabei auf Juris zwei Schwerter.

„Aber ich habe die Wahrheit gesprochen. Ich kämpfe heute nicht gegen euch. Machts gut, ihr Flaschen", sagte er und verschwand in einer seiner roten Türen, die sich hinter ihm materialisiert hatte.

„Halt! Wo ist meine Frau?", schrie Karina ihm hinterher.

Doch es war zu spät. Der Mann des Friedens war verschwunden. Sollte er tatsächlich die Wahrheit gesagt haben? Ein mechanisches Klicken ertönte hinter ihnen. Es kam aus dem Flur.

„Was war das?", fragte Alain.

Es hatte sich so angehört, als hätte sich eine Türe geöffnet. Nein, viele Türen. Mit gezogenen Waffen gingen sie die Treppen hinunter in das oberste Stockwerk des Gebäudes. Was sie dort sahen, hätte unter normalen Umständen eine Fehlfunktion einer Maschine sein können, doch das bezweifelten sie. Alle Türen zu den Wohneinheiten standen nun weit offen.

Alfred schätzte, dass es ungefähr 80 bis 100 Wohnungen waren. Die Garnison schritt langsam auf diese zu, blieb jedoch wieder stehen, als sie Schritte hörten. Aus einigen der offenen Türen traten nun Kreaturen heraus. Manche von ihnen hatten auf ihrem ganzen Körper grüne Schuppen und ihr Kopf sah aus wie die Mischung eines menschlichen und eines Reptilienkopfes.

Andere hatten spitze Zähne, glatte, graue Haut und Flügel wie die einer Fledermaus. Nichts davon erschreckte Mousa so sehr wie das, was sie auf ihrer Brust trugen. Alle von ihnen hatten einen ledernen Brustpanzer angelegt, auf denen ein Wappen zu sehen war. Ein Schiff, die tosende See und im Hintergrund ein Schwert. Es war das Wappen der Wächter von Handura. Im Gegensatz zu den anderen Bestien vom Mann des Friedens trugen sie ihre komplette Rüstung und auch ihre Schwerter.

Im Garnisonsführer kam der Drang auf, sie um Vernunft zu bitten, doch er unterdrückte ihn. Er schaute in ihre Augen und erkannte, dass es sinnlos wäre. Sie hatten zwar ihre Ausrüstung noch, doch ihre Menschlichkeit wurde ihnen von diesem Teufel bereits genommen.

„Auf in die Schlacht! Für Terusa!", rief Mousa.

„Für Terusa!", entgegnete die Garnison.

Während Mousa und Juri auf die Wächter von Handura zu rannten, schoss Karina den ersten Pfeil ab. Wie immer zielte sie genau. Ihr Pfeil wäre zwischen den Augen des ersten Wächters eingeschlagen, wäre dieser nicht blitzschnell ausgewichen und hätte er nicht den Pfeil mit seinem Schwert in zwei geteilt, bevor er ihn traf. Das waren schlechte Neuigkeiten.

Die Kreaturen hatten vielleicht ihre Menschlichkeit verloren, doch ihre Fähigkeiten im Kampf hatten sie behalten. Das ergab Sinn. Der Mann des Friedens wollte eine Armee und nun hatte er endlich richtige Soldaten, nicht nur blutrünstige Bestien. Natürlich sahen dies auch Mousa und Juri, was ihren Angriffsplan änderte. Anstatt sich aufzuteilen, griffen sie den ersten Wächter, einen Echsenmann, gemeinsam an.

Malta machte sich ebenfalls auf den Weg, um ihnen im Nahkampf beizustehen, währen Alain, Alfred und Karina aus dem Hintergrund feuerten, um den Rest der Wächter beschäftigt zu halten. Der Echsenwächter ging überraschenderweise ebenfalls auf Mousa und Juri zu, ging vor ihnen auf ein Knie und rutschte unter ihren Schwertern hindurch. Dann rannte er weiter in Richtung Malta. Damit hatten sie nicht gerechnet. Diese Kreaturen kämpften mit perfekter Strategie.

Ihnen war bewusst, dass Malta der Trumpf der Garnison war, weshalb sie sich direkt auf sie konzentrierten. Juri machte sofort kehrt, um Malta zu helfen, doch diese schleuderte zuerst einen Feuerball auf die Echse, welche diesem jedoch auswich. Der Feuerball war jedoch nur eine Ablenkung. Dahinter folgte ein riesiger Speer aus Eis, der den Echsenwächter aufspießte und ihn einige Meter nach hinten fliegen ließ. Mousa nutzte die Gelegenheit und trennte ihm den Kopf ab. Er fand, dass Malta immer besser und besser wurde.

Die anderen Wächter griffen nun Juri an, welcher Probleme hatte, sich gegen sie zu verteidigen. Sonst kämpfte er nur gegen menschliche Spinnen oder Untote. Diese Gegner jedoch kannten jeden seiner Angriffe, bevor er sie ausführte. Selbstverständlich kannten sie diese, schlicßlich hatten sie die gleiche Ausbildung genossen wie der Mann, der ihm das alles beigebracht hatte.

Mousa trat ihm zur Seite und gemeinsam konnten sie die Wächter ein wenig zurückdrängen. Als sie so weit vorgedrungen waren, dass Mousa und Juri nun neben einer der offenen Türen standen, fing der junge Anwärter an zu schreien.

Mousa erkannte sofort, wieso er geschrien hatte, und sie zogen sich etwas zurück. In der Wohnung befanden sich menschliche Spinnen und verschiedene Formen von Untoten, dicht an dicht gedrängt. Der Garnisonsführer schätzte, dass in dieser einen Wohnung vielleicht 30 bis 40 Kreaturen Platz hatten. Auf ein Zeichen einer der Fledermauswächter kamen diese Kreaturen nun hervor. Doch sie kamen nicht nur aus der ersten Wohnung, sondern aus allen. Eine gigantische Armee von hunderten von Monstern stand ihnen nun gegenüber.

„Gegen die auf diesem engen Raum zu kämpfen ist Wahnsinn, wir müssen uns zurückziehen!", rief Karina Mousa zu.

„Rückzug! Geht zurück!", brüllte Mousa.

Juri tötete eine heranspringende Spinne mit einem wirbelnden Schwerthieb, wurde dann jedoch am Oberarm von einem Schwert eines Echsenwächters getroffen.

„Komm zurück, Juri!", rief Mousa und der Junge tat, wie ihm befohlen.

Da das Treppenhaus weiter verstopft und der Aufzug keine Option war, konnten sie sich nur auf das Dach zurückziehen. Dort nutzte Malta die Macht des Feuers und ließ die metallene Türe am Schloss etwas schmelzen, bevor sie es mit Wasser abkühlte.

Die Türe war nun vorerst verschlossen.

„Wie lange wird das halten?", fragte Juri.

„Nicht lang. Vielleicht fünf Minuten. Wenn wir Glück haben", antwortete Alfred.

„Wir haben zwar einen leichten strategischen Vorteil, wenn die Kreaturen sich durch diesen einzigen, kleinen Eingang zu uns vorarbeiten müssen, doch bei dieser großen Armee wird uns das nicht lange von nutzen sein. Sobald einer durchbricht, haben wir verloren", sagte Mousa. Während die anderen Kriegsrat hielten, stand der Reverend am Rande des Dachs und betete. Er betete dafür, dass Gott ihm ein Zeichen gab. Ein Zeichen, das ihm sagte, es ist noch nicht an der Zeit. Eure Aufgabe ist noch nicht erledigt. Als er seine Augen wieder öffnete, sah er nichts Besonderes. Nur das Gebäude nebenan, welches genau so hoch war wie das, auf dem sie standen.

Die Kluft zwischen den beiden war leider zu weit, um zu springen. Er drehte sich wieder zu seiner Garnison um und sah Malta.

„Meine junge Freundin, kommt mal her!", rief der Mann Gottes.

Der Rest verstummte. Anscheinend hatte der Reverend eine Idee. Malta kam zu ihm herüber.

„Das Feuer und das Eis erschaffst du aus Nichts, richtig?"

„Das ist richtig, Reverend, aber es kostet mich viel Kraft."

„Wohl wahr, wohl wahr. Du kannst auch materielle Dinge manipulieren, oder? So, wie du den Baum aus der Erde gerissen hast. Du kannst sie zerbrechen, oder verbiegen, nur mit deinem Willen?"

„Ja, das kann ich. Das ist ein wenig einfacher."

„Könntest du eine Brücke aus Eis erschaffen, die lang genug hält, damit wir alle hinüber auf das Dach dort drüben gelangen können?"

Der Reverend zeigte auf das Nebengebäude.

„Ich weiß nicht. Etwas aus dem Nichts zu schaffen ist nicht einfach, aber ich könnte es versuchen."

„Das wäre schon mal ein Fluchtweg", sagte Mousa.

„Das ist aber noch nicht alles. Wir wollen doch diese Bestien nicht am Leben lassen. Schließlich soll Mison City bald wieder bevölkert werden. Außerdem besteht die Chance, dass der Mann des Friedens sie irgendwie zu uns nach unten befördert. Da haben wir dann das gleiche Problem."

„Was schlägst du also vor, Reverend?", fragte Alain.

„Zerstöre das Gebäude, Malta. Ganz unten. Zerstöre es oder zerstöre sein Fundament, damit es einstürzt. Ein Sturz aus einer solchen Höhe überleben nicht mal die Kreaturen der Hölle. Außerdem wären sie dann von Tonnen an Schutt begraben."

Der Plan des Reverends war verrückt und gewagt, aber es war der einzige Plan, den sie hatten und die Türe zum Treppenhaus war kurz davor, aus den Angeln zu fliegen. So stellte sich Malta ganz an den Rand des Dachs, konzentrierte sich und streckte die Arme nach vorne. Vor ihr bildete sich ein Weg aus Eis, der bis hinüber zum nächsten Dach reichte.

„Beeilt euch, aber passt auf, es ist rutschig!", rief Malta.

Als Alfred und der Reverend dabei waren, ihren Weg hinüber in die Sicherheit zu machen, sprang die Türe auf und die Monster preschten hinaus auf das Dach. Die Garnison versuchte gar nicht erst, die Armee der Finsternis aufzuhalten, und beeilte sich stattdessen. Mousa ging als letzter hinüber, doch als er am Ende der Brücke ankam, waren bereits zwei der Spinnen auf der Brücke angekommen. Ohne zu zögern, rammte der Garnisonsführer sein Schwert ins Eis unter ihm, während noch sechs weitere Bestien auf die Brücke sprangen. Augenblicklich zersplitterte das Eis und Mousa und die Kreaturen fielen.

Juris Schnelligkeit bewahrte Mousa vor einem jähen Ende. Er hatte seinen Lehrmeister an seinem Umhang gepackt und zog ihn mit aller Kraft nach oben. Die Kreaturen stürzten nach unten und schrien.

„Mousa! Bist du von allen guten Geistern verlassen?! Du hättest sterben können!", gackerte Alfred.

„Doch ich lebe. Ich habe mir geschworen, nicht noch eine Garnison zu verlieren. Und wenn ich mein Leben geben muss, um euch zu schützen, so werde ich es tun."

Malta kriegte davon nicht viel mit. Sie blickte auf das Gebäude, dessen Dach sich jetzt mit hunderten von finsteren Kreaturen füllte.

Sie spürte das Gebäude. Sie spürte Metall, sie spürte Stein, sie spürte Glas und innen drin, ganz tief, spürte sie wieder Metall. Mächtiges, dickes Metall. Das musste es sein. Mit all ihrer Kraft, und mit Kraft, von der sie gar nicht wusste, dass sie sie hatte, konzentrierte sie sich auf die großen, metallenen Balken.

Um sie herum bildete sich erneut eine blaue Aura und sie begann zu schweben, ohne das sie es merkte. Mit ihrem Geist drückte sie zu, riss und drückte wieder zu. Das Gebäude auf der anderen Seite begann zu schwanken und es war ein lautes, bedrohliches Knarzen zu hören. Dann ertönte ein ohrenbetäubendes Knacken, die Balken brachen und das Gebäude stürzte in die entgegengesetzte Richtung ein. Dabei krachte es in ein weiteres Gebäude und verursachte einen gewaltigen Lärm. Teile des dritten Gebäudes gaben nun ebenfalls nach und fielen krachend mit dem anderen zu Boden.

Falls die Monster schrien, konnte man sie nicht hören. Maltas Aura erlosch und sie fiel benommen zu Boden. Sofort kümmerten sich Juri und Karina um sie.

„Mir geht es gut. Ich bin nur Müde. Lasst mich mich etwas ausruhen", sagte sie und schlief umgehend ein.

Da Juri vom Kampf mit dem Wächter verletzt war, trug Mousa die junge Magierin auf ihrem Weg nach unten. Kurz darauf setzte die Garnison ihren Weg fort, raus aus Mison City und in Richtung Pachy Sümpfe.

Kapitel 9 Der Mann des Friedens

Der Mann des Friedens saß am Schreibtisch und hatte sich auf seinem Smartphone die gesamte Schlacht angesehen. Auch, wenn er sich der Fähigkeiten der Garnison durchaus bewusst war, hatte er sich mehr erhofft. Enttäuscht warf er sein Telefon auf den Schreibtisch und dachte nach. Was war nur mit diesen Leuten, dass sie solch eine Gefahr für seine Pläne darstellten?

Konnten sie denn nicht verstehen, dass dies hier weit über ihr Verständnis ging? Es war zum Verrücktwerden. Die Gedanken, die ihn von seinem eigentlichen Problem ablenkten, schob er schnell bei Seite. Das Mädchen, diese Magierin konnte zu einem Problem werden. Sie war es, die die wirkliche Gefahr war. Er verstand nicht, wieso sie über solche Kräfte verfügte.

Sie selbst wusste noch nichts davon, aber er hatte es gespürt. Außer ihm selbst war ihm nur eine Person bekannt, die über solche Macht verfügte. Aber Myrdin war schon lange fort. Dieses junge Mädchen würde seinen besten Freund und vielleicht sogar ihn selbst übertreffen. Falls das geschah, hatte sie die Macht ihn aufzuhalten. Das durfte nicht sein. Nicht, bevor er seinen Plan in die Tat umgesetzt hatte. Dazu kam noch der Junge, den sie in Feral aufgegabelt hatten und der aus irgendeinem Grund zwei Schwerter führte, die er nicht führen durfte. Bis vor

Kurzem hatte er gedacht, dass sie nie wieder auftauchen würden. Damit musste Schluss sein. Keine Nettigkeiten mehr. Die Garnison würde schon bald erheblich schrumpfen und der Rest wäre gebrochen, nach dem, was ihnen in Saien widerfahren würde. Entschlossen drückte er auf den grünen Knopf auf seinem Schreibtisch.

Umgehend ging die Tür auf und Lucas, sein Stellvertreter, und Festus, seine Oberschwester traten herein. Lucas hatte die Erscheinung eines kleinen Jungen, der ein rotes T-Shirt und Jeans trug. Die meisten schätzten dadurch sein alter falsch ein, doch der Mann des Friedens wusste natürlich, dass er längst nicht mehr der kleine Junge war, den er vor ungefähr tausend Jahren durch einen Zufall traf. Festus war ein muskulöses Wesen und 2 Meter 13 groß. Seine imposante Erscheinung wurde auch nicht durch das etwas zu klein geratene Krankenschwester Outfit, dass er trug, oder die Papiertüte auf seinem Kopf geschmälert. Selbstverständlich trugen beide Anstecker mit dem lächelnden Smiley darauf, den sie vor langer Zeit bekommen hatten.

„Sie haben geläutet, Sir?", sagte Lucas.

„Ich weiß jetzt, was ich wegen unserem Problem in Terusa unternehmen werde. Diejenigen, die das überstehen, was in Saien auf sie wartet, werden einen weiteren schweren Schicksalsschlag hinnehmen müssen. Die Magierin wird sterben. Ich brauche dafür Incubus. Kontaktiere bitte die Hölle, Lucas, und fordere ihn an."

„Sehr wohl, Sir", antwortete der Junge, der keiner war.

„Und Festus, du gibst bitte Eddie/Steve bescheid, dass ich ihn brauche."

Festus nickte und die beiden verließen den Raum. Incubus einzusetzen war eine wundervolle Idee, fand der Mann des Friedens. Sie würden es nicht kommen sehen. Und wenn es so weit war, wird sich die Garnison auflösen, da war er sich sicher.

Kapitel 10 Im Krieg und in der Liebe

Auf dem Weg in Richtung Sümpfe war die Stimmung bestens. Besonders der Reverend war gut drauf und gab damit an, mit seiner Idee die ganze Garnison gerettet zu haben. Er nannte es ein Zeichen Gottes.

„Na toll, das dürfen wir uns jetzt bis an unser Lebensende anhören. Dabei hat Malta die ganze Arbeit gemacht!", meckerte Alfred und die anderen lachten.

Juri ließ Malta, die immer noch in einem leicht geschwächten Zustand war, nicht aus den Augen. Unter dem Vorwand, sie beim Laufen zu unterstützen, nahm er ihre Hand. Mousa sah das und wünschte dem Jungen, dass er die Liebe fand, die ihn seine furchtbare Kindheit vergessen ließ. Die beiden passten gut zueinander und waren auch im Kampf ein gutes Team. Das hatten sie erst vor wenigen Stunden im engen Flur bewiesen, als sie gegen die verwandelten Wächter Handuras und die Armee von Untoten kämpften.

Sie hatten zwar den Mann des Friedens nicht an der Flucht hindern können, doch sie waren siegreich aus der Schlacht hervorgegangen.

Als die Umgebung sich langsam von wilden Schluchten und brachen Ebenen zu einem dichten Waldgebiet verwandelte, war es an der Zeit, Rast zu machen, denn die Sonne war schon fast untergegangen. Wie Mousa es versprochen hatte, gab es ein kleines Festessen. Das Gericht, welches Malta und der Reverend zusammen aussuchten, nannte sich Chili con Carne. Das stand zumindest auf der silbernen Tüte, die der Verteiler ihnen gegeben hatte. Die beiden wussten nicht, was der Rest bedeutete, kannten aber Chilis, die waren schön scharf.

Eines der scharfen Fruchtgemüse entdeckten sie in ihren silbernen Tüten nicht, fanden aber dennoch, dass das Gericht sehr gut schmeckte. Es war anders als alles, was sie je gegessen hatten.

„Schmeckt es dir nicht, Reverend?", fragte Malta.

Der Mann Gottes hatte seine Ration kaum angerührt, nachdem er sie über dem Lagerfeuer erwärmt hatte. Stattdessen hatte er dieses dunkle Buch aus seinem Rucksack gekramt und blätterte darin herum.

„Oh, doch! Aber es lässt mir einfach keine Ruhe, was der Mann des Friedens zu uns gesagt hat. Vielleicht ist es euch nicht aufgefallen, weil die meisten von euch weder die Bibel noch dieses abscheuliche Buch hier studiert haben. Er sprach von Übeln, die in ihren Käfigen schlummern", erklärte Carreyman.

„Willst du damit sagen, du hast eine Ahnung, wer oder was genau diese Übel sein könnten?", wollte Mousa wissen.

„Ich schätze schon. Ich habe hier im Buch einiges gefunden, was uns nicht gefallen wird."

„Schieß los, Reverend! Wir hören dir zu. Ein Lagerfeuer braucht schließlich eine dunkle Gruselgeschichte", fand Juri und grinste.

„Oh, mein Junge, diese Geschichte wird jedoch sehr dunkel. Dunkler, als uns lieb wäre. Wie wir wissen, ist der Mann des Friedens ein Diener der Hölle. Wir haben das bisher einfach als Fakt hingenommen und gedacht, er sei derjenige, der hinter allem steckt. Was ist aber, wenn er wirklich dient? Was bedeutet es, der Hölle zu dienen? Nun, der Mann des Friedens sprach von Übeln, die in ihren Gefängnissen lauern. Oder so ähnlich. In diesem Buch gibt es einen Abschnitt über die sieben großen Übel. Das ist ein anderer Name für die sieben Höllenfürsten. Belial, Azael, Azmodan, Tynea, Aeshma, Belphegor und ihr Anführer. Der siebte der Höllenfürsten, der König der Hölle. Lucifer", sagte der Reverend und schluckte.

„Du willst mir doch nicht sagen, dass du glaubst, der Teufel höchstpersönlich sei unser wahrer Feind? Gegen so einen mächtigen Dämon könnten wir niemals bestehen!", fand Alfred.

„Erstens ist Lucifer kein Dämon, sondern einer der mächtigsten Erzengel, die Gott je geschaffen hatte, und zweitens war ich noch nicht fertig. Diese sieben Höllenfürsten hatten es sich zur Aufgabe gemacht, alles, was Gott kreiert hatte, zu zerstören, und daraus ihre eigene Kreation zu machen. Also quasi die Hölle auf Erden herbeizuführen. Dabei haben sie soviel Leid verursacht, dass der Himmel die Höllenfürsten in sieben himmlische Gefängnisse sperrte. Die Übel, die in den Gefängnissen lauern, sind also mit ziemlicher Sicherheit die Höllenfürsten", erklärte er.

„Was mich dabei am meisten beunruhigt ist das Wort lauern. Wenn etwas lauert, wird es irgendwann angreifen. Und wenn die Höllenfürsten nicht tot, sondern nur in einem Gefängnis sind, dann könnte man sie daraus befreien."

Alain fröstelte, nachdem er seinen Satz beendet hatte.

„Richtig. Hier steht auch noch, dass in der Abwesenheit der Fürsten der Höllenritter Leviatan zum Thronwächter der Hölle befördert wurde und dort die Geschicke leitet. Er könnte derjenige sein, der dem Mann des Friedens befehle erteilt", sagte der Reverend.

Sie wussten, dass sie mehr Informationen brauchten. Der Mann des Friedens blieb vorerst ihr oberstes Ziel. Schließlich hatten sie geschworen, ihn zur Strecke zu bringen. Am nächsten Tag veränderte sich ihre Umgebung weiter. Es wurde dunkler, nebliger und es stank. Dazu kam, dass der Boden teilweise weicher wurde. Neben dem Weg traten nun vermehrt Tümpel auf und irgendwann waren sie vollständig vom Sumpf verschluckt.

Mousa und Juri gingen voran und prüften mit ihren Schwertern den Boden vor ihnen. Dahinter ging der Reverend, der mit Juris zweitem Schwert ebenfalls den Boden prüfte und dahinter der Rest. Alain hatte einmal am Lagerfeuer in Diron gehört, dass in Sümpfen Monster hausten, und dass der Sumpf, sollte man einen falschen Schritt machen, einen umgehend hinunter zog. Das machte dem jungen Anwärter irgendwie mehr Angst, als die Untoten und die Spinnen vom Mann des Friedens. Gegen die konnten sie kämpfen, doch wie kämpfte man gegen einen Sumpf? Als Alain in dem Tümpel am rechten Wegesrand ein Blubbern erblickte, bemerkte er, dass er etwas hinterherhinkte, und holte wieder auf. Keinesfalls wollte er sich hier alleine verlaufen. Nach einer weiteren Stunde kamen sie an alten, zerfallenen Hütten vorbei. Alfred nahm an, dass hier einst einige der Menschen hausten, die aus Mison City verbannt worden. Dann hatte sich wohl die Landschaft verändert und sie zogen weiter. Er fragte sich, ob die mächtigen Bomben für die Veränderungen der Landschaft verantwortlich sein könnten.

Inzwischen dachte er zwar nicht mehr daran, die Garnison zu verlassen, doch das ewige Wandern ging ihm mal wieder auf die Nerven. Er wusste, dass sie heute keine Pause machen würden. Denn nur wenn sie durchmarschierten, konnten sie die Pachy Sümpfe in einem einzigen Tag durchqueren. Und so gingen sie weiter, bis sie plötzlich eine Stimme in der Ferne rufen hörten.

„Komm zu mir!", rief eine Frau.

Mousa und Juri blieben sofort stehen. Dieser lockende Ruf bedeutete sicher nichts Gutes. Auch die anderen hatten ihn gehört und waren in Alarmbereitschaft. Besonders Karina hatte die Ohren gespitzt und lauschte, ob sie die Stimme ein zweites Mal wahrnehmen konnte.

„Ich bin hier!", rief die Stimme erneut.

Plötzlich rannte die Bäuerin los, an Mousa und Juri vorbei in Richtung der Stimme.

„Was tust du da? Du wirst noch vom Sumpf verschlungen!", brüllte Mousa ihr hinterher.

Doch es war zu spät. Nach wenigen Sekunden war sie im Nebel verschwunden. Malta fragte sich, ob dies die Stimme einer Hexe war, die Menschen dazu verführen konnte, ihr nachzurennen. Falls ja, waren sie alle in Gefahr. Mousa und Juri rannten Karina nach, während Alain mit Juris zweitem Schwert, das er vom Reverend bekam, den Rest der Garnison anführen sollte.

Der Junge war stolz, aber auch überrascht über diese große Verantwortung. Langsam führte er seine Freunde durch den tückischen Sumpf, während Mousa und Juri dabei waren, Karina einzuholen. Karina selbst bekam von all diesen Dingen nichts mit. Sie hatte nur noch diese Stimme im Kopf. Diese Stimme, die sie schon so lange nicht mehr gehört hatte.

Die Stimme von Rahma, der lieblichen Bäuerin, die ihre Frau war. Wenn sie hier alleine in den Sümpfen herum lief, war sie wohl dem Mann des Friedens entkommen und brauchte nun Karinas Hilfe. Wie durch ein Wunder gelang es der Bogenschützin, von den Sümpfen verschont zu bleiben. Nichts würde sie jetzt noch aufhalten. Sie war auf diese Reise gegangen, um ihre Frau vor diesem üblen Mann zu retten, und genau das würde sie jetzt auch tun.

Sie rannte und rannte und nach ungefähr zehn Minuten, glaubte sie im Nebel einen Schatten zu sehen. Und tatsächlich, da stand sie. Ihr einfaches Bauernkleid hatte sie gegen Jeans und ein weißes Hemd getauscht, auf dem sie einen Anstecker mit einem lachenden Gesicht trug, doch sie war dieselbe, attraktive, vollbusige Bäuerin wie zuvor. Endlich! Als Karina sie erreichte, nahm sie, statt sie zu umarmen, ihre Hände in die ihren. So hatten sie auch vor dem Altar in Handura gestanden.

„Meine Liebe! Endlich habe ich dich gefunden! Lass uns gehen. Ich habe Leute getroffen, die den Mann des Friedens bekämpfen. Bei Ihnen bist du sicher!", sagte Karina.

„Ich habe dich so vermisst, lass uns doch nicht gleich wieder losrennen, jetzt wo wir uns gefunden haben", antwortete Rahma.

Karina konnte nicht anders, nahm sie in den Arm und küsste sie. Es fühlte sich so gut an. So gut, aber auch irgendwie anders.

„Wie wäre es, wenn du bei mir bleibst, anstatt wieder zu diesen Leuten zu gehen? Mir geht es gut, ich bin nicht in Gefahr, Liebste", sagte Rahma.

„Wovon sprichst du? Der Mann des Friedens hat dich entführt und wenn du ihm entkommen bist, wird er sicher nach dir suchen lassen."

„Karina! Komm da weg!", rief Mousa.

„Ganz ruhig, das ist meine Frau. Sie wird uns begleiten", antwortete Karina gereizt.

„Karina, bitte sieh dich mal um. Und dann komm zu uns! Schnell!", rief ihr Juri zu.

Erst jetzt bemerkte Karina die Schatten und das unmenschliche Gestöhne hinter ihrer Frau. Es waren Untote. Der Mann des Friedens war also hier. Sie zog an den Händen von Rahma, doch diese rührte sich nicht.

„Bitte, komm mit uns, Schatz. Hier ist es zu gefährlich! Diese Leute werden uns helfen, sie sind für mich wie eine Familie", bettelte Karina.

„Deine Familie, hm? Wir beide sind eine Familie. Sonst brauchen wir niemanden. Und vor denen hinter mir brauchst du keine Angst zu haben. Sie werden dir nichts tun. Das ist meine Armee", sagte Rahma mit Stolz.

Nun bemerkte Karina endlich, dass ihre Frau sich verändert hatte. Ihre Augen schimmerten grünlich.

„Karina, jetzt komm da weg! Deine Frau ist momentan nicht in Gefahr, aber du bist es!", sagte Mousa eindringlich.

„Ich komme wieder", sagte Karina zu ihrer Frau und ließ ihre Hände los.

Der Mann des Friedens musste sie irgendeiner Gehirnwäsche unterzogen haben.

„Bleib nicht bei diesen Leuten. Die werden sterben. Denn mein Meister will es so", sagte Rahma kalt.

Karina begab sich zu Mousa und Juri und gemeinsam zogen sie sich erstmal zurück. Nach einem kurzen Marsch trafen sie Alains Gruppe und informierten sie über die Situation. Ein Kampf gegen eine Horde Untoter wollte Mousa in diesen Sümpfen auf jeden Fall vermeiden.

Zu groß war die Gefahr, dabei nicht von ihren Gegnern, sondern vom Sumpf getötet zu werden. Weiter rechts sahen sie eine weitere Gruppe von vermoderten Häusern und zogen sich dorthin zurück. Sie brauchten einen Angriffsplan. Karina blieb während dem Palaver in der alten Hütte still. Sie musste nachdenken. Rahma war anders, das hatte sie sofort bemerkt. Nicht an ihrem Aussehen, sondern an ihrer Wortwahl und ihrer Aussprache. Sie war eine Bäuerin durch und durch und so sprach sie auch. Ihr Intellekt war einfach, aber dafür war sie gutmütig.

Diese Version von ihr jedoch schien äußerst intelligent zu sein und war bereit, Menschen für den Mann des Friedens umzubringen. So etwas hätte ihre Frau nie getan. Karina bekam gar nicht mit, dass Alfred sich dafür entschuldigte, dafür zu sein, dass sie ohne Rahma fliehen sollten. Falls ja, hätte sie es ihm nicht übel genommen. Als sie zu der Garnison stieß, ging sie davon aus, ihre Frau aus den Fängen vom Mann des Friedens befreien zu müssen, jetzt wollte sie gar nicht weg und versuchte sogar, ihre neuen Freunde umzubringen.

„Irgendetwas stimmt nicht", sagte Mousa plötzlich.

„Was ist? Was hörst du, Garnisonsführer?", fragte der Reverend.

„Ein Blubbern."

Alain wollte grade von seiner Beobachtung von vorhin erzählen, als von unten eine tote, bleiche Hand durch das modrige Holz schoss. Sie griff nach Alfreds Knöchel, wurde aber sofort von Mousa durchtrennt. Ihre Feinde waren hier. In einem ungeordneten Chaos stürzte die Garnison aus dem alten Haus und traf sogleich auf eine kleine Horde von ungefähr 20 Untoten.

Diese sahen jedoch anders aus als die, die sie kannten. Ihre bleiche Haut war mit Moos und anderem grünen Zeug bewachsen und ihre Köpfe waren teilweise von

Wurzeln durchbohrt. Anscheinend hatte der Mann des Friedens die Leichen der Menschen erweckt, die einst in diesem Sumpf gestorben sind.

Juri, nun wieder mit beiden Schwertern ausgestattet, bahnte ihnen sofort einen Weg durch die Angreifer. Während sie versuchten, auf dem Pfad zu bleiben, den sie gekommen waren, suchte Alain verzweifelt nach dem Revolver, den er von Alfred hatte. Er konnte ihn einfach nicht finden. Was für eine Schande. Die anderen würden sicher sauer auf ihn sein. Und enttäuscht. Während der junge Anwärter mit sich selbst haderte, tauchte Rahma, Karinas Frau wieder aus dem Nebel auf.

„Schließ dich mir an, Liebste. Deine Freunde sind zum Scheitern verurteilt. Du gehörst sowieso nicht zu ihnen", sagte sie.

Karina beteiligte sich nicht am Kampf, ließ sogar ihren Bogen fallen und ging langsam rüber zu ihrer Frau.

„Wie kann ich denn einem Mann dienen, der dich verschleppt und gegen deinen Willen verändert hat? Das kann ich ihm nie verzeihen", sagte Karina.

„Er ist ein guter Mann und er hat mich nicht verschleppt. Als er in Handura ankam, machte er mir ein Angebot, noch bevor er zu den Wächtern ging. Er würde mich schlaumachen, versprach er, wenn ich ihm dafür die Treue bis zu meinem Tode schwöre.

Und das tat ich. Er hat sein Wort gehalten und jetzt sieh mich an! Ich bin nicht mehr die dumme Bäuerin, ich bin besser! All die Jahre schämte ich mich für meine Dummheit, doch jetzt bin ich allen überlegen. Wir beide jedoch, wir können weiter zusammen sein. Ich liebe dich, vielleicht noch stärker als je zuvor", sagte Rahma.

„Ich liebe dich auch", antwortete Karina.

Sechs Schüsse ertönten kurz hintereinander. Aus nächster Nähe hatte Karina ihrer Frau Alains Revolver an die Brust gehalten und ihr innerhalb von wenigen Sekunden sechs Kugeln ins Herz gejagt. Rahma verstand nicht, was passiert war, und sackte zu Boden. Karina weinte und legte den Kopf ihrer sterbenden Frau auf ihren Schoß. Das, was Rahma ihr erzählt hatte, änderte alles. Sie war nicht entführt worden. Sie hat freiwillig ihre Seele verkauft und war bereit, die Garnison zu töten. Sie war nicht mehr die gutherzige Bäuerin, die sie geheiratet hatte. Sie war zum Monster geworden.

„Verzeih mir", sagte Rahma mit erstickter Stimme.

„Verzeih du mir!" Karina weinte bitterlich.

„Bevor es zu spät ist, muss ich dir noch etwas Wichtiges sagen. Etwas Wichtiges über den Mann des Friedens."

„Ich dachte, du hast ihm Treue geschworen?"

„Nur bis zum Tode, aber nicht darüber hinaus. Und tot bin ich bereits."

Rahma zog Karinas Kopf zu sich herunter und flüsterte ihr etwas ins Ohr. Karinas Augen wurden groß, als sie das Geheimnis über den Mann des Friedens erfuhr. Falls dies stimmte, steckte noch so viel mehr hinter all den Geschehnissen, als sie bisher annahmen. Dann verstummte Rahma und sie starb in den Armen ihrer Frau. Die Untoten, die zuvor von ihr im Geiste in die Schlacht geführt wurden, waren führungslos und waren keine Gegner mehr für Mousa, Juri und die anderen. Auch nachdem sie ihre Feinde erschlagen hatten, traute sich keiner von ihnen, zu Karina zu gehen. Sie hatte den Menschen geopfert, den sie am meisten liebte.

Malta fasste sich zuerst ein Herz und nahm Karina in den Arm, die immer noch die Leiche ihrer Frau festhielt. Die Stimmung auf ihrem weiteren Weg aus den Sümpfen hinaus war gedrückt. Obwohl sie siegreich waren, konnte sich keiner so recht darüber freuen.

Als sie ihr Lager aufgeschlagen hatten und am Lagerfeuer saßen, wurde nicht viel geredet, denn keiner wusste, worüber. In der Nacht war es überraschenderweise nicht Karina, sondern Juri, der von furchtbaren Albträumen heimgesucht wurde.

Immer wieder erinnerte er sich daran, dass er die Garnison eigentlich nur bis Saien begleiten sollte, wo er dann Erntehelfer oder Schlachtassistent werden konnte. In seinen Albträumen ließen sie ihn in Saien zurück, ohne sich zu verabschieden. Er musste im Schlamm kriechen, betteln und in Scheunen schlafen. Man bespuckte ihn, trat und beschimpfte ihn.

Das war seine größte Angst. Wieder ein Niemand zu sein. Am nächsten Morgen tat er so, als würde er sich großartig fühlen und erzählte niemandem von seinen Träumen, nicht mal Malta. Karina hatte ihre eigene Frau geopfert, da wollte er nicht wegen einer schlechten Nacht jammern. Noch am Vormittag verließ die Garnison das Waldgebiet und wanderte wieder durch Wiesen und offene Felder. Saien war schnell zu sehen, zumindest für Mousa. Erst am Nachmittag, kurz nach ihrer einzigen Rast heute, konnten auch die anderen die schier unendlich wirkenden Mauern von Saien besser erkennen. Sie bestanden aus weißen, riesigen Steinblöcken und waren sogar höher als die Mauern von Handura.

Das Einzige, was die Mauern noch überragte, war das Schloss von König Talron. Insgesamt vier der sechs Türme ragten höher als die Mauern und beeindruckte die Garnison fast so sehr wie die Gebäude in Mison City. Im Hintergrund sahen sie die wunderschöne Gebirgskette, die sich nach Süden und Osten erstreckte.

In Saien mussten sie den König über das Vorhaben vom Mann des Friedens informieren, sowie das gesamte Volk über die Existenz von Mison City. Mousa konnte sich gut vorstellen, dass einige Mutige es wagen würden, dort hinzuziehen und zu leben. Der Verteiler würde sich sehr darüber freuen. Nach einer weiteren Stunde konnten sie Rauch riechen und eine halbe Stunde später sogar Schreie hören. Etwas war in Saien im Gange und es war nichts Gutes.

Kapitel 11 Die Hölle in Saien

Niemand hatte die Wachtürme am Eingang besetzt und auch, nachdem sich Alfred und Mousa den Hals wund geschrien hatten, erschien niemand. So lag es erneut an Malta, für kurze Zeit einen Durchgang durch die dicke Mauer Saiens zu erschaffen. Das Mädchen hatte sich etwas von den Strapazen in Mison City erholt, streckte ihre Arme aus, konzentrierte sich und erschuf ein Portal, durch das die Garnison so schnell wie möglich ins Innere von Saien hüpfte.

Auf dem Marktplatz, der sich direkt hinter dem Haupttor befand, herrschte reges Treiben. Einfache Bürger, Händler, Soldaten des Königs und Wächter liefen kreuz und quer. Mousa musste sich einen von ihnen packen, damit er stehen blieb und ihnen die Situation erklärte. Der junge Wächter erzählte von einem seltsamen Mann mit grünen Augen, der vor zwei Tagen hier in Saien auftauchte.

Kurz darauf gab es Fälle einer Seuche, die kein Heiler in ganz Saien zu behandeln wusste. Die Betroffenen starben nach kurzer Zeit, standen aber wieder auf. Als klar wurde, dass sie die Situation nicht in den Griff bekamen, ließ König Talron den Bereich des Ausbruchs großflächig abriegeln. Über Nacht errichteten Soldaten und Wächter eine Mauer aus Baumstämmen, die es jedem in der

Gefahrenzone unmöglich machte, nach draußen zu gelangen. Die Menschen waren hinter dieser Mauer gefangen. Ein weinender Junge zog Mousas Aufmerksamkeit auf sich, so dass sich der Wächter von seinem Griff befreien und wieder seinen Aufgaben nachgehen konnte. Unter Tränen bat der Junge Mousa und die anderen, nach seiner Mama zu sehen. Seine Mama wäre hinter der neuen Mauer und er könne nicht zu ihr.

Er erzählte, dass seine Mutter bemerkte, dass die Mauer errichtet wurde und einen Wächter überreden konnte, zumindest ihn zu nehmen. Sie selbst jedoch hatte nicht so viel Glück und befand sich mit den Kranken und Untoten in der Gefahrenzone. Mousa versprach dem Jungen, alles zu tun, um seiner Mutter zu helfen. In der kleinen Stadthalle im Zentrum besorgten sie sich eine Karte von ganz Saien und ließen einen der Wächter darauf die neue Mauer einzeichnen.

Der Bereich Tiloria, welcher gleichzusetzen war mit Simplex in Diron, und ein paar umliegende Gebiete waren vollständig eingegrenzt. In Tiloria hausten mehr als die Hälfte aller Bürger von Saien. Erntehelfer, Hilfsarbeiter, Bäcker, Bauern und das arme Volk ohne Beschäftigung. Das konnte nicht stimmen. Jemand musste einen Fehler gemacht haben.

„Wir sollten den Bezirksdiener des Königs aufsuchen", fand der Reverend und niemand hatte etwas einzuwenden.

So eilte die Garnison zur Stadthalle, die sich in Turqua, dem Bezirk Saiens befand, in welcher der Adel hauste und auch das Schloss des Königs stand. Die Stadthalle hatte einen hellen Marmorboden, Säulen aus Marmor und viele Gemälde von einstigen Königen des Königreichs. Ohne, um eine Audienz zu bitten, trat die Garnison in das Büro des Bezirksdieners Malroch.

„Wer seid ihr? Ich kenne euch nicht und wir haben keinen Termin. Verlasst mein Büro oder ich rufe die Wachen", sagte Malroch überrascht.

„Ich bin Mousa Relleon von Diron, Garnisonsführer der Wächter. Die Angelegenheit ist eilig, Bezirksdiener, und muss sofort besprochen werden."

Malroch beruhigte sich etwas, so hatte er doch fast angenommen, überfallen zu werden. Ein hochrangiger Wächter aus Diron war ihm lieber als eine Verbrecherbande.

„Meine Zeit ist knapp bemessen in diesen Tagen, tragt euer Anliegen rasch vor und ich sehe, ob ich etwas für euch tun kann, Wächter."

Mousa knallte ihm die Karte mit der eingezeichneten Mauer auf den Tisch, was Malroch sichtlich unangenehm war. Er wusste sofort, in welche Richtung das Gespräch gehen würde.

„Können sie mir das erklären, Bezirksdiener? Haben sie persönlich den Befehl gegeben, die Hälfte aller Bürger von Saien zu opfern?", fragte Mousa.

Malroch begann zu schwitzen. Man konnte ihm ansehen, dass er vielleicht selbst nicht mit dieser Entscheidung einverstanden war.

„Natürlich habe ich den Befehl nicht gegeben. Ich wollte nur kleine Bereiche absichern und die umliegenden Viertel auf Symptome der Seuche untersuchen lassen. Doch ich wurde von weiter oben überstimmt. Ich kann nichts für euch tun."

„Das sehe ich anders. Beschaffen sie uns eine Audienz bei demjenigen, der den Befehl gegeben hat", sagte Mousa.

„Das würde bedeuten, dass sie eine Audienz beim König verlangen. Das könnte schwierig werden."

Die Garnison war geschockt darüber, dass König Talron tatsächlich den Befehl selbst gegeben hatte. Sie erzählten Malroch von ihren Erfahrungen mit dem Mann des Friedens und von der Entdeckung von Mison City. Dieser gab daraufhin „Berichterstattung über einen Feind des Königreichs" als Grund für die Audienz beim König an und war damit erfolgreich.

Noch am selben Abend sollte Garnisonsführer Mousa Relleon von Diron mit seinen Begleitern vor König Talron und sein Konsil treten. Auf dem Weg zu den Hallen des Königs suchte Mousa das Gespräch mit jedem Wächter, der ihnen über den Weg lief. Eine von ihnen stellte sich als Nina Hammock von Saien vor.

Nina schien genau so angewidert vom Vorgehen des Königs zu sein wie Mousa und erzählte ihnen, dass innerhalb der eingemauerten Gefahrenzone inzwischen ein Bürgerkrieg ausgebrochen war. Alle Brunnen und Lebensmittellager wurden selbstverständlich nicht mit eingeschlossen, so dass in der Gefahrenzone Wasser und

Nahrung bereits knapp wurden. Die Menschen dort erschlugen sich für eine Flasche Wasser oder einen Apfel. Mousa versprach, sie über das Ergebnis der Audienz beim König zu informieren. Es war gut, zu sehen, dass zumindest einige der Wächter an den Befehlen des Königs zweifelten.

Die Garnison musste nicht lange in der großen, prächtigen Vorhalle warten. Trotzdem wurde Mousa unruhig, denn vom Inneren des Konferenzsaals hörte er lautes Lachen. Wie konnte der König lachen, während die Bürger Saiens starben? Die königliche Leibgarde öffnete schließlich die großen Türen zum Konferenzsaal und die Gruppe blickte auf einen langen Tisch aus edlem Holz, an dessen Ende König Talron saß. Der König hatte langes, weißes Haar, einen ebenso weißen Bart und trug eine goldene Krone mit drei Rubinen auf der Vorderseite.

Zu seiner Rechten und Linken saßen jeweils sechs Adelige, das Konsil des Königs. Der Tisch war gedeckt, es gab Hähnchenschenkel, Kartoffelbrei, Obst und Wein. Es sah nicht so aus, als würden hier wichtige Besprechungen über das weitere Vorgehen bezüglich der Seuche stattfinden.

Viel mehr gab das Konsil das Bild eines Stammtisches ab, bei dem die alten Kerle sich wilde Geschichten der guten alten Zeiten erzählten. Trotzdem ging Mousa beim Eintreten kurz auf ein Knie und seine Garnison tat es ihm gleich. König Talron winkte mit seiner Hand, dass er wieder aufstehen und sich beeilen sollte.

„Sprecht, Garnisonsführer. Es heißt, ihr habet wichtige Nachricht über einen Feind Saiens?", fragte Talron ungeduldig.

Während Mousa ihre Geschichte von Anfang an erzählte, wirkte König Talron teils gelangweilt, teils abwesend. Der Mann des Friedens, die Untoten, Dämonen und selbst die antike Stadt Mison City schienen ihn nicht zu interessieren. Oder nichts davon war neu für ihn. Als der Garnisonsführer ihm über den Kampf in den Pachysümpfen berichtete, unterbrach der König ihn.

„Bitte, Garnisonsführer, haltet ein. Die Geschichten über diese Figur aus den Mythen und Sagen Terusas ist mir bekannt, ich glaube aber nicht, dass sie relevant sind. Kommen wir zu dem Teil, an dem ihr etwas von mir verlangt. Diron und Saien waren immer Freunde, ich statte euch gerne mit Proviant oder Waffen aus", sagte der König und nahm einen weiteren Bissen vom Hähnchenschenkel in seiner Hand.

„Wir verlangen keine Waffen oder Ähnliches von euch, König Talron. Wir bitten euch, eure Entscheidung bezüglich der Mauer um die Gefahrenzone zu überdenken. Die Menschen dort drin, euer Volk, stirbt und leidet. Wir haben Erfahrung mit der Bekämpfung dieser Kreaturen, wir können etwas gegen sie unternehmen", flehte Mousa.

Der König schien nun etwas gereizt zu sein. Er legte den Schenkel beiseite und nahm einen kräftigen Schluck Wein.

„Ich erwarte nicht, dass ihr das versteht, Garnisonsführer, doch ein Mann in meiner Position, ein König, muss harte Entscheidungen treffen, um das Volk zu schützen. Ich erwarte jedoch, dass ihr die Befehle des Königs von Saien nicht anzweifelt."

„Sagt mir, König, wie könnt ihr das Volk retten, indem ihr es sterben lasst?", fragte Mousa.

„Schweigt! Verlasst nun den Konferenzraum, sofern ihr nicht die Freundschaft zwischen Diron und Saien belasten wollt, Wächter!"

„Sehr wohl, mein König", antwortete Mousa und drehte sich um.

Seine Garnison folgte ihm, ohne sich vor König Talron zu verbeugen. Hinter ihnen schloss die Leibgarde des Königs die große Tür und bekam Verstärkung von acht weiteren Soldaten. Die Garnison zog sich in eine ruhige Ecke im Außenbereich des Schlosses zurück, um zu besprechen, was nun zu tun war.

„Ich schätze, wir können hier nichts tun, auch wenn es eine Schande ist", sagte der Reverend.

„Ich stimme dem Reverend zu. Wir sollten unsere Proviante auffüllen und weiterziehen. Hier will man uns nicht", fügte Alfred hinzu.

„Ist das so?" Mousa hob fragend eine Augenbraue.

„Wie meinst du das? Du hast den König doch gehört."

„Den König habe ich gehört, ja. Aber was denkst du, wie die Bürger hinter der Mauer fühlen, Alfred? Die, die grade wegen einem Apfel erschlagen oder von einem

Untoten gefressen werden. Denkst du, die wollen unsere Hilfe auch nicht?"

„Natürlich wollen sie unsere Hilfe und ich wäre nur zu gerne bereit, ihnen zu helfen, doch ich sehe keine Möglichkeit. Falls du einen Plan hast, teile ihn uns mit und ich werde dir wie immer folgen!", sagte Alfred entschlossen.

Nina, die Wächterin, die ihnen vorhin von der Lebensmittelknappheit hinter der Mauer berichtete, kam schnellen Schrittes auf die Garnison zu und sah besorgt aus.

„Garnisonsführer Relleon, ich habe wichtige Nachrichten. Können wir ungestört reden? Unter Wächtern?", fragte sie.

„Ihr seid hier unter Wächtern, Nina von Saien. Das ist meine Garnison und alles, was ihr mir erzählen wollt, sollt ihr auch ihnen erzählen."

Nina, deren schwarzes, langes Haar im leichten Abendwind flatterte, schien erst zu zögern, sprach dann jedoch.

„Sie haben etwas vor. Etwas Unaussprechliches."

„Ich wusste, dass der König uns etwas verschweigt. Sprich, Nina. Die Zeit drängt."

„Der König, der Adel und deren Berater sind sich sicher, dass die neue Mauer die Kreaturen nicht ewig aufhalten wird, wenn erst mal alle verwandelt sind. Deshalb haben die Soldaten des Königs und die Wächter von Saien einen neuen Befehl bekommen. Sie sollen den kompletten Bereich durch Feuer läutern. Jedes Haus, jeder Mann, jede Frau und jedes Kind hinter der Mauer soll brennen, Garnisonsführer", sagte Nina mit Tränen in den Augen.

„Wie kann ein König so etwas seinem Volk antun? Das ist Teufelswerk. Das ist vielleicht teuflischer als jeder Dämon, dem wir bisher begegnet sind", fand der Reverend und drückte seine Bibel fest an sich.

„Wir müssen etwas unternehmen! Diese Leute sterben zu lassen wäre falsch. Wir wollten doch ganz Terusa beschützen. Das können wir nur, wenn wir diesen Leuten jetzt helfen", sagte Alain.

„Versteht mich nicht falsch, ich sehe das genau so wie ihr, aber wir können schlecht gegen alle Wächter von Saien kämpfen", warf Alfred ein.

„Das müssen wir auch gar nicht, Alfred. Nicht ein einziger Wächter wird sich uns in den Weg stellen, das verspreche ich dir. Ich habe einen Plan. Wir werden uns aufteilen und zwei gleichermaßen wichtige Missionen erfüllen. Juri, Malta, Alain und der Reverend werden hinter die Mauer gehen und die Überlebenden befreien, die sich nicht angesteckt haben. Es tut mir leid Malta, aber du wirst dir überlegen müssen, wie du einen Ein- und einen Ausgang schaffst. Karina, Alfred und ich werden König Talron von der Bürde befreien, schwere Entscheidungen treffen zu müssen."

Karinas Augen wurden groß.

„Du willst den König ermorden?", fragte sie erschrocken.

„Falls nötig, ja. Nina, versammel die Wächter von Saien. Es ist eine Angelegenheit des Kodex und des Eides. Aber beeil dich, die Zeit ist bei dieser Operation unser ärgster Feind."

Nina machte sich sofort auf den Weg.

„Willst du das wirklich tun?", fragte Alfred.

„Das ist nicht die Frage, Alfred. Ich muss es tun. Jeder Anwärter der Wächter schwört einen Eid, wenn er zum Wächter wird. Die Wächter sind verpflichtet, das Volk von Terusa und speziell ihrem jeweiligen Königreich zu schützen. Der König soll sie koordinieren. Nichts weiter. Er soll dem Volk genau so dienen wie wir. Sobald ein Wächter bemerkt, dass ein König nicht mehr dem Volk, sondern sich selbst dient, muss dieser König gestürzt werden.

Mit allen Mitteln. Und König Talron dient definitiv nicht mehr dem Volk. Er lässt es verhungern und sogar verbrennen, während er mit den Bessergestellten lacht und feinen Wein trinkt. Er dient sich selbst und seinen Freunden in der Politik. Sein Leben ist verwirkt", sagte Mousa entschlossen.

Die Gruppe um Malta machte sich nun auf den Weg hinter die Mauer. Die junge Magierin war sich nicht sicher, ob sie die große Verantwortung tragen und ihrer Rolle gerecht werden konnte. Ein Portal für einige Sekunden zu öffnen, welches hinter die Mauer in die Gefahrenzone führte, war kein Problem, doch einen permanenten Ausweg aus dieser Hölle zu schaffen, würde schwierig werden. Ein Portal würde sie vermutlich nicht lange genug offen halten können, damit alle gesunden Bürger fliehen konnten. Es kam auch nicht in Frage, die Mauer aus Baumstämmen zu sprengen oder dort einen Durchgang zu schaffen, denn diesen würde man nur schwer wieder verschließen können und er würde zudem die Stabilität der gesamten Mauer gefährden. Diese war jedoch in der Tat wichtig, um die Untoten drinnen zu halten. Noch stressiger wurde es, als Alain sie auf die Leibgarde des Königs hinwies, die sich mit Pfeil und Bogen bewaffnet auf verschiedenen Wachtürmen positioniert hatten. Nun setzten sie ihre Pfeile in Brand und schossen diese in die Gefahrenzone.

Dutzende der Feuerpfeile schnellten hinein und trafen wahrscheinlich leicht entzündbare Ziele wie Scheunen, Dächer aus Stroh oder einen Karren. Die Uhr tickte. An einer Ecke der Mauer, die von keinem Mitglied der königlichen Leibgarde bewacht wurde, öffnete Malta erneut ein Portal aus blauen Funken und der Reverend, Alain, Juri und sie selbst traten schnellstmöglich hindurch.

Die Sicht in diesem Viertel war bereits leicht eingeschränkt, da sich Rauchschwaden gebildet hatten. In dem Wohnviertel gab es links und rechts der Straße viele Häuser aus Holz, doch keines von ihnen brannte. Weiter vorne jedoch stand ein Karren mit Heu, welcher Feuer gefangen hatte, und die gefräßigen Flammen waren dabei, auf die angrenzende Scheune überzugehen. Die Flammen fraßen nicht nur das Holz und das Heu, sie fraßen auch die Zeit, die Malta zur Findung einer Lösung blieb.

Die Magierin erschrak, als Juri ihr einer Hand auf die Schulter legte.

„Ich bin froh, dass ich dich habe. Ich meine, dass wir dich haben. Du kriegst das schon hin", sagte er und lächelte.

Ja. Er hatte recht. Vielleicht war jetzt nicht die Zeit, um lange nachzudenken, sondern um zu handeln. Falls etwas schief ging, konnten sie sich später mit den Konsequenzen auseinandersetzen.

„Begleitet mich zum Rand der äußeren Mauer. Dort werden wir uns aufteilen", sagte Malta und die Garnison folgte ihr.

Aufgeteilt hatte sich auch der andere Teil der Garnison. Mousa befand sich auf der Bühne im südlichen Teil von Turqua und bereitete sich darauf vor, gemeinsam mit Nina die fast zweihundert Wächter vor der Bühne zu überzeugen, ihren Weg mitzugehen. Von der Bühne aus, auf der sonst Nachrichten verkündet und Theaterstücke aufgeführt wurden, konnten sie sehen, dass viele der Wächter angespannt waren.

Sie kannten das Thema des heutigen Abends und wussten auch, was König Talron mit den Bürgern in Tiloria vor hatte. Nina begann zu sprechen, während Mousa auf Karina und Alfred wartete.

„Hört mich an, Brüder! Wir haben zu lange weggesehen, zu lange unsere Pflicht vergessen und uns zu lange vor dem versteckt, was zu tun ist", sagte sie mit heiserer Stimme.

„Und du wirst uns nun sagen, was zu tun ist, Nina?", fragte ein junger Wächter.

„Nein. Doch. Also ich denke, ihr alle wisst, was ich meine."

Mousa unterbrach sie.

„Brüder! Nina mag vielleicht nicht geschickt mit Worten umgehen, doch ihr Herz hat sich an etwas erinnert, das viele von euch vergessen haben. Sie hat sich daran erinnert, wieso sie ein Wächter ist. Die Essenz des Wächterdaseins ist der Kodex und der Eid. Und der Kern des Eides ist, dem Volk von Terusa und unseren Königreichen zu dienen und es zu beschützen.

Ein jeder von euch hat diesen Eid geleistet! Und was machen wir hier? Wir unterhalten uns, während die Hälfte des Volkes brennt! Wir alle brechen in genau diesem Moment unseren Eid und dafür sollten wir uns schämen!", rief Mousa erzürnt.

„Es ist der Befehl des Königs, was sollen wir tun?", fragte einer der Wächter.

„Wir sind dem König zu nichts verpflichtet. Er hat die Aufgabe, uns zu koordinieren. Und ihr alle wisst, was geschieht, wenn ein König aufhört, dem Volk zu dienen, und stattdessen sich selbst dient", sagte Mousa.

In diesem Moment traten Karina und Alfred auf die Bühne. Beide schleiften den brüllenden König von Saien hinter sich her.

„Tötet diese Feinde Saiens! Ich befehle es euch! Ich bin euer König!", schrie Talron in die Menge.

Ein junger Wächter in der ersten Reihe wollte sein Schwert ziehen, doch sein Nebenmann, ein offensichtlich altgedienter Wächter, legte seine Hand auf seinen Unterarm und schob so sein Schwert wieder in die Schwertscheide.

„Wir haben unsere alten Wege vergessen. Garnisonsführer Relleon hat recht", sagte er zu dem jungen Mann.

„Ich enthebe euch eures Amtes in Schande, Talron. Ihr müsst nicht sterben, wenn ihr jetzt geht und nie wieder aus eurer Verbannung zurückkehrt. Ihr habt euer Volk im Stich gelassen, als es von einer höllischen Macht bedroht wurde", sagte Mousa und blickte dem einstigen König dabei in die Augen.

Unter den Wächtern machte sich nun Gemunkel breit. Sie hatten die Gerüchte über diesen dunklen Mann gehört, der das Elixier und die Seuche verbreitete, doch sonst kannten sie ihn nur aus Sagen.

„Ihr habt richtig gehört, Brüder. Ich stand dem Mann des Friedens mehr als einmal persönlich gegenüber. Er ist hier, er wandelt auf Terusa. Er dient der Hölle, befehligt Armeen von Monstern und Dämonen und er hat einen Plan. Wir konnten seinen Angriffen trotzen und viele seiner Kreaturen töten, doch um diese Schlacht zu gewinnen, brauchen wir die Hilfe der Wächter von Saien. Verschließt nicht die Augen wie euer ehemaliger König. Stellt euch dem Bösen."

Mousa erntete teilweise Beifall. Talron jedoch wollte sich nicht mit einer Verbannung abfinden. Als Mousa ihm den Rücken zugekehrt hatte, erhob er sich und zog unter seiner weiten Robe einen verzierten, goldenen Dolch hervor und wollte ihn dem nichtsahnenden Garnisonsführer ins Herz rammen.

Es war Nina, die ihm mit einem wirbelnden Hieb erst die Hand und mit dem nächsten Streich den Kopf abtrennte.

Genau so wie der Kopf von Talron, fiel auch der eines Untoten hinter der Mauer zu Boden, als Juri ihm diesen mühelos von den Schultern schlug. Das war der siebte Untote, dem sie auf ihrem Weg zur äußeren Mauer begegneten, und die Gruppe fragte sich langsam, ob hier überhaupt noch jemand lebte. Nach einer weiteren Viertelstunde kamen sie an der riesigen Mauer an, die Saien von der Außenwelt abgrenzte.

„Juri und ich bleiben hier. Ich versuche, eine Öffnung zu schaffen, indem ich Teile der Mauer herausschneide. Sowas habe ich noch nie gemacht, es wird also etwas Zeit in Anspruch nehmen. Juri hält mir währenddessen die Monster vom Leib. Ihr beide durchkämmt die Straßen und schickt jeden, der nicht infiziert ist hier zu uns. Solltet ihr einem Untoten begegnen, wird Alain ihn ausschalten. Falls es Schwierigkeiten gibt, zieht euch zurück", befahl Malta.

Der Reverend fand, dass sie das gut machte, und begab sich mit Alain sofort auf die Suche nach Überlebenden. Alain war froh darüber, dass Malta ihm so sehr vertraute. Er hatte fleißig mit Alfred geübt und war inzwischen ziemlich zielsicher. Da ihnen auf der Straße weiterhin niemand begegnete, klopften sie an den Haustüren. Es machte nur Sinn, dass die, die noch lebten, sich dort verschanzten.

„Ich weiß nicht, ob jemand da drinnen ist, aber wenn sie dieser Hölle entkommen wollen, kommen sie raus. Wir haben einen Ausgang geschaffen und wollen ihnen helfen", sprach der Reverend.

Zuerst tat sich nichts, doch dann kam ein älteres Ehepaar an die Tür und blickte vorsichtig nach draußen.

„Sprecht ihr wahr, Priester? Hat der König wirklich Truppen gesandt, um uns zu retten?", fragte die Frau.

„Nein, alte Mutter, der König hat gar nichts für euch getan. Es sind die Wächter und wir, die euch retten. Nehmt diese Straße und haltet euch am ende links, dann trefft ihr ein junges Mädchen und einen Schwertkämpfer, die werden euch nach draußen geleiten. Beeilt euch, das Feuer breitet sich schnell aus."

Die beiden bedankten sich und nahmen den beschriebenen Weg. Alain fand, dass sich das trotz der Gefahr, trotz der Untoten und trotz des Feuers richtig anfühlte. Das war es, was er tun wollte, als er in Diron davon träumte, ein Held zu sein. Der Retter in der Not, der dann auftaucht, wenn die finsterste Stunde geschlagen hat und den Tag rettet.

Da die Zeit immer knapper wurde und das Klopfen an Türen zu lange dauerte, brüllte der Reverend durch die Straßen von Tiloria. Das lockte zwar einige dunkle Kreaturen an, doch Alain schaltete die langsamen Angreifer mit seinem Revolver aus, den er von Alfred bekommen hatte. Diese Methode erwies sich als weitaus effektiver und immer mehr Überlebende machten sich auf den Weg zu Malta und Juri. Alain und der Reverend wollten grade umkehren, da sie den Flammen zu nahe kamen, als sie zwei Leute vor dem Feuer fliehen sahen. Es war ein junges Paar.

„Hier drüben! Wir kennen einen Ausgang!", rief Alain und freute sich darüber, einer offensichtlich werdenden Mutter helfen zu können. Das Paar sah angeschlagen aus.

„Stimmt das? Es gibt einen Ausweg aus diesem Fegefeuer? Wo finden wir den?", fragte der Mann, der seine schwangere Frau stützte.

Der Reverend gebot Alain, innezuhalten, und sprach nun selbst zu den beiden.

„Diese Wunden an euren Armen, sind die vom Feuer?", fragte er mit ernster Stimme.

„Nein. Mein alter Onkel Micah ist verletzt nach Hause gekommen und hat sich nach ein paar Stunden in eine Bestie verwandelt. Es klingt sicher verrückt, aber er hat uns gebissen, bevor wir ihn ins Schlafzimmer einsperren konnten. Es tut mir leid, dass wir ihn dort zurücklassen mussten, aber ich muss an mein ungeborenes Kind denken. Meine Frau ist im fünften Monat schwanger", erklärte der Mann.

Alain schluckte schwer. Jetzt sah er auch, dass sich ein paar Adern nahe den Wunden der beiden schon leicht grünlich verfärbten. Die Infektion mit der Seuche schritt schnell voran. Was sollte er jetzt tun? Sollte er den beiden sagen, dass sie bald zu Untoten werden würden? Was würde das bringen? Und wie würden sie reagieren? Den versprochenen Ausweg aus dieser Hölle konnte er ihnen nun nicht mehr zeigen, das war klar. Doch was blieb ihm sonst noch übrig? Wie verhielt sich ein Held in solch einer Situation?

Die Bösen erschießen und die Guten retten, das war bis grade eben kein Problem. Doch wer war hier der Böse? Und was war zu tun, wenn es dem Helden nicht gestattet war, die Guten zu retten? Alains Kopf rauchte und zu seinem Glück übernahm der Reverend das Reden.

„Das mit eurem Onkel tut mir leid. Das sind nun mal seltsame Zeiten. Es gibt einen Ausgang, der befindet sich in dieser Richtung", sagte er und zeigte in Richtung Westen.

Alain wollte eingreifen, doch Carreyman hielt ihn zurück. Das war der falsche Weg. Würden sie da lang gehen, wären sie bald von den Flammen eingeschlossen.

„In Ordnung, wir werden euren Ausgang suchen. Auch wenn der Weg dorthin gefährlich aussieht. Etwas anderes bleibt uns wohl nicht übrig. Habt großen Dank, ihr seid wahre Helden!", sagte der Mann und machte sich mit seiner Frau auf den Weg.

Alains Mund stand offen. Er konnte nicht reden und nicht denken. Der Reverend, der Mann Gottes, der ihm so viel über Moral, Nächstenliebe und Gott selbst beigebracht hat, hatte grade zwei Menschen und ein ungeborenes Kind in den Flammentod geschickt.

„Reverend, was hast du getan?"

Nicht nur Alains Stimme zitterte. Carreyman hatte selbst Tränen in den Augen. Es war so ungerecht.

„Das einzig Richtige, junger Anwärter. Auch wenn es mir nicht leicht fiel."

„Aber die beiden werden sterben. Du hast sie in den Flammentod geschickt. Wie konntest du das tun?"

„Wie ich das tun konnte? Hattest du etwa eine bessere Idee? Die beiden verwandeln sich in höchstens einer Stunde in menschenfressende, seelenlose Bestien. Willst du ihnen das antun? Diese andauernde Qual? Durch den Rauch werden sie ohnmächtig und sterben wenigstens im Schlaf. Das ist das Beste, was ich für sie tun konnte. Und glaub ja nicht, dass es mir nicht das Herz bricht, Junge. Glaube es ja nicht", sagte der Mann Gottes weinend.

Schweigend und langsam setzten sie sich in Bewegung, denn es gab noch viel zu tun. Erneut riefen sie in den Straßen, klopften an einigen Häusern und wiesen den Überlebenden den Weg in Richtung Ausgang. Das half etwas, den Schmerz und die Scham zu vergessen. Alain hoffte, dass keiner der beiden, oder eher gesagt keiner der drei leiden musste.

Er musste den Gedanken an das arme Baby schnell aus seinem Kopf verbannen, denn seine Knie wurden zittrig. Es war einfach zu viel für ihn. In all dieser Verwirrung wusste er nicht mal, wen er am meisten hassen sollte. Den Reverend, der die beiden fortgeschickt hat? Den Mann des Friedens, der die Seuche verbreitet hat? Oder den König, der sie hier mit den Monstern eingesperrt und dann das Feuer gelegt hatte? Der Reverend tat nur, was er für richtig hielt und der Mann des Friedens war sowieso böse. Doch der König und seine adligen Freunde hatten die Aufgabe, diese Leute zu beschützen. Alain schwor sich in Gedanken, den König zu erschießen, falls er noch lebte.

Nun kamen ihnen die Flammen entgegen, egal, in welche Richtung sie gingen. Der Reverend befürchtete, dass der Rauch sie bald ebenso bewusstlos machen würde wie das junge Paar und entschied sich deshalb dazu, dass sie sich in Richtung äußere Mauer zurückzogen. Wen sie jetzt noch nicht gefunden hatten, dem konnten sie nicht mehr helfen. Möge Gott ihre Seelen bei sich aufnehmen.

Als sie der Mauer näherkamen und auch die Luft besser wurde, hörten sie lautes Gemurmel. Es hörte sich so an, als wäre eine richtige Menschenmenge in unmittelbarer Nähe. Und genau so war es auch. Vor lauter Leuten konnten die beiden Malta und Juri nicht erkennen, geschweige denn den durch Magie erschaffenen Ausgang.

„Lasst uns durch!", knurrte der Reverend, während sie sich durch die hunderten von Leuten arbeiteten.

Kurz vor der Mauer stand Juri und versuchte, die Masse zu beruhigen, was ihm nicht sonderlich gut gelang. Malta saß im Schneidersitz direkt vor der äußeren Mauer und hatte den rechten Zeige- und Mittelfinger auf ihre Stirn gelegt. Ein Ausgang war noch nicht zu sehen.

„Malta? Was ist los? Wo ist der Ausgang?", fragte Alain.

Malta bewegte sich nicht und öffnete auch nicht die Augen, antwortete aber trotzdem.

„Ich habe das noch nie gemacht. Ich muss ein kleines Loch in diese Mauer schneiden. Mit meinen Gedanken. Ich weiß nicht, wie stark ich meine Kraft dosieren muss. Ich könnte entweder zu wenig bewirken, oder ich könnte die ganze Mauer sprengen. Das Gebäude in Mison City zu zerstören war einfacher, weil ich einfach mit roher Gewalt vorgehen konnte. Ich werde nur einen Versuch haben. Haltet mir diese Leute noch eine Minute vom Leib, dann bin ich so weit!", sagte sie in gereiztem Ton.

Sie hatten keine andere Wahl, als auf Malta zu vertrauen. Ihr Leben hing nicht zum ersten Mal von ihrem magischen Geschick ab und sie waren sich sicher, dass die junge Magierin sich erneut ihres Vertrauens als würdig erweisen würde.

Der Reverend unterstützte Juri nun dabei, die nervöse Bevölkerung Tilorias zu beruhigen. Da er geübter im Umgang mit Worten war als Juri, war er ihm eine willkommene Unterstützung. Dann ertönte aus den hinteren Reihen ein Schrei. Aus einer Straße im Westen kamen nicht nur die Flammen langsam auf sie zu, sondern auch ein Untoter. Ohne Absprache zwang Alain sich durch die Leute und ging auf die Kreatur zu. Er brauchte das einfach. Dieses Ding dort war böse und er war gut. Das Gute löscht das Böse aus. So sollte es sein. Das war einfach und simpel. Er zielte und schoss der Kreatur in den Kopf, die daraufhin zu Boden fiel.

Das tat gut und half ihm, das infizierte Paar zu vergessen. Als ein Raunen durch die Menge ging, drehte er sich um und erkannte sofort, wieso die Leute so staunten.

Malta hatte eine kleine, runde Öffnung geschaffen. Sofort fing der Reverend an, die Leute in einer Reihe zu ordnen, damit sie nach und nach durch den kleinen Kreis kriechen konnten.

„Alain, pass auf!", rief Juri.

Hinter ihm kamen zwei weitere Untote aus dem Feuer. Dem ersten schoss er direkt in den Kopf, verfehlte den zweiten jedoch um wenige Millimeter. Da das gefräßige Ungeheuer ziemlich schnell auf ihn zukam, schoss er diesem erst ins Knie, was ihn zu Boden stürzen ließ. Danach konzentrierte er sich und jagte auch diesem Ding eine Kugel in den Schädel.

Dem Reverend und Malta gelang es nun immer besser, die Leute geordnet durch das Loch zu schicken. Das Stück, welches Malta aus der Mauer herausgeschnitten hatte, hatte sie außerhalb der Mauer deponiert, damit sie die Öffnung nach der Evakuierung wieder verschließen konnten. Auch wenn sie sich bemühte, stark zu wirken, sah man Malta die Erschöpfung deutlich an. Diese neue Technik zu lernen und anzuwenden hat ihre bereits stark geschrumpften Energievorräte weiter reduziert.

Juri war also die einzige Unterstützung, auf die Alain bauen konnte. Den nächsten herbeieilenden Untoten schaltete der Anwärter der Wächter in kurzer Zeit aus, indem er ihm den Kopf von den Schultern schlug. Dabei fragte Alain sich, welche Magie eigentlich in den Schwertern wohnte, die Juri führte. Als er sie zum ersten Mal sah, waren es alte, mickrige Dolche. Jetzt erkannte man sie kaum wieder. Ihre Klingen strahlten, genau so wie der Diamant, der sich in der Mitte der Parierstange am Griff befand. Alain war noch etwas abgelenkt, und wollte bereits auf die Wesen zielen, die aus Richtung des Flammenmeeres kamen, doch dann hielt er inne. Es waren Menschen.

„Hey! Wir haben gehört, hier gibt es einen Ausgang. Ist das die Wahrheit?", rief einer der Männer.

„Ja, ein Ausgang für jeden Gesunden. Kommt näher, wir helfen euch", antwortete Juri.

Als die vier Männer dicht bei ihnen waren, prüfte Juri sie unauffällig auf Bisswunden und ließ sie dann durch zu den anderen, die darauf warteten, aus dieser Hölle zu entfliehen. Etwa hundert Meter von ihnen entfernt kam nun etwas näher, das in Flammen stand. Juri dachte zuerst, es wäre ein Bürger Tilorias, der um sein Leben kämpfte, doch dann sah er, dass er sein Leben bereits verloren hatte. Es war ein Untoter, der Feuer gefangen hatte und auf sie zu rannte. Aus der entgegengesetzten Richtung kamen drei weitere von den abscheulichen Kreaturen.

Juri nickte Alain zu und dieser verstand sofort, dass er sich um den Brennenden kümmern sollte, während sein Freund die anderen übernahm. Das Feuer hätte sich im Nahkampf als äußerst hinderlich erwiesen. Obwohl Juri nicht in Bestform war, waren auch drei Angreifer keine große Herausforderung für ihn.

Mit einem seitlichen Hieb schlug er Zweien zur selben Zeit den Kopf ab, tauchte unter einem Schlag des anderen unter und durchtrennte dessen linkes Bein. Als die Kreatur am Boden kniete und nach ihm schnappte, war es ein Leichtes, auch ihr den Kopf abzuschlagen.

„Hey! Seid ihr die mit dem Ausgang?", rief ein Mann, der aus Richtung des Stadtzentrums kam.

Bei sich hatte er eine Gruppe von zwei Frauen und vier Männern.

„Ja, kommt zu uns!", rief Alain ihm zu.

Die kleine Gruppe und auch Juri gesellten sich zu Alain.

„Meine Güte sind wir froh. Es gibt doch einen Gott. Wir dachten, es sei alles verloren. Das Feuer ist fast überall und diese Monster streifen jetzt zu Dutzenden durch die Straßen", berichtete einer der anderen Männer.

Juri blickte auf ihre Arme und Handgelenke.

„Habt ihr gegen sie gekämpft? Haben sie euch gebissen?", fragte er.

„Ja, aber uns geht es gut. Sie haben nur unsere Arme und vielleicht die Hände erwischt. Macht euch keine Gedanken darum. Ist das der Ausgang, da wo die ganzen Leute stehen?", fragte ein weiterer.

„Es tut mir so leid. Aber der Ausgang ist nicht für euch bestimmt. Die Frau können wir durchlassen, denn sie ist nicht infiziert. Ihr jedoch werdet euch schon in kurzer Zeit in eine der Bestien verwandeln", sagte Juri bedrückt.

Ohne etwas zu sagen drängte die Frau sich an ihnen vorbei in Richtung Ausgang. Sie hatte panische Angst und wollte einfach nur in Sicherheit sein. Der Mann, der ihnen zuerst zugerufen hatte, brach in Tränen aus.

„Ich wusste es. Ich habe es gefühlt. Mein Arm ist ganz grün und in meinem Kopf höre ich einen Mann. Es war alles umsonst. Ich habe so hart gekämpft. Jetzt muss ich sterben. Das ist nicht fair."

Er drehte sich um und wanderte mit hängenden Schultern in Richtung Flammen.

„Ich weiß nicht, was mit ihm los ist, aber wir hören sicher keinen verdammten Mann in unserem Kopf. Uns geht es gut, wir sind nicht krank. Jetzt lasst uns durch oder wir werden euch dazu zwingen", sagte einer der Männer und die anderen stimmten ihm zu.

„Bitte, tut das nicht. Ich will euch nicht töten, aber ich werde es tun, wenn ich muss. Macht es nicht schwerer, als es schon ist. Wenn ihr hier raus gelangt, verbreitet ihr die Seuche. Das darf ich nicht zulassen", erklärte Juri.

Daraufhin spuckte einer der Männer ihn an und die anderen lachten ihn aus. Juri wischte sich die widerliche Spucke von seiner Kleidung und blieb ruhig. Diese Männer waren verdammt und er verwehrte ihnen die Erlösung, es war kein Wunder, dass sie ihn hassten. Trotzdem konnte er sie nicht durchlassen.

Falls sie es mit Gewalt versuchten, wusste er, was er zu tun hatte. Anders sah es bei Alain aus. Der wusste überhaupt nicht mehr, was falsch und richtig war. Diese Leute standen hier vor ihm und brauchten seine Hilfe. Wieso konnte er sie nicht durchlassen? Alles daran fühlte sich falsch an. Und es wurde noch schlimmer. Einer der Männer schubste Juri bei Seite, welcher diesem daraufhin mit dem Griff seines Schwertes einen Schlag versetzte und ihm die Nase brach. Einige Untote kamen nun langsam in Sichtweite, beschäftigten sich aber noch nicht mit der Menschenmasse an der Mauer.

„Hey! Du spinnst doch! Glaubst du, du seist hier der Boss, nur weil du zwei Schwerter hast? Bist du deswegen Gott und entscheidest über Leben und Tod?"

Juri wusste darauf keine Antwort.

„Hey! Hier rüber! Hallo! Hier sind wir! Kommt her, ihr Monster! Hier gibt es was zu essen!", brüllte ein anderer in Richtung der Untoten und die anderen Männer stimmten mit ein.

Offensichtlich war es ihr Plan, die Monster auf Juri und Alain zu hetzen, damit die beiden sie nicht daran hindern konnten, zum Ausgang vorzudringen. Und es funktionierte. Etwas mehr als zwei Dutzend der Höllendiener machten sich auf den Weg.

„Ja! So ist es richtig!", rief der Mann, der die Rufe gestartet hatte.

Das war das Letzte, was er rief, denn Alain schoss ihm in den Kopf. Er war immer noch verwirrt, doch in diesem Moment hielt er es für richtig. Die Seuche durfte sich nicht ausbreiten und der Mann war dazu bereit, alle Überlebenden, die noch hier waren, zu gefährden. Außerdem war es vielleicht das höchste Maß an Gnade, dass Alain ihm gewähren konnte.

Selbst wenn er ihn raus lassen würde, würde er sich in ein furchtbares, seelenloses Monster verwandeln. War das das Richtige? War er jetzt ein Held oder ein kaltblütiger Mörder? Er wusste es nicht. So jedenfalls würde der

Mann nicht mehr leiden. Das sahen seine Begleiter jedoch anders und wollten Alain an die Gurgel gehen, wovon sie Juri jedoch abhielt. Der junge Mann tat sein bestes, um die drei nicht töten zu müssen, doch es war schwierig. Er drängte sie zurück, doch sie schlugen ihn und griffen nach seinen Schwertern. Alain erschoss währenddessen einen Untoten, der ihnen zu nahe kam. Einer der Männer versuchte, Alain seinen Revolver wegzunehmen, doch Juri durchbohrte ihm die Brust.

Erst eine Sekunde später fiel ihm ein, dass der Mann infiziert war, woraufhin er ihm das Schwert noch einmal durch den Schädel bohrte. Eine Handvoll Untoter waren nun in Nahkampfreichweite gelangt und Alain musste sich ein paar Meter weit zurückziehen.

Die Monster schienen die übrigen infizierten Männer, die nun an ihrer Seite kämpften, nicht als Feinde oder Futter anzusehen und ließen sie in Ruhe. Sie wussten wohl, dass sie auch dem Mann des Friedens dienten. Oder bald dienen würden.

Die Menschenmasse vor dem Ausgang wurde zwar langsam kleiner, doch es würde noch mindestens eine halbe Stunde dauern, bis sie alle geflohen waren. Alain und Juri taten ihr Bestes, um die Kreaturen aufzuhalten, die jetzt immer mehr wurden. Genau wie Juri hatte Alain einen Tunnelblick. Er zielte auf einen Kopf, schoss, suchte sich den nächsten Kopf, zielte und schoss. Das war effektiv. Genau so hatten es ihm Alfred und Mousa beigebracht. Juri wirbelte herum, schlug Köpfe ab und durchbohrte diese, als wäre er selbst ein magisches Wesen. Ein solches Talent für den Schwertkampf hatte vielleicht nicht mal Mousa. Auch Alain fiel dies auf und es gab ihm Hoffnung. Er selbst fand es schwierig, seine Ziele zu treffen, denn die Lichtverhältnisse waren inzwischen sehr schlecht. Die Sonne war längst untergegangen und das einzige Licht kam von dem gewaltigen Feuer, das Tiloria auffraß.

Erneut zielte er und schoss. Dann suchte er sich den nächsten Schädel und zielte. Doch dann zögerte er. Dieser Untote, oder eher gesagt diese beiden, die nebeneinander liefen, brannten. Aber das war nicht der Grund, wieso Alain plötzlich wie gelähmt war. Er kannte diese Gesichter. Es waren der Mann und die Frau, die sie vorhin in den Feuertod geschickt hatten. Jetzt kamen sie wieder, um sich an ihm zu rächen, da war er sich sicher. Er hatte bisher noch nie gesehen, dass zwei Untote so nah beieinander gingen. Für einen kurzen Augenblick sah es sogar so aus, als würden sie sich an den Händen halten. Konnte es sein, dass ein klein wenig von ihnen noch da drin war?

War das möglich? Wenn das stimmte, was sollte er dann tun? Sollte er sie noch einmal töten? Das konnte er nicht. Vielleicht sollte er sich lieber von ihnen fressen lassen. Sie hatten sich ihre Rache verdient. Obwohl, vielleicht stimmte das nicht. Vielleicht war Rache nicht der Grund dafür, dass sie jetzt in gerader Linie und in regem Tempo auf Alain zuspazierten. Vielleicht waren sie hier, um eine Schuld einzufordern.

Und diese wollten sie nicht mit Blut beglichen haben, sondern mit Erlösung. Die beiden standen nun vor Alain und rührten sich nicht.

„Es tut mir so leid", sagte er und drückte drei Mal den Abzug.

Das ist das Mindeste, was er tun konnte, fand Alain. Die brennenden Leichen fielen zu Boden und er konzentrierte sich wieder darauf, Juri zu helfen. Der wurde nun einige Meter weit zurückgedrängt und stand neben Alain. Hinter ihnen waren es grob geschätzt nur noch zwei Meter bis zu den Überlebenden, die jetzt panisch wurden.

Die Angreifer waren nun so zahlreich, dass Juri sie nicht mehr zählen konnte. Es waren einfach zu viele. Er würde vielleicht sich retten, aber nicht diese ganzen Leute beschützen können. Hatte sich Mousa so gefühlt, als er seine Garnison verlor? Vermutlich.

Die Armee vom Mann des Friedens hatte sie nun umkreist und langsam zweifelte Juri auch daran, dass er sich selbst retten konnte, wenn es hart auf hart kam. Eine der wandelnden Leichen griff nach der Frau, die mit der Gruppe vorhin angekommen ist, doch Juri trennte ihm zuerst die Hände, dann den Kopf ab. Der Nächste wollte sich einen kleinen Jungen schnappen, der in dem Getümmel von seiner Mutter getrennt worden war, doch Alain erschoss ihn.

Das war beides knapp und es wurde immer knapper. Die beiden mussten sich selbst schützen und nebenbei auch die überlebenden Bürger. Das wurde immer schwieriger, denn immer mehr Untote griffen nach ihrer Beute.

Alain feuerte auf zwei brennende Leichen, die einer jungen Familie zu nahe kamen und Juri nahm es im Nahkampf mit einer menschlichen Spinne auf, die sich unbemerkt an ihn herangeschlichen hatten.

Ungefähr zwanzig Meter links von ihm griff sich eine der Kreaturen nun ein kleines Mädchen und Juri sah keine Möglichkeit, ihn aufzuhalten. Das war es. Er würde versagen. Das Mädchen schrie und der Untote ließ seinen Kopf herabschnellen, um zu zubeißen.

Dann schlug ein Pfeil in seinem Schädel ein und er fiel reglos zu Boden. Zuerst konnte Juri nicht ausmachen, woher der Pfeil kam, doch dann sah er sie. Karina, der Rest der Garnison und viele andere standen auf dem Wehrgang der Mauer hoch über ihnen.

Erst als sie sich herabseilten, war zu erkennen, dass es die Wächter von Saien waren.

„Für Terusa, meine Brüder!", brüllte jemand.

Diese Stimme erkannte Juri sofort. Mousa war einer der Ersten, die unten ankamen. Er trug eine goldene Rüstung der Wächter und sah darin ganz ungewohnt aus. Sonst kannten sie ihn nur in seiner leichten Lederrüstung. Mit Kampfesgebrüll stürzten er und die anderen ankommenden Wächter sich in das Kampfgetümmel. Einer von ihnen kam auf Juri zu, der sich zurückgezogen hatte, und überreichte ihm etwas.

„Hier, mein Junge. Mit besten Empfehlungen deines Lehrmeisters. Du seist jetzt ein Wächter von Terusa, solle ich dir ausrichten", sagte der junge Mann.

Er half Juri, die silberne Rüstung mit kleinen Verzierungen an der Brust und an den Schulterplatten überzuziehen und begab sich dann auf das Schlachtfeld zu seinen Brüdern. Juri brauchte einen Moment, um sich zu sammeln. Vor Kurzem zweifelte er noch an sich selbst und seiner Zugehörigkeit zur Garnison. Diese Albträume hatten ihn aus der Bahn geworfen. Doch das war nun vergessen.

Mousa hatte ihn offiziell zu einem Wächter ernannt und diese Rüstung zu tragen, fühlte sich wahrhaftig an. Natürlich musste er noch den Eid schwören, doch das war später, jetzt war es seine Pflicht, sich wieder in den Kampf zu begeben, um seinen Brüdern beizustehen. Er schätzte, dass ungefähr drei Dutzend Wächter mit ihm hier unten waren und das Volk von Saien beschützten.

Mousa hatte sie offenbar geschult, denn sie zielten ausschließlich auf die Köpfe der Kreaturen. Juri rannte auf einen Untoten zu, der einen der Wächter von hinten gepackt hatte. Er schob ihm sein Schwert von hinten in den Schädel, während er auf seinen Rücken sprang, hob von dort aus wieder ab und schlug im Fall zwei weiteren Monstern die Köpfe ab.

Alain stand nun dicht bei den Fliehenden und schoss lediglich, wenn sich einer der Angreifer durch die Wächter gedrängelt hatte und auf die wehrlosen Bürger zuging. Da die Wächter jedoch effizient im Kampf waren und die Diener der Hölle schnell dezimierten, hatte Alain nicht sehr viel zu tun. Obwohl durch die Untoten kaum noch Gefahr bestand, beeilten sich Malta und der Reverend mit der Evakuierung, denn die Flammen und der Rauch kamen ihnen jetzt bedrohlich nahe.

„Passt auf die Spinnen auf, sie sind wendig und springen!", rief Mousa seinen Brüdern zu.

Acht von den menschlichen Spinnen unterstützten nun die Armee an Untoten. Mousa und Juri, die beide schon Erfahrung mit diesen Monstrositäten hatten, nahmen sich jeweils einer davon an. Die anderen Wächter versuchten, durch ihre Überzahl die Spinnen niederzuringen, was sich jedoch als schwierig herausstellte. Eine der Spinnen sprang einem Wächter auf die Schultern und umklammerte mit ihrem widerlichen Unterkörper voller Zähne seinen Kopf. Sofort eilten ihm seine Brüder zur Hilfe und schlugen dem grausigen Monster jegliche Extremitäten ab, doch für ihn kam jede Hilfe zu spät. Als die Spinne von seinen Schultern fiel, entblößte sie einen blutigen Stummel, anstatt einem Kopf.

Dies sollte jedoch das einzige Opfer bleiben, dass die Wächter von Saien in diesem Kampf bringen mussten. Während sie die letzten Untoten vernichteten und die Bürger Tilorias bereits evakuiert waren, hatte sich die Feuerwehr von Saien auf dem Wehrgang der Mauer positioniert. Es hatte etwas gedauert, bis man ihnen klar gemacht hatte, dass der König gestürzt sei und sein Befehl, Tiloria mit Feuer zu reinigen, nicht mehr gelte. Der Hauptmann, der wie seine Kollegen eine rote Uniform trug, gab das Kommando und die dicken Schläuche ließen es im Gefahrenbereich regnen. Die Wächter und Alain zogen sich zurück und machten sich daran, das

Loch in der Mauer von außen wieder zu verschließen. Der Feind war geschlagen, das Volk war gerettet und die Zahl der Gefallenen war gering. Ein guter Tag für Saien und für Terusa. Gemeinsam mit den Evakuierten marschierten sie zum Haupteingang und dann weiter zum Schloss des Königs, wo alle, die ihr Heim verloren hatten, Unterschlupf finden würden.

Als sie dort ankamen, war es mitten in der Nacht und auch Mousa, Alain und die anderen bekamen jeweils ein Zimmer im Schloss. Müde und erschöpft fielen sie in ihre Betten und bemerkten nicht, welch prunkvolles Schlafgemach ihnen zugewiesen wurde. Von den Wächtern und den anderen eingeweihten Personen wurden sie als Helden angesehen, die Saien vor einem großen Unglück bewahrt hatten.

Sie alle hatten in dieser Nacht einen gesunden, erholsamen Schlaf. Alain vergaß seine Schuldgefühle und auch Juri hatte keine Albträume.

Kapitel 12 Träume

Am nächsten Morgen, noch vor dem Frühstück, kam Mousa zu Juri ins Zimmer und weckte ihn. Der junge Mann wusste sofort, worum es ging und zog sich an. In einer kleinen Kapelle hatten sich ein paar Wächter, unter anderem Nina, und der Eideshüter der Wächter versammelt. Der Eideshüter war stets ein altgedienter Wächter, dessen Körper nicht mehr zum Kampf fähig war, doch dessen Geist rein und wahrhaftig war.

Er trug eine weiße Robe mit einer goldenen Verzierung auf der Brust, die das Wappen der Wächter von Saien darstellte, ein Schloss mit Bergen im Hintergrund. Mousa gesellte sich zu den anderen Wächtern, während Juri sich vor den Eideshüter kniete. Dieser legte sein Schwert auf Juris Stirn und sprach zu ihm.

„Schwörst du, mit Mut im Herzen zu kämpfen, so, wie es dir dein Lehrmeister beigebracht hat, deinen Brüdern im Kampf bei Seite zu stehen, dem Kodex zu folgen, die Menschen von Terusa mit deinem Leben zu beschützen, dem Bösen entgegenzutreten, wann immer es dir begegnet, Befehle deines Garnisonsführers folge zu leisten, den Anordnungen deines Königs zu folgen und denselben König vom Thron zu stoßen, sollte er sich selbst dienen, anstatt seinem Volke?"

„Ja, ich schwöre", antwortete Juri standesgemäß.

„Dann bist du fortan ein Wächter. Möge dein ehemaliger Lehrmeister dir deine Schwerter überreichen", sagte der Eideshüter.

Mousa überreichte Juri seine Schwerter, die er natürlich, anders als andere Anwärter, schon längst geführt hatte, und die Anwesenden klatschten Beifall. Als Mousa und Juri im kleinen Speisesaal ankamen, standen Malta, Alain, der Reverend, Alfred und Karina auf um ihn ebenfalls zu beklatschen. Sie wussten, dass er heute Morgen den Eid schwören würde, durften aber nicht dabei sein.

Die Traditionen der Wächter waren ihnen eben wichtig. Sie hatten gemeinsam beschlossen, den heutigen Tag zur Rast zu nutzen, um ihren geschundenen Körpern Zeit zum Heilen zu geben.

Mousa war sich lange unschlüssig, denn er wollte eigentlich den Mann des Friedens so schnell es ging weiter verfolgen, sah aber ein, dass der menschliche Körper irgendwann an seine Grenzen kam. Nach dem Frühstück teilten sie sich auf, wollten sich aber am Abend wieder im Vergnügungsviertel Kalara zum Abendessen treffen. Der Reverend und Alain besuchten die Kirche in Turqua, wo sie beteten und Pater McAndrews trafen, der die Kirche leitete.

Er erzählte ihnen, dass er es für absolut richtig hielt, was sie getan haben. Sie hätten hunderte Bürger von Saien gerettet und er würde sich dafür einsetzen, dass man ihnen ein Denkmal setzte. Während der Reverend sich mit ihm über Bescheidenheit und Gott unterhielt, dachte Alain darüber nach. Ein Denkmal für ihn. War er jetzt am Ziel angekommen? Leben zu retten und ein Denkmal gesetzt zu bekommen war so ziemlich das Höchste, was ein Held erreichen konnte, nahm er an. Doch ganz glücklich darüber war er nicht. Der junge Anwärter hatte nicht vergessen, dass sie nicht jeden retten konnten, und er hatte nicht vergessen, wie er dem verzweifelten Infizierten eine Kugel zwischen die Augen gejagt hat.

Vielleicht hatte er begonnen, sich zu verändern, dachte Alain sich.

Mousa, Alfred und Karina hatten solche Gedanken nicht. Sie fanden es äußerst interessant, was das Museum von Saien zu bieten hatte. Sie sahen sich Kunst, antike Bücher sowie uralte Rüstungen und Waffen der Wächter an. Mousa übernahm dabei die Rolle des Führers, denn er kannte viele der Artefakte von Erzählungen seines einstigen Lehrmeisters in Diron. Er erzählte Karina und Alfred Geschichten über Torigs Schild, Antirs Feuerschwert und Galgareths Rüstung, die aus den Schuppen eines dämonischen Drachen geschmiedet wurde. Angeblich.

Weniger geredet wurde bei Malta und Juri. Eigentlich wäre Juri liebend gern ins Museum mitgegangen, doch er wollte die Gelegenheit, alleine Zeit mit Malta zu verbringen, nicht verstreichen lassen. Beide hätten insgeheim gern den nächsten Schritt gemacht, doch keiner von ihnen wusste, wie man das tat. Und so war das Einzige, was sie taten, spazieren zu gehen. Keiner wagte es, die Hand des anderen zu nehmen, ein Gespräch zu beginnen oder gar einen Kuss anzubahnen. Und trotzdem waren es die schönsten Stunden, die sie seit langer Zeit hatten.

Mehr geredet wurde dann, als sie sich in Razorfs Taverne trafen. Alfred hatte diese ausgesucht, weil es die einzige Taverne in ganz Saien war, die eine Kegelbahn zu bieten hatte. Saien war bekannt für seinen würzigen Schweinebraten und so bestellte jeder von ihnen eine Portion mit Kartoffeln und Rotkohl. Dazu gab es Bier, Wein und für die Jüngeren einen Eistee.

Razorf bediente sie, als wären sie Könige und bestand darauf, dass alles aufs Haus ging. Der bärtige Mann erzählte ihnen mit Tränen in den Augen, dass seine Schwester und ihre Kinder in Tiloria lebten und dass er diese nur wegen ihnen heute Morgen in den Arm nehmen konnte. So ging es auch vielen anderen Besuchern der Taverne. Sie alle ließen ihnen ihre Ruhe, doch sie prosteten ihnen zu, wenn sich ein Augenkontakt ergab.

Mousa hatte zuerst etwas Sorge, dass viele Leute noch an ihrem König hingen, doch diese Sorge war unbegründet. Fast jeder hier hatte einen oder zwei Verwandte, die in Tiloria lebten und selbst wenn diese es nicht lebend heraus geschafft hatten, so waren sie der Garnison dankbar, dass sie ihr Leben riskiert haben, um ihnen zu helfen. Nach dem Essen wurde gekegelt, was für die meisten Mitglieder der Garnison Neuland war. Einzig Alfred und Karina hatten Erfahrung. Sie zeigten zuerst Alain, wie man den Ball in die Hand nahm, Schwung holte und ihn dann auf die hölzerne Bahn rollen ließ, um die neun Kegel an deren Ende umzuwerfen. Nach einer Proberunde wurde es ernst und alle hatten großen Spaß.

Da Alfred mit seinem vierten Bier eins zu viel getrunken hatte, übernahm Karina am Ende die Führung und gewann. Irgendwann ging der unterhaltsamste Abend seit langem zu Ende und jeder von ihnen genoss es, sich ein letztes Mal vor ihrer Abreise in sein weiches Bett fallen zu lassen.

Das Trinken, das Lachen, das Kegeln, so hatten sie sich noch nicht erlebt. Jeder schlief mit einem Lächeln auf den Lippen ein, selbst Juri. Er schlief tief, sehr tief. Viel zu tief. So tief, dass er keine Träume hatte. Nur eine dämpfende Schwärze umgab und erdrückte ihn.

Als er endlich aufwachte, war es schon fast Mittag. Vielleicht lag es an dem einen Bier, das Alfred ihm im Laufe des Abends bestellt hatte. Aus irgendeinem Grund hatte der junge Wächter den Drang, sich sofort zu seiner Garnison zu begeben. Er suchte sie erst im Speisesaal und dann auf ihren Zimmern, doch er konnte keinen finden. Auf dem Gang begegnete er Nina, die beschäftigt aussah und ihn nicht beachtete.

„Nina! Wo sind Mousa und die Anderen? Es tut mir leid, ich habe verschlafen", sagte er.

„Aha. Juri war dein Name, oder? Du scheinst gestern Nacht etwas über die Stränge geschlagen zu haben, junger Mann. Ich hoffe, du wirst dich zusammenreißen und nicht besoffen an deinem ersten Arbeitstag erscheinen", sagte sie.

„Arbeitstag? Ich weiß nicht, wovon du sprichst. Wo steckt denn Mousa?", fragte Juri erneut.

„Die Garnison ist losgezogen. Sie wollen den Mann des Friedens aufhalten, das weißt du doch", entgegnete Nina.

„Was? Nein! Ich bin Teil der Garnison! Ich bin ein Wächter. Wieso sollten sie mich im Stich lassen?"

„Du bringst da wohl etwas durcheinander. Diese Wächtersache war nur ehrenhalber, ein kleines Dankeschön eben. Und mit der Garnison hast du dich wohl auch vertan. Mousa hat mir alles erzählt. Sie haben dich von Feral aus mitgenommen, weil du dort verstoßen wurdest. Sie waren so nett zu zustimmen dich bis nach Saien zu bringen, wo du dann eine Arbeit annehmen kannst, die zu dir und deinem Stand passt.

Und dank Mousas guten Verbindungen hast du genau so einen Job bekommen. Im Schweinestall vom Bauer Bergfried, weißt du nicht mehr? Nun mach dich auf den Weg und entschuldige dich fürs Zuspätkommen!"

Das konnte nicht sein. Er war gestern Abend noch ein Wächter. Mousa war da, selbst Nina war dabei. Er wollte über seine Schulter nach hinten zu seinen beiden Schwertern greifen, doch als er sie zog, waren es zwei Mistgabeln und er befand sich plötzlich im Stall. Wie von Sinnen schaufelte Juri Schweinemist, fuhr ihn nach draußen, kam zurück und schaufelte weiter. Das war nun sein Leben. Tag ein, Tag aus. Der Bauer Bergfried behandelte ihn nicht schlecht, doch sah er in ihm nur einen niederen Arbeiter, so wie alle anderen, die die Ställe ausmisteten. In der Pause las einer seiner Kollegen die Zeitung, während er sein Brot aß, und machte plötzlich große Augen.

„Hey, Juri! Das ist doch eine von deinen alten Freunden, oder? Schau dir das an, du wirst dich für sie freuen!", sagte er.

Juri, der im Leben zuvor noch nie eine Zeitung gesehen hatte, kam zu ihm herüber und sah sich den Artikel an, neben dem sogar ein Bild abgedruckt war. Er wusste nicht, welche Zauberei dafür verantwortlich war, aber das kleine Bild sah absolut lebensecht aus. Sowas hatte er noch nie gesehen.

Junge Heldin heiratet Lord Preston von Handura!

Auf dem Foto war Malta mit einem gutaussehenden jungen Mann zu sehen, der offenbar dem Adel angehörte. Natürlich. Malta war etwas Besonderes. Eine Magierin und dazu noch die hübscheste, die existierte.

Es war selbstverständlich, dass sie so einen Kerl heiraten würde. Einen mit einem guten Stand, mit guter Herkunft. In den nächsten Wochen las er immer wieder Zeitungsartikel. Darüber, dass die hübsche Frau von Lord Preston schwanger war, dass die Steuern erhöht wurden und dass die Gruppe, die Saien gerettet hatte, tot im Fochwald gefunden wurde. Und Juri, der schaufelte weiter Schweinemist und umgab sich mit einem Gefühl von absoluter Hoffnungslosigkeit, dass sich langsam in sein Herz schlich und ihn leiden ließ.

„Gut", flüsterte eine Stimme.

Kurz vor Sonnenaufgang wachte Juri tatsächlich auf. Er hatte nur vier Stunden geschlafen, doch er fühlte sich, als hätte er Jahre in diesem anderen, sinnlosen Leben verbracht. Aus einem Instinkt heraus wollte er nach Tiloria zum Bauern Bergfried gehen und Schweinemist schaufeln, setzte sich jedoch wieder.

Es gab keinen Bauer Bergfried, seine Schwerter waren noch da und Malta war nicht mit einem Lord verheiratet. Es war alles gut. Doch es fühlte sich nicht gut an. Es fühlte sich hoffnungslos an. Kurz nach Sonnenaufgang trafen sie sich im Speisesaal zur Besprechung mit Nina. Trotz der langen Nacht fühlten sich alle bis auf Juri gut und waren ausgeschlafen. Nina kam als letzte herein und der Garnison fiel sofort auf, dass sie ihre Lederrüstung nicht trug, sondern die Klamotten einer einfachen Frau.

„Guten Morgen! Ich sehe eure Blicke und will nicht groß drum herum reden. Ich bin keine Wächterin mehr. Da wir keinen König mehr haben, hat sich Saien entschieden, es so zu machen, wie es Handura einst handhabte. Wir werden einen König wählen. Oder eine Königin. Jeder kann sich zur Wahl stellen und jeder hat eine Stimme. Und ich habe vor, die Wahl zu gewinnen", sagte sie.

Karina und die anderen gaben einen kleinen Beifall und fanden, dass dies die richtige Entscheidung war. Saien brauchte jemanden mit Herz, und Ninas Herz saß am rechten Fleck.

„Ihr werdet dies jedoch nicht miterleben, da ihr weiterziehen werdet, ich weiß. Bevor wir euch die versprochenen Vorräte geben, habe ich euch noch etwas zu erzählen. Nachdem ich von Mousa erfahren hatte, auf was für einer Mission ihr euch befindet, habe ich recherchieren lassen.

Der Mann des Friedens ist ein uralter Zauberer, der durch verschiedene Welten reist und Unheil stiftet. Wie ihr wisst, dient er der Hölle. In den Büchern, in denen wir über ihn gelesen haben, taucht immer wieder der Elbenkern und das Volk der Elben auf. Den Elbenkern zu besitzen, würde einem unglaubliche Macht verleihen. Die Autoren dieser Bücher glauben, dass er noch irgendwo auf Terusa versteckt ist. Ich werde, nachdem wir Mison City besucht haben, eine Expedition beauftragen, nach diesem Artefakt zu suchen. Wir geben euch die Bücher mit, aus denen wir diese Informationen haben", erzählte Nina.

Die Existenz des Elbenkerns war ihnen bereits bekannt. Die Hölle schien also tatsächlich nach der Macht dieses Artefakts zu streben. Sollte einer dieser oberen Dämonen in seinen Besitz gelangen, war nicht auszumalen, welche Hölle er dann auf Terusa entfesseln würde.

„Wir danken dir für deine Mühen. Vielleicht hast du uns damit einen großen Vorteil verschafft, die Zeit wird es zeigen. Konntest du etwas über den Bergpass herausfinden, über den wir gesprochen haben?", fragte Mousa.

„Ja. Er ist gefährlich und ich würde ihn nicht nutzen, aber ihr wisst, was ihr tut. Ihr solltet in einer Höhle in der

Nähe von Feral ankommen und damit die große Brücke umgehen, die zerstört wurde. Ihr bekommt gleich eine Karte von Ansgar", sagte Nina.

„Was ist mit Mison City? Der unglaublichen Stadt, von der wir dir erzählt haben. Die Leute könntet dort ein gutes Leben führen", sagte Alain.

„Wie ich bereits sagte: Wir haben Mison City nicht vergessen, junger Anwärter. In den nächsten Tagen haben wir jedoch in Saien einiges zu regeln. Einige Soldaten der königlichen Leibgarde wollten gestern Nacht den König rächen und wir mussten sie töten. Es wird noch ein paar Unruhen geben, aber ich bin sicher, Saien wird stärker aus dieser Krise hervorgehen, als es jemals war. In einem Monat schicken wir eine Expedition nach Mison City und werden den Ort langsam wieder bevölkern. Wir werden sehr beschäftigt sein, aber ich versichere euch, dass Saien antworten wird, falls Diron nach Hilfe ruft", versicherte Nina.

„Ich danke dir. Auch wenn es etwas schmerzt, Saien so schnell verlassen zu müssen, sollten wir jetzt los. Wir wollen es heute noch bis zum Fuße des Berges Arratlea schaffen", sagte Mousa.

„So soll es sein. Eine letzte Sache noch. Mir kamen Juris Schwerter recht sonderbar vor und ich habe eigenständig Nachforschungen angestellt. Es gibt eine sehr alte Legende über zwei Schwerter, die in den hohen Himmeln selbst geschmiedet worden und die in der Lage sind, alles und jeden zu vernichten. Diese Schwerter können nur vom sogenannten Schwertträger geführt werden, andernfalls sind sie wertlose, stumpfe Klingen. Mehr konnte ich nicht finden, aber vielleicht bringt euch diese Information etwas", sagte Nina und geleitete die Garnison nach draußen vors Schloss.

Mousa blickte rüber zu Juri, der jedoch abwesend aussah. Hatte er Nina überhaupt zugehört? Falls es stimmte, was sie sagte, war es kein Zufall, dass sie ihn in Feral aufgenommen haben, sondern Schicksal.

Die Schwerter wollten zum Schwertträger. Juri, Mousa und auf seinen Wunsch hin auch Alain wurden mit neuen, leichten Lederrüstungen ausgestattet und die komplette Garnison bekam warme Wollmäntel und Stiefel. Dazu gab es Trockenfleisch, Brot und Wasser, so viel sie nur tragen konnten. Während sie durch das große Tor nach draußen in Richtung des Berges marschierten, waren eifrige Bildhauer dabei, die Skulpturen zu errichten, die sie an dem Ort als Denkmal aufstellen wollten, an dem Malta das Loch, in die Mauer geschnitten hatte. Bereits bei ihrer Rast am Mittag konnten sie den Berg Arratlea weitaus deutlicher sehen. Seine drei weißen Spitzen sahen atemberaubend schön und angsteinflößend zu gleich aus.

Laut der Karte mussten sie hoch auf den Gipfel, um die geheime Passage durch den Berg zu finden, was ihnen allen großen Respekt einflößte. Es war nicht nur das Besteigen des Arratlea, was ihnen Sorgen bereitete, sondern auch das Wetter. Der Arratlea war bekannt dafür, dass er zu dieser Jahreszeit von einem Blizzard nach dem anderen heimgesucht wurde. Am Nachmittag legten sie den letzten Halt ein, weil Mousa noch mal eine Bestandsaufnahme von Wasser und Lebensmitteln machen wollte. Malta, die bereits ihren warmen Mantel angezogen hatte, sah einige Meter weiter ein Feld mit diversen Kräutern und wollte ein paar davon Pflücken. Mit deren Hilfe konnte sie später vielleicht Verletzungen oder gar Erfrierungen behandeln.

Juri erklärte sich ungefragt bereit, ihr dabei zu helfen. Der Albtraum von letzter Nacht machte ihm zwar immer noch zu schaffen, doch er wollte sich nicht von seinen Ängsten beherrschen lassen. Vielleicht musste er die Chancen ergreifen, die sich ihm boten. Gemeinsam pflückten sie Ginseng, Rotmantel und Mayarin.

„Bist du froh, dass du mit uns gegangen bist?", fragte Malta und brach damit das Schweigen.

„Das war das Beste, was mir passieren konnte."

„Wirklich?"

„Sicher. Wie du ja gesehen hast, haben meine Eltern mich für einen Schandfleck gehalten. Hier mit euch kann ich etwas bewirken und fühle mich gebraucht", antwortete Juri.

„Deine Eltern haben ja keine Ahnung. Ich mag dich so, wie du bist", sagte Malta und nahm Juris Hand.

Endlich. Die Wärme, die er an seiner Hand und in seinem Bauch spürte, tat gut. Sie war das Gegenteil der Hoffnungslosigkeit, die ihm dieser verdammte Traum einbläuen wollte.

„Was ist mit deinen Eltern?", wollte Juri wissen.

„Meine Mutter starb bei meiner Geburt. Über meinen Vater weiß ich nicht viel, nur, dass er den Tod meiner

Mutter nicht verkraftet hat und danach fortgegangen ist. Niemand in unserem Dorf wollte so richtig über ihn reden, er war wohl etwas sonderbar."

„Das tut mir leid."

Mousa nahm noch mal einen Schluck Wasser, bevor sie sich wieder auf den Weg machten, und sah rüber zu Juri und Malta. Sie standen immer noch in dem Feld und hielten sich an der Hand. Er wünschte es dem Jungen so sehr, dass er in Malta die Liebe fand, die ihm fast sein ganzes Leben von seinen Eltern verwehrt wurde.

Eine kalte Brise ließ Maltas blondes Haar flattern und überzog Mousa mit einer Gänsehaut. Ihnen standen harte Zeiten bevor, das war ihm jetzt klar. In der nächsten Stunde veränderte sich ihre Umgebung. Bäume waren nun eine Rarität und auch Wiesen, Felder und Sträucher wurden seltener. Stattdessen gab es viel steiniges, braches Land. Einzig der Fluss neben dem Weg, dessen kristallklares Wasser ebenfalls in Richtung des Arratlea floss, bot ihnen einen Ausblick auf die Schönheit der Natur. Die Garnison kam dem Fuße des Berges nun immer näher und Mousa wurde langsam unruhig. Es war noch weit weg, doch er konnte etwas erkennen.

Dort stand jemand. Zuerst war er sich nicht ganz sicher, es hätte schließlich auch ein seltsam geformter Baum sein können, doch dann verflogen seine Zweifel. Dort stand definitiv jemand. Oder etwas. Ein großes, dunkles Etwas. Als Mousa sah, wie das Monster seine schwarzen Flügel ausbreitete, war er sich sicher, dass es ein weiterer Dämon war. Der Richter Alastor hätte sie fast umgebracht, ohne dass sie es überhaupt gemerkt hatten, sie mussten also vorsichtig sein.

„Ihr seht wahrscheinlich nur einen schwarzen Punkt, weit dort hinten am Ende des Weges. Dieser Punkt ist ein Dämon und er wartet auf uns. Macht euch kampfbereit und seid wachsam, vielleicht belegt er uns mit einem Fluch wie Alastor", befahl der Garnisonsführer.

Die Anderen waren überrascht, denn der letzte Dämon, den sie trafen, ging ganz anders vor. Falls Mousa recht hatte, stand dieser Dämon in der Mitte des Weges und wartete auf sie. Alastor hingegen lockte sie heimtückisch in eine Falle und versuchte, sie mit einer List zu töten, anstatt sich zum Kampf zu stellen. Irgendwie passte das letztere Verhalten besser zu einem Dämon.

Dieser Dämon war entweder nicht sehr gescheit, oder er war so mächtig, dass er nicht an seinem Sieg zweifelte. In der nächsten Viertelstunde kamen sie ihm immer näher und so konnte auch der Rest der Garnison das furchtbare Wesen aus den tiefen der Hölle besser sehen. Es trug eine Art dunkle Robe, die an den Ärmeln eine rot brennende Schrift besaß. Sein Kopf war zum Teil von einer Kapuze der Robe bedeckt, doch Mousa konnte das pechschwarze, verzerrte Gesicht darunter erkennen. Am imposantesten waren seine Flügel.

Juri schätzte die Spannweite dieser auf mindestens zehn Meter. Die äußeren Linien der Flügel setzten sich zu mit Dornen versehenen, schwarzen Ranken fort die so aussahen, als könnten sie einen Mann in zwei reißen. Der Dämon machte keine Anstalten, sich zu bewegen, selbst als seine Feinde in Fernkampfreichweite kamen. Alain, der Reverend, Karina und Alfred blieben ungefähr fünf Meter hinter dem Rest stehen. Juri, Malta und Mousa traten dem Biest direkt gegenüber, um ihn im Nahkampf zu stellen.

„Ihr seid langsam", sagte der Dämon mit tiefer, dunkler Stimme.

„Dafür töten wir dich schnell, Dämon", entgegnete ihm Juri.

„Ich denke nicht, dass ihr das tun werdet. Doch ich will, dass ihr wisst, dass ich das hier nicht aus freiem Willen mache. Leider hat der Mann des Friedens eine sehr hohe Stellung in der Hölle und darf über mich, den Höllenritter Azmodeus verfügen, wie er möchte. Ihr sollt wissen, dass ich es schätze, wie sehr ihr diesem Kerl Kopfschmerzen bereitet. Nun denn, seid ihr bereit zu sterben?", fragte Azmodeus.

Daraufhin erhob er sich in die Lüfte und spie eine Feuerkugel auf Malta, Juri und Mousa, welche ihr nur schwer ausweichen konnten. Malta nutzte ihre Magie, um große Steine vom Wegesrand auf den fliegenden Dämon zu feuern, während Alfred, Karina und Alain auf ihn schossen. Ihre Projektile prallten jedoch von seinen Flügeln ab, die er zeitweise als Schutzschild benutzte.

Juri und Mousa waren machtlos, denn Azmodeus flog so hoch, dass sie ihn mit ihren Schwertern nicht erreichen konnten. Wieder flog ein Feuerball in Richtung der Garnison, diesmal auf die Fernkämpfer. Auch sie konnten dem Feuerball ausweichen.

„Verdammt! Meine alten Knochen machen das nicht mehr mit!", meckerte Alfred und schoss mehrmals wild in die Luft, ohne dabei auf Azmodeus zu zielen.

Dieser flog nun auf Juri, Mousa und Malta zu und peitschte mit seinen Ranken in ihre Richtung. Mousa versuchte daraufhin, mit seinem Schwert ein Teil der Ranken abzuschlagen, doch sein Schwert drang nicht durch die dicke, tiefschwarze Haut.

Juri wollte sich neu positionieren, doch Malta nahm seine Hand. Sie kniete nun neben ihm.

„Glaubst du, dass es meine Schuld war, dass meine Mutter gestorben ist? Ich hätte sie so gern kennen gelernt."

„Was? Bitte lass uns das später besprechen", sagte Juri verwirrt.

Er wusste, dass sie der Tod ihrer Mutter beschäftigte, doch dass sie mitten in einer Schlacht darauf kam, war schon seltsam. Und noch etwas war seltsam. Der Dämon kam ihm äußerst mächtig vor. Er konnte fliegen und Feuerbälle spucken, hatte eine Panzerhaut und mächtige Dornenranken.

Aber alles, was er tat, war träge durch die Luft zu schweben und hier und da mal einen Feuerball zu speien, der aber nie sein Ziel traf. Wieso hielt er sich zurück? Bisher dachten sie, Azmodeus würde einen ehrbaren Kampf bevorzugen, anders als Alastor, doch vielleicht irrten sie sich.

„Kommt schon, Wächter! Macht etwas und steht nicht nur dumm rum! Ich habe für euch meine Frau geopfert! Und ich will sie zurück!", sagte Karina und ging weinend auf die Knie.

„Passt auf! Es ist eine List! Er kämpft nicht wirklich gegen uns, es ist ein Fluch wie bei dem Richter!", rief Juri entsetzt.

Es war zu spät, Azmodeus hatte sie in seinem Bann. Alain schmiss sich auf den Boden, zappelte mit Armen und Füßen und rief nach seiner Mama, während der Reverend unverständliches Zeug über die Geschehnisse in Tiloria zu beklagen schien.

Mousa richtete tatsächlich sein Schwert gegen sich selbst und wollte es sich ins Herz rammen. Im letzten Augenblick schlug Juri es mit einem Schwerthieb zur Seite.

„Lass es mich tun, Junge. Es muss getan werden", sagte Mousa und griff Juri an.

Der war zu geschockt und konnte sich nur mit Mühe und Not verteidigen. Was sollte er auch sonst tun? Sollte er den Mann, der ihn wie einen Sohn aufgenommen und zu einem Wächter gemacht hatte, etwa angreifen? Nein, denn er wollte ihm nicht schaden. Was er wollte, war, dass Mousa sich selbst kein Leid zufügen konnte.

Er täuschte einen Schlag mit seinem Schwert von der rechten Seite an, so dass Mousa aus Instinkt den Schlag mit seinem Schwert blocken wollte. Diese Chance nutzte Juri und verpasste seinem Lehrmeister einen Tritt aus der Drehung gegen sein Handgelenk, der sein Schwert zu Boden beförderte. Dann verpasste er Mousa einen weiteren Tritt, diesmal gegen das Kinn. Während der Garnisonsführer benommen zu Boden ging, nahm Juri sich sein Schwert und steckte es in eine der Schwertscheiden auf seinem Rücken. Mousa blieb auf dem Boden sitzen und weinte. Immerhin war sein Leben nun nicht mehr in Gefahr.

„Geb auf, Schwertträger. Du kannst sie nicht retten. Sieh sie dir an", sagte Azmodeus siegessicher.

Juri warf einen Blick auf seine Garnison. Jeder von ihnen war am Boden, weinte und beklagte alte Verluste oder sich selbst. Der Reverend hatte damit zu kämpfen, die junge Familie in den Tod geschickt zu haben, Alain vermisste seine Mutter, genau wie Malta. Karina bedauerte es, ihre Frau getötet zu haben, während Alfred sein Alter beklagte.

Mousa versuchte zwar nicht mehr, sich umzubringen, doch er weinte und sein Blick sah leer aus.

„Bald werden sie sich alle selbst oder sogar gegenseitig töten. Das haben wir schon vor langer Zeit geplant. Alastor war nur dazu da, eure Begierden und Wünsche zu offenbaren. Ich habe euch danach weiter beobachtet und die Schwächen in euren Herzen gefunden. Ihr nennt es Emotionen. Ich finde die Dunklen davon und verstärke sie ins Unermessliche. Du bleibst übrig, weil du es nicht mal wert bist, sich die Mühe zu machen."

„Komm runter und ich werde mir die Mühe machen, dich zurück in die Hölle zu schicken!", entgegnete Juri mutig, doch Azmodeus lachte ihn nur aus.

„Du wirst gar nichts tun. Ich werde mit einem Sieg die Tore der Hölle durchschreiten, was mir dabei helfen wird, dass der Name Azmodeus in der Hölle wieder gefürchtet wird!", brüllte der Höllenritter.

Karina konnte an nichts anderes denken, als an die Schüsse, die sie in das Herz ihrer eigenen Frau abgefeuert hatte. Das immer wieder zu erleben, tat so weh. Doch da war noch etwas. Vielleicht eine Art Geistesblitz. Sie musste sich anstrengen, um ihn wieder einzufangen, denn er war schnell hinter dem Schleier aus Schuldgefühlen und Trauer verschwunden. Karina schaffte es, die Bilder ihrer sterbenden Frau für einen kurzen Augenblick beiseitezuschieben und fand das, was ihr eben durch den Kopf geschossen war.

Es war der Ton. Der Ton des Dämons, als er sagte, dass sein Name wieder gefürchtet wird. Ohne jeden Zweifel war es ein wütender Ton. Und da war doch noch mehr. Ja. Vorhin, bevor der Kampf begonnen hatte. Azmodeus hatte den Auftrag, sie zu vernichten, vom Mann des Friedens bekommen. Und er mochte den Mann des Friedens nicht. Mehr noch, er verabscheute es, unter ihm zu arbeiten. Er war neidisch.

Immer noch mit Tränen in den Augen erhob sich Karina von Handura. Sie sah, wie Juri einem langsamen Feuerball auswich, und setzte sich in Bewegung.

„Hey, Azmodeus! Was ist eigentlich ein Höllenritter?", rief sie ihm zu.

Der Dämon war erstaunt, als er sah, dass die Bäuerin sich erhoben hatte und auf ihn und den Schwertträger zulief.

„Wie kannst du laufen? Wie kannst du sprechen?", fragte er.

„Ist das sowas wie ein Lakai? Der unterste Speichellecker, den man schickt, um die Drecksarbeit zu erledigen? Ich wette, so ein mickriger Höllenritter wie du ist entbehrlich", sagte Karina und lachte.

„Halt dein verfluchtes Maul!", fauchte Azmodeus, flog etwas tiefer und spie einen Feuerball in Karinas Richtung.

Diesmal war es knapp, ihre Hose wurde sogar leicht angesengt. Doch ihre Ablenkung ermöglichte es Juri, mit einem Sprung die Ferse des Dämons aufzuschlitzen. Dieser schrie und ließ seine Dornenranken auf den jungen Wächter hinab peitschen. Nun war sein Spiel vorbei, die richtige Schlacht hatte begonnen.

„Wir standen deinem Boss schon gegenüber. Der Mann des Friedens hat mit dir gedroht. Er sagte, dass er einen widerlich stinkenden, nichtsnutzigen Diener schicken wird, um uns etwas zu verlangsamen. Er hat dich geschickt, um dich zu opfern", rief Karina.

„Dieser Mann hat kein Recht, so über mich zu sprechen! Er stammt nicht mal aus der Hölle, er ist nur ein verfluchter Mann!", schrie Azmodeus Karina entgegen.

„Wenn er nur ein Mann ist, und du ein Höllenritter, wieso gehorchst du ihm dann aufs Wort wie ein kleines, dressiertes Hündchen?", fragte die Bogenschützin lächelnd.

Azmodeus kam so weit herunter, dass seine Füße dicht über dem Boden schwebten. Er blickte Karina in die Augen, die nun direkt vor ihm stand.

„Es ist ein Fehler! Ein verfluchter Fehler! Außenstehenden kann man nicht trauen! Die Hölle gehört den Dämonen!"

Als er nach Karinas Hals griff, hatte Juri sie endlich erreicht und zerfetzte mit einem wirbelnden Hieb seiner beiden Schwerter den linken Flügel des Dämons. Dieser schrie vor Schmerz auf, drehte sich um und traf mit dem Peitschenhieb seiner schwarzen Ranke die Schulter des ausweichenden Wächters. Das Blut spritzte, und Juri schrie, konnte aber dieses Ende der Ranke mit seinem Schwert abtrennen. Dieses Mal schrie Azmodeus nicht, sondern lamentierte weiter.

„Wenn man auf mich gehört hätte, anstatt auf diesen Eindringling, dann stünde die Hölle viel besser dar und die Sieben wären bereits alle aus ihren Käfigen befreit", erzählte der Dämon.

Er war in seinem eigenen Bann gefangen. Seine Schwäche war der Neid und der Hass auf den Mann des Friedens.

„Auf dich hört aber keiner, denn du bist nicht wichtig genug!", rief Karina ihm von hinten zu.

Azmodeus drehte sich zu ihr um, während seine Ranken Juri weiter beschäftigt hielten, und wollte sie darüber belehren, wie wichtig er in der Vergangenheit für die Hölle war, als Karinas Pfeil ihn in den Rücken traf. Das verletzte ihn nicht körperlich, doch er war gekränkt.

Gekränkt über den Fakt, dass diese einfache Bäuerin sich seinem Fluch widersetzen, ihn verspotten und sogar angreifen konnte. Das wird der Mann des Friedens sicher nutzen, um ihn in der Hölle lächerlich zu machen, dachte der Dämon sich.

Dabei vergaß er völlig Juri, der mit einem der Schwerter die verstümmelte Ranke beiseite schlug und das andere in die Brust des Höllenritters stach. Das Schwert, das offenbar in den heiligen Himmeln selbst geschmiedet wurde, war tödlich für den Dämon. Er brachte keinen Ton mehr heraus, sank auf die Knie und fiel dann mit dem Gesicht voran in den Staub. Azmodeus war geschlagen und Juri wusste, bei wem er sich dafür bedanken konnte.

Sie alle waren angeschlagen, weil sie sich ein weiteres Mal mit ihren ganz eigenen Dämonen auseinandersetzen mussten, kamen aber wieder auf die Beine. Ein paar hundert Meter von der Leiche des Dämons entfernt schlugen sie ihr Lager auf und versorgten Juris Wunden mit einer Salbe, die Malta hergestellt hatte.

„Wie hast du das gemacht, Karina? Wie hast du dich befreit?", fragte Alfred spät abends am Lagerfeuer.

„Ich weiß es nicht. Azmodeus klang so wütend. Und da dachte ich mir, dass er auch eine Schwäche hat. Irgendwie ist das beängstigend."

„Was? Das Dämonen eine Schwäche haben?", fragte Malta.

„Nein. Dass sie Emotionen haben, so wie wir."

Darüber hatte bisher keiner von ihnen nachgedacht und Karina hatte wohl recht. Es war beängstigend.

„Wisst ihr, es stimmt, dass ich meine Mutter vermisse und das ich wieder bei ihr sein will. Aber das ist nicht die ganze Wahrheit. Ich will auch hier bei euch sein. Ihr seid genau so meine Familie, wie meine Mutter.", sagte Alain.

Das war das Letzte, was am Lagerfeuer gesagt wurde, und sie schliefen friedlich ein.

Heute hielten Alfred und Mousa in jeweils zwei Schichten Wache, denn Juri kam Mousa in letzter Zeit nicht ausgeschlafen vor. Würde er während einer Wache einschlafen, wäre die ganze Garnison völlig ungeschützt.

Obwohl Juri Angst vor dem Schlaf und den damit verbundenen Albträumen hatte, schlief er schnell ein. Es war fast so, als hätte er ein Schlafmittel genommen, denn er konnte sich kaum gegen die bleierne Schwere wehren, die seine Augenlider zufallen ließen. Heute Nacht wurde er von einem Traum gequält, den er bereits kannte.

Malta hatte die Garnison verlassen und einen Adligen aus Handura geheiratet. Ohne die junge Magierin marschierten sie den Bergpass auf dem Arratlea entlang und Juri bildete die Nachhut. Aus irgendeinem Grund fiel es ihm schwer, mit dem Tempo der anderen mitzuhalten. Das dichte Schneegestöber schränkte seine Sicht ein und er konnte nur noch ein paar dunkle Flecken ungefähr 20 Meter vor ihm erkennen. Juri rief immer wieder nach Mousa, Alfred und Karina, doch niemand beachtete seine Rufe. Dann bemerkte er, wieso er so langsam war. Anstatt seiner warmen Hosen und seinem Mantel trug er nichts außer seiner Unterwäsche. Seine Füße hatten sichtbare Erfrierungen und er spürte sie nicht mehr, als er hilflos in den Schnee fiel.

Sollte er so sterben? Verlassen von denen, die die einzige Familie waren, die er je hatte? Der Gedanke daran machte ihn trauriger, als es die Gewissheit zu sterben tat. Doch die schwarzen Punkte vor ihm entfernten sich nun nicht mehr. Sie kamen näher. Seine Garnison kam zurück, um ihn zu retten. Gott sei Dank. Mit Schrecken erkannte er jedoch, als sie direkt vor ihm standen, dass es nicht mehr seine Garnison war.

Ihre Haut war bleich, sie hatten Bisswunden im Gesicht, am Hals und an den Armen und ihre Augen waren ganz weiß. Karina, Alfred, der Reverend, Alain und Mousa waren zu Untoten geworden. Juri bettelte um sein Leben, doch die untote Garnison kannte kein Mitleid. Sie bohrten ihre Zähne in sein Fleisch, tranken sein Blut und fraßen ihn langsam auf. Nur irgendwie schienen sie nicht satt zu werden und seine Muskeln, Sehnen und Organe wuchsen immer wieder nach. Er wurde gefressen und ausgesaugt und das immer und immer wieder.

Am Fuße des Berges, wo sie lagerten, vergingen nur ein paar Stunden, doch in der hoffnungslosen Welt in der er sich befand, vergingen Jahre. Jahre, in denen er ohne Unterlass von denen gefressen wurde, denen er vertraut hatte. Irgendwann jedoch passierte etwas, dass Juri so nicht mehr erwartet hätte. Die eintönige Hoffnungslosigkeit wurde von einem Licht erhellt, welches den Bergpass in seine Richtung entlang kam. Das Licht schien von einer

Frau zu kommen, die eine Art leuchtende Kugel in ihrer Hand hielt. War das Malta? Konnte das sein? War sie tatsächlich zurückgekehrt, um ihn aus seiner persönlichen Hölle zu retten? Grade, als fast wieder ein Fünkchen Hoffnung in ihm aufkeimte, schrie eine schrille Stimme, die weit über ihm schwebte.

„Das steht so nicht im Drehbuch! Cut!"

Dann wachte der junge Wächter benommen auf. Er fühlte sich zwar erlöst, war jedoch todmüde und seine Gedanken fühlten sich schwer und träge an. Obwohl er als erster wach war, stand er als letzter aus seinem Schlafsack auf und packte seine Sachen zusammen. Der Aufstieg auf den Berg Arratlea stand bevor.

„Ich weiß, dass ihr alle schon weiter gewandert seid, als wir es zu Beginn in Diron geplant hatten. Ich weiß auch, dass eure Körper sich danach sehnen, sich auszuruhen. Aber wenn wir an unserer Sache festhalten wollen, wenn wir den Mann des Friedens aufhalten wollen, dann müssen wir jetzt weiter gehen. Der Berg Arratlea wird uns prüfen. Der Aufstieg wird hart, es wird kalt und ich bin mir sicher, dass selbst dort oben einige seiner Truppen lauern. Doch ich bitte euch, haltet durch! Denn die Sache, für die wir kämpfen, ist es wert. Wir kämpfen für Terusa, wir kämpfen für das Volk von Terusa und wir kämpfen für das helle Licht", sagte Mousa mit erhobener Stimme. Seine Garnison stand im Halbkreis um ihn herum und nickte.

„Wir sind an deiner Seite!", sagte Alfred.

„Aye, das sind wir", bekräftigte Karina.

So begannen sie den beschwerlichen Aufstieg. Zu Beginn ging der Weg recht steil bergauf, was dem Reverend und Alfred sehr zu schaffen machte. Die Luft war inzwischen so kalt, dass jeder seinen warmen Mantel angezogen hatte, den sie von Nina bekommen hatten. Am Nachmittag, kurz nach ihrer zweiten Rast, fing es an, ein wenig zu schneien.

Es war nicht das dichte Schneegestöber aus seinem Traum, doch trotzdem fühlte sich Juri an die schrecklichen Qualen erinnert, die er in diesem erlitten hat. Immer noch verstand er nicht, wieso es sich so anfühlte, als ob in dieser einzigen Nacht Jahre vergangen wären. Er war sich bewusst, dass es kein Wunder war, dass er Albträume hatte, doch trotzdem fühlte es sich irgendwie merkwürdig an.

Der Boden und auch die Spitzen der Felsen am Wegesrand wurden langsam weiß, denn der Schnee hatte sie erobert. So wie die Wolken am Himmel aussahen, vermutete Mousa, dass dies nur der Anfang war. Ein Blizzard würde schon bald aufkommen. Der Garnisonsführer wurde aus seinen Gedanken gerissen, als zwei Untote von der Weggabelung vor ihnen kamen.

Reverend Carreyman und Juri gingen voraus, also nahm sich der junge Wächter die Untoten vor. Sein Gang wirkte jedoch unsicher, fast schwankend. Anstatt beide seiner Schwerter zu ziehen, nahm er nur eines, welches ihm sofort wieder aus der Hand fiel. Mousa war überrascht und verärgert, dass sein Schüler so unvorsichtig vorging, und eilte ihm zur Hilfe, denn das Monster hatte vor, ihn zu beißen. Einer von Karinas Pfeilen traf ihn genau in seinen Rachen und trat am Nacken wieder aus. Das tötete ihn nicht, hinderte ihn aber daran, Juri zu beißen. Der Reverend, der dem Jungen am nächsten war, verpasste dem Untoten, dessen Haut bläulich wirkte, einen heftigen Schlag mit seiner Bibel. Auch das verursachte keinen wirklichen Schaden, hielt die Kreatur aber solange auf, bis Mousa zugegen war und beiden innerhalb von zwei Sekunden die Köpfe abschlug.

Vier weitere Angreifer kamen um die Ecke, wovon drei von Karina, Alfred und Alain ausgeschaltet wurden und der vierte dem Garnisonsführer zum Opfer fiel. Mousa war erbost und besorgt zu gleich. Irgendwas war mit dem Jungen los, doch er wusste nicht was.

„Ab sofort halten wir alle nach geeigneten Orten für unser Nachtlager Ausschau, während wir wandern. Höhlen oder Felsvorsprünge, unter denen man lagern kann, wären am geeignetsten. Es scheint so, als würden wir dringend eine Pause brauchen", sagte Mousa und blickte dabei zu Juri.

Nach einer weiteren Stunde entdeckte der Reverend, der jetzt nicht mehr mit Juri, sondern mit Alfred vorausging, eine Höhle neben dem Bergpass. Mousa und Alain prüften, ob diese von einem Bären bewohnt war oder ob die Kreaturen vom Mann des Friedens dort lauerten, was nicht der Fall war. So legten sie ihre Ausrüstung und Proviant in der Höhle ab und machten ein Lagerfeuer nahe des Eingangs, damit der Rauch sich nicht in der Höhle sammelte. Obwohl Juri immer noch abwesend wirkte, war die Laune der restlichen Garnison gut. Sie hatten heute viele Höhenmeter gut gemacht und waren nun zuversichtlicher, dass sie den Arratlea ohne Verluste durchqueren konnten. Juri aß den Inhalt einer der silbernen Tüten vom Verteiler. Das Gericht, welches Thai Curry hieß, war scharf, aber schmackhaft. Dann entschuldigte er sich, sagte, er sei müde und begab sich einige Meter weit in die Höhle zu den Schlafsäcken.

Diese befanden sich hinter einer Kurve, so dass er dort etwas windgeschützt war. Von dort aus konnte er die Garnison zwar nicht mehr sehen, doch er hörte sie Lachen und Geschichten erzählen. Sie verstanden sich gut. Dann überkam ihn wieder diese betäubende Müdigkeit und seine Augen fielen zu.

Im Traum kämpfte die Garnison gemeinsam gegen Untote die dicke Eisblöcke am Hals und teilweise an den Armen hatten. So fiel es den Schwertkämpfern schwer, ihnen die Köpfe abzuschlagen, denn das Eis war unnatürlich dick. Wahrscheinlich hatte der Mann des Friedens es zu einer Art Rüstung geformt. Und es wirkte. Die gepanzerten Kreaturen wurden immer mehr und die Garnison musste sich weiter und weiter zurückziehen.

Karina, Mousa, Alain, der Reverend, Alfred und selbst Malta sahen sich nun mit einem finsteren, wissenden Grinsen an und Juri verstand nicht, was los war. Dann stellte einer von ihnen dem jungen Mann ein Bein, so dass er hinfiel und zurückblieb. Er streckte die Hand nach ihnen aus, doch die Garnison grinste nur und ließ ihn in den Fängen der Untoten zurück. Nicht schon wieder, dachte sich Juri. Das langsame Fressen begann. Sie rissen ihm die Bauchdecke auf und labten sich an seinen Innereien, bissen ihm in den Hals und saugten ihm das Blut aus, wie die Vampire in den Geschichten die er als Kind gehört hatte. Auch die untote Garnison aus seinem letzten Traum gesellte sich irgendwann zu den gefräßigen Kreaturen.

„Gut!", sagte eine Stimme.

Mousa und die anderen bissen ihm in die Unterschenkel, in seine Arme und in seinen Hals und grinsten dabei immer noch.

„Du warst nützlich, aber du warst nie unser Freund", sagte die untote Karina mampfend.

„Sehr gut!", sagte die seltsame Stimme.

„Und zu uns gehört hast du sowieso nie richtig", fand die dunkle Version von Alain.

„Das ist nicht wahr!", rief Juri mit erstickter Stimme.

„Wunderbar! Cut! Alles fertig machen für die nächste Szene."

Jetzt sah Juri das Wesen, welchem die Stimme gehörte. Im Grunde war es ein riesiges Auge mit Flügeln und kleinen Füßen. Es war ungefähr so groß wie ein Schaf und hatte so pechschwarze Haut wie Azmodeus.

„Was bist du? Tust du mir das an?", fragte Juri das fliegende Auge.

„Ich bin nur der Regisseur, nenn mich Incubus. Das hast du aber gleich wieder vergessen, wir befinden uns zwischen den Szenen. Du spielst deine Rolle perfekt, weiter so", antwortete Incubus zufrieden.

Die Umgebung änderte sich und zwei Personen standen plötzlich hinter Juri.

„Und Action!", rief Incubus.

Die Untoten fraßen weiter und Juri vergaß, was er grade gesehen hatte. Anstatt auf dem Arratlea befanden sie sich nun jedoch auf dem Boden eines kleinen und schäbigen Hauses, welches der Wächter sofort erkannte. Es war das Haus, in dem er mit seinen Eltern in Feral gewohnt hatte.

Seine Mutter und sein Vater standen direkt neben ihm und blickten auf ihn herab. Sein Vater trug die Kleidung eines Bauernhelfers und seine Mutter das einzige, graue Hauskleid, welches sie besaß.

„Mama, Papa! Bitte helft mir. Es tut so weh", bettelte Juri.

„Das würde dir wohl so passen, Freundchen! Erst willst du unbedingt ein Soldat sein und jetzt bereust du es? Du hast also diese ganze Schande umsonst auf dein Elternhaus gebracht? Du widerst mich an!", keifte sein Vater.

„Nein, so ist es nicht. Bitte helft mir doch."

„Ach, Juri! Wärst du doch nur niemals geboren worden", sagte seine Mutter.

„Nein! Bitte, hört auf!"

„Fantastisch! Weiter so!", sagte eine Stimme.

„Du warst, du bist und du wirst immer ein Schandfleck bleiben. Ich habe dich nie geliebt, denn du hast keine Liebe verdient!", urteilte sein Vater über ihn.

„Hilfe!", rief Juri verzweifelt und mit all seiner Kraft.

Am Lagerfeuer bekam keiner etwas von Juris Leiden mit. Alfred erzählte grade die Geschichte, wie er den nackten Bezirksdiener Jaroth durch die Straßen von Nobilar gejagt hatte, kurz nachdem er ihn beim Ehebruch erwischt hatte.

Er musste zwar nur ein Bußgeld an den Mann seiner Geliebten und an den König zahlen, aber wie er den Ehebrecher nackt im Garten seiner Nachbarn festgenommen und den ganzen Weg bis zur Burg geführt hatte, würde er nie vergessen. Alle lachten und aßen weiter ihre Ration für heute Abend auf.

Malta hatte sich eine Tüte mit der Aufschrift Putenbrust mit Jägersauce ausgesucht und fand es köstlich. Es hatte sicher seine Vorteile, in Mison City zu leben, dachte sie sich, als Alfred seine nächste Geschichte begann. Es ging um eine Magd, die Schnaps aus der Vorratskammer der Burg klaute. Da bekam Malta plötzlich einen starken, einschießenden Kopfschmerz. Ihre Tüte mit der Putenbrust fiel ihr aus der Hand und sie fasste sich an die Stirn.

„Hilfe!", schrie Juri.

Doch er schrie nicht von hinter ihr aus der Höhle, er schrie in ihrem Kopf. So etwas war bisher noch nie vorgekommen.

„Was ist los Malta?", fragte Karina besorgt.

„Ich weiß es nicht, ich habe was gehört", antwortete sie.

„Geht es dir nicht gut?", fragte Alain.

„Doch, doch. Ich habe Juri gehört. In meinem Kopf. Er hat um Hilfe geschrien. Wir müssen ihm helfen!", sagte Malta entschlossen.

Eilig lief sie nach hinten in die Höhle, dicht gefolgt vom Rest der Garnison.

„Was zur Hölle ist das?", rief Alain, als er das kleine fliegende Monster über Juri sah.

Mousa war egal, was dieses Ding war. Er zog sein Schwert und zerteilte die Kreatur in der Mitte. So dachte er zumindest. Sein Schwert glitt einfach durch den Körper des Wesens hindurch, so als wäre es Luft. Oder so, als wäre sein Schwert aus Luft. Alain, Alfred und auch Karina schossen auf das Ding, doch auch ihre Waffen hatten keine Wirkung.

„Wieso funktioniert das nicht? Wir müssen ihm helfen, er leidet furchtbar, ich kann es spüren", sagte Malta mit Tränen in den Augen.

„Ich weiß, was das ist! Das fliegende Auge habe ich schon mal gesehen. In dem finstren Buch, das wir aus Diron mitgenommen haben, habe ich seine Beschreibung gelesen. Incubus ist der Herr der Albträume. Er kann einen in seinen Träumen so sehr quälen, dass man vollkommen den Verstand verliert oder sogar stirbt", erzählte der Reverend.

„Wie kann man ihn töten, Reverend?", wollte Mousa wissen.

„Das weiß ich nicht. Physische Waffen wie Schwerter und Revolver können ihm nichts anhaben. Mehr kann ich euch nicht sagen."

Malta spürte immer noch, wie Juri litt und immer wieder um Hilfe rief. Dieses Ding, dieser Herr der Albträume, quälte ihn mit seinen schlimmsten Ängsten. Und er hatte Spaß dabei. Dieser widerliche Dämon machte Malta wütend. Richtig wütend. Sie schob Mousa beiseite und trat nun direkt vor Juri und Incubus. Mousa bemerkte zuerst, wie mehrere kleine Steinchen, die zu Maltas Füßen lagen, plötzlich anfingen zu schweben. Dann bildete sich wieder eine Art Aura um Malta herum, die aussah, wie blaue Flammen und ihre Augen wurden ganz weiß.

Schlussendlich fing Malta selbst an zu schweben und die Garnison trat einen Schritt zurück.

„Incubus!", brüllte die Magierin und ließ mit ihrer Stimme die ganze Höhle, vielleicht sogar den ganzen Berg erzittern.

Der Dämon bemerkte nun ihre Anwesenheit und unterbrach die Folter des Jungen, um in die Realität zurückzukehren.

„Du störst mich mit deinem Geschrei. Ich habe viel zu tun, also geht wieder ans Lagerfeuer. Eure Waffen können mir nichts anhaben", sagte der Dämon lachend.

„Ich hasse dich. Stirb!", sagte Malta und hob eine Hand.

Ohne ihn zu berühren, riss sie dem Regisseur seinen linken Flügel aus dem Körper. Schwarzes Blut spritzte aus der Wunde heraus und die Kreatur fing an zu schreien. Dann riss sie ihm auch den anderen Flügen heraus und ließ Incubus wimmernd zu Boden fallen.

„Hab Gnade! Ich verspreche, ich komme nie wieder!", flehte Incubus.

Doch es war das Letzte, was er je sagen würde. Malta riss immer wieder Stücke aus ihm heraus und ließ ihn mit einer blauen Energiekugel explodieren. Incubus war tot und seine Überreste verschwanden aus dieser Welt. Die Magierin hörte auf zu schweben und schwankte etwas, als sie wieder festen Boden unter ihren Füßen hatte. Erst jetzt bemerkte sie, dass sie der Garnison eine Heidenangst eingejagt hatte.

Mousa befand sich schon am Boden bei Juri, der jetzt aufgewacht war. Malta setzte sich sofort zu den beiden und stützte Juris Kopf. Er war zwar wach und trank einen Schluck Wasser, doch er sprach nicht und sein Blick war leer. Mousa machte sich schreckliche Vorwürfe und hoffte, dass es nicht zu spät für den Jungen war. In dieser Nacht hielten Alfred und der Reverend, sowie Karina und Alain Wache, damit Mousa und Malta ein Auge auf Juri haben konnten.

Kapitel 13 Leiden

Während sie in die dunkle, kalte Nacht hinaus starrten, dachte der Reverend an das, was Malta getan hatte. Sie war irgendwie nicht sie selbst und entfesselte eine solche Macht, dass selbst er Angst vor ihr bekam.

Doch vielleicht war es gut so. Vielleicht war dieses Mädchen die größte Waffe im Kampf gegen den Mann des Friedens. Selbst am nächsten Morgen, als sie ihre Wanderung fortsetzten, hatte Juri noch kein Wort gesprochen. Mousa, Malta und auch der Reverend hatten versucht, auf ihn einzugehen, jedoch erfolglos. Immerhin packte er seine Sachen und marschierte mit. Sein Verstand war also noch intakt und war nicht den Quälereien von Incubus zum Opfer gefallen.

Vielleicht brauchte der Junge nur Zeit, dachte Mousa. Zeit heilt alle Wunden, hieß es schließlich immer. Die Garnison marschierte gut und er war zuversichtlich, dass sie es bis heute Abend auf die Ebene des Gipfels schaffen würden. Von da an wäre ihr Weg wieder eben und kurz darauf konnten sie sogar bergab wandern.

Das war zwar gefährlicher bei diesem Wetter, jedoch nicht so anstrengend. Alain hatte sich bisher die ganze Zeit über nur Gedanken um Juri gemacht, wurde jetzt aber von der unendlichen Schönheit des Arratlea abgelenkt. Der schneebedeckte Bergpfad wurde links und rechts von

Felsen flankiert, die ebenfalls mit der weißen Pracht bedeckt waren. Wenn er über diese Felsen blickte, sah er nichts außer dem Himmel selbst, der fast genau so weiß war wie der Boden unter seinen Füßen. Das war wohl ein Zeichen, dass das Schneetreiben nicht sehr bald enden würde. Doch da vorne, auf einem der Felsen war etwas, das war nicht weiß. Es war etwas dunkler. Und es kam auf sie zu.

„Vorsicht!", rief Alain, um seine Garnison zu warnen.

Ein riesiger Klumpen aus Eis, größer und breiter als ein Mensch flog auf sie zu, landete vor ihnen auf dem Pfad und rollte ihnen nun mit hoher Geschwindigkeit entgegen. Die Eiskugel war so schnell, dass ihnen keine Zeit blieb, um sich um seinen Nebenmann zu kümmern. So presste jeder sich so dicht an die Felsen am Wegesrand, wie er nur konnte und hoffte, dass es ausreichte, um nicht vom Eis zerquetscht zu werden. Das funktionierte auch, doch der Klumpen aus Eis war nur der Vorgeschmack, jemand musste ihn geworfen haben.

Ein paar Dutzend Meter weiter vorne machte der Pfad eine Rechtskurve. Von dort kam ihnen nun ein Wesen entgegen, das menschliche Züge hatte, jedoch größer war und teilweise auf allen vieren lief. Juri setzte sich an den Wegesrand und Malta blieb bei ihm, während sich Mousa vor der Garnison postierte. Der Angreifer war zwar groß, doch es war nur einer, der Kampf sollte also nicht sehr lange dauern. Als das Wesen näher kam, konnten sie erkennen, dass sein Körper von borstenartigen Haaren bedeckt war und es eine lange Schnauze mit messerscharfen Zähnen hatte. Die Hände und Füße hatten scharfe klauen, die sich zweifelsohne mühelos durch ihre Körper schneiden konnten. Erst als Mousa sein Schwert gezogen hatte und ebenfalls auf den Wolf zulief, sah er, dass irgendetwas an ihm glitzerte. Es war das wenige Sonnenlicht, dass durch die dichten Wolken schien, aber was am Wolf reflektierte es?

Dann sah er es. Um den Kopf, um den Hals und um die Brust herum umgab ihn eine dicke Eisschicht. Diese war so geformt, dass sie fast wie eine Rüstung aussah. Mit Sicherheit war dies ein Zauber vom Mann des Friedens. Ohne Angst im Herzen rannte Mousa weiter auf die anstürmende Bestie zu, wich seinem ersten Klauenhieb aus und rutschte in voller Fahrt unter seinen Beinen hindurch. Dabei schlitzte er mit seinem Schwert den Oberschenkel des Wolfes auf und war sich bereits siegessicher.

Die Sehnen, die er an genau dieser Stelle durchtrennte, waren unabdingbar für die Stabilität des ganzen Beines, der Wolf würde kaum noch laufen können. Als der Garnisonsführer sich umdrehte, stand der Werwolf jedoch unbeeindruckt vor ihm. Sein Schwert hatte nur einen oberflächlichen Kratzer verursacht.

Die Haut der Bestie war wirklich dick. Alain, Alfred und Karina schossen nun aus sicherer Entfernung auf ihren Feind. Die Kugeln von Alain und dem Büttel prallten am Eis einfach ab, weshalb Karina sich ein Ziel ohne Eisrüstung suchte. Sie zielte auf seinen seitlichen, unteren Rücken und traf ihr Ziel wie immer mit hoher Präzision. Der Pfeil durchbohrte die erste Schicht der Haut, blieb im

Wolf stecken, fiel dann aber wieder heraus. Der Diener vom Mann des Friedens merkte nicht mal, dass er getroffen wurde, und streckte seine Klauen wieder nach Mousa aus. Dieser machte eine Rolle vorwärts und nahm diesmal mit seinem Schwert den Ellbogen des Monsters ins Visier. Auch hier gelang es ihm lediglich, dem Wolf eine oberflächliche Schnittwunde zuzufügen.

„Ihr müsst auf die Stellen ohne Eis zielen!", wies Karina die anderen beiden Schützen an, welche ihren Rat annahmen.

Die Geschosse drangen zwar nicht tief in den Wolf ein, hinterließen aber blutige kleine Löcher in seinen Armen und Beinen. Das erregte dessen Aufmerksamkeit, woraufhin er sich ein paar schädelgroße Steine vom Pfad nahm und sie auf die drei schmiss. Alfred wurde am Kopf getroffen, Alain am Knie und Karina konnte ausweichen. Alfred war benommen oder vielleicht sogar bewusstlos. Die blutende Wunde an seiner Stirn ließ eher auf Letzteres schließen.

Alain kroch zu ihm herüber und stützte den Kopf des rothaarigen Gesetzeshüters, so gut er konnte. Karina schoss währenddessen weiter auf den Wolf, um Mousa wenigstens etwas zu unterstützen, der inzwischen einen Tritt gegen die Brust abbekommen hatte. Seine Lederpanzerung aus Saien hatte ihn vor Risswunden oder inneren Verletzungen bewahrt, doch die Kraft die er gespürt hatte, machte ihm Angst. Er versuchte nun mit einem machtvollen, frontalen Schmetterschlag seines Schwertes den Eisblock am Kopf zu spalten, doch er konnte nur ein winziges Stück davon abtrennen. Der Wolf revanchierte sich mit einem Schlag mit der Rückhand, der Mousa weit wegschleuderte.

„Malta, ich bitte dich, du kannst hier nichts für Juri tun. Aber der Rest der Garnison braucht dich. Mousa braucht dich. Sie verlieren ohne dich", flehte der Reverend.

„Ich kann ihn aber nicht alleine lassen", antwortete die Magierin.

„Er ist nicht alleine. Ich bin bei ihm und Gott ist es auch."

Schweren Herzens ließ Malta Juris Hand los und machte sich auf, Mousa zu helfen. Dieser wich grade einem erneuten Klauenhieb aus, hatte jedoch langsam Probleme. Er kam einfach nicht in die Offensive. Malta versuchte alle Kraft zu bündeln, die sie noch hatte und feuerte einen konzentrierten Eisstrahl auf das Knie des Wolfes. Dieser heulte auf und drehte sich zu ihr um. Nach wenigen Sekunden hatte sich auch ein Eisblock um sein Knie gebildet und Malta beendete ihren Eisstrahl. Wenn der Wolf so auf Eis stand, dann sollte er doch mal versuchen, damit zu laufen.

Der Wolf streckte ohne Mühe sein Bein durch und ließ den von Malta erzeugten Eisblock zersplittern. Das war wohl nichts. Aber aufgeben wollte Malta nicht, auch wenn der Kampf mit Incubus, wenn man es denn einen Kampf nennen konnte, sie sehr mitgenommen hatte. Ein wenig Energie hatte sie noch und sie würde Mousa nicht sterben lassen. Dieser rutschte ein weiteres Mal unter den

Beinen des Werwolfs hindurch, machte anschließend eine Hechtrolle und positionierte sich neben Malta. Sie nickten sich zu und starteten den nächsten Angriff. Karina schoss einen Pfeil ab, der den Wolf an seiner Klaue traf. Das verletzte ihn nicht sehr, lenkte ihn aber genug ab, so dass Mousa in Nahkampfreichweite gelangen konnte. In kürzester Zeit versetzte er dem Biest mehrere Schnitte und es ahnte nicht, dass auch Mousas Angriff nur der Ablenkung diente.

Inzwischen hatte Malta sich auf den Felsen neben dem Wolf positioniert und war auf Augenhöhe mit diesem. Die Energie, die sie noch hatte, nutzte die junge Magierin, um diesmal einen Feuerstrahl auf das Eis abzufeuern, das den Kopf des Wolfes vor Mousas Schwert schützte. Sie hielt den Strahl, so lange sie konnte und Mousa griff ihn weiter an, um ihn daran zu hindern, sich auf Malta zu stürzen.

Doch für Malta wurde es immer schwieriger, den Strahl aufrecht zu erhalten und nach ungefähr einer Minute brach sie zusammen. An der äußeren Hülle des Eisblocks waren ein paar Wassertropfen zu sehen, mehr jedoch nicht. Ihr Angriff hatte keine Wirkung.

Was jedoch Wirkung zeigte, waren Juris Schwerter. Der Wächter hatte sich aufs Schlachtfeld geschleppt und eines seiner Schwerter in die Wade der Bestie gerammt. Der Wolf heulte furchtbar und verpasste Juri einen Rückhandschlag. Er ging zu Boden und war benommen. Mousa lenkte die Aufmerksamkeit wieder auf sich, hatte jedoch weiterhin keine Chance. Mit letzter Kraft richtete

Juri sich wieder auf, fiel jedoch direkt wieder zu Boden. Der Schlafmangel, die Qualen, die lähmenden Gedanken, dass alles war zu viel für ihn. Malta litt mit ihm, denn sie spürte, was er fühlte. Seine Verzweiflung, seine Traurigkeit und seine Müdigkeit. Doch da war noch mehr. Sie spürte nicht mehr nur Juri. Sie konnte den Wolf spüren.

Er litt ebenfalls Qualen, genau wie Juri. Das war seltsam. Bisher war sie sich nicht bewusst, dass sie so etwas konnte, aber nach dem gestrigen Erlebnis sollte sie sich eigentlich nicht wundern. Der Wolf hasste die Garnison, aber er hasste auch sich selbst und den Mann in seinem Kopf, dem er gehorchen musste. Sie konzentrierte sich ein wenig mehr und spürte nun alles.

Der Wolf war mal ein Mann namens Tirrog und war nicht freiwillig zu solch einem Ungetüm geworden. Es war ein interessantes Gefühl, seine Gedanken zu spüren, sie in den Händen zu halten. Und da war Malta sich plötzlich sicher, dass sie noch mehr konnte. Sie konnte seine Gedanken nicht nur fühlen, sie konnte sie formen. Sie konnte sie lenken.

Der Wolf, der grade Schwung holte, bewegte sich nicht mehr. Mousa wusste nicht, was mit ihm los war und wollte den Moment nutzen. Doch dann sah er Malta. Sie schwebte wieder, hatte die Augen auf den Wolf gerichtet und weinte. Die Bestie stellte sich gerade hin. Dann kletterte sie den Felsen am Wegesrand hoch und sah Malta in die Augen.

„Tirrog, Sohn des Riga, Ehemann von Martha und Vater von Enor, ich werde dich jetzt erlösen. Spring", sagte Malta in Gedanken zu Tirrog, dem Wolfsmann.

Und so wie sie ihn in Gedanken anwies, so sprang er die Klippe auf der anderen Seite des Felsen hinunter. Malta war sich sicher, dass sie Dankbarkeit in seinen Augen gesehen hatte, bevor er sprang. Dann schwebte sie wieder zu Boden und kümmerte sich um Juri.

Mousa kletterte sofort hoch auf den Felsen und blickte die Klippe hinunter. Etwa 200 Meter weiter unten war der Körper des Wolfs von mehreren, spitzen Steinformationen zerfetzt wurden. Die Bestie lebte nicht mehr. Keiner sprach darüber, aber sie wussten, dass Malta die Gedanken des Wesens kontrolliert hatte. Und genau wie gestern fragten sie sich, wie mächtig die junge Magierin wirklich war.

Mousa, Alfred und Juri wurden mit Maltas Salben versorgt, die sie aus den Kräutern am Fuße des Berges gemacht hatte, und dann ging es weiter. Diesmal in mäßigem Tempo und bereits auf der Suche nach einem Lager für die Nacht. Die Verletzten brauchten Ruhe, damit sie am morgigen Tag wieder bei Kräften waren.

Nach zwei Stunden, in denen sie auch die Ebene des Gipfels erreichten, fanden sie etwas unterhalb des Weges eine kleine Höhle. Vorsichtig kletterten sie die schräge Felswand ein paar Meter hinunter und legten dort ihre Sachen ab. Vor der Höhle war eine kleine Ebene, die in einem Felsvorsprung abschloss, der über eine Klippe ragte. Mousa warf einen Blick hinunter. Er war sich sicher, dass es dort mindestens zehn Mal so weit runterging als in der Schlucht, in die der Wolf gefallen war. In der Höhle warteten sie bis zum frühen Abend, um das Lagerfeuer zu entfachen. Die Zweige und das Heu, die sie aus Saien mitgenommen hatten, wurden langsam knapp und mussten noch ausreichen, bis sie die kälteste Zone des Berges verlassen hatten.

Mousa war überrascht und erfreut zugleich als er sah, dass Juri sich mit ans Lagerfeuer setzte und etwas aß. Dem Jungen ging es schon deutlich besser als gestern, das war gut. Heute wurde nicht so viel geredet wie am gestrigen Feuer. Zu gebeutelt waren sie vom Kampf gegen den Wolf.

„Habt ihr etwas dagegen, wenn ich es rausnehme?", fragte der Reverend.

Sie alle wussten, wovon er sprach.

„Mir ist es lieber, ich lese es hier am Schein des Lagerfeuers mit euch, als allein im Mondlicht", erklärte er.

„Wir haben nichts dagegen. Ich meine, wir stehen diesen Wesen im Kampf gegenüber, was kann es da schon schaden über sie zu lesen?", warf Karina ein.

„Oh, dieses Buch ist nicht nur Böse, weil dort über Dämonen und Monster berichtet wird. Es sind die Prozeduren und Rituale, die bei mir für Beklemmung sorgen. Und es hat immer noch eine furchtbar kalte Aura", sagte der Reverend.

Während dem Essen erzählte er seinen Gefährten von einigen Dingen, die er über die Wesen der Hölle und deren Rituale gelesen hatte. Juri kriegte davon nicht viel mit. Er war damit beschäftigt, seine Gedanken zu ordnen. Incubus hatte ihm ordentlich zugesetzt. Er hatte zwar keine Albträume mehr, doch ab und zu wusste er nicht mehr, was real war. Die Wirklichkeit, in der er hier mit der Garnison auf dem Berg Arratlea war, oder die, in der er von allen, die er jemals geliebt hatte, verraten wurde.

In ihm kam die Angst auf, dass seine Freunde ihn tatsächlich zurücklassen würden, weil er nun nutzlos im Kampf war. Obwohl er es versucht hatte, konnte er nichts zum Sieg über den Werwolf beitragen. Juri stand auf und ging mit seiner Tüte, die heute Rinder Ragout beinhaltete, ein paar Schritte hinaus und stand jetzt direkt vor dem Höhleneingang. Die kalte Luft half ihm, klar zu werden.

Als er die Klippe dort vorne sah, musste er zwangsläufig an den Wolf denken und bekam Mitleid mit ihm. Malta hatte seine Gedanken kontrolliert und ihn in einen Abgrund wie diesen springen lassen. Das war kein fairer Kampf, aber er verstand, dass es die einzige Möglichkeit war, ihn zu besiegen.

Wie es sich wohl angefühlt hatte, keine Kontrolle mehr über seinen Körper zu haben? Ein schwaches, grünes Licht oben auf dem Pfad über der Höhle riss Juri aus seinen Gedanken. Er sah es nur kurz, doch er war sich sicher, dass es da war.

Irgendwie zog ihn das grüne Licht an. Er musste dorthin. Juri drehte sich zur Garnison am Lagerfeuer um.

„Ich bin gleich wieder da, macht euch keine Sorgen", sagte er mit einem Lächeln auf den Lippen.

Seine Gefährten waren froh, dass er wieder sprach, und ließen ihn gehen. Sie wussten nicht genau, was er vor hatte, vertrauten ihm aber. Vielleicht musste er sich ja auch nur erleichtern. Als er die kleine Schräge hinauf geklettert war, konnte er jedoch nichts erkennen.

Das lag daran, dass das Wetter sich stark verändert hatte, seit er hier oben angekommen war. Der leichte Schneeschauer hatte sich zu einem dichten Schneetreiben entwickelt, welches schon bald die Ausmaße eines Blizzards erreichen würde, da war der Wächter sich sicher. Keinen Meter weit konnte er sehen, weshalb er sein Schwert zog und darauf gefasst war, angegriffen zu werden.

Doch das passierte nicht. Nachdem er einige Meter den Pfad entlang gegangen war und sich von ihrem Lager entfernt hatte, wollte er bereits umkehren, da sah er das grüne Aufblitzen erneut. Diesmal waren es zwei Punkte, ungefähr drei Meter vor ihm. Was auch immer das für eine Kreatur war, sie griff ihn nicht an. Vielleicht sah sie ihn nicht, das war ihm auch egal. Er machte einen Schritt nach vorn, holte mit seinem Schwert aus und ließ es herunter preschen, um seinem Feind den Schädel zu spalten. Kurz vor seinem Ziel blieb das Schwert stehen, so als wäre es in der Zeit eingefroren. Dann bemerkte Juri, dass dies nicht an seinem Schwert, sondern an seinem Arm lag. Er gehorchte ihm nicht mehr. Der Schneeschleier, der seinen Gegner umgab, teilte sich.

Aus irgendeinem Grund machte der Schnee, der vom Himmel fiel auch einen Bogen um das Wesen, dass sich vor Juri offenbarte. Der junge Mann war schockiert, als er sah, welche Boshaftigkeit ihm gegenüberstand. Grüne Augen, ein grünes Leinenhemd, schwarzes Haar und ein Bart, der dezent den Mund umrundete. Der Mann des Friedens stand vor ihm.

„Hallo, Juri!"

„Du Teufel! Ich werde dir ein Ende bereiten!"

„Aha. Und weshalb solltest du das tun?", fragte der Mann des Friedens.

Juri war etwas überrascht und brauchte einige Sekunden, bis er antworten konnte.

„Du bist das Böse. Du bist mein Feind", sagte er schließlich.

„Weißt du, wie ich das nenne? Vorurteile! Das ist ungerecht. Du kennst weder mich noch meinen Plan. Wie kannst du wissen, dass ich böse bin? Oh, weil dein idiotischer Garnisonsführer es behauptet? Was haben denn deine Eltern von dir behauptet? Man sollte nicht über jemanden urteilen, den man nicht kennt."

„Nicht kennen? Du hast Armeen von Untoten, Spinnen und anderen Kreaturen geschickt, um uns zu töten!"

„Um euch zu töten, oder um euer Tempo zu regulieren, damit ihr zu den richtigen Zeiten an den richtigen Orten seid?"

Juri war still. Was war das hier? Es war offensichtlich, dass der Mann des Friedens ihm mit seiner Magie überlegen war. Doch anstatt ihn zu töten, plauderte er mit Juri.

„Wie dem auch sei, ich weiß jedoch, dass ihr unterwegs seid, um mich zu töten. Das ist richtig, oder?", fragte der Mann des Friedens.

Juri schwieg.

„Siehst du? Wer ist jetzt böse? Ihr habt mein Angebot ausgeschlagen und droht mir, mein Leben zu nehmen. Trotzdem bin ich hier, um ein weiteres Angebot zu unterbreiten."

„Ein Angebot? Was für eines? Und weshalb habe ich gewusst, dass du das sagen würdest?"

„Weil Incubus dich auf diesen Moment vorbereitet hat, Junge. Du sollst wissen, dass ich hier bin, um dich zu retten."

„Was? Was soll das? Was willst du von uns?"

„Von euch? Nichts. Aber du, du könntest etwas für mich tun. Schließ dich mir an und tu mir einen Gefallen, dann lasse ich den Rest der Garnison in Ruhe", verlangte der Mann des Friedens.

Juri war geschockt. Wieso wollte der Mann des Friedens, dass er sich ihm anschloss?

„Ist das hier echt? Oder ist es einer von den Träumen des Dämons?"

„Ist doch egal! Sie werden dich in den Träumen und irgendwann auch im echten Leben verraten! Komme ihnen zuvor!"

Juri blieb still. Er war verwirrt.

„Guter Junge. Denke kurz darüber nach. Kommen wir nun zu dem Gefallen, den du mir tun sollst. Wie ich bereits sagte, werde ich den Rest deiner Garnison in Ruhe lassen. Den Rest. Doch ein Mitglied der Garnison muss sterben. Und du wirst es für mich tun. Du wirst deine geliebte Malta töten, um mir deine Treue zu beweisen. Das ist der Gefallen und es wird gut für dich sein, glaub mir! Du hast in deinen Träumen doch gesehen, wie sie dich behandelt", sagte der Mann des Friedens und grinste.

Juri stockte der Atem. Seine Gedanken waren immer noch verworren. Er wusste nicht, ob er wirklich hier war, oder ob dies einer der Träume von Incubus war. Falls ja, würde es bald wieder beginnen. Das Fressen. Es gab nur einen Ausweg. Juri konzentrierte seine Gedanken und rief in ihnen immer wieder ein einziges Wort.

„Denke doch mal nach. Glaubst du, Incubus hat dir Lügen aufgetischt? Weißt du überhaupt, wie er arbeitet? Er ist nur ein Regisseur und schreibt keine Drehbücher. Ausschließlich das, was in den finstersten Ecken der Gedanken seiner Opfer versteckt ist, nimmt er sich und setzt es in Szene. Diese Zweifel, diese Vorahnungen, das war alles schon da."

Juri antwortete ihm nicht. Er blickte ihm jedoch in die Augen und sah konzentriert aus. Das war gut, fand der Mann des Friedens. Vielleicht dachte er über seine Worte nach.

„Was hatten Mousa und seine Lakaien mit dir vor, als sie dich trafen? Sie wollten dich in Saien absetzen und dich deinem Schicksal als Bauernhelfer überlassen. Und wann haben sie ihre Meinung geändert? Erst als sie sahen, wie gut du bist. Was denkst du also, wieso du Teil dieser

Garnison bist? Weil sie deine Persönlichkeit so schätzen oder weil du dich als nützlich erwiesen hast?"

Juris Blick wirkte plötzlich erschrocken. Es sah tatsächlich so aus, als zeigten seine Worte Wirkung. Das lief ja wie am Schnürchen.

„In der Sekunde, in der sie dich nicht mehr brauchen, werden sie dich verstoßen. Ich hingegen werde dich nie verstoßen. Was ich verspreche, halte ich. Deshalb verspreche ich dir, dass, wenn du an meiner Seite bist, du mehr Kreaturen des Bösen töten wirst, als du es je mit der Garnison tun könntest. Und jetzt entscheide dich. Die Zeit ist knapp, sie werden misstrauisch."

Juri sprach kein Wort, nickte aber entschlossen.

Am Lagerfeuer fragte sich Mousa tatsächlich langsam, wo Juri blieb. Ihm gefiel auch nicht, dass Malta so weit draußen auf dem Felsvorsprung über dem Abgrund stand. Sie war vor wenigen Minuten nach draußen gegangen. Nach was hielt sie dort eigentlich Ausschau? Ja, sie war eine Magierin und ja, sie war anscheinend mächtiger, als sie alle erwartet hatten, doch sie war auch ein junges Mädchen und Teil seiner Garnison.

Der aufziehende Blizzard machte es auch nicht ungefährlicher. Er wollte Malta wieder zurückrufen, wollte sie aber nicht wie ein Kind behandeln. Außerdem hatte sie wieder diese blaue Aura, die bisher nur auftrat, wenn sich ihre Kräfte vergrößerten. Mousa wusste nicht, ob sie sie benutzte, um sich vor dem Schnee zu schützen, oder ob sie das blaue Licht überhaupt bemerkt hatte.

Auch der Reverend war unruhig geworden und beobachtete sie. Dem Mann Gottes war wohl genau so mulmig bei dem Anblick wie ihm selbst.

„Gut so, Junge! Hol sie mal da weg!", rief der Reverend mit einem Lächeln. Mousa wandte seinen Blick wieder zur Klippe. Im Licht von Maltas blauer Aura sah er, dass Juri langsam auf sie zu ging, während die Magierin sich zu ihm umdrehte. Er machte sich wahrscheinlich noch mehr Sorgen um seine Liebste als Mousa und der Reverend zusammen, dachte sich der Garnisonsführer. Ungefähr einen Meter voreinander blieben beide stehen und verharrten für eine Sekunde. Was taten sie da? Sich ihre Liebe gestehen konnten sie auch an einem weniger gefährlichen Ort.

„Hey! Kommt lieber da weg ihr Turteltäubchen!", rief Karina jetzt.

Juri zog unbeholfen eines seiner Schwerter. Mousa konnte es aufgrund des Schnees nicht erkennen, aber er war der Meinung, dass Juris Arm vor Anstrengung zitterte. Mit einer plumpen Bewegung, die nicht denen glich, die Juri von ihm gelernt hatte, stach er Malta die Spitze seines Schwertes in die Brust und durchbohrte diese.

„Nein!", schrie Mousa.

Neben Malta erschien nun der Mann des Friedens aus einer seiner roten Türen. Juri zog sein Schwert wieder aus Malta heraus und verpasste ihr einen Tritt. Dieser ließ die junge Magierin nach hinten fallen und vom Felsvorsprung in den tiefen Abgrund stürzen. Sobald sie fort war, knickte Juri auf ein Knie ein. Er kniete vor seinem neuen

Meister, dachte sich Mousa. Incubus war doch erfolgreich gewesen.

„Du Verräter! Judas!", schrie der Reverend.

„Tut uns leid, wir haben keine Zeit zum palavern. Berg heil, ihr Bergsteiger!", sagte der Mann des Friedens, während er erneut eine Türe erscheinen ließ.

Doch dann unterbrach er, und streckte seine flache Hand aus. Ein Schuss war ertönt und Mousa sah erst nach wenigen Sekunden, dass Alain geschossen hatte. Da der Mann des Friedens irgendwie den Schnee von sich fernhielt, konnte er sehen, dass die Kugel eine Fingerbreite vor Juris Stirn angehalten wurde.

Dann ließ der alte Magier die Kugel schmelzen und begab sich mit seinem neuen Diener in das Portal. Sie waren fort. Malta war fort. Mousa, der Reverend, Alfred und Karina begaben sich hinaus in die Kälte und auf den Felsvorsprung. Nur der Garnisonsführer ging bis zur Spitze und sah hinab in den Abgrund. Doch Malta konnten sie nicht mehr helfen.

Alain blieb am Lagerfeuer sitzen und hatte immer noch seinen Revolver in der Hand. Was hatte er da grade getan? Er hätte um Haaresbreite seinen Freund erschossen. Sicher, einen Freund, der sie verraten hatte, doch hätte er nicht auch unter einem Bann vom Mann des Friedens stehen können? Das wusste er nicht und hatte trotzdem geschossen.

Die Suche nach Malta blieb natürlich erfolglos und den Mann des Friedens konnten sie schlecht während eines Blizzards nachts auf einem Berg verfolgen. Was ihnen blieb, war die Untätigkeit. In dieser Nacht sagte keiner mehr einen einzigen Ton. Mousa wusste, dass es seine Aufgabe war, seiner Garnison Mut zu machen, doch dazu war er nicht in der Lage. Nicht nur Maltas Tod hatte ihn hart getroffen, sondern auch der Verrat seines Schülers.

Er hatte an Juri geglaubt, ihm alles beigebracht, was er wusste, ihn wie einen Sohn behandelt und ihn sogar zu einem Wächter gemacht. Doch anscheinend hatte er ihn völlig falsch eingeschätzt. Auch wenn erst Incubus und dann der Mann des Friedens ihn manipuliert hatten, war das keine Entschuldigung für seine furchtbare Tat.

Er dachte, er würde das Mädchen lieben. Wie konnte er das nur tun? Das fragte Mousa sich die ganze Nacht und tat kein Auge zu. Auch seine Gefährten schliefen erst ein, als es langsam schon wieder hell wurde. Da sie Kraft tanken sollten, ließ Mousa sie schlafen, bis der Mittag bald anbrechen würde. Alain stand als Letztes auf.

Während die anderen bereits über dem Abgrund standen, lag er noch in seinem Schlafsack. Er hatte Angst davor, was aus ihm geworden war. Erst ließ er das Ehepaar in Saien sterben, nun hatte er auf seinen Freund geschossen. Immer wieder hatte er sich gesagt, dass er den Abzug betätigt hatte, weil Juri sie verraten und Malta getötet hatte, doch das stimmte nicht. Seit ihrer Begegnung mit dem Dämon Alastor war Juri Alains Vorbild.

Er war der Held, der Alain noch werden wollte. Nur wegen Juri hatte Alain auch nach dem Erlebnis in Saien noch an Helden geglaubt. Wenn ein Held jedoch eine so schreckliche Tat begehen konnte und grundlos alles verriet, an das er glaubte, was war dann Alains Reise, sein Weg zum Helden und sein Leben noch wert?

„Könnte sie überlebt haben?", fragte Alfred betrübt.

Mousa schüttelte den Kopf.

„Nein. So einen Sturz überlebt keiner. Abgesehen davon hat der Junge ihr Herz durchbohrt und das nicht nur im übertragenen Sinne", antwortete Mousa.

„Wie bergen wir ihre Leiche am besten? Das Mädchen hat eine ordentliche Beerdigung verdient", fand der Reverend.

„Reverend, wir kommen da nicht runter. Die Wände sind steil und glatt und der Blizzard nimmt bereits wieder zu. Mir gefällt es auch nicht, aber ihr Körper wird dort unten bleiben müssen und vom Eis für alle Zeiten konserviert werden."

Keiner machte Mousa einen Vorwurf, doch er konnte in ihren Blicken sehen, dass sie enttäuscht waren. Malta hatte ihnen allen so viel bedeutet. Auch wenn ihm selbst nicht danach zumute war, wollte er seine Garnison wieder aufheitern.

„Der gestrige Tag war ein harter. Ein trauriger. Wir alle haben ein Mitglied unserer Garnison verloren, welches wir schätzten, respektierten und liebten. Malta war nicht nur eine Waffe, sondern auch unsere Freundin. Aber wisst ihr was? Die Mächte, die ihr Leben genommen haben, sind noch da draußen! Und wir hatten uns geschworen, genau diese Mächte zu vernichten. Also gehen wir weiter und tun unsere Pflicht. Für Malta", sagte er, glaubte aber selbst nicht an seine Worte.

Seine Garnison folgte ihm zwar, doch sie waren gebrochen. Alfred fand es auffällig, dass Mousa nur über Malta sprach. Er hatte völlig verdrängt, dass Juri sie alle betrogen hatte. Und dabei ging es nicht nur um den Verlust der beiden als Freunde. Juri war vor seinem Verrat ihr geschicktester Kämpfer und war in dem Besitz zweier Schwerter, die jeden noch so finstren Dämonen vernichten konnten. Malta wurde immer mächtiger, konnte sogar die Gedanken ihrer Feinde kontrollieren und hat die Garnison mehr als einmal vor dem Ende bewahrt. Die beiden waren ihre größten Waffen im Kampf gegen den Mann des Friedens und die Mächte der Hölle. Und jedem von ihnen war bewusst, dass die Chance auf einen Sieg ohne sie Richtung null gingen.

Während der Blizzard an Stärke gewann, bereute Karina, was sie getan hatte. Sie hatte das größtmögliche Opfer gebracht und ihrer eigenen Frau ein Ende bereitet. Und wofür war das nun gut? Der Junge hatte sie verraten, die kleine Magierin lebte nicht mehr und beim nächsten Aufeinandertreffen mit den magischen Geschöpfen vom Mann des Friedens würden sie sicher auch nicht mehr leben.

Den Werwolf mit seiner verzauberten Eisrüstung konnten sie nur besiegen, weil Malta seine Gedanken kontrolliert hatte. Mousas Schwerter und ihre Geschosse waren völlig nutzlos. Die einzige gute Nachricht war, dass sie nun anfingen, bergab zu marschieren. Auch Alfred fragte sich, was dies alles noch bringen sollte. Er hatte seine Grenzen weit überschritten. Das Gesetz in Diron als Büttel zu hüten war überschaubar und geordnet. Doch diese Reise war alles andere als das. Die Hoffnung wich auch aus seinem Herzen.

Am Nachmittag machten sie die einzige Rast für heute. Alain, Mousa, Karina und Alfred ruhten sich aus und tranken etwas, während der Reverend sich ein wenig von ihnen entfernte. Er wollte beim Gebet ungestört sein. Das war sonst nicht der Fall, doch heute war es ein sehr persönliches Anliegen an Gott. Hinter einer Ecke kniete er sich in den Schnee, zitterte am ganzen Leib und faltete die Hände.

„Oh Herr, mein Gott, höre mich an. Sonst bin ich es, der in deinem Namen die Beichte abnimmt, doch heute müsstest du mir dafür dein Ohr leihen. Meine Sünde ist schlimm, also mach dich auf was gefasst. Ich habe Zweifel. Zweifel an dir. Ja, vielleicht sogar eine richtige Abneigung. Und es tut mir weh. Ich will es nicht, aber es ist so. Das erste Mal gezweifelt habe ich in Saien, als du mir die Eheleute schicktest. Du gabst mir eine Aufgabe, die unmöglich zu bewältigen war. Die beiden waren krank und das einzige Heilmittel, das ich kannte, war das Feuer. Doch schon während der gesamten Reise habe ich mich gefragt, wo du bist, mein Herr. Denn die Hölle ist präsent wie eh und je. Die Mächte der Finsternis sind hier und greifen uns an. Da habe ich mich gefragt: Wo ist denn das Licht? Wo ist Gott? Ich dachte, ich hätte dich gespürt, als du uns zuerst Malta und dann Juri geschickt hattest.

Unsere Garnison fühlte sich vollkommen und stark an und wir glaubten an unseren Sieg. Doch Malta und Juri sind fort. Der Junge war ein Verräter, also sicher kein Geschenk von dir. Deshalb frage ich dich jetzt, Herr: Wo bist du? Wir führen einen Krieg gegen die Finsternis und wenn du uns noch liebst, dann sende uns doch etwas von deinem Licht, sende uns ein Zeichen. Es tut mir leid, Herr. Es tut mir so leid", beendete er sein Gebet, ohne sich zu bekreuzigen.

Auf seinem Weg zurück zur Garnison dachte er an Tallo, den Bettler aus Diron und was er in seinem Traum zu ihm gesagt hatte. Tallos Gott wäre hier und würde zu ihm sprechen. Und sein Gott? Der wäre tot. Als er wiederkam, musste Mousa Alain anstupsen, weil dieser völlig in seinen Gedanken versunken war. Immer noch war er in Trauer und Selbsthass versunken.

Es war ihm nicht mal peinlich, als Mousa ihn in die Realität zurückholen musste. Er nahm sich seinen Rucksack und setzte die Wanderung mit der Garnison fort. Mousa gab sich selbst die Schuld für den Zustand seiner Truppe. Er wusste, was er eigentlich zu tun hatte und war doch unfähig, es zu tun.

Er war kein guter Garnisonsführer. Erst hatte er Jack und die anderen im Fochwald sterben lassen, nun Juri und Malta. Und sobald der Mann des Friedens sich dazu entschied anzugreifen, würde er auch Alain, Karina, Alfred und den Reverend verlieren. Das hatten sie nicht verdient.

Während das Schneetreiben immer dichter und der Wind immer heftiger wurde, wurde der Abstand zwischen den einzelnen Garnisonsmitgliedern immer größer. Sie waren entweder mit sich selbst beschäftigt, oder es war ihnen egal, dass sie sich voneinander entfernten. Die Kälte des Berges hatte nun auch ihre Herzen heimgesucht.

Einige Meter vor ihnen kamen irgendwann schließlich fünf Gestalten auf sie zu. Man konnte sie zwar nicht genau erkennen, doch dieser schwankende Gang und das Gestöhne wiesen eindeutig auf Untote hin. Mousa fragte sich, ob dies nun ihr Tod wäre. Doch sein Stolz war es, der es ihm nicht erlaubte, aufzugeben. Um fünf dieser Kreaturen zu besiegen brauchte er weder Gedankenkontrolle, Feuerbälle oder Schwerter aus den hohen Himmeln. Er brauchte nur ein Schwert und dieses zog er jetzt. Als der erste Untote in Reichweite kam, rannte Mousa auf ihn zu, sprang und nutzte die untote Schulter als Sprungbrett, während er den Oberkörper und den Schädel der Kreatur spaltete.

Im Fall zerteilte er den nächsten Angreifer komplett, landete auf einem Fuß und einem Knie, wirbelte dann herum, um dem Untoten daneben die Beine abzutrennen. Als dieser zu Boden fiel, stach ihm Mousa die Spitze seines Schwertes in den Kopf. Karina und Alfred erschossen die beiden Übrigen. Bei Maltas Macht und Juris Talent hatten sie ganz vergessen, welch ein unglaublicher Schwertkämpfer Mousa war.

Nach ihrem Sieg rückte die gesamte Garnison zusammen und setzte den Weg gemeinsam fort. Auch wenn ihre Situation aussichtslos erschien, würden sie kämpfen. Wenn das ihren Tod bedeutete, dann war dies eben so. So marschierten sie weiter und weiter. Es war ihr Ziel, heute so weit zu wandern, dass sie morgen den Schnee hinter sich ließen und wieder im Trockenen marschieren würden.

Kurz vor Anbruch der Dämmerung sah Mousa erneut etwas. Diesmal sahen es auch seine Gefährten im selben Moment. Es war ein Licht. Ein Licht, welches sich bewegte. Es begleitete irgendeine Kreatur, die im Schnee nur als Schatten zu erkennen war. Dieses Licht war definitiv magisch, das war ihnen allen klar. Der Reverend war sich sicher, dass sie nun alle sterben würden. Eine magische Kreatur konnten sie nicht bekämpfen, ohne selbst Magie auf ihrer Seite zu haben. Genau wie die anderen machte er sich bereit. Denn wenn er schon sterben musste, dann würde er aufrecht sterben.

Kapitel 14 Ein neues Licht

Das Licht kam näher, wanderte unaufhörlich auf sie zu und da spürte es Reverend Carreyman deutlich. Es war nicht das Leuchten einer magischen Kreatur aus der Hölle, sondern das weiße, reine Licht des Guten. Mousa war bereit, zu zuschlagen, als der alte Mann vor ihnen auftauchte. Er trug ein graues, langes Gewand und einen spitzen Hut in der gleichen Farbe. Sein weißer Bart, welcher ihm bis zum Brustansatz reichte, und sein langes Haar waren mit kleinen Eiskristallen bedeckt. Das Licht, welches sie schon von weitem sahen, stammte von seinem Wanderstab, welcher aus glattem Holz Bestand und einen blauen Stein in der Spitze eingefasst hatte.

„Wer bist du?", fragte Mousa verwundert.

Der alte Mann lächelte.

„Mein Name ist Myrdin. Ich habe euch gesucht."

Den Namen Myrdin hatte Mousa schon einmal gehört.

„Aus welchem Grund hast du uns gesucht, Myrdin?"

„Ihr bekämpft den Mann des Friedens. Ich will mich euch anschließen. Ich ersuche euch, teil eurer Garnison zu werden."

„Es ehrt dich, dass du dich dem Kampf anschließen willst, aber was befähigt dich dazu?", fragte der Garnisonsführer ernst.

„Oh, wisst ihr, ich praktiziere etwas Magie hier und da. Das ist sicher nützlich. Und ich bin alt. Ich kenne den Mann des Friedens. Ich kenne ihn sehr gut", sagte Myrdin mit einem Blick des Bedauerns in seinen Augen.

„Dann spreche ich für alle, wenn ich sage, dass wir dich mit Freuden aufnehmen. Gehe voraus und weise uns den Weg mit deinem Licht. Wir halten nach einem Unterschlupf für die Nacht Ausschau. Über den Mann des Friedens kannst du uns am warmen Feuer berichten", sagte Mousa.

Eigentlich hatte er nicht gedacht, dass sie so schnell wieder einem Fremden vertrauen würden, doch bei Myrdin war es anders. Es fühlte sich so an, als wäre er vom Schicksal aus mit ihnen verbunden. So als ob er längst Teil ihrer Garnison, ihrer Familie hätte sein sollen, und erst jetzt den richtigen Weg gewählt hatte. Hätten sie Myrdin erzählt, was sie fühlten, hätte er ihnen zugestimmt.

Er hätte derjenige sein sollen, der sie alle zusammen bringt, doch er hatte zu lange gebraucht, sich von einem Schatten zu befreien, der schon lange auf ihm lag. Mit Hilfe von Myrdins Licht fanden sie rasch eine passende Höhle am Wegesrand, in der sie sich einquartierten.

„Heute gehen wir zeitig schlafen. Wir essen, dann übernehme ich die erste Wache. Danach sind Alfred und Alain dran", sagte er, während die anderen das Lagerfeuer entfachten.

„Eine Wache? Nehmt es mir nicht übel, Garnisonsführer, doch wozu brauchen wir eine Wache?", fragte Myrdin verwundert.

„Du weißt es vielleicht nicht, aber der Mann des Friedens schickt regelmäßig seine Kreaturen los, um uns anzugreifen. Untote, Spinnen und Werwölfe sind nur wenige seiner Diener. Wir brauchen stets eine Wache, weil sie uns sonst im Schlaf erledigen könnten", erklärte Mousa geduldig.

„Oh, du hast mich falsch verstanden. Ich wollte damit sagen, dass hier heute Nacht niemand rein kommen wird. Sieh zu", sagte Myrdin freudig.

Myrdin richtete seinen Stab auf den Eingang und ließ einen mächtigen Eisstrahl aus diesem herausschießen, der in kürzester Zeit einen riesigen, dicken Eisklumpen bildete, welcher komplett den Eingang der Höhle versperrte. Mousa testete ihn mit seinem Schwert und er war tatsächlich genau so fest und unnachgiebig wie die Eisrüstung des Werwolfs.

Konnte es sein, dass Myrdins Magie genau so mächtig war, wie die vom Mann des Friedens?

„Du kannst den auch wieder schmelzen lassen, damit wir morgen früh wieder raus kommen, oder?", fragte Alfred und lachte.

„Da kannst du dir sicher sein, Alfred von Diron."

„Woher weißt du, wer ich bin?"

„Ich habe euch beobachtet. Schließlich musste ich wissen, was für Leuten ich mich da anschließe. Schon so lange wandere ich hinter euch her und beobachte euch, dass es mir vorkam, als wäre ich schon längst ein Teil eurer Garnison."

Myrdin dachte an die beschwerliche Wanderung, die er auf sich genommen hatte, weil er kein Portal öffnen durfte. Der Mann des Friedens sollte nicht wissen, dass er sich der Garnison anschließen wollte. Mousa reichte ihm eine Tüte mit Bratkartoffeln und setzte sich neben den Magier ans Feuer.

„Danke, Garnisonsführer. Sagt mal, wo sind das Mädchen und der Junge mit den Schwertern? Bilden sie die Nachhut?", wollte Myrdin wissen.

Karina, Alfred und der Reverend senkten den Kopf.

„Sie werden nicht kommen. Ein Dämon namens Incubus hat Juris Gedanken vergiftet. Er hat uns verraten, Malta getötet und sich dann dem Mann des Friedens unterworfen", erzählte Mousa.

Für einen kurzen Augenblick sah es so aus, als wäre Myrdin geschockt und von großer Trauer betroffen, dann lachte er wieder.

„Ach, wenn das so ist. Euer Verlust tut mir leid, aber solche Dinge bleiben nicht aus, wenn man den Mann des Friedens bekämpft, wisst ihr?"

„Woher kennst du den Mann des Friedens eigentlich so gut?", fragte Karina.

„Er ist mein ältester Freund. Doch ebenso ist er mein ältester Feind. Ich kenne ihn seit vielen tausend Jahren. Habe davon viele an seiner Seite verbracht und noch mehr davon gegen ihn gekämpft."

„Weißt du, was er vor hat?", fragte der Reverend.

„Wisst ihr, es gibt viele Welten. Manche sind für das Gleichgewicht jedoch wichtiger als andere. Hier auf Terusa gibt es ein Artefakt, von dem ihr schon gehört habt. Den Elbenkern. In ihm schlummert eine Macht, die in den falschen Händen zum Ende aller Dinge führen könnte. Chaos und Dunkelheit würden herrschen. Es wäre die Hölle auf Erden."

„Du sprichst von der Apokalypse", sagte der Reverend erschrocken.

„Ja, manche nennen es so. Doch ich kenne ihn. Er ist kein Diener. Stets hat er nur seinen eigenen, wirren Plan verfolgt, den ich bis heute nicht kenne. Ich hatte ein Artefakt dabei, dass ihn dazu zwingen würde, die Wahrheit zu sagen, doch eine neue Freundin, die ich während meiner Wanderung traf, hat es dringender gebraucht als wir. Wer weiß, vielleicht wird sie uns eines Tages im Kampf unterstützen", sagte der Magier.

Myrdin erzählte ihnen am Lagerfeuer noch einige Geschichten aus der Vergangenheit von Terusa und legte sich dann schlafen. Er wusste, dass der Mann des Friedens sie bald angreifen würde. Dann wusste sein alter Freund, dass er seinen Kummer beiseitegeschoben und sich erneut dem Kampf angeschlossen hatte. Myrdin schlief ein, während die Tränen unaufhörlich seine Wangen hinab liefen.

Am nächsten Tag marschierten sie ohne Unterlass. Der Blizzard ließ langsam nach und weit unten konnten sie bereits wieder grün und grau sehen, anstatt das eintönige Weiß, welches der Schnee über den Berg gezogen hatte. Am Abend hatte sich die Stimmung der Garnison weiter gebessert. Sie trauerten noch, doch der Schock des Verrats saß nicht mehr so tief. Myrdin erwähnte beiläufig vor dem Schlafengehen, dass morgen ein kleines Bataillon auf sie warten würde. Guter Schlaf war also umso wichtiger.

Mousa war nicht überrascht, dass der Mann des Friedens sie erneut angriff, aber er war überrascht, dass es für Myrdin keine große Sache war. Bereits gegen mittag des darauffolgenden Tages konnten sie die kleine Streitmacht sehen, die unten am Ende des Pfades auf sie wartete. Mousa schätzte, dass es ungefähr 200 sein mussten.

Der Garnisonsführer stellte sich vor seine Truppe und blickte sie entschlossen an. „Wir haben Verluste erlitten. Große Verluste. Wir haben Opfer gebracht, wir haben gezweifelt, an uns und an Gott und wir sind über uns hinausgewachsen, haben uns verändert. Ich sage euch, dass alles, diese Reise, das war nicht umsonst. Wir sind noch nicht am Ende. Wir schlagen diese Schlacht heute für unsere gefallenen Kameraden. Für meinen Freund Jack und meine alte Garnison. Für Rahma von Handura. Für Malta vom Magievolk. Für Terusa!", rief er.

„Für Terusa!", antwortete die Garnison gemeinsam.

Während des restlichen Marsches den Pfad hinunter schwor Mousa sie weiter ein und erklärte ihnen die Strategie für die bevorstehende Schlacht. Myrdin ließ er dabei außen vor, da er seine Kräfte noch nie im Kampf gesehen hatte. Seine Aufgabe war es schlicht und einfach, mit seiner Magie so viele Untote wie möglich zu vernichten.

Das Bataillon wartete in dem kleinen Tal auf sie und rührte sich nicht. Als die Garnison sich vor ihnen positionierte und kampfbereit war, stieg einer der Höllendiener auf einen kleinen Felsen. Offensichtlich war er kein Untoter.

„Mein Name ist Eddie/Steve. Im Namen vom Mann des Friedens teile ich euch mit, dass er heute Mousa Relleon von Diron, Alfred Winster von Diron, Reverend Joe Carreyman von Diron, Alain von Diron und Karina von Handura offiziell die gelbe Karte zeigt", rief Eddie/Steve.

Dabei fiel sein Blick auf Myrdin. Er hatte offensichtlich keine Ahnung, wer er war. Mit Verstärkung für die Garnison hatte er nicht gerechnet. Während Mousa sich fragte, was eine gelbe Karte wohl bedeutete, fuhr Eddie/Steve fort.

„Bei eurem nächsten Vergehen wird er euch mit rot vom Platz stellen. Kehrt um, oder ihr werdet von seinen treuen Mannen vernichtet."

Dann betätigte er eine kleine Maschine an seinem Handgelenk und schritt durch eine rote Türe, die er wie der Mann des Friedens erscheinen ließ. Natürlich dachte die Garnison nicht daran, umzukehren. Der Reverend positionierte sich weit oben auf dem Bergpfad, einige Meter unter ihm taten Karina, Alain und Alfred das gleiche.

Mousa stürzte sich todesmutig in den Nahkampf. Während Myrdin offenbar eine Idee hatte und langsam den Bergpfad wieder hinauf lief, hatte Mousa bereits sieben Köpfe von den Schultern ihrer Besitzer geschlagen. Myrdin ging an Alfred und den anderen beiden vorbei, die aus allen Rohren feuerten, um Mousa zu schützen. Dieser kämpfte zwar wie es sich für einen Garnisonsführer gehörte, kam aber bereits in Bedrängnis. Es waren einfach zu viele Angreifer.

„Was machst du denn hier? Du solltest Mousa dort unten unterstützen und nicht mit mir plaudern!", keifte der Reverend in Richtung Myrdin.

„Das mache ich doch gleich, bitte gedulde dich. Mir ist nur etwas eingefallen. Ich wusste doch, dass er noch zu etwas gut sein würde", sagte Myrdin und holte eine kleine Tasche hervor.

Daraus kippte er eine ganze Ladung Schnee vor die Füße des Reverends, die gar nicht in die Tasche hätte passen können. Dann benutzte er seinen Stab und verwandelte den Schnee in ungefähr drei Dutzend Schneebälle.

„Jetzt hast du auch Geschosse und kannst nützlich sein. Aber sei sparsam damit!", sagte Myrdin und ging langsam runter in Richtung des Schlachtfeldes.

„Der Alte hat sie doch nicht alle", flüsterte Joe verblüfft vor sich hin.

Mousa musste all seine Kraft und Schnelligkeit aufwenden, um nicht gebissen zu werden. Die Untoten zerrten an ihm, rissen an ihm und schnappten nach ihm. Ein kleiner Biss, sei er noch so unscheinbar, würde seinen Tod bedeuten. Er selbst war ihm egal, doch seine Garnison würde es nicht verkraften, noch jemanden zu verlieren. Es war ungewohnt, alleine zu kämpfen. Noch vor kurzem stand er gemeinsam mit Juri und Malta auf dem Schlachtfeld und gemeinsam waren sie stets siegreich gewesen. Doch jetzt war er alleine.

„Haltet aus, Garnisonsführer!", rief Myrdin.

Er reckte seinen Stab in die Höhe und ließ ihn dann wieder hinab preschen. Doch nichts geschah. Die Untoten waren zwar für einen kurzen Moment abgelenkt, griffen Mousa dann aber weiter an.

Langsam fragte sich der Garnisonsführer, ob Myrdin im Kampf eine große Hilfe sein würde. Dann schlug neben ihm ein riesiger Felsen in den Boden ein und zerschmetterte dabei mindestens ein Dutzend der Höllenkreaturen. Mousa war überrascht. Wo war der riesige Stein hergekommen?

Er blickte auf und sah, woher er kam. Kleine dunkle Punkte am Himmel wurden schnell größer und weitere Steine und Felsen schlugen auf dem Schlachtfeld ein. Jeder Einzelne davon traf mindestens einen Untoten. Mousa hatte jedoch Angst, von einem der Steine getroffen zu werden, und zog sich zum Magier zurück.

Der nutzte die freie Fläche, die sich ihm bot, und schoss einen gewaltigen Feuerstrahl aus seinem Stab, der eine Menge Untote in Asche verwandelte.

Der Garnisonsführer sah zu ihm herüber und lächelte. Vielleicht war er doch nicht so nutzlos, wie er angenommen hatte. Gemeinsam stürzten sich die beiden in den Kampf und fochten Seite an Seite. Während sie sich weiter vorarbeiteten, kamen immer mehr Monster den Bergpfad hinauf. Inzwischen konnten Alain, Alfred und Karina die beiden Nahkämpfer nicht mehr unterstützen, sondern konzentrierten sich darauf, alle herannahenden Angreifer auszuschalten. Karina nahm sich die Pfeile und spannte den Bogen so schnell, dass sie mit diesem fast genau so schnell schoss wie Alain und Alfred mit ihren verzauberten Revolvern.

Weiter oben fragte sich der Reverend, ob der Magier wirklich hier hochgekommen war und in aller Ruhe Schneebälle gezaubert hatte, um ihn auf den Arm zu nehmen. Das konnte er doch nicht ernst meinen. Seine Freunde weiter unten hatten zwar Schwierigkeiten, aber was würde es ihnen bringen, wenn er mit einem Schneeball nach den Untoten warf? Allerdings würde es ja auch nicht schaden und er hasste es, untätig rumzusitzen.

Auch, wenn Myrdin etwas seltsam war, so war der Reverend sich sicher, dass er das Licht und das Zeichen war, um das er Gott gebeten hatte.

„Was solls?", sagte er und schnappte sich einen Schneeball.

Dann warf er ihn auf einen Untoten, der nur noch wenige Meter von den Schützen entfernt war und traf ihn tatsächlich an der Schulter. Doch anstatt nur für Ablenkung zu sorgen, entstand ein riesiger Eisklumpen um das Monster und schloss dieses ein. Der Reverend und auch die anderen konnten es nicht fassen. Vielleicht sollten sie aufhören, an Myrdin zu zweifeln. Dieser schlug sich gut neben Mousa und vernichtete mehr von den Kreaturen, als sein Garnisonsführer. Als dieser ihm ein wenig Zeit verschaffte reckte Myrdin erneut seinen Stab gen Himmel. Diesmal behielt er ihn dort, während sich eine mächtige Gewitterwolke weit über dem Schlachtfeld formte. Als er den Stab herunterpreschen ließ, schlug ein so mächtiger und breiter Blitzschlag inmitten des feindlichen Bataillons ein, wie ihn noch keiner von ihnen zuvor gesehen hatte. Dieser verbrannte so viele ihrer Feinde, dass kaum einer übrig blieb.

Alain, Alfred und Karina und selbst der Reverend mit ein paar Schneebällen stürmten den Berg herunter und halfen ihnen dabei, die restlichen, vereinzelten Kreaturen zu vernichten. Langsam kam Mousa ein Verdacht und als er dem letzten Wesen der Finsternis den Schädel abgeschlagen hatte, sprach er ihn aus.

„Zuerst dachte ich, du seist nach ihm benannt, aber kann es sein, dass du der wahre Myrdin bist? Der mächtigste Magier aller Zeiten? Der aus den uralten Legenden?", fragte er.

„Ich kenne diese Legenden nicht, mein Garnisonsführer, aber ein anderer namens Myrdin ist mir noch nie begegnet. Ich würde also behaupten, dass ich das Original bin", sagte der Magier grinsend.

Selbstverständlich kannte er die Legenden und die meisten von ihnen beruhten auf wahren Begebenheiten. Nie gab es ein Wesen, dass mächtigere Magie praktizierte als er, nicht mal der Mann des Friedens.

„Erlaube mir eine Frage, Myrdin", sagte Alfred, während sie ihre Sachen packten.

„Sicher doch, guter Büttel."

„Wenn du so mächtig bist, wieso öffnest du nicht ein Portal nach Diron und wir gehen alle hindurch?"

„Portale über weitere Strecken sind etwas komplexer als welche, die nur hinter eine Mauer führen. Man schreitet nicht einfach hindurch und ist da, man muss Flure oder Korridore durchqueren. Der Mann des Friedens hat diese mit Sicherheit mit Fallen versetzt. Im praktizieren von Magie bin ich ihm zwar mehr als ebenbürtig, doch er ist der Meister der Reisen zwischen den Welten. Niemand beherrscht das Reisen besser als er. Ich könnte mich schützen, aber euch nicht. Ihr wärt für alle Zeit zwischen den Welten verloren."

Das war ein Schicksal, welches Alfred wahrlich nicht als das seine annehmen wollte. Gemeinsam fanden sie den Höhleneingang, der auf Ninas Karte verzeichnet war, und betraten diese. Wenn die Karte stimmte, würden sie morgen am Fuße des Berges, südlich von Feral wieder ins Tageslicht treten.

Kapitel 15 Niederlage

Eddie/Steve hatte von weit oben die gesamte Schlacht mit einem Fernglas beobachtet und bekam ein flaues Gefühl im Magen. Sein Boss, der Mann des Friedens, wusste nichts von diesem neuen Magier. Er hatte gesagt, dass Mousa, Alain, Alfred, Karina und die Pfaffe nun allein und schwach waren.

Stattdessen hatten sie das ganze Bataillon in einer Stunde vernichtet und einen neuen Gefährten gefunden, der Blitze und Felsen auf ihre Gegner herabregnen ließ. Er war sich sicher, dass das dem großen Boss gar nicht gefallen würde. Trotzdem musste er jetzt los und ihm Bericht erstatten. Erneut benutzte er das Transportergerät an seinem Handgelenk und begab sich damit in das Büro vom Mann des Friedens. Dieser lauschte aufmerksam seinem Bericht. Obwohl er versuchte, sich nichts anmerken zu lassen, konnte Eddie/Steve deutlich die Überraschung in seinen Augen sehen, als er von dem alten Magier berichtete. Auch Lucas und Festus bemerkten, dass ihr Boss diese Wendung der Ereignisse so nicht erwartet hatte. Das kam selten vor und konnte nichts Gutes bedeuten.

„Der Magier war alt, hatte einen weißen, langen Bart und ein graues Gewand? Und der Blitz, den er erzeugte, war mächtig, sagst du?", fragte der Mann des Friedens.

„Sehr mächtig, Sir. Er hat sicher ein Viertel des Bataillons mit einem Schlag ausgelöscht", antwortete Eddie/Steve.

„Dann ist es wahr. Mein alter Freund ist wieder da", sagte er und lächelte aufrichtig.

Das hatten seine Diener nicht erwartet.

„Dieser Magier ist ihr Freund, Sir?", fragte Lucas verwundert.

„Ja, Lucas, das ist er. Ich dachte, er würde sich immer noch in seinen Depressionen suhlen, doch anscheinend hat er sich den alten Bart gewaschen, seinen blöden Hut aufgesetzt und ist aus seiner Höhle gekrochen. Ich freue mich schon darauf, ihn wiederzusehen. Doch vorher wird ihm jemand anders einen Besuch abstatten. Festus, hole bitte Sarrator in mein Büro. Es gibt Arbeit für ihn."

Kapitel 16 Das Dorf Eronwar

Das Höhlensystem war lang und komplex. Dank Ninas Karte war es jedoch einfach zu bewältigen und so verließ die Garnison die Höhle am nächsten Tag wieder.

Sonnenschein, ein warmes, laues Lüftchen und der Geruch des Waldes überwältigten ihre Sinne, als sie in der kleinen Lichtung ankamen. Die Wintermäntel hatten sie schon längst ausgezogen und würden sie auch in nächster Zeit nicht mehr brauchen. Alain, der lediglich die Lederrüstung aus Saien über seinem Hemd trug, ging mit Myrdin voraus. Der Magier hatte vorgeschlagen, ein letztes Mal die Vorräte aufzustocken, um dann bis nach Diron durchzumarschieren. Dies wollte er in einem versteckten Dorf namens Eronwar tun.

Mousa war überrascht, dass es in der Region so viele Orte gab, die ihm nicht bekannt waren. Erst Mison City, die Höhle, welche sie durch den Berg führte und nun dieses Dorf namens Eronwar. Myrdin führte sie durch Gebüsche, wandelte auf Pfaden, die keine waren, und nahm Abzweigungen, die keinen Sinn ergaben.

Trotzdem schien er genau zu wissen, was er tat. Alain hatte sich aus einem bestimmten Grund dazu bereit erklärt, mit ihm voranzugehen. Myrdin war alt, weise und mächtig. Er hatte viel gesehen und konnte ihm vielleicht helfen, den richtigen Pfad auf dem Weg zum Helden zu nehmen.

„Du, Myrdin, darf ich dich was fragen?", begann Alain.

„Du darfst mich fragen, was du willst, junger Anwärter. Und du brauchst auch nicht um Erlaubnis zu fragen", antwortete der Magier, während er sich durch das Dickicht des Waldes arbeitete.

„Warst du dabei, als es den großen Krieg gab? Ich meine den, der alles vernichtet hat, bis auf Mison City."

„Nun, er hat nicht alles vernichtet, aber ja, ich war dabei. Und ich war auch in den hundert Jahre davor dabei, als der Krieg sich langsam vor meinen Augen formierte und ich nicht das tun konnte, was nötig war, um ihn zu verhindern."

„Das verstehe ich nicht. Wie hättest du denn den Krieg verhindern können?"

„Indem ich meinen Freund getötet hätte, Alain. Ich hätte meinem Freund, der den Krieg heraufbeschwor, das Leben nehmen müssen, aber ich konnte es nicht. Ich habe mich für einen friedvollen Weg entschieden und das hat so vielen Unschuldigen ihr Leben gekostet, auch heute noch."

„Du sprichst vom Mann des Friedens, richtig?", fragte der Junge.

„Ja. Unsere Freundschaft ist komplex und wirr. Aber es ging nicht nur mir so. Auch er konnte mich nicht töten, obwohl ich ihm bei seinem Plan im Weg war. Und so kam es, dass er mich auf eine andere Art und Weise zerstörte."

„Was hat er getan?", wollte Alain wissen.

„Er hat immer wieder, über tausende von Jahren, alle getötet, die mir etwas bedeuteten. Das hat er so lange getan, bis ich ein trauriges, ungewaschenes Wrack war, das sich im Dorf der Magier versteckt hielt, bis ihr vorbei kamt. Ich habe aufgehört, seinen Plan zu vereiteln, damit niemand mehr stirbt, der mir wichtig ist, verstehst du? Aber das war falsch, das weiß ich jetzt. Es gibt nur eine Art, auf die das hier enden kann. Endgültig enden kann."

Alain verstand, was er damit sagen wollte.

„Bist du direkt ins Dorf der Magier gegangen, nachdem Terusa zerstört war?"

„Nein, das war erst später. Ich habe die Menschen beobachtet und wollte ihnen weiter mit meinem Rat zur Seite stehen, doch sie hörten nicht auf mich. Einige verbannten alles höhere Wissen, wie der erste König von Diron. Andere nahmen zumindest etwas Wissen und Technologie mit, wie in Saien und Handura. So konnten sie höhere Mauern und Schlösser bauen, Revolver herstellen und anderes, nützliches Zeug. Doch es gab auch Menschen, die damit nichts zu tun haben wollten. Sie fanden es sinnlos, Mauern zu bauen."

„Aber die Mauer mussten sie doch vor den Wilden schützen!"

„Die Wilden gab es damals noch nicht. Sie waren auch sicher nicht der Grund für die Mauern. In Wahrheit wurden sie errichtet, weil sich schnell Misstrauen unter den neuen Dörfern und Königreichen breitmachte. Jeder vermutete, der andere könnte ihn demnächst angreifen, um sein eigenes Reich zu vergrößern. Die Menschen schlossen sich ein und schlossen damit die Welt aus. Wenn man Mauern ziehen muss, Alain, dann hat man vorher etwas verdammt falsch gemacht", erklärte der Magier.

Das leuchtete ihm ein.

„Wie haben es die Menschen von Eronwar denn geschafft, unentdeckt zu bleiben?"

„Ich habe ihnen geholfen, ihr Dorf zu verstecken. Über die Jahrtausende habe ich sie ab und zu besucht. Es ist noch nicht so lange her, dass ich das letzte Mal hier war, vielleicht kennen mich noch einige der Ältesten. Deshalb kenne ich auch den Weg, mein Junge."

Kurze Zeit später erblickten sie das kleine Dorf Eronwar, welches in einer wundervollen Lichtung inmitten des Waldes lag. Eine alte Frau mit Kopftuch, gekleidet in Lumpen kam ihnen entgegen und hielt eine Tasse aus Blech in der Hand.

„So helft einer armen Mutter, die kein Geld hat. Oh, diese Tragödie, Gott möge ihre Seelen schützen", jammerte die Frau auf eine, wie Alain fand, unerträgliche Art.

„Von welcher Tragödie sprecht ihr, alte Mutter?", wollte Myrdin wissen.

Sie hielt ihm die Tasse hin und forderte offenbar einige Münzen, doch der Magier dachte nicht daran, ihr Geld zu geben.

„Alle Ältesten von Eronwar sind tot. Der ganze Rat! Es ist schrecklich! Was soll nun aus uns werden?"

„Wann geschah das? Und wisst ihr, wer das getan hat?", fragte Mousa.

„Erst letzte Nacht, mein Herr. Es war ein Junge mit zwei besonderen Schwertern. Er bewegte sich so schnell, dass ihn niemand aufhalten konnte. Oh, welch Tragödie."

Das konnte nur Juri sein. Da der Mann des Friedens nun wusste, dass Myrdin sie begleitete, war ihm auch klar, dass sie Eronwar einen Besuch abstatten würden. Sie mussten vorsichtig sein, denn es war möglich, dass er auch hier eine Falle für sie hinterlassen hat.

Genau wie das Desaster in Saien. Mit wachsamen Augen und Ohren ließen sie die lamentierende Bettlerin hinter sich und begaben sich ins Dorf. Dort herrschte immer noch eine große Unruhe, denn die Vorbereitungen für die Beerdigungen liefen auch Hochtouren. Myrdin sah niemanden, den er kannte und doch sahen die Dorfbewohner die Garnison an, als wüssten sie genau, wer sie waren.

Es war schon möglich, dass sie Myrdin erkannten, da es viele Geschichten über ihn gab und in der Ratshalle einige Gemälde von ihm hingen, doch der Blick der auf ihnen haftete, fühlte sich fast feindselig an.

„Oh, welch Tragödie! Der Tod kam über uns! So helft einer armen Frau!", rief die alte Mutter laut, die ihnen anscheinend bis auf den Marktplatz gefolgt war.

„Seid ihr die Garnison, die nach Diron reist?", fragte ein junger Mann, der ein paar Schaufeln trug.

„Ja. Woher kennst du uns?", fragte der Reverend.

„Ich kenne euch nicht. Aber der Mörder hat immer wieder nach euch gerufen. Er hatte eine Nachricht für euch. Gebt auf", sagte der Mann mit einem leichten Anflug von Wut in seiner Stimme.

Er wusste, dass keiner von ihnen etwas dafür konnte, doch die Ältesten waren wegen ihnen gestorben, das war ein Fakt.

„Es tut uns leid", sagte Karina.

Der Mann nickte.

„Oh, welch Tragödie! Es ist ungerecht! Einfach ungerecht! Ich verlange Rache!", schrie die alte Bettlerin nun und einige stimmten ihr zu.

„Ich versichere dir, wir tun alles dafür, um diesen Wahnsinn zu beenden. Der junge Mann, der das getan hat war mein Schüler und hat ... "

„Was? Das war einer von euch?", unterbrach ihn der Mann mit den Schaufeln.

„Oh, welch Tragödie! Eine Mörderbande hat Einzug nach Eronwar gehalten! Wieso habt ihr das getan? Mörderbande! Mörderbande!", rief die alte Frau immer wieder und ein Großteil des Volkes auf dem Marktplatz stimmte tatsächlich mit ein.

Alain bekam als erster einen Apfel an den Kopf geworfen. Danach flog altes Brot, Eier und auch ab und zu ein kleiner Stein in Richtung der Garnison.

Myrdin war überrascht, denn so kannte er das Volk von Eronwar nicht. In ihren Augen sah er reine Wut, ohne Sinn und Verstand. So als wären sie völlig von Sinnen.

„Haltet ein! Wir haben nichts damit zu tun, wir kämpfen auf eurer Seite, Volk von Eronwar!", rief er, doch ohne Erfolg.

Alfred, Karina und Alain stritten sich nun mit den Bürgern von Eronwar und warfen sogar einige Äpfel und Steine zurück in die Menge. Selbst Myrdin schien irgendwie irritiert zu sein und rieb sich immer wieder die Schläfe. Irgendwas stimmte hier nicht. Dann sah Mousa sie. Die alte Bettlerin stand in der Mitte der Menschenmasse, die sie umrundet hatte und lachte. Sie bemerkte Mousas Blick und kam auf ihn zu.

„Oh, welch Tragödie! Die Garnison schlachtet ein ganzes Dorf und dann sich selbst ab! So helft doch einer alten Frau!", sagte sie, doch ihre Stimme klang anders.

„Wer bist du?", fragte Mousa.

Der Dämon lachte.

„Man nennt mich Sarrator. Sag mir, wirst du nicht auch ein klein wenig wütend?", fragte der Dämon.

Mousa spürte, wovon er sprach. Ein heißes Gefühl in seiner Magengegend, welches ihm sagte, er solle sich eine solche Respektlosigkeit dieser Bauern nicht gefallen lassen, doch er behielt die Fassung.

Dämonen wie Sarrator arbeiteten stets mit List. Wenn man sie besiegen wollte, musste man einen klaren Kopf behalten.

„Weiche, Dämon! Mousa, der hier ist anders. Er ist nicht in seiner wahren Gestalt hier, sondern hat Besitz von dieser Frau ergriffen, damit das Dorf ihn als eine der ihren annimmt!", erklärte der Reverend.

Das machte die Dinge komplizierter. Schließlich konnte er der armen Frau nicht einfach den Kopf abschlagen.

„Was schlägst du vor, Joe?", fragte Mousa.

„Halte ihn hin, ich werde ihn exorzieren!"

„Kannst du das denn?"

„Ich kenne das Ritual und theoretisch müsste es funktionieren. So treiben wir ihn aus der Frau und schicken seine dunkle Essenz wieder in die Tiefen der Hölle zurück."

Der Dämon lachte erneut. „Wie wollt ihr mich denn exorzieren, während ihr versucht, das Dorf zu beschützen", sagte Sarrator und deutete auf Myrdin.

Dieser kniete nun und hielt sich mit beiden Händen den Kopf. Anscheinend hatte er große Probleme, der aufkommenden Wut zu widerstehen.

„Und ihr beide seid als Nächstes dran, wenn ich diese harte Nuss geknackt habe", drohte der Dämon und lachte.

Mousa griff Sarrator nun tatsächlich mit seinem Schwert an, doch er wich nur halbherzig aus. Der Dämon wusste, dass er seiner Fleischhülle keinen ernsthaften Schaden zufügen würde.

Viel mehr Mühe bereitete ihm dieser alte Magier. Er spürte, dass irgendwo eine unglaubliche Wut versteckt lag, doch sie war gut versteckt.

„Ich beschwöre dich, Dämon, Feind der Menschheit, erkenne an die Gerechtigkeit des Herrn, des Vaters, der deinen Hass und deinen Neid durch gerechtes Urteil verdammt hat! Weiche von dieser Dienerin Gottes, die der Herr nach seinem Bild geschaffen, mit seinen Gaben ausgestattet und als Tochter seiner Barmherzigkeit angenommen hat!", rief der Reverend und hielt ihm seine Bibel entgegen.

Das schmerzte zwar etwas, doch er hatte noch genug Kraft, um den Magier weiter zu bearbeiten. Irgendetwas hatte er tief in seinem Inneren sogar vor sich selbst versteckt. Ja, da war es. Jemand, den er liebte, war gestorben. Das war gut. Nun war es so weit.

„Lasst mich in Ruhe!", schrie Myrdin und schlug mit seinem Stab auf die Dorfbewohner ein, die ihn vorher mit Äpfeln beworfen hatten.

„Ich beschwöre dich, Dämon, lasse ab von dieser Dienerin, im Namen Gottes! Im Namen Gottes, lasse ab von ihr!", rief der Reverend entschlossen.

Sarrator merkte, wie es ihn allmählich aus dieser Hülle zog, doch er war noch nicht fertig. Er wollte, dass der Magier und seine Garnison das gesamte Dorf auslöschen, so wie der Mann des Friedens es ihm aufgetragen hatte. Das sollte wohl dafür sorgen, dass sich der Alte wieder in das Dorf der Magier zurückzieht und in Kummer versinkt.

Und es sah gut aus. Myrdin ließ einen Stromschlag aus seinem Stab schießen und tötete damit den jungen Mann mit den Schaufeln. Sehr gut, weiter so.

„Ich beschwöre dich, Dämon, lasse ab von dieser Dienerin! Ich befehle es dir im Namen Gottes! Ich befehle es dir im Namen Gottes!"

Der Glaube des Reverends und sein Exorzismus waren stark, doch Sarrator war gleich so weit. Wenn er die ganze Wut und die ganze Macht des alten Magiers entfesseln konnte, wäre das gesamte Dorf Eronwar Geschichte. Da fiel Mousa plötzlich ein Fleck an den Lumpen der Bettlerin auf. Zuerst dachte er, er hätte sie aus Versehen mit seinem Schwert verletzt, doch das Blut war bereits getrocknet. Und es war eine Menge Blut. Die Frau musste bereits lange tot sein. Sarrator rechnete nicht damit, und so hatte der Garnisonsführer keine Mühe, ihm das Schwert durch die Brust zu rammen und ihn damit zu Boden zu drücken.

„Was tust du? Wir wollten die Frau doch retten!", sagte der Reverend entsetzt.

„Sieh dir das viele Blut an. Der Dämon hat sie bereits getötet. Treibe ihn aus, dann kann sie Ruhe finden!", antwortete Mousa.

„Ich beschwöre dich, Dämon, lasse ab von dieser Dienerin! Kehre jetzt in die Hölle zurück! Ich befehle es dir im Namen Gottes! Ich befehle es dir im Namen Gottes!"

Myrdin tötete noch zwei weitere Dorfbewohner, die ihn zuvor mit Faustschlägen angriffen, doch das reichte nicht. Sarrator war kurz davor, aus der alten Frau gezogen und in die Hölle geschickt zu werden. Er bekam Angst. Der Mann des Friedens mochte es nicht, wenn man Aufträge nicht ganz zu Ende brachte.

„Ich beschwöre dich, Dämon, lasse ab von dieser Dienerin! Kehre jetzt in die Hölle zurück! Ich befehle es dir im Namen Gottes! Ich befehle es dir im Namen Gottes!"

Aus dem Mund der Bettlerin blubberte und sprühte ein nach Schwefel stinkender, schwarzer Schleim, der augenblicklich in der Erde versank. Das Geschrei, der Streit und der Kampf stoppten. Alfred steckte seinen Revolver wieder ein. Er war kurz davor, ihn zu benutzen, und war glücklich, dass es dazu nicht gekommen war. Myrdin schämte sich dafür, mehrere Dorfbewohner getötet zu haben, doch zu seiner Überraschung machte ihm keiner einen Vorwurf.

In den Augen des Volkes von Eronwar hatte die Garnison sie vor dem Dämon gerettet. Die Dankbarkeit, die ihm entgegenschlug, widerte ihn an, denn er meinte, sie nicht verdient zu haben. Die Garnison tauschte ihre Wintermäntel gegen getrocknetes Fleisch, eingelegte Tomaten und Brot. Der neue Älteste von Eronwar bot ihnen an, im Dorf zu übernachten, doch das lehnten sie ab.

Das Volk sah sie vielleicht als Retter und Helden an, doch sie selbst sahen das anders. Als sie Eronwar verließen und wieder in den Wald marschierten, sprach Myrdin zu seinen Gefährten.

„Ich schäme mich für das, was passiert ist, doch ich war darauf gefasst. Wenn man gegen ihn kämpft, bleiben solche Geschehnisse nicht aus. Das solltet ihr wissen", sagte er bedrückt und führte seine Gefährten wieder aus dem Wald heraus.

Kapitel 17 Rückkehr nach Diron

In den nächsten Wochen machte die Garnison keinen längeren Halt mehr in Handura oder anderen Orten. Sie marschierten und machten lediglich zwei Mal Rast am Tag. Weder Untote noch menschliche Spinnen kamen ihres Weges. Das war eigentlich etwas Gutes, doch diese Ruhe machte ihnen Angst.

Selbst als sie im Fochwald kampierten, ließen die Wilden sie in Frieden. Laut Mousa und seinem fantastischen Gehör ließen die Wilden sie nicht nur in Ruhe, es gab hier gar keine mehr. Mousa musste schwer schlucken, als sie an dem Ort vorbeikamen, an dem er seine vorherige Garnison verloren hatte. Es tat ihm so leid, dass die Körper seiner Brüder dort immer noch verrotteten. Sie hätten den Ort umgehen können, doch diese Sentimentalität hätte sie einen halben Tag gekostet. Der Baumstamm, an den er den untoten Jack mit seinem Schwert gefangen hatte, war leer. Das Blut seines besten Freundes klebte noch dort, doch weder der Wächter, noch Mousas zweites Schwert waren hier.

Vielleicht hat ihn jemand befreit, dachte Mousa sich, entschied sich aber dagegen, es den anderen zu erzählen. Kurz bevor sie die Baumgrenze erreichten, sah er noch etwas, dass ihn zutiefst beunruhigte. Ein Wilder, der sich nicht in einen Untoten verwandelt hatte, hatte sich an einem Baum erhangen. Wie er da im morgendlichen Zwielicht baumelte, machte ihnen allen angst. Dieses Verhalten war sehr untypisch für die Wilden aus dem Fochwald. Doch dies waren auch ungewöhnliche Zeiten.

Vielleicht haben die Wilden mehr Menschlichkeit in sich, als sie vorher annahmen, und dieses Exemplar spürte die kommende Dunkelheit. Das große Tor von Diron stand einen kleinen Spalt offen und die Wachtürme waren nicht besetzt. In Diron selbst waren zwar die Straßen wie leergefegt, doch immerhin sahen sie, wie die Menschen in Simplex vorsichtig aus den Fenstern schauten und die Neuankömmlinge beobachteten. Diron war also noch nicht verloren. Auch wenn sie nicht wussten, welche Ausmaße die Korruption hier bisher erreicht hatte, wollten sie zu allererst den König informieren.

Dies stellte sich jedoch als problematisch dar, denn selbst mit den Schlüsseln von Alfred und vom Reverend kamen sie nicht in die Burg. Sie war definitiv von innen verbarrikadiert.

„Boss? Bist du das?", fragte ein kleiner, dicklicher Kerl mit dunklen, kurzen Haaren.

„Wolfbert, bist du es? Oh, ist das schön dich zu sehen!", sagte Alfred und nahm seinen Hilfsbüttel in den Arm.

„Wo warst du so lange, Boss? Alle dachten, du wärst tot."

„Ich habe einen Verbrecher gejagt, was hätte ich sonst tun sollen. Aber das kann ich dir heute Abend bei einem Bier in der Schänke erzählen. Wir haben wichtige

Informationen für den König. Sie betreffen die Sicherheit Dirons. Kannst du uns sagen, wie wir in die Burg kommen?"

„Wenn ich das nur wüsste. Keiner kommt rein, keiner kommt raus. Seit ein paar Tagen ist alles dicht. Irgendwas geht da vor sich, aber niemand weiß was. Berichtet es doch Prinzessin Eleonora, die wurde als oberste Bezirksdienerin eingesetzt, bevor das alles anfing, und lebt jetzt in Nobilar", erklärte Wolfbert.

Das war eine überraschende Wendung, doch immerhin gab es so jemanden aus der Königsfamilie, dem sie Bericht erstatten konnten. Die Prinzessin wusste mit Sicherheit einen Weg in die Burg. Das kleine Tor, das Nobilar mit Simplex verband, stand zum Glück offen und war ebenso wie das Haupttor unbewacht. Alain stockte kurz der Atem, als sie nach Nobilar kamen, denn er hatte ein bekanntes Gesicht gesehen.

Es war sein Vater. Er stand in seiner Dienstbotenkleidung auf der Veranda eines Hauses und fegte diese für seinen Meister. James sah seinen Sohn verwundert an. Er hatte ihn durch seine Arbeit länger nicht gesehen und fragte sich, wieso er eine lederne Rüstung und einen Revolver trug.

Auch in seinem Gesicht hatte sich etwas verändert. Er hatte nicht mehr den unschuldigen Blick eines Kindes. James hob die Hand zum Gruß und wollte seinen Sohn zu sich herüberwinken, doch dieser wandte den Blick ab und tat so, als hätte er ihn nicht gesehen. Alain schämte sich für seinen Vater, der fast seine ganze Kindheit verpasst hatte, nur um einem dicken, alten Kerl zu dienen. Alain erzählte seiner Garnison nichts von seinem Vater und sah sich weiter nach der Prinzessin um. Wolfbert hatte ihnen das Haus genau beschrieben, welches sie jetzt erblickten. Man erkannte es sehr leicht an den weißen, verzierten Gardinen, die niemand sonst hier besaß.

Abgesehen davon war es jedoch unscheinbar. Es war nicht mal das prunkvollste Haus in Nobilar. Es schien so, als wollte die Prinzessin keine große Aufmerksamkeit erregen. Als Mousa dabei war, auf ihre Veranda zu treten, hörte er Geräusche. Sie hatte Besuch. Er wies seine Garnison an, leise zu sein, denn er wollte lauschen, was dort drinnen gesprochen wurde.

„Hast du das verstanden, Mädchen? Das Ritual muss exakt ausgeführt werden, oder du landest sonst wo. Oder sonst wann. Begib dich durch die Kanalisation in Richtung Norden, da gibt es nichts außer dieser kleinen Höhle, dort wartet alles auf dich. Und das alles nur, weil du dir zu fein bist, den Umgang mit dem Transporter zu lernen."

„Ich bevorzuge die alten Wege, das weißt du doch."

„Wie dem auch sei, bereite alles vor, so wie du es hier in Diron getan hast und warte, bis ich zu euch stoße. Dann werden wir die restlichen Siegel brechen."

„Ich kann es kaum erwarten."

„Und jetzt tretet ein, wir haben es schließlich alle sehr eilig", sagte der Mann des Friedens.

Er wusste offensichtlich, dass sie hier waren. Ohne sich zu verstecken, aber mit gezogenen Waffen trat die

Garnison nach und nach in das Haus von Prinzessin Eleonora ein.

„Ihr habt Diron, euren Vater und ganz Terusa verraten! Dafür werdet ihr büßen!", sagte Alfred enttäuscht.

„Ach, Alfred. Ich hätte nicht erwartet, dich wieder zu sehen. Hege doch keinen Groll. Ich habe Ambitionen. Ich will zu einem Gott werden, genau so wie mein Meister!"

„Dein Meister ist kein Gott", entgegnete Myrdin und blickte dabei auf den Mann des Friedens.

„Ich weiß nicht, wovon du sprichst Zauberer, aber mein Meister ist nicht hier, sondern sitzt in einem Käfig. Aber nicht mehr lange."

„Hallo, alter Freund. Lange nicht gesehen!", sprach der Mann des Friedens mit einem aufrichtigen Lächeln auf den Lippen.

„Zu lange. Es wurde Zeit. Heute ist der Tag gekommen, an dem ich dir ein Ende bereite", sagte Myrdin entschlossen.

„Aha, das klingt ja richtig gefährlich. Doch sag mir, wenn ihr hier gegen uns kämpft, wer kämpft dann gegen die da draußen?"

In der Sekunde, in der er seinen Satz beendete, schrie draußen eine Frau und gleich darauf ertönte das Grölen eines Untoten. Sie waren also doch hier. Diese Ablenkung nutzten der Mann des Friedens und die Prinzessin und verschwanden für immer aus Diron. Der Reverend stürmte als erster hinaus und sah, dass eine der unheiligen Kreaturen auf einen kleinen Jungen zu lief, der auf dem Boden davon kroch.

Das Monster griff nach dem Jungen, doch der Reverend schmiss sich mit all seiner Kraft gegen die Kreatur und warf sie um. Er legte sich schützend über den Burschen, während Karina dem Monster einen Pfeil zwischen die Augen jagte. Mousa und Alfred erledigten zwei Weitere von den Monstern, die aus einer Gasse kamen im Handumdrehen.

Myrdin hätte auch eingreifen können, doch er war besorgt um Alain. Der Junge starrte auf die Frau, die geschrien hatte. Sie hatte den Angriff zwar nicht überlebt, doch er war sich sicher, dass dies nicht die erste Leiche war, die der Junge sah. Deshalb verstand er nicht, was mit Alain los war. Dieser starrte weiter auf die Frau, die die Mutter des geretteten Jungen war.

Was hatte er nur getan? Angewidert schmiss er seinen Revolver weg und rannte mit Tränen in den Augen los.

„Ich kümmere mich um ihn. Wenn etwas schief läuft, treffen wir uns in der Kirche des Reverend", sagte Myrdin und rannte hinter Alain her.

Der junge Anwärter rannte schneller in Richtung Simplex, als Myrdin es für möglich gehalten hatte. Was hatte er sich nur dabei gedacht, von hier wegzugehen? Helden beschützen zu aller erst die, die sie lieb haben. Ihre Familie.

Sein Vater hatte zwar einen Beruf gewählt, der kein großes Ansehen mit sich brachte, doch er arbeitete jeden Tag hart und ließ sich erniedrigen, um seine Frau und seinen Sohn zu ernähren. Alains Vater war ein Held, das erkannte er jetzt. Jeder Vater und jede Mutter, die tag täglich ihren Körper schindeten um ihren Kindern Essen und ein Dach über dem Kopf bieten zu können waren Helden. Seine Familie zu verlassen um Ruhm und einem glorreichen Ansehen hinterherzujagen war ganz und gar nicht heldenhaft. Trotzdem hatte er es getan und schämte sich jetzt dafür, durch Terusa gereist zu sein, während seine Mutter hier in Diron in Gefahr schwebte.

Schließlich hatten sie hier die allerersten Untoten vom Mann des Friedens getroffen. In Nobilar füllte sich langsam die Straße mit Männern und Frauen, die den Kampf der Garnison gegen die Untoten beobachtet hatten.

„Habt ihr schon einmal gegen diese Ungeheuer gekämpft?", fragte eine junge Frau, die ein Kleid aus feinster Seide trug.

„Ja. Kommt nicht in ihre Nähe. Diese Seuche wird über Bisse und Kratzer übertragen", erklärte Alfred.

„Mousa Relleon, bist du das?", fragte ein Mann in den hinteren Reihen der Neugierigen.

Er trat hervor und Mousa erkannte ihn als Cemon Tragogh. Cemon trug jedoch nicht mehr die Uniform eines Wächters, sondern gewöhnliche Kleidung aus einfachen Leinen.

„Cemon! Du bist wohlauf! Wo ist deine Uniform?", fragte Mousa.

Cemon schüttelte ihm die Hand und stellte Mousa seinen jungen Anwärter vor.

„Das ist Robert, mein Anwärter. Wir haben uns hier versteckt, weil auch irgendwas mit den Wächtern passiert ist. Sie sind fast alle in der Burg und unerreichbar für uns."

„Davon habe ich gehört."

„Ich habe Gerüchte über dich gehört, Garnisonsführer. Nicht eine Sekunde habe ich daran gezweifelt, dass sie von bösen Zungen gestreut worden, um deinem Rufe zu schaden. Sie sagten, du seist verrückt, doch du hattest recht. Das ist das Werk der Hölle."

„Ja, das ist es. Cemon, Robert, wenn ihr meinen Rang noch anerkennt und in euren Herzen noch Wächter seid, dann habe ich eine Mission für euch. Holt eure Schwerter, wo immer ihr sie auch versteckt habt, und reist ohne Umweg nach Saien. Sagt dort, dass Diron die Hilfe Saiens benötigt.

Die Seuche hätte sich auch hier ausgebreitet. Und sagt auch, dass Mousa Relleon von Diron euch schickt, ihr werdet Gehör finden!", befahl Mousa.

„Sehr wohl, Garnisonsführer. Es war mir eine Ehre, dich wiederzusehen. Falls wir die Wilden im Fochwald überleben, werden wir Saien um Hilfe bitten", sagte Cemon in der Gewissheit, er würde im Wald sterben.

„Es gibt keine Wilden mehr, Cemon. Weder in den Fochwäldern, noch sonst irgendwo. Sie sind tot. Es gibt nur noch diese Kreaturen. Wandelt abseits der üblichen Pfade und falls ihr auf die Monster trefft, schlagt ihnen die Köpfe ab und lasst euch weder beißen noch kratzen."

Cemon war verwundert. Er hätte es nicht für möglich gehalten, dass alle Wilden fort waren. Doch wenn Mousa es sagte, so glaubte er ihm.

„So machen wir es. Komm, Robert!", sagte Cemon und machte sich mit seinem jungen Anwärter auf den Weg.

„Und was sollen wir machen? Sollen wir auch fliehen?", fragte ein Mann in Dienstbotenkleidung.

„Sie fliehen nicht, sondern holen Hilfe. Und euch steht es frei, was ihr tut. Ihr könnt aus Diron fliehen, der Wald ist keine Gefahr mehr. Doch ihr könnt auch bleiben. Bleiben und euch uns anschließen, um unsere Heimat zu verteidigen!", rief Mousa stolz.

„Ja!", stimmten ihm einige zu.

„Falls ihr euch dazu entschließt zu kämpfen, dann wisset, dass in dieser letzten Schlacht Dirons viele der Tod ereilen wird. Vielleicht sogar uns alle. Wer sich uns trotzdem anschließen will, der soll sich bewaffnen, egal mit was und auf die Köpfe der Monster zielen. In fünf Minuten ziehen wir los und stürmen die Burg!"

Die Mehrheit der Leute auf der Straße stimmte Mousa zu und geriet fast in Ekstase, als er ankündigte, sie würden die Burg stürmen. Insgeheim hassten sie den König für seine Untätigkeit in dieser schweren Krise. Schließlich machten sie sich gemeinsam auf den Weg zum Eingang der Burg und waren bereit, für ihre Heimat und ihre Lieben zu kämpfen und zu sterben.

Das Tor, welches von Nobilar aus in die Burg führte, war ungefähr drei Meter hoch und zwei Meter breit. Es bestand aus zwei mächtigen Holztüren und dicken Metallbeschlägen. In der Mitte, dort wo die beiden Türen sich trafen, gab es auf jeder von ihnen einen bronzefarbenen

Türklopfer. Mousa nahm sie beide und hämmerte kräftig an die Türe, was mit Zustimmung seiner gesamten Truppe, die nun über dreißig Mann umfasste, einherging. Alfred, der Reverend und Karina standen dicht bei ihm, dahinter die Männer und Frauen aus Nobilar, die sich ihrem Kampf angeschlossen haben.

„Die ignorieren uns, Mousa. Sie werden nicht aufmachen", sagte Karina.

„Dann werden wir uns eben etwas intensiver bemerkbar machen und wenn das nicht hilft, brechen wir die Türe auf!", rief Mousa und erntete erneut Zustimmung.

Er und einige der Männer hämmerten unaufhörlich mit den Fäusten gegen das harte Holz, während der Rest der Meute brüllte, man solle sie hereinlassen. Mousa dachte sich, dass, wenn sie dem König und seinen Dienern deutlich machten, wie ernst es ihnen war, dass sie das Tor öffnen und sich einer Aussprache gegenüber offen zeigen würden.

Falls die Wächter tatsächlich dort drin waren, berieten sie den König hoffentlich und bewegten ihn dazu, sein Volk nicht weiter auszusperren. Falls dies nicht gelang, handelten sie hoffentlich so, wie der Kodex es vorschrieb. Nach einigen Minuten kam es dem Garnisonsführer so vor, als ob das Hämmern an der Türe plötzlich deutlich stärker wäre.

Die Türe vibrierte richtig und schien bald aus den Angeln zu fliegen. Er sah sich um, erblickte jedoch dieselben Männer wie zuvor. War es möglich, dass sie auf einmal alle so viel mehr Kraft aufwendeten? Nein, so kräftig, dass er dieses Tor einschlagen konnte, war kein Mann.

„Hört mal kurz auf!", sagte Mousa.

Einige Männer hörten auf zu hämmern, doch manche waren so in Ekstase versetzt, dass sie einfach weiter machten. Das und das Geschrei der anderen hinter ihnen ließ es nicht zu, dass Mousa sich auf das Geräusch konzentrieren konnte, welches ihn beunruhigte.

„Seid leise!", befahl er laut.

Keiner seiner Leute schrie noch oder hämmerte mit den Fäusten gegen das Tor. Und trotzdem hörte das Geräusch vom Gehämmer nicht auf und die beiden Türen wölbten sich inzwischen stark nach außen. Jemand hämmerte von innen gegen das Tor und versuchte, es aufzubrechen. Oder etwas.

„Weg hier! Alle weg hier! Verschanzt euch in einem der Häuser!", rief Mousa.

Seine Garnison verstand sofort, was los war, doch die restliche Meute hörte nicht auf ihn. Von innen konnten es nur die Soldaten des Königs sein, die gegen die Türe klopften. Sollten sie ruhig raus kommen, dachten sie sich.

Karina, Alfred, der Reverend und Mousa hatten sich bereits vom Tor entfernt und versuchten auch die anderen vom Rückzug zu überzeugen.

„Wir sind kurz vor dem Ziel, Wächter. Bleibt bei uns!", bat ihn einer der Männer.

Sie verstanden es nicht. Dann splitterte das Holz der Türen und kurz darauf rissen die Angeln aus dem schweren Stein der Burg. Dem Volke Nobilars kamen jedoch keine Soldaten entgegen, sondern eine Welle an Untoten, die einen faulig süßen Gestank mit sich brachten. Nur die erste Welle schätzte Mousa auf 40 bis 50. Die Kreaturen hatten wohl lange nichts gegessen, denn ihr Hunger war groß. Sie bissen sich in wenigen Sekunden durch die vordere Linie der Männer und wurden immer mehr. Mousa schätzte, dass bereits jetzt mehr Bestien aus der Burg gekommen waren, als sie am Berg Arratlea bekämpft hatten und es kamen immer mehr aus dem Tor.

Während sie sich weiter zurückzogen, glaubte Mousa, auch Schreie aus Simplex zu hören. Das war das Endspiel vom Mann des Friedens. Ohne Myrdin und Alain hatten sie keine Chance gegen diese Übermacht und zogen sich deshalb an den Ort zurück, an dem Myrdin sie wieder treffen wollte. Die Kirche bot ihnen vielleicht auch Schutz gegen die Untoten, schließlich war es heiliger Boden, den sie dort betreten mussten.

Alain rannte immer noch und war jetzt ganz in der Nähe des schäbigen Hauses, in welchem er und seine Mutter lebten. Auf dem Weg hatte er einige Untote gesehen, sie aber nicht weiter beachtet. Er hatte seine Waffe nicht dabei und war mit den Gedanken sowieso woanders. Er hatte seine Mutter im Stich gelassen, sie für Ruhm und Ehre verkauft.

Doch vielleicht war es noch nicht zu spät. Er konnte sie aus Simplex herausholen und sie zur Garnison bringen. Bei ihnen würde sie sicher sein. Vielleicht sollten sie auch seinen Vater mitnehmen, falls er das wollen würde. Schließlich war Alain jetzt klar, dass er ihm lange

Unrecht getan hatte. Ohne zu klopfen, stürmte er durch die Türe, welche man nicht abschließen konnte, und preschte in das größere von zwei Zimmern herein, welches ihnen als Küche und Wohnzimmer diente. Seine Mutter saß auf einem Stuhl, ihr Blick war leer, aber wach.

Zwei Untote nährten sich an ihr und beachteten Alain gar nicht. Wahrscheinlich hatten sie vom Mann des Friedens einen speziellen Auftrag. Sie sollten ihm nichts tun, zumindest nicht körperlich. Sie sollten seine Mutter langsam auffressen und dafür sorgen, dass er diesen Anblick nie vergisst.

Als seine Mutter ihn sah, hob sie langsam den Arm und streckte ihn nach ihm aus. Sie hatte kaum noch Kraft. Er wusste nicht, ob sie ihm sagen wollte, er solle fliehen, oder ob sie seine Hilfe ersuchte. Mit Letzterem konnte er ihr sowieso nicht dienen, denn seinen Revolver hatte er wie ein trotziges Kind in den Dreck geworfen.

So konnte er ihr nicht mal die Erlösung bieten, die sie verdient hatte. Wegrennen war auch keine Option. Er sollte hierbleiben. Ja. Das war das einzig Richtige. Für seinen Hochmut hatte er eine Bestrafung verdient und die würde er erdulden. Ob dabei seine Seele zerbrach, war ihm egal.

Vielleicht wollte er es auch so, da war er sich nicht sicher. Irgendwann wurde ihm schwarz vor Augen und er verlor das Bewusstsein. Schuld daran war nicht das Grauen, was er vor sich sah, sondern Myrdin. Dieser hatte den Jungen endlich eingeholt und sofort verstanden, was er da tat. Es war besser, ihn in Ohnmacht fallen zu lassen, damit er sich nicht wehren würde. Nachdem der Magier mit Alain über seiner Schulter das Haus verlassen hatte, ließ er dort einen Blitz einschlagen, der alle Personen darin in Asche verwandelte.

„Dein Gott erscheint mir recht nutzlos!", meckerte Karina und setzte sich auf eine der Bänke in der Kirche.

Zu jedem anderen Zeitpunkt wäre der Reverend in eine nie enden wollende Schimpftirade verfallen, doch er blieb still. Er selbst hatte auch seine Zweifel gehabt und es war nicht die Zeit, sich zu streiten. Die Türen hatten sie zwar mit einigen der Bänke verbarrikadiert, doch die Untoten draußen schlugen bereits kräftig dagegen und ließen sie nicht zu Atem kommen.

„Okay, wir töten so viele wir können, aber wir kämpfen heute nicht, um zu siegen. Wir müssen fliehen. Jedem Bewohner von Diron, den wir sehen, bieten wir an, mitzukommen, mehr können wir nicht tun. Es sind tausende. Wir müssen nach Handura, vielleicht sogar nach Saien", sagte Mousa.

„Ich habe einen anderen Vorschlag", sagte Alfred.

Offensichtlich waren Mousa und die anderen offen dafür.

„Diron ist verloren. Aber das ist nicht das Ende. Sie wird weiter machen. Ihr habt den Mann des Friedens gehört. Sie wird mit einem Portal an irgendeinen Ort reisen, wo sie ihre nächste Operation vorbereiten soll. Wenn wir sie aufhalten wollen, dann sollten wir den schnellsten Weg nehmen und der ist das Portal", sagte Alfred.

„Du willst Rache an der Prinzessin für ihren Verrat an Diron, oder?", fragte Mousa mit hochgezogener Augenbraue.

„Ja, verdammt, das auch. Aber ich meinte, was ich sagte."

„Schon gut, ich will auch Rache. Und du hast recht. Wir können nicht wieder Monate lang durch Terusa reisen und hoffen, dass wir rechtzeitig eine Katastrophe nach der nächsten verhindern. Wir werden sie verfolgen", entschied Mousa.

Im selben Moment rissen die Untoten die Türe der Kirche nieder. Die Garnison war kampfbereit, wartete aber ab. Jeder von ihnen war gespannt darauf, ob die Höllendiener heiligen Boden betreten konnten. Bisher setzten sie keinen Fuß herein. Sie warteten. Der Reverend grinste zufrieden.

Grade wollte er vorschlagen, dass sie hinten über die Friedhofsmauer klettern, als der Erste langsam über die Schwelle trat und nun in der Kirche stand. Einige andere taten es ihm nach. Sie waren stark verlangsamt und schienen Schmerzen zu leiden, doch sie waren hier.

„Wie könnt ihr es wagen?!", schimpfte der Reverend und ging auf die stöhnenden Bestien zu.

„Joe, bleib hier!", rief Mousa.

Karina spannte den Bogen und Alfred zielte mit dem Revolver auf einen der Untoten.

„Dies ist das Haus Gottes!", sagte der Reverend und warf dem ersten Untoten seine Bibel ins Gesicht. Immer noch bewegten sich die Kreaturen der Hölle langsam vorwärts.

„Ihr seid hier nicht willkommen!", schrie er mit hochrotem Kopf, zog einen Schuh aus und warf diesen auf einen weiteren Untoten.

„Reverend!", rief Mousa erneut.

„Verschwindet!", sagte er und warf den zweiten Schuh.

Alfred, der nicht fassen konnte, dass Reverend Joe Carreyman grade seine Bibel geworfen hatte, machte sich bereit zu schießen, um seinen Freund zu beschützen.

„Ich dulde euch hier nicht!", schrie er und nahm sich eine Phiole vom Weihwasserbecken, da ihm die Wurfgeschosse ausgegangen waren.

Er warf die Phiole mit Weihwasser dem vordersten Untoten direkt ins Gesicht, was diese zerschellen ließ. Das grelle, weiße Licht überraschte ihn und ließ ihn seine Augen bedecken. Zwei der Untoten brannten. Die Flammen waren hell, fast weiß und schienen keinen Schaden an der Kirche zu verursachen. Verblüfft nahm sich der Reverend eine zweite Phiole und warf sie in die Mitte der übrigen Angreifer. Erneut erschien ein greller Lichtblitz, welcher auch die übrigen Kreaturen mit weißen Flammen niederrang.

„Hast du das gewusst?", fragte Alfred völlig verblüfft.

„Nein. Ich hatte keine Ahnung."

„Wie viele hast du von diesen Phiolen?", fragte Karina.

„Bestimmt drei Dutzend."

Hastig füllten sie alle Phiolen mit Weihwasser und packten sie behutsam in einen Stoffbeutel. Irgendwie machte es Sinn. Die Kreaturen waren mit der Macht der Hölle geschaffen und das Weihwasser war etwas Heiliges, etwas Himmlisches. Schließlich hatte es auch Alfk, den Bibliothekar der Hölle vernichtet. Als sie erneut Schritte hörten, machte sich Mousa bereit, denn er wollte die Phiolen aufsparen.

Schnell steckte er sein Schwert wieder in die Scheide, als er sah, dass es Myrdin war. Der Zauberer hatte sich Alain über die Schulter gelegt.

„Ist er ... ?", fragte Joe.

„Nein. Er ist unverletzt. Ich habe ihn schlafen lassen, damit er nicht mit ansehen muss, wie seine Mutter gefressen wird. Was habt ihr nun vor?", fragte der Magier.

„Wir werden die Prinzessin verfolgen und verhindern, dass sie noch mehr Schaden anrichtet. Wirst du uns begleiten?", fragte Mousa.

„Es tut mir leid, ich kann nicht. Ich muss etwas anderes erledigen. Diese Aufgabe habe ich schon viel zu lange vor mir hergeschoben. Ich werde den Mann des Friedens töten."

„Kannst du das denn?", fragte Alfred überrascht.

„Ja, das kann ich. Und es muss sein. Es frisst mich auf. Immer wieder sind meine Lieben wegen meiner

Untätigkeit gestorben", sagte Myrdin und ballte die Hand zur Faust.

„Ich verstehe deine Trauer, doch lass dich nicht von Gefühlen beherrsch, die von längst vergangenen Taten herrühren. Es ist hunderte von Jahren her, du musst dich lossagen", fand Mousa.

Myrdins Gesicht war ausdruckslos.

„Malta war meine Tochter", sagte er trocken, während eine Träne seine Wange hinunterfloss.

Keiner wusste, was er darauf antworten sollte. Nun wussten sie zwar, wieso Malta so mächtig war, verstanden aber Myrdins Beziehung zu ihr nicht. Offensichtlich wusste die junge Magierin nicht, dass er ihr Vater war.

Keiner focht jedoch seine Entscheidung an, den Mann des Friedens ein für alle Mal zu vernichten. Das schuldete er seiner Tochter, die mehr Mut bewiesen hatte als er selbst. Der Reverend übernahm Alain und sie verabschiedeten sich voneinander.

„Wir werden uns wiedersehen, meine Freunde", sagte Myrdin, als er die Kirche verließ.

Kurz darauf machte sich auch die Garnison auf den Weg nach Nobilar, denn dies war der einzige Ort in ganz Diron, der eine Kanalisation besaß. Der Reverend drehte sich noch einmal um und blickte zu seiner einfachen Kirche. Er hatte so das Gefühl, dass er sie nie wieder sehen würde. Während sie durch stinkendes Abwasser in kleinen Tunneln wateten, hatte Myrdin bereits mehrere Portale geöffnet und war hindurchgegangen. Er spürte seinen alten Freund. In den unendlichen Fluren und Portalen musste er den Weg finden, den der Mann des Friedens genommen hatte. Das war nicht einfach, aber auch nicht unmöglich. Vor allem nicht, wenn man so entschlossen war, wie Myrdin. Wieder spürte er die Fährte des uralten Wesens und er spürte auch, dass er mit allen Mitteln verhindern wollte, dass Myrdin ihm folgte.

Der Kerl hatte Angst. Die sollte er auch haben. Myrdin ging einen Flur entlang, der nur aus einem kleinen Waldweg bestand. Drum herum wirbelten Farben, Formen und riesige Augen.

Die Augen blickten ihn an und schienen fast zu rufen, er solle nicht durch das nächste Portal gehen, doch er ignorierte sie. Als er das Portal am Ende des Waldweges betrat, fand er sich in einem Flur wieder, der nichts glich, was er jemals gesehen hatte. Um genau zu sein, war es kein Flur. Es war nichts. Nicht einmal Dunkelheit existierte hier.

Es gab weder Licht, noch Farben, noch Geräusche noch andere Empfindungen. Sein Gehirn spielte bei dem Mangel an Reizen sofort verrückt und der alte Magier hatte Schwierigkeiten, sich zu konzentrieren. Er hatte vor vielen tausend Jahren einmal von einem solchen Ort gehört, hatte aber nicht an seine Existenz geglaubt. Trotzdem wusste er jetzt, was zu tun war. Auch wenn es keinen Weg gab, war dies hier ein Flur. Ein Flur hatte mindestens einen Eingang und einen Ausgang. Und diese konnte Myrdin in der Regel spüren, was diesmal jedoch schwerer war. Der Eingang war direkt hinter ihm, doch der Ausgang musste weit weg sein. Unbeholfen versuchte er, sich fortzubewegen, verstand dann jedoch, dass seine Gliedmaßen hier nutzlos waren. An diesem Ort des Nichts musste man sich mit seinen Gedanken fortbewegen. Der Magier lernte schnell und schwebte körperlos durch das Nichts. Weit entfernt spürte er ein leichtes Vibrieren, das nur eines bedeuten konnte.

Es war der Ausgang. Myrdin konnte nicht einschätzen, ob er 30 Sekunden, fünf Minuten oder 27 Jahre brauchte, um zum Ausgang zu gelangen, doch schließlich schaffte er es. Dieses Portal vibrierte so stark und auf einer solch seltsamen Frequenz, dass ihm ein Schauer über den Rücken lief. Wo immer das Tor auch hinführte, es mochte einer der dunkelsten Orte sein, die im allumfassenden Universum existierten.

Myrdin ging hindurch. Als er sich daran gewöhnt hatte, wieder einen Körper zu haben, betrachtete er seine Umgebung. Braches Land aus Stein, trockener Erde und Staub. Vor ihm stand ein roter Turm, der so hoch hinauf ragte, dass Myrdin nicht wusste, ob er überhaupt eine Spitze hatte.

Hoch oben am Horizont sah es so aus, als ob es hinter dichten Wolken brennen würde, was diese gesamte Welt in ein rötliches Licht tauchte. Die blauen und roten Blitze, die von weitem zu sehen waren und die drückende, trockene Hitze waren ihm dann beweis genug. Er war in der Hölle.

„Du hättest nicht herkommen sollen", sagte eine Stimme hinter ihm.

Myrdin drehte sich um und sah dem Mann des Friedens in die Augen.

„Wieso? Hast du etwa Angst?", fragte er.

„Ja. Große Angst. Angst davor, was jetzt mit dir passieren wird. Ich wollte dich nicht verlieren, Myrdin", antwortete der Mann des Friedens.

„Flieh, bevor es zu spät ist! Wieso hörst du denn nicht auf mich?"

„Wieso hast du meine Tochter getötet?"

„Wovon sprichst du? Ich lasse deine Sippe in Ruhe, seitdem du dich nicht mehr einmischst", entgegnete der Mann des Friedens verwirrt.

„Malta war meine Tochter, Jacob."

Auf dem Gesicht seines alten Freundes zeichnete sich großes Entsetzen ab. Myrdin war überrascht, denn er konnte deutlich spüren, dass das Entsetzen nicht gespielt war.

„Sprichst du wahr? Ich hatte ja keine Ahnung. Myrdin, ich wusste es nicht!", sagte der Mann des Friedens mit Tränen in den Augen und rieb sich die Schläfe.

Er hatte wohl Kopfschmerzen. Myrdin konnte es nicht fassen, dass er aufrichtiges Bedauern in seiner Stimme vernahm und sogar Tränen in seinen Augen sah.

„Es tut mir leid. Es tut mir so leid", sagte der Mann des Friedens erneut.

Dann verschwand er und tauchte kurze Zeit später auf einem Balkon des roten Turmes wieder auf. Myrdin verstand nicht, was das bezwecken sollte. Wenn er ihm durch

Flure zwischen den Welten gefolgt war, konnte er ihm wohl auch auf einen Turm folgen.

„Du kannst nicht fliehen!", rief Myrdin erzürnt.

„Ich fliehe nicht. Ich hatte wirklich gehofft, vermeiden zu können, was jetzt geschieht, denn ich glaube, dass es eine wirklich unangenehme Erfahrung wird, und es wird mich definitiv in Erklärungsnot bringen, doch es geht offenbar nicht anders."

Dann materialisierten sich direkt neben ihm ein Stuhl und ein kleiner Tisch. Er setzte sich und nahm einen roten Cocktail mit einem kleinen Schirmchen vom Tisch. Während er genüsslich daran schlürfte, erstarrte Myrdin. Er spürte eine Macht. Eine große Macht. Und sie kam näher.

Am Horizont erkannte er eine riesige Gestalt mit Flügeln. Ihr Körper schien aus Gestein und glühender Lava zu bestehen. Sie hatte mächtige Krallen an den Füßen und vier Flügel. Ein Längeres, Dünnes paar mit Spitzen an den Enden und scharfen Kanten und ein großes, welches das Wesen zum Fliegen benutzte. Es war ein Drache. Er flog eine Runde um den Turm und landete dann direkt vor Myrdin.

„Ich bin Leviatan, Thronwächter und Herrscher der Hölle. Du bist hier unbefugt eingedrungen, Zauberer, und dafür verurteile ich dich zum Tode!", knurrte der Drache in langgezogenen Worten.

Bevor Myrdin antworten konnte, traf ihn ein gewaltiger Strahl aus Lava, der aus dem Maul des Drachen schoss. Er wurde weit weggeschleudert und prallte mit dem Rücken auf einen kleinen Felsen. Leviatan stemmte einen weiteren Felsen mit beiden Händen hoch, flog einige Meter hoch in die Luft und warf den Felsbrocken auf Myrdin. Dieser war zu benommen, um auszuweichen, und wurde unter dem Gestein begraben. Der Mann des Friedens stellte sein Getränk ab und sah angespannt aus.

Leviatan ging herüber zu dem mickrigen Zauberer, denn er wollte seine Leiche fressen, wie es sich gehörte. Wenn dieser armselige Knilch schon kein Gegner im Kampf war, so würde er ihm vielleicht als Gaumenschmaus etwas Freude bereiten.

Grade als er den Felsen anheben wollte, bemerkte er, wie dieser sich veränderte. Erst seine Form, dann seinen Zustand und dann wurde er schließlich zu Metall. Der große Brocken teilte sich in hunderte kleine Kugeln auf, die schnell zu Pfeilspitzen wurden. Unter ihnen sah er den Zauberer, der keinen Kratzer hatte.

Die Pfeilspitzen schossen auf Leviatan zu und bohrten sich tief in seine steinerne Haut. Myrdin erhob sich schwebend und war nun von einer hellblauen Aura umgeben.

Er hob die Arme und senkte sie wieder, womit er hunderte von gewaltigen, blauen Blitzen hinabschießen ließ. Die mächtigen Blitze schlugen alle direkt auf Leviatan ein und durchströmten dank der Pfeilspitzen auch das Innere seines Körpers.

Der Dämon schrie, gepeinigt vor Schmerz. Myrdin pfiff und ließ die Pfeilspitzen wieder aus Leviatan herausschnellen. Sie sammelten sich beim Magier und verbanden sich dann zu vier riesigen Stachelpeitschen. Die

Peitschen umkreisten Leviatan und griffen dann nach ihm. Sie wanden sich um seine Beine und Arme und zogen immer fester zu. Ihre Zacken bohrten sich tiefer und tiefer in seinen Körper. Mit einem kräftigen Ruck zog Myrdin an den Peitschen, welche daraufhin Leviatan völlig auseinanderrissen.

Der Drache zerfiel zu einzelnen Steinbrocken, aus denen immer noch die Lava floss. Der Mann des Friedens stand erschrocken von seinem Stuhl auf und lehnte sich über das Geländer.

„Und diesem Ding hast du gedient? Stärker als die anderen, aber deiner nicht würdig", sagte Myrdin.

„Was hast du nur getan, du Narr?", entgegnete der Mann des Friedens.

Myrdin verstand erst einige Sekunden später, was sein alter Freund gemeint hatte. Aus den Trümmern des Drachen erhob sich eine Gestalt, die auf ihre Art und Weise weitaus furchteinflößender war als das riesige Ungeheuer. Leviatan hatte nun ungefähr die Gestalt eines Menschen. Seine Haut war jedoch bleich, er hatte schwarze Augen und seine langen Finger hatten Fingernägel, die so lang und spitz waren, dass sie jedem ohne Probleme die Kehle aufschlitzen konnten.

Er trug einen weinroten Anzug, der die Farblosigkeit seiner Haut noch betonte. Die Gestalt, die nun auch lange, schwarze Haare hatte, kam auf Myrdin zu.

„Du hast meine Rüstung zerstört, Zauberer. Jetzt muss ich zum Schneider und der ist wirklich ein nerviger kleiner Dämon", sagte Leviatan und schlug Myrdin so schnell ins Gesicht, dass dieser die Bewegung nicht einmal sah.

Benommen flog der Magier durch die Luft und landete im heißen Staub der Hölle. Sein Gesicht war zertrümmert, er blutete aus Mund und Nase.

„Was denkst du, was der Herrscher der Hölle ist? Ein kleiner Dienstboten-Dämon? Wir befinden uns hier in der Hölle und ich verfüge über ihre gesamte Macht. Dein Übermut wird dich dein Leben kosten", sagte Leviatan.

Myrdin richtete sich so schnell, wie er konnte wieder auf und blickte zum Turm herüber, wo der Dämon grade noch gestanden hatte, doch er war fort. Ungläubig stellte er fest, dass er bereits neben ihm stand. Er war so schnell.

Erneut holte der Herrscher der Hölle zum Faustschlag aus, doch diesmal wich Myrdin aus und schlug mit der Spitze seines Stabs zu, der weißes Licht in Leviatans Gesicht explodieren ließ. Dann ließ er einen gewaltigen Wasserstrahl aus seinem Stab schießen, der den Dämon von ihm wegschleuderte.

Um nachzusetzen lud sein Stab sich mit Strom auf und er sprang dem Dämon entgegen. Bevor er ihn jedoch treffen konnte, formte dieser seinen rechten Unterarm zu einer Art knöchernen Spitze und rammte sie durch den Oberschenkel des alten Magiers.

Myrdin schrie laut auf, der Mann des Friedens begann zu schwitzen. Die Spitze wurde wieder zum Unterarm des Dämons, blieb aber im Oberschenkel Myrdins stecken. Mit der Hand griff er sich direkt den Femur, den Oberschenkelknochen Myrdins und brach ihn nur mit dem

Daumen durch als wäre er ein kleiner Zweig. Der Magier schrie erneut vor Schmerz und ging auf ein Knie. Das nutzte Leviatan, um ihm einen heftigen Kniestoß in sein schmerzendes Gesicht zu verpassen. Der Kniestoß war so heftig, dass der Mann des Friedens ihn hoch oben auf dem Balkon noch hören konnte.

Myrdin fiel benommen zu Boden und versuchte, seine Kräfte zu mobilisieren. Leviatan jedoch schlug ihm erneut ins Gesicht, was seine Versuche zunichtemachte. Dann packte der Höllenherrscher ihn an einem Ohr und riss es ihm vom Kopf. Myrdin schrie und wimmerte, während der Dämon das Ohr aß.

„Ich will, dass du weißt, was jetzt passiert", sagte Leviatan mit seiner finsteren Stimme.

Der Mann des Friedens verließ den Balkon. Er wollte nicht mit ansehen, was nun passierte.

„Du hast dich für unsterblich gehalten, aber das bist du nicht. Ich werde dich in den nächsten Minuten töten, deine Existenz endgültig beenden. Danach kümmere ich mich um deine kleine Garnison, die werden mir noch weniger entgegenzusetzen haben als du", sagte Leviatan und lachte.

Myrdin wollte antworten, doch er konnte nicht.

„So wie ich eben in deinen Oberschenkel gegriffen habe, werde ich gleich in deinen Brustkorb greifen, mir dein uraltes Herz packen und es herausreißen. Dann esse ich es, während du dabei sterbend zusiehst."

Leviatan packte Myrdin an seiner zerfetzten Kleidung und hob ihn hoch. Dann formte er seinen rechten

Arm erneut zum Speer. Myrdin wusste, dass er jetzt sterben würde. Er bereute nur, dass er der Garnison nicht mehr helfen konnte. Sie hatten etwas Besseres verdient als das hier. Leviatan holte mit seinem Speerarm aus und wurde dann von einem mächtigen Strahl aus Feuer getroffen, der ihn weit wegschleuderte.

„Tja, wie ich schon sagte, hatte ich gehofft, das vermeiden zu können", sagte der Mann des Friedens und half seinem Freund wieder auf die Beine.

Myrdin konnte nicht fassen, dass Jacob, der sich nun schon so lange Mann des Friedens nannte, ihm tatsächlich half. Vielleicht war der Mann, den er einst kannte doch noch irgendwo da drin.

„Du Narr! Du bist ein Diener der Hölle! Mit deiner törichten Tat hast du nichts erreicht, außer dass ich euch jetzt beide fressen werde!", knurrte Leviatan.

Jacob schien unbeeindruckt und stützte Myrdin.

„Ich kläre dich jetzt mal auf. Du wirst gar nichts fressen. Nie wieder. Du hast meinen Freund angegriffen und das dulde ich nicht. Dafür wirst du jetzt sterben", sagte er ernst. Der Herrscher der Hölle lachte laut und schallend.

„Ach so, danke, dass du mich aufklärst. Jetzt kläre ich dich mal auf. Du kannst mich nicht töten!"

„Nein, aber der da kanns."

„Was?" Im letzten Augenblick konnte der Dämon ausweichen, so dass Juri ihm nicht den ganzen Arm, sondern nur den rechten Unterarm abtrennte. Myrdin konnte es nicht fassen, es war der Schwertträger! Juri stellte sich zu Myrdin und Jacob. Seine Schwerter, die in den hohen

Himmeln geschmiedet worden, hatten selbst in der Hölle nicht an Macht verloren. Myrdin ließ nun eine Fontäne aus dem Boden hervorbrechen, die Leviatan in die Luft wirbelte. Von oben ließ der Mann des Friedens einen mächtigen Blitz auf seinen einstigen Befehlshaber schießen. Die Fontäne und der Blitz verbanden sich. Von unten drückte ihn das Wasser und von oben briet ihn der Strom.

Das verletzte Leviatan zwar, doch er beachtete den Angriff nicht weiter. Die wahre Gefahr war der Schwertträger. Er hätte dem Mann des Friedens niemals glauben dürfen, dass er ihn getötet hatte. Als der Angriff der Zauberer nachließ, sah er den Jungen.

Er war hochgesprungen und wollte ihn töten. Leviatan drehte sich so weg, dass Juri sein Herz nicht durchbohren konnte, doch dieser hatte nur auf die Ausweichbewegung gewartet. Beide Schwerter hatte er in Schulterhöhe angewinkelt und vollzog eine Drehung. Weniger als ein Zentimeter der Spitze seiner Klingen berührte Leviatan, doch das reichte. Seine Schwerter zerschnitten dem Dämon die Augäpfel. Er war blind. Leviatan fiel zu Boden, richtete sich schnell wieder auf und taumelte blind umher. Der Mann des Friedens wirkte einen Zauber, der ein lautes Summen erzeugte, so dass der Höllenherrscher den Schwertträger weder sehen noch hören konnte.

Juri sprang auf ihn zu und bohrte ihm beide Himmelsschwerter in sein finsteres Herz. Leviatan schrie so laut, dass die ganze Hölle bebte. Myrdin und der Mann des Friedens hielten sich die Ohren zu, bis es endlich vorbei war. Leviatan war tot.

„Hurra?", sagte Jacob fragend.

„Wieso hast du mir geholfen?", fragte Myrdin keuchend.

„Wieso ich dir geholfen habe? Jetzt wirst du aber verletzend. Ich will dein Freund sein. Das wollte ich immer. Und ich schuldete dir was. Ich muss mir jetzt eine wahnsinnig gute Erklärung einfallen lassen, damit mein Plan nicht in Gefahr gerät. Dieser Dämon war nämlich nur der Erste auf meiner Liste. Du kannst jetzt feiern. Hey, der Thronwächter ist tot. Hip hip, Hurra! Heidewitzka! Ach, und pass auf, die Portale und die Flure die von hier wegführen sind tückisch. Es kann sein, dass du eine Weile brauchst, um den richtigen Weg zu finden", sagte der Mann des Friedens und verschwand mit dem Schwertträger.

Er hatte recht. Der Thronwächter der Hölle war tot. Das war ein großer Sieg für das Licht. Doch Myrdin konnte sich nicht freuen. Die beiden Männer, die seine Tochter ermordet hatten, haben ihm soeben das Leben gerettet. Er wusste nicht, wie er sich fühlen sollte.

Kapitel 18 Reise ins Ungewisse

Alain konnte inzwischen wieder laufen. Es kostete ihn zwar all seine Willenskraft, seine Trauer und seinen Selbsthass zu unterdrücken, doch er würde es schaffen. Zumindest so lange, bis sie aus dieser Hölle entkommen waren.

Hier in diesen engen, niedrigen Tunneln war es schwierig gegen die Untoten zu kämpfen, die ihnen manchmal entgegenkamen, manchmal auch im Abwasser lagen und warteten, bis sie nach einem Knöchel greifen konnten. Mousa konnte die Angreifer von vorne meist mit seinem Schwert abwehren, doch für Alfred und Karina war es auf diese Distanz schwierig, effektiv zu sein. Alain selbst hatte sich geweigert, den Revolver wieder an sich zu nehmen.

Falls er je wieder eine Waffe in die Hand nahm, würde es kein Revolver sein. Das Gitter am Ende der Kanalisation war bereits entfernt und lag lose im Gras hinter den Mauern.

„Wie viele Phiolen hast du noch, Joe?", fragte Alfred, während sie endlich wieder ins Sonnenlicht traten.

„Es sind noch zwei Stück übrig. Ich hoffe, wir treffen auf wenig Widerstand", sagte der Reverend.

Doch er hoffte vergebens. In diesem Teil des Fochwaldes lebten sonst weder Wilde noch irgendwer anders.

Hier gab es nichts und trotzdem wimmelte es von Untoten und menschlichen Spinnen. Mousa schlug Dutzenden von ihnen die Köpfe, Arme und Beine ab, doch als er von einer Meute umzingelt wurde und Karina und Alfred nicht schnell genug schießen konnten, warf der Reverend die vorletzte Phiole.

Im Lichtblitz verbrannten die meisten Kreaturen und Mousa konnte sich frei kämpfen. Keiner zweifelte an, dass es nötig war, doch nur noch eine Phiole übrig zu haben, machte ihnen Angst. Gegen eine solche Masse an Feinden hatten sie bisher nicht gekämpft. Sie schlugen sich durch und sahen nach einer Stunde Fußmarsch endlich ihr Ziel.

Es war ein Hügel mit einer mannsgroßen Öffnung. Die Garnison betrat die kleine Höhle, die grade so hoch war, dass sie sich nicht bücken mussten. Was sie darin betrachteten, ließ ihnen das Blut in den Adern gefrieren. Im Kreis um die Mitte der Höhle herum waren sechs Frauen an jeweils ein Kreuz genagelt. Was man ihnen angetan hatte, war so unaussprechlich, dass sie ihre Blicke abwenden mussten. Erst dann bemerkten sie, was in der Mitte der Höhle auf dem Boden vor sich ging.

Die Erde dort war in Bewegung. Sie drehte sich und drehte sich, formte Spiralen und schien eher ein matschiger Sumpf zu sein.

„Das ist das Portal", sagte Mousa.

„Wie konnte sie dieses Ritual nur durchführen? Wie kann ein Mensch zu sowas fähig sein?", fragte sich der Büttel.

„Ich traue diesem Portal nicht. Und außerdem würde es mich anwidern, es zu benutzen, wenn ich daran denke, was getan werden musste, um es zu öffnen", sagte Karina.

Das sahen sie alle gleich, doch sie wussten nicht, was sie nun tun sollten. Alfred war bei seinem Vorschlag in der Kirche davon ausgegangen, dass es sich dabei um ein Portal handelte, wie der Mann des Friedens sie stets öffnete. Eine von diesen roten Türen. Er hatte ja nicht gewusst, was es bedeutete ein Portal mit einem Ritual der alten Wege zu öffnen, so wie die Prinzessin es ausgedrückt hatte.

Eine Zeit lang standen sie schweigend da und dachten nach, jeder für sich. Alain überlegte, ob er überhaupt weiter kämpfen wollte, und kam zu dem Entschluss, dass er das sehr wohlwollte. Vielleicht war sein gewählter Weg nicht der richtige, aber das Streben, ein Held zu sein, das Streben danach, ein guter Mensch zu sein, ist nicht falsch. Er hatte alles verloren, doch wenn Helden hinfallen, standen sie wieder auf.

Mousa fragte sich, was sie sonst tun sollten, außer durch dieses Portal zu gehen. Sie waren so weit gereist und von Diron würde nicht mehr viel übrig sein. Außerdem war es möglich, dass das Portal nach Saien oder Kolom führte, oder vielleicht sogar in eines der Königreiche jenseits der Meere. Sie würden Wochen, oder vielleicht sogar Jahre brauchen, um dorthin zu reisen, wenn sie das Portal nicht benutzten. Ein Untoter stürmte in die kleine Höhle und Karina schaltete ihn mit einem Pfeil zwischen die Augen aus.

„Da kommen noch mehr!", rief der Reverend. Nach und nach zwangen sich immer mehr Kreaturen durch den kleinen Eingang. Alfred und Karina schossen so viele nieder, wie sie nur konnten, und Mousa schlug denen, die ihnen zu nahe kamen die Köpfe ab, doch das würden sie nicht ewig tun können.

Karinas Pfeile gingen aus und Alfred Arme wurden langsam schwer.

„Gehen wir durch das Portal!", sagte Mousa.

„Ich bin auch dafür", sagte Alfred.

Alain und der Reverend hatten anscheinend nichts dagegen, doch Karina sah nicht glücklich aus. Eben noch hatten sie Zweifel bei dem Anblick des Rituals und wollten das Portal nicht nutzen. Und jetzt hatten sie ihre Meinung geändert. Wieso? Nur weil ihre Leben in Gefahr waren? Dieses Portal, für das unschuldige Frauen ermordet wurden zu benutzen, um sich selbst zu retten, fühlte sich einfach falsch an.

„Wir müssen gehen, Karina, sonst sind wir tot. Wer kämpft dann gegen den Mann des Friedens?", sagte Mousa.

„Also gut! Geh voraus!"

Es gefiel der Bäuerin nicht, doch sie musste zugeben, dass der Garnisonsführer recht hatte. Mousa ging als erster in den Kreis, gefolgt von Alain und Alfred. Der Reverend schmiss seine letzte Phiole in den Eingang, um ihnen etwas Zeit zu verschaffen, und trat dann ebenfalls in den Kreis. Im selben Augenblick waren die vier verschwunden. Karina zögerte und blickte auf die armen

Frauen an den Kreuzen. Doch dann sah sie herüber zu den Kreaturen vom Mann des Friedens und erinnerte sich daran, dass dieser Mistkerl immer noch da draußen war. Zögerlich trat sie in den Kreis. Von außen sah es vielleicht so aus, als wäre man plötzlich verschwunden, doch für Karina fühlte es sich nicht so an. Langsam versank sie im zirkulierenden, blutigen Schlamm. Das Letzte, an was der Reverend dachte, bevor er endgültig durch das Portal gewandert war, war, was er im Daemonicum über diese Art von Portalen gelesen hatte. Sie funktionierten nur kurz. Wenn man zu lange wartete, und sie erst später benutzte, waren sie unzuverlässig. Man konnte sterben oder ganz wo anders landen. Er hoffte, dass sie zumindest nicht sterben würden. Dann wurde alles dunkel.

Kapitel 19 Die Legende der Wächter

Der Fremde saß alleine an einem Tisch in der Ecke, während der Rest der Taverne sang, tanzte und klatschte. Er trank den Schnaps, den der Barmann ihm gebracht hatte und beachtete die anderen nicht. Er verstand ohnehin nicht, was es hier zu feiern gab. Ganz Terusa war am Ende. Er kippte grade das vierte Glas hinunter, als ein paar der Männer, die soeben ihren Tanz beendet hatten, zu ihm herüberkamen.

„Hey, Fremder! Wir haben uns grade gefragt, was mit dir eigentlich nicht stimmt."

Der Fremde beachtete sie nicht. Er trug einen Umhang mit Kapuze, so dass keiner von ihnen sein Gesicht sehen konnte, das nur auf das leere Glas gerichtet war.

„Ja!", begann ein Weiterer. „Du bist seit zwei Monaten hier, machst keinen Finger krumm, aber hast genug Silber in den Taschen, um dich jeden Tag zu besaufen! Was ist dein Geheimnis? Bist du ein Dieb?"

„Ich weiß es nicht. Ich weiß nur, dass ich in Ruhe meinen Schnaps trinken will. Geht."

Er war sich nicht sicher, ob sie ihn tatsächlich in Ruhe lassen würden. Vielleicht waren sie auch nur zu ihm gekommen, um ihn zusammenzuschlagen. Das wäre äußerst bedauerlich. Der Fremde hatte kein Interesse daran, einen von ihnen zu töten. Er war froh, als er sah, dass sie die Nasen rümpften und sich umdrehten.

So trank er noch ein weiteres Glas Schnaps und begab sich dann zu dem einzigen Gasthaus dieses Dorfes, wo er vor zwei Monaten ein Zimmer bezogen hatte. Der Gastwirt dort wunderte sich vielleicht auch, woher er das viele Silber hatte, doch er fragte nicht nach. Er war froh, in diesen Zeiten einen gut zahlenden Kunden zu haben.

Als er in seinem Bett lag, fragte der Fremde sich einmal mehr, was hier nur geschehen war. Er wusste nicht, wie er hierher gekommen war, und er wusste nicht, was in den letzten Jahren geschehen war. Er wusste nicht einmal, wie viele Jahre ihm fehlten. Waren es zwei? Waren es 17? Oder waren es 1000? Er konnte es nicht sagen und mit den Leuten, die hier lebten, wollte er nicht über die Vergangenheit sprechen. Man konnte ihnen nicht trauen.

Das lag nicht daran, dass sie schlechte Menschen waren, aber er hatte gehört, dass der Totenkönig überall seine Spione hatte. Das war nicht weiter verwunderlich, denn die Leute waren arm. Bettelarm. Sie würden alles für eine halbe Hand voll Silbermünzen tun. Der Totenkönig von Terusa regierte diese Welt mit eiserner Hand. Er hatte Terusa verändert. Die Welt war dunkel geworden, wortwörtlich. Selbst am Tag wurde es nicht mehr richtig hell.

Es gab Risse in der Barriere zwischen den Welten, die Zeit verlief an manchen Orten langsamer als an Anderen und seine untote Armee verbreitete Schrecken, wo sie nur hinkamen. Es gab keine Königreiche mehr. Nur noch ein

Einziges. Das Königreich des Totenkönigs. Handura, Saien, Diron. All diese Orte kannte hier niemand mehr.

Das war das Erste, was er die Leute hier gefragt hatte, als er zwischen Gebüschen neben dem Dorf aufwachte. Wie er nach Saien kam. Etwas sagte ihm, dass er dorthin musste. Betäubt vom Schnaps schlief der Fremde schließlich ein.

„Hör schon auf, Felix! Wir sind keine Kinder mehr, also geh uns mit deinen Märchen nicht auf die Nerven!", schimpfte einer der Gäste am nächsten Abend.

„Das sind keine Märchen! Märchen und Legenden sind etwas völlig Verschiedenes!", keifte der Junge zurück, der vielleicht zehn Jahre alt war.

Die Männer lachten ihn nur aus. Felix war einer der Kellner, die in der Taverne arbeiteten. Trotz seines jungen Alters machte er das gut und trug bis zu vier Bierkrüge auf einmal. Der Fremde fand das erstaunlich.

„Bring mir noch ein Bier, aber bitte ohne Heldenmärchen!"

Der Fremde konnte sehen, wie Felix rot an lief, sich aber beherrschte. Er holte das Bier und stellte es dem bulligen Kerl mit braunem, langen Haar an den Tisch.

„Es sind nicht nur irgendwelche Heldenmärchen. Es ist die Legende der Wächter!", brach es schließlich aus ihm heraus.

Während die Männer am Tisch lauthals loslachten, wurden die Augen des Fremden plötzlich ganz groß. Die Legende der Wächter?

„Die noblen Helden, die geschworen haben, Terusa zu beschützen, werden zurückkehren und uns von dem Totenkönig befreien, so wie die Legende es besagt! Ihr werdet schon sehen!", sagte Felix.

„Sicher! Erzählt dir das deine Mami als Gutenachtgeschichte, Junge?"

Erneut lachten die Männer. Doch in ihrem Lachen hörte der Fremde etwas, das da nicht hingehörte. Eine Traurigkeit und eine Sehnsucht. Insgeheim wünschten sie sich, dass der Junge recht hatte. Sie sehnten sich nach einem Licht, das ihnen Hoffnung gab. Die Hoffnung auf eine bessere Welt.

Dann verstummte die gesamte Taverne. Die Türe war aufgegangen, was um diese Zeit nichts Ungewöhnliches war. Die Taverne war schließlich sehr beliebt. Doch die beiden, die hereinkamen, waren keine Dorfbewohner. Sie trugen schwere Rüstungen aus schwarzem Metall, führten Schwerter an ihren Hüften und auf dem Rücken einen grauen Umhang.

Auf der Brustplatte ihrer Rüstung war ein Emblem eingraviert. Ein Totenkopf mit einer Krone darauf. Das Zeichen des Totenkönigs. Die Männer waren jedoch keine gewöhnlichen Männer. Ihre Köpfe sahen aus wie die eines Wolfes. Mit einer spitzen Schnauze, großen Augen und einer dichten, dunklen Wolfsmähne. Auch ihre Hände, die menschliche Form hatten, waren mit dunklem Fell bedeckt. Der Fremde hatte so etwas schon einmal gesehen. Die Wolfskrieger des Totenkönigs kamen in die

Mitte der Taverne und packten sich einen der Männer, die den Fremden gestern Abend herausgefordert hatten.

„Der Totenkönig verlangt nach eurer Unterstützung. Er sucht jemanden. Jemanden, der hier fremd ist. Ein Neuankömmling, von dem keiner weiß, wo er eigentlich herkommt. Sprich, und du wirst belohnt. Schweig, und das ganze Dorf wird leiden."

Der Fremde war sich sicher, dass sie nach ihm suchten. Doch weshalb? Woher kannte ihn der Totenkönig überhaupt? Das würde er wohl gleich herausfinden, dachte er sich. Doch der Fremde wurde überrascht. Der Mann, der ihn gestern als Dieb bezeichnet hatte, blieb still. Er blickte nicht mal zu ihm herüber. Das wunderte den Fremden. Der Mann und anscheinend auch alle anderen hier waren bereit, für ihn ein großes Risiko einzugehen. Das konnte der Fremde nicht zulassen. Er stand auf.

„Seid ihr es? Der Fremde ohne Vergangenheit?", knurrte der zweite Wolfskrieger.

Der Fremde kam näher und der andere Wolf ließ den Mann gehen, den er zuvor am Kragen gepackt hatte.

„Ich warne dich, Fremder! Bleib stehen, oder wir töten dich auf der Stelle! Wer bist du wirklich?"

Der Fremde blieb stehen.

„Sprich! Das Dorf muss bestraft werden, doch wenn du uns sagst, wer du bist, werden wir vielleicht die Hälfte verschonen!", bot einer der Krieger ihm an.

Der Fremde lächelte. Er entfernte den Kapuzenumhang mit einer geschickten Bewegung.

„Ich bin Mousa Relleon, Garnisonsführer der Wächter von Diron. Verlasst dieses Dorf und kommt nie wieder!", warnte Mousa die dunklen Kreaturen.

Vielleicht hätten die Tavernenbesucher erneut gelacht, als er die Wächter erwähnte, doch das taten sie nicht. Denn sie sahen die prächtige Lederrüstung, die er trug. Sie sahen das Wappen darauf. Sie sahen das verzierte prächtige Schwert an seiner linken Hüfte.

„Lege dich auf den Boden und lass dir von uns Fesseln anlegen, Fremder. Dann geschieht dir nichts. Zumindest so lange, bis wir dich vor den Totenkönig führen! So wird es jedem von euch ergehen!", lachte der Wolf.

Mousa lachte nicht. Bevor einer der Wolfskrieger realisieren konnte, was geschah, hatte er sein Schwert gezogen und einige Schritte in Richtung seiner Feinde gemacht.

Nun wollten auch die Wölfe ihre Waffen ziehen, doch Mousa trennte dem Ersten die Waffenhand ab, bevor er ihm schließlich nach einer schnellen Drehung den Kopf abtrennte. Die Drehung vollendete er damit, dass sein Schwert an der Kehle des zweiten Wolfes ruhte, der eben zu ihm gesprochen hatte. Die Gäste der Taverne waren fassungslos. Konnte der Fremde wirklich das sein, für das er sich ausgab?

„Du hast eine Gelegenheit, dein Leben zu retten, Wolf. Sage mir, ob ihr noch andere Fremde aufspüren sollt und wo sie sich befinden. Dann lasse ich dich gehen!", versprach Mousa.

„Du lügst doch!", antwortete der Wolf.

Mousas Schwert bohrte sich ungefähr einen Zentimeter tief in den Hals des Wolfes.

„In Ordnung! Eine weitere Truppe unserer Krieger wurde nach Weißhaupt geschickt, um die Fremden, die wir dort vermuten, aufzuspüren und gefangen zu nehmen!"

Mousa nahm sein Schwert von der Kehle des Wolfes. Sicher konnten ihm die Dorfbewohner sagen, wo er dieses Weißhaupt fand.

„Geh deines Weges. Doch komme nie wieder in dieses Dorf. Es steht unter meinem Schutz."

Der Wolf knurrte und lief dann hastig aus der Taverne.

„Was ist, wenn er mit einem Bataillon an Wolfskrieger wiederkommt?", fragte der Mann, der vom Wolf angegriffen worden war.

„Das wird nicht geschehen. Dieser Krieger wird es nicht wagen, dem Totenkönig wieder vor die Augen zu treten. Die Bestrafung, die ihn erwarten würde, wäre weitaus schlimmer als der Tod."

Die Gäste waren ruhig. Felix jedoch kam auf Mousa zu und blieb dann stehen. Seine Augen strahlten.

„Ich habe gesehen, wie du kämpfst. Bist du wirklich ein Wächter?", fragte der Junge.

„Ja, junger Kellner, das bin ich. Und ich werde nun meine Garnison finden. Bis jetzt dachte ich, ich wäre alleine hier, doch dem ist anscheinend nicht so. Meine Garnison und ich werden dem Totenkönig ein Ende bereiten!"

Die Gäste jubelten, klopften ihm auf die Schulter und wollten ihm Bier und Schnaps ausgeben. Doch Mousa lehnte ab. Wenn er wieder in den Kampf ziehen wollte, musste er die alten Gewohnheiten, die ihn wieder eingeholt hatten, hinter sich lassen. Er wusste nun, dass er nicht allein auf dieser Welt war, die sich so sehr verändert hatte. Er nahm eine Mahlzeit zu sich, trank viel Wasser und ließ sich eine Karte zeichnen, die ihn in das Dorf Weißhaupt bringen würde.

Die Verabschiedung der Dorfbewohner fiel ihm irgendwie schwerer als gedacht. Nicht, weil sie ihm so ans Herz gewachsen waren, sondern weil er sah, dass allein sein Aufenthalt hier als Wächter ihnen Hoffnung geschenkt hatte.

„Wisset immer, dass ich da draußen bin. Ich und meine Garnison. Ich kämpfe für eine bessere Zukunft für Terusa. Ich kämpfe für die Menschen von Terusa. Ich kämpfe für das Licht, das schon bald zurückkehren wird!"

Mit diesen Worten drehte er sich schließlich um und wanderte die Straße entlang, die ihn in ein paar Tagesmärschen nach Weißhaupt führen würde. Er hoffte nur, dass die anderen Wolfskrieger ihm nicht zuvorkamen. Schließlich wusste er nicht, in welcher Verfassung die anderen waren.

Weißhaupt lag sehr hoch, so dass er fast den kompletten Weg bergauf wandern musste. Mousa erinnerte sich daran, wie sie den Arratlea bestiegen hatten. Weißhaupt lag jedoch nur höchstens ein Zehntel so hoch wie der Gipfel des Arratlea, weshalb dies keine große Hürde für ihn darstellen sollte. Der Garnisonsführer begutachtete seine Umgebung gut. Das war das erste Mal, dass er das Dorf verlassen hatte, seit er hier ankam. Er wusste noch, dass sie vorher das Portal nahe Diron genommen hatten. Das war wohl ein Fehler gewesen. Er fühlte sich älter. Nicht viel älter, aber älter. Vielleicht ein paar Jahre. Jedoch fehlte ihm die Erinnerung daran, was in diesen Jahren geschah. Wer konnte schon sagen, wo ihn das Portal hinverfrachtet hatte.

Dazu kam, dass es hieß, die unsäglichen Taten des Totenkönigs hätten etwas mit der Zeit gemacht. Er fragte sich, wer wohl der Totenkönig war. Konnte es der Mann des Friedens sein? Immerhin war er unsterblich und kommandierte zu ihren Zeiten die Untoten. Oder war es vielleicht einer der Höllenfürsten, die inzwischen aus ihren Käfigen entkommen waren?

Da es keinen Sinn machte, sich darüber den Kopf zu zerbrechen, marschierte Mousa weiter und behielt dabei die dunkle Einöde im Blick, durch die er nun wanderte. Nur selten gab es hier einen kahlen Baum. Einen mit Laub hatte er bisher noch gar nicht gesehen. Auf Terusa lebte nur noch wenig, so wie es schien.

In den nächsten Tagen, in denen er dem Weg folgte, der auf der Karte eingezeichnet war, hatte er viel Zeit zum Nachdenken. Es ärgerte den Garnisonsführer am meisten, dass er einfach nicht wusste, was hier geschehen war. Wenn er die anderen gefunden hatte, musste sie zuerst herausfinden, wie viele Jahre das fehlerhafte Portal sie gekostet hatte. Danach würde sie sich um den Totenkönig kümmern, dessen wahre Identität es herauszufinden galt. Irgendwie fand er es unwahrscheinlich, dass der Mann des Friedens seinen berüchtigten Namen abgelegt hatte.

Als es schließlich anfing, zu schneien wünschte sich Mousa, er hätte seinen dicken Mantel behalten, den man ihm in Saien geschenkt hatte. Obwohl er fror, marschierte er ohne Unterlass weiter. Er brauchte seine Garnison. Nicht nur, um zu kämpfen, sondern um wieder er selbst zu sein. Sein wirkliches Ich. Nicht das Ich, das sich jeden Abend besinnungslos Soff. Nach acht Tagen sah er schließlich einige Gebäude aus Backsteinen und Stroh. Das Dorf Weißhaupt. Eine Stunde später, als er das Tor des Dorfes bereits sehen konnte, hörte er auch die Schüsse. Sie klangen vertraut. Mousa setzte zu einem Sprint an, der ihn an den Rand seiner noch vorhandenen Kräfte brachte.

Selbstverständlich war es Alfred, der feuerte. Ohne es wirklich zu wollen, achtete Mousa bei ihm auf Anzeichen von Alterung, konnte aber nichts Ungewöhnliches finden. So lange konnte es also noch nicht hersein. In der nächsten Sekunde hatten seine flinken Augen und sein einzigartiger Verstand die Situation der Schlacht analysiert, die sich hier zutrug.

Alfred und Karina feuerten von hinter einigen Weinfässern auf vier Wolfskrieger und drei Krieger, bei denen er nicht ausmachen konnte, ob sie auch Bestien oder menschlich waren.

„Haltet ein, Lakaien des Totenkönigs!", rief Mousa lauthals.

Die Schüsse stoppten und auch die Krieger drehten sich zu ihm um. Der Garnisonsführer konnte nun auch etliche Gesichter von Männern und Frauen erkennen, die den Kampf von ihren Häusern oder aus den Gassen heraus verfolgten. Ein Wolfskrieger lag bereits tot am Boden. Offensichtlich hatte Alfred ihn erwischt.

„Ich bin Mousa Relleon, Garnisonsführer der Wächter von Diron. Verlasst dieses Dorf und kehrt nie wieder zurück, oder es ergeht euch wie euren Brüdern, die geschickt worden, um mich festzunehmen."

Die Wölfe begannen zu knurren. Es war offensichtlich, dass sie nicht auf Mousas Forderung eingehen würden. Das wusste dieser auch, doch er fand, dass es eine gute Ablenkung war, um Karina und Alfred ein freies Schussfeld zu bieten. Ein Schuss ertönte. Ein Pfeil schnellte durch die Luft. Zwei Krieger fielen. Mousa ließ seine Klinge kreisen und enthauptete zwei Weitere. Die letzten Krieger des Totenkönigs fielen, als sie von Alfreds Kugeln getroffen worden.

„Mousa! Dem Herrn sei Dank!", rief eine bekannte Stimme.

Es war der Reverend, der mit Alain aus einer Gasse hinter den Fässern kam. Mousa wollte seine Freude ebenfalls zum Ausdruck bringen, brachte jedoch keinen Ton heraus. Er erkannte Alain, doch dieser hatte sich grundlegend verändert. Er sah aus, als wäre er 17 oder 18 Jahre alt.

Es stellte sich heraus, dass auch keiner der anderen wusste, was geschehen war, seit sie das Portal nahe Diron betreten hatten. Sie hatten auch vom Totenkönig erfahren und waren, im Gegensatz zu Mousa, von den Dorfbewohnern verraten worden. Jeder von ihnen fühlte sich älter, doch bei Alain war es, aufgrund seiner Jugend, am deutlichsten zu sehen.

„Wir können hier nicht bleiben, Mousa. Diese Leute haben uns verraten. Ich mache ihnen keinen Vorwurf, dieser Totenkönig scheint ihnen gewaltige Angst zu machen, doch es besteht die Gefahr, dass sie uns erneut verraten", merkte Alfred an.

„Dem stimme ich zu. Doch wohin sollen wir gehen?"

Der Reverend hob einen Zeigefinger.

„Einer der wenigen Gläubigen hier hat mir erzählt, dass der Ort, den man einst Saien nannte, drei Tagesmärsche westlich von hier wäre. Es wäre jedoch nichts mehr davon übrig. Angeblich."

„Vielleicht sollten wir uns selbst davon überzeugen. Nina und die Wächter von Saien wären Verbündete, die wir im Kampf gegen den Totenkönig wirklich gebrauchen könnten", entschied Mousa und die Garnison machte sich auf den Weg in Richtung Westen.

Kapitel 20 Der Totenkönig von Terusa

Selbst die gewaltigen Mauern standen nicht mehr. Alain fragte sich, wie der Totenkönig, so mächtig er auch sein mochte, das angestellt hatte. Selbst für Malta war es damals nicht einfach gewesen, die dicke Mauer zu durchdringen. Obwohl hier fast nichts mehr stand, hatten sie ein Ziel. Die Überreste weniger Gebäude waren noch sichtbar, doch die hatten nicht ihre Aufmerksamkeit erregt. Es war etwas anderes. Etwas, das bei ihrem letzten Besuch in Saien noch nicht da war. Langsam gingen sie auf das Gebilde aus Stein zu, das wohl eine Art Statue darstellte. Sie stand in der Nähe des Ortes, an welchem sie die übrigen Bewohner von Tiloria retteten, oder es zumindest versuchten.

Der Reverend und Alain fühlten sich hier ganz und gar nicht wohl. Die Erinnerungen an das, was sie damals tun mussten, kam ihnen wieder hoch. Schlimmer wurde es, als sie sahen, was die Statue darstellte. Es waren vier Personen, die eng beieinanderstanden. Ein Mädchen, dass offensichtlich zauberte, ein Junge mit zwei Schwertern, der das Mädchen beschützte und ein Priester und ein Junge. Darunter stand Folgendes:

„Die Helden von Saien
    Wahre Helden blicken immer zum Licht."

Alain schämte sich dafür. Nun hatte er seine Heldenstatue. Und für was hatte er sie bekommen? Was hatte es den Menschen gebracht? Es ging ihnen nun elender als zuvor, ganz zu schweigen davon, dass ganz Saien nicht mehr existierte.

Der Reverend schien hin- und hergerissen zu sein. Einerseits war er der Meinung, sie hätten das Richtige getan, doch trotzdem fühlte es sich falsch an.

Keiner sagte für einige Minuten etwas. Nicht nur, dass sie an die Tragödie in Saien erinnert worden, sie erinnerten sich durch die Statue auch an eine weitere Tragödie. Juri und Malta. Der Junge hatte sie verraten und Malta getötet. Seitdem war ihre Garnison nicht mehr dieselbe. Mousa starrte unentwegt auf die Statue, als nach einigen weiteren Minuten Alfred ihm eine Hand auf die Schulter legte.

„Komm, Garnisonsführer. Quäle dich nicht mit den Gedanken an Vergangenes."

„Das ist es nicht. Ich warte, bis die Sonne noch ein klein wenig höher steht."

„Was? Wozu?"

„Ich glaube, dass es ein Hinweis ist. Wahre Helden blicken immer zum Licht. Das muss etwas bedeuten. Laut den Leuten von Saien sind wir diese wahren Helden. Und die sollen immer zum Licht blicken. Seht!"

Mousa hatte recht. Als die Sonne endlich tief genug stand, wurde die ganze Statue in ein beeindruckendes Zwielicht getaucht. Nur ein Punkt reflektierte dieses besondere Licht auf eine spezielle Weise. Es war das

Kreuz, das um den Hals des Priesters hing. Es musste aus einem anderen Material sein als der Rest. Mousa packte es und merkte, dass er es drehen konnte, was er nun auch tat. Es wurde ein Mechanismus in Gang gesetzt, der die gesamte Statue zwei Meter nach hinten versetzte, was einen alten, mit Spinnenweben verhangenen Gang freilegte, der nach unten in einen geheimen Raum führte.

Es stand außer Frage, dass dort etwas auf sie wartete. Vielleicht ein Hinweis darauf, wo Nina und die anderen Wächter waren und auf ihre Ankunft warteten, um einen Widerstand zu gründen.

Mousa ging als Erster hinunter, gefolgt vom Rest seiner Garnison. Hier gab es nicht viel zu entdecken, ein kleiner, schmaler Gang führte sie in einen kleinen Raum. Der Reverend und Karina entzündeten zwei Fackeln, die dort unten etwas Licht spendeten. Sofort erkannte die Garnison, wer oder was dort unten auf sie gewartet hatte. Die Maschine, die wie eine Säule aus Metall aussah, trug den Namen Morty.

„Morty! Kannst du uns hören?", fragte Alain.

Morty sah verstaub, dreckig und älter aus als bei ihrem letzten Aufeinandertreffen. Erst tat sich nichts, doch dann erwachten seine Augen zum Leben und begannen zu leuchten.

„Garnison! Ihr seid es! Endlich! Wir haben nicht viel Zeit, also hört zu!"

„Geht es dir gut? Weißt du, wo Nina ist? Was ist in den paar Jahren geschehen, in denen wir fort waren?", wollte Karina wissen.

„Ich bitte euch, Garnison! Hört mir zu. Die Zeit drängt. Ich habe mich hier unten einschließen lassen, um euch eine Nachricht zu überbringen. Da ich hier in meinem Versteck weder Zugang zum Sonnenlicht, noch zu einer Energiequelle hatte, ist mein Akku kaputt. Ich habe nur noch wenige Minuten zu existieren."

Obwohl Morty eine Maschine war, traf seine Aussage die Garnison hart. Morty hatte sich für sie geopfert.

„Wir hören", sagte Mousa.

„Königin Nina von Saien führte die Expedition nach Mison City an, um nach Technologie zu suchen, die ihnen im Kampf gegen die Untoten vom Mann des Friedens helfen würde. Diron und Handura hatten sie bereits vernichtet. Doch es war an dem Tag, an dem sie mich fand und mir von eurer weiteren Reise erzählte, als ein neuer Feind in Erscheinung trat. Der schwarze Krieger, der als Gesicht nur einen Totenschädel hat und darauf eine Krone trug nannte sich der Totenkönig. Er befehligte Untote und Wolfsmänner, die anscheinend gut ausgebildete Krieger waren. Seine Truppen waren noch zahlreicher als die vom Mann des Friedens und die Magie, die er benutzte, war mächtig und furchtbar. Es gelang ihm, ganz Mison City zu zerstören. Königin Nina entschied, sich nach Saien zurückzuziehen, um einen Plan zu schmieden, wie man den Totenkönig aufhalten konnte. In den Wochen darauf zerstörte er Feral, Raff, Kolom und andere, weit entfernte Königreiche. Königin Nina wusste, dass ihre Wächter von Saien tapfer kämpfen würden, doch am Ende würden sie fallen wie der Rest der Menschheit. Sie hatte die Hoffnung, dass ihr eines Tages wiederkehren und den Totenkönig vernichten würdet. Sie hat mir nie erzählt, was genau sie herausgefunden hat, doch sie sagte mir, dass der Totenkönig einen Hass auf euch hegt. Deshalb schmiedete sie einen Plan. Sie ließ diese Statue von euch errichten, denn der Totenkönig würde wissen, dass sie euch Kummer bereiten würde. Also würde er sie stehenlassen, nur um euch an die Tragödie in Tiloria zu erinnern.

Unterhalb der Statue hat sie mich und diese zwei Artefakte platziert. Einer davon ist der Elbenkern, den sie in Mison City fand, bevor der Totenkönig ihn vernichten konnte, das andere ist ein magischer Stein, der einem das zeigt, was man unbedingt wissen will. Benutzt beides weise und stürzt den Totenkönig, liebe Garnison. Seine Schreckensherrschaft dauert nun schon über 980 Jahre an."

Keiner von ihnen konnte darauf etwas antworten. 980 Jahre? Dann waren sie alle tot. Schon lange. Nina. Die Wächter. Cemon, Mousas Freund. Sein Anwärter. Alle, die sie kannten, waren tot. Bis auf Morty.

„Morty. Du hast so lange auf uns gewartet."

Karina standen Tränen in den Augen.

„Und es hat sich gelohnt. Mousa, Nina sagte, du bist derjenige, der den Erinnerungsstein benutzen muss. Weshalb weiß ich nicht. Es war schön, euch wiederzusehen, liebe Garnison. Ich wünschte ... „

Das war das Letzte, was Morty sagte. Seine Augen leuchteten nicht mehr. Sein Akku, was immer das auch war, war endgültig kaputt. Er hatte sich geopfert, damit die Garnison den Kampf gegen den Totenkönig, der sie offenbar kannte, aufnehmen konnte. Und sie würden dafür sorgen, dass Mortys Opfer nicht umsonst war.

„Ich weiß, ihr werdet mich sicher dafür auslachen, doch ich würde Morty gerne begraben. Irgendwie war er Teil unserer Garnison", sagte der Reverend.

„Ich finde das gar nicht zum Lachen. Ich helfe dir, ihn raus zu tragen, Joe", sagte Alfred.

Auch die anderen fanden es nur angemessen, Morty der Maschine eine anständige Beerdigung zu ermöglichen.

Während Alfred, der Reverend, Karina und Alain Morty raus trugen, nahm Mousa sich die beiden Artefakte der Elben, die Nina in Mison City gefunden hatte. Der Erinnerungsstein war in einem kleinen Kästchen verstaut, und der Elbenkern war in ein rotes, mit goldenen Fäden verziertes Tuch gehüllt. Nun waren sie im Besitz eines so mächtigen Gegenstandes, dass sogar die Hölle nach ihm suchte. Doch Mousas Gedanken beschäftigte sich mit dem kleineren der beiden Steine.

Weshalb wollte Nina, dass er den Stein benutzte? Was würde er ihm zeigen? Das würden sie heute Abend am Lagerfeuer herausfinden. Zuerst musste Morty beerdigt werden.

Es war erstaunlich, welch rührende Worte der Reverend für Morty fand. Er war nur so kurz Teil ihrer Gemeinschaft, hatte sich durch seinen Einsatz und seine Hilfsbereitschaft jedoch jedes dieser Worte verdient.

Da sie nur Steine zum Graben hatten, vergruben sie die Maschine nur so tief, dass sie vollständig mit Erde bedeckt war. Ein Kreuz aus zwei dünnen Ästen platzierte der Reverend am Kopfende des Grabes. Danach begab sich die Garnison schweigend zum Lagerfeuer.

Auch während des Essens sagte niemand etwas. Nicht nur, weil sie um Morty trauerten, sondern auch, weil sie alle auf etwas warteten. Sie warteten darauf, dass Mousa das tat, was Nina von ihm gewollt hatte. Sie wollten alle wissen, was der Erinnerungsstein der Elben Mousa zeigen würde. Irgendwann legte dieser die Reste seines Brotes beiseite und holte das Artefakt schließlich aus seinem Rucksack,

„Da Malta nicht mehr bei uns ist, können wir niemanden fragen, wie man diesen Stein aktiviert. Ich werde ihn in die Hand nehmen und mich darauf konzentrieren."

Alle nickten.

„Sollte mir der Stein tatsächlich etwas zeigen, werde ich es euch erzählen. Lasst uns beginnen."

Wie sich herausstellte, war es gar nicht nötig, sich zu konzentrieren. Sobald Mousa den kleinen, bernsteinfarbenen Stein aus dem Kästchen genommen hatte, fing er an zu leuchten. Zu ihrer Überraschung war es ebenso wenig nötig, dass Mousa der Garnison davon erzählte, was der Stein ihm zeigte, denn sie alle sahen, was der Stein sie sehen lassen wollte. Es begann mit Mousas dunkelster Stunde.

Jack war angespannt. Er hatte keine Angst, doch das hier kam Angst schon ziemlich nahe. Er hatte da so ein Gefühl. Es war nicht so wie sonst, wenn sie ein Aufeinandertreffen mit den Wilden hatten. Es fühlte sich so anders an. Etwas lag in der Luft. Etwas Böses. Und die Wilden waren sicher nicht böse. Selbstverständlich verabscheute er sie, doch im Endeffekt waren sie nur wie Tiere, die auf die Jagd gingen, um zu überleben. Das hier, was immer es auch war, wollte nicht überleben.

Die grünen Augen der Kreaturen, die nun auf sie zustürmten, irritierten den ersten Offizier der dritten Garnison der Wächter von Diron. Waren sie krank? Oder haftete ihnen eine dunkle Magie an?

„Egal wer sie sind, sie sind langsam! Wir töten sie! Für Diron! Für Terusa!", schrie Mousa.

Mousa war der beste Garnisonsführer der Wächter, der Jack je begegnet war. Er würde seinem besten Freund in jede Schlacht folgen. Einen Schwertkämpfer wie ihn hatte er noch nie gesehen. Er würde alles geben, damit sie siegreich waren. Für Diron. Doch es sollte ihm nicht vergönnt sein, einen möglichen Sieg noch zu erleben.

Eine der Kreaturen sprang ihn an und biss ihm in die Kehle. Es tat so weh. Jack wusste sofort, dass er sterben würde. Er hatte Angst. Er wollte nicht sterben. Das Einzige, was ihm noch einfiel, war, seinen Garnisonsführer zu rufen. Doch wenn er versuchte, zu sprechen, kam nur ein jämmerliches Röcheln heraus. Er bekam keine Luft mehr.

Mousa musste einfach nur auf ihn aufmerksam gemacht werden, dann würde alles gut werden. Ja. Sein Garnisonsführer würde ihm helfen. Das hatte er immer getan. Wie durch ein Wunder sah nun Mousa tatsächlich zu ihm herüber. Ihre Blicke trafen sich. Gott sei Dank!

Doch Mousa wandte seinen Blick wieder ab. Was tat er da? Weshalb half er Jack nicht? Mousa beachtete ihn nicht mehr. Wieso ließ er ihn im Stich? Die Schmerzen waren nicht auszuhalten. Jack veränderte sich. Dann wurde alles schwarz. Jack hatte das Gefühl, sich aufzulösen. Dies war das Ende seiner Existenz. Oder doch nicht?

Das Gefühl verschwand. Er fühlte sich wieder ganz. Seltsam, aber ganz. Das Denken fiel Jack jedoch schwer. Da waren Instinkte. Da war Dunkelheit. Da war diese Stimme in seinem Kopf, doch sie wurde leiser. Dann öffnete er die Augen. Jack sah, dass er immer noch im Fochwald war. Auf dem Boden lagen etliche Leichen seiner Brüder. Nein! Diese Bestien hatten sie alle getötet! Es war schwierig, zu laufen. Ungeschickt schlurfte er zwischen den Leichen entlang und suchte nach einem Überlebenden. Und tatsächlich! Da war einer. Und wer sonst sollte diesen Hinterhalt überleben, als Mousa Relleon, Garnisonsführer der Wächter von Diron?! Natürlich war er es. Der beste Schwertkämpfer Dirons, vielleicht ganz Terusas.

„Mousa!", rief er in seinen Gedanken.

Doch aus seinem Mund kam kein Geräusch, außer einem erstickten Gurgeln.

„Jack! Wie hast du es geschafft?!"

Mousa hatte ihn endlich gesehen! Dieser stand nun auf, um dem Mann zu helfen, der schon so viele Schlachten mit ihm geschlagen hatte.

„Jack?", rief Mousa fragend.

Jack wollte antworten, doch er konnte nicht. Er wollte Mousa umarmen. Ihm sagen, dass er froh war, dass er noch lebte, doch dazu kam es nicht.

„Es tut mir leid!", sagte Mousa schlicht.

Er bohrte Jack eines seiner Schwerter durch die Brust, und zwar so, dass es an seinem Rücken wieder hinaustrat und in einem Baumstamm am Boden stecken blieb. Wieso tat Mousa das? Erst half er ihm nicht, als er ihn am dringendsten brauchte, und nun rammte er ihm sein Schwert durch die Brust? Das war doch Verrat! Doch der schlimmste Verrat sollte erst noch folgen. Mousa ging fort. Er ließ Jack einfach im Wald. Gefesselt an den Baumstamm. Durch das Schwert seines besten Freundes. In den nächsten Stunden kam der erste Offizier von Mousas Garnison immer mehr zu klarem Verstand zurück.

Das war gut, brachte jedoch auch einen Nachteil mit sich. Er hatte zwar wieder bessere Kontrolle über seinen Körper, spürte jedoch auch dessen Schmerzen. Und diese wurden immer schlimmer. Nicht nur, dass seine Kehle, die anscheinend nicht mehr vorhanden war, furchtbar pochte, auch die Wunde in seiner Brust verursachte einen ziehenden, brennenden Schmerz. Doch fühlte sich so nicht sein ganzer Körper an? Ja. Er war kalt und verkrampfte. Jack fiel auf, dass er nicht mehr atmete. War er tot? Falls ja, weshalb konnte er dann noch denken? Weshalb konnte er sich noch bewegen? Das war nicht natürlich. Ja. Er war nicht mehr natürlich. Das war vielleicht auch der Grund, weshalb sein bester Freund ihn zuerst im Stich ließ und ihn dann sogar angriff. Mousa wusste, was er war. Eine Kreatur der Finsternis. Wahrscheinlich war es eine Art Bestrafung, dass er ihn an diesen Baum fesselte, anstatt sein Leiden zu beenden. Er sollte Qualen leiden, weil er im Kampf versagt und seine Garnison im Stich gelassen hatte. Mousa hatte recht. Er hatte es verdient.

Jack war überrascht, dass er noch träumen konnte. Es fühlte sich zwar so an, als ob es fremde Träume waren, als ob jemand sie ihm geschickt hatte, doch das war ihm egal. Alles war besser, als die dunkle Realität, die nun einmal sein Schicksal war.

Zuerst sah er nur Landschaften und Königreiche Terusas. Dann sah er Mousa. Mousa, der wieder eine Garnison führte, wie es aussah. Da war ein junges Mädchen, das unglaubliche Kräfte hatte. Ein Junge, der Priester aus Simplex, eine Bäuerin und Alfred der Büttel.

Sie waren eine richtige Gemeinschaft. Mousa lachte. Es schien ihm gut zu gehen. Wie schön für ihn. Dann wachte er wieder auf. Das Erste, was er spürte, war Bewegung in seinem Brustkorb. Nicht viel, doch sie war da. Es war nicht sein Herz, das wieder angefangen hatte zu schlagen. Es waren Maden, die sich durch sein offenes Fleisch fraßen. Weshalb tat das so weh? Er hatte immer gedacht, Tote spüren nichts mehr. Doch war er überhaupt tot? Vermutlich war untot der treffendere Begriff.

Jeden Tag litt er unerträgliche Schmerzen. Jeden Tag spürte er das Fressen und Winden der Maden in ihm. Jeden Tag sah er in seinen Träumen Mousa, wie er mit seinen neuen Freunden am Lagerfeuer saß. Seinen ehemals besten Freund hatte er wohl vergessen.

Nach einigen Wochen jedoch veränderte sich etwas. Jack hatte nun immer öfter das Gefühl, dass jemand zu ihm sprechen würde, genau so, wie jemand ihm diese Visionen von Mousa schickte. Und eines Tages taten sie noch mehr. Sie entfernten das Schwert. Jack schlug die Augen auf und bemerkte, dass die Klinge seines Garnisonsführers nun vor ihm auf dem Waldboden lag, anstatt in seiner Brust und im Baumstamm zu stecken. Wer hatte das getan?

Der Wächter stand auf. Das war ein gutes Gefühl. Es kostete ihn einiges an Überwindung, doch schließlich griff er mit seiner rechten Hand in das Loch in seiner Brust und wühlte so viele von den Maden heraus, wie er nur konnte. Jack wollte sich übergeben, doch er konnte nicht.

„Willst du noch mehr deiner Menschlichkeit zurückgewinnen?", fragte eine Stimme.

Sie klang wie die eines alten Weibes.

Jack wollte fragen, wer da gesprochen hatte, doch ohne Kehle stellte sich dies als äußerst schwieriges Unterfangen heraus.

„Wir sind die, die dir auch aus deinem Gefängnis geholfen haben. Wir sind die, die dich nie im Stich lassen würden. Wir können dir auch deine Stimme wiedergeben, Jack, erster Offizier der Wächter von Diron."

Jack hatte das Gefühl, dass seine Augen sich mit Tränen füllten. Ob sein Körper dazu überhaupt noch fähig war, konnte er nicht sagen.

„Wir helfen dir, wenn du versprichst, uns zu helfen. Du bist etwas Besonderes, Jack. Versprichst du, uns zu dienen?"

Ohne auch nur eine Sekunde darüber nachzudenken, nickte Jack heftigst. Wenn diese Leute die Macht dazu hatten, ihn wieder menschlicher zu machen, hatte er keine Wahl.

„So soll es sein! Sprich!", verlangte die Stimme.

Jack bemerkte, dass er wieder eine vollständige Kehle besaß. Sein Hals kratzte furchtbar.

„Danke!", brachte er heraus.

„Nun gehe für uns nach Handura. Dort erwarten dich weitere Instruktionen und deine ersten Soldaten, die du führen wirst."

Soldaten? Was wollte dieses Weib wirklich von ihm?

„Kannst du den Prozess wieder umkehren? Kannst du mich wieder zu einem richtigen Menschen machen?", fragte Jack den leeren Wald um ihn herum.

„Nein. Das Elixier vom Mann des Friedens ist stark. Es hat sich mit etwas in dir verbunden, was er ein besonderes Gen nennen würde. Du bist zu etwas Neuem geworden. Oder zu etwas Altem. Du hast das Potenzial, unser mächtigster Diener zu werden. Geh nach Handura. Du wirst schon sehen."

Und das tat er. Als er in Handura ankam, erwartete ihn eine alte, in einen Umhang gehüllte Frau, die ihm seine Soldaten zeigte. Es war ein Leichenhaufen. Mindestens 30 Männer und Frauen lagen dort. Die wenigen noch lebenden Bewohner Handuras hatten sie dort aufgehäuft, um sie zu verbrennen, doch die alte Frau, die hier auf ihn gewartet hatte, hatte andere Pläne.

Sie sagte, er würde sie verändern können. Er würde sie wieder ins Leben zurückholen können. Und sie würden ihm hörig sein. Jack verstand erst nicht, was sie meinte, doch dann spürte er es. Er spürte sie. Die Toten. Die Bausteine aus denen sie gemacht waren, erschienen vor seinen Augen. Er ordnete sie neu an. Manipulierte sie. Ja. Es ging ganz einfach. Als ob es ihm im Blut lag. Und schließlich standen sie wieder auf. Manche von ihnen hatten spitze Zähne, manche hatten dunkles Fell und wieder andere hatten sich äußerlich gar nicht verändert.

Vor seinem nächsten Auftrag erfuhr er, dass die alten Weiber, die ihm geholfen hatten, uralte Hexen waren. Hexen, die einem Wesen dienten, das älter als die Zeit selbst war. Um die Macht zu haben, es aufzuwecken, wollten sie den Elbenkern in ihren Besitz bringen. Die Hexen vermuteten, dass er irgendwo im Untergrund von Mison City versteckt war.

Als sie ihm befahlen, die Expedition nach Mison City zu vernichten, die von Königin Nina von Saien angeführt wurde, hatte Jack sich bereits verändert. Er hatte kein Problem damit, die Wächter abzuschlachten, die einst seine Brüder waren. So führte er den Auftrag der Hexen aus.

Doch insgeheim war er bereits nicht mehr ihr Diener. Sie sahen ihn als eine Art Auserwählten, nannten ihn den „Totenbeschwörer". Doch er wollte mehr. Jack trug einen Helm, der aussah, wie ein Totenschädel und darüber eine Krone. Er nannte sich der Totenkönig von Terusa. Trotz seiner Ambitionen führte er die Befehle der Hexen weiter aus, löschte einige Königreiche aus und suchte weiter nach dem Elbenkern, den sie in Mison City nicht hatten finden können.

Der Totenkönig, der mal Jack hieß, sammelte weiter Truppen, fand neue Wege, sie zu verändern, und züchtete sich seine perfekten Soldaten. Als er so weit war, verriet er die Hexen und vernichtete ihren Zirkel komplett. Doch selbst hier nach wusste er, dass ihm Terusa und auch alle anderen Welten nicht gehören würden, solange er noch Konkurrenz hatte. Die Mächte der Hölle waren sein nächstes Ziel. Er führte jahrelang Krieg gegen die Höllenfürsten und vernichtete viele von ihnen, während er immer mehr, immer dunklere Magie in sich selbst entdeckte. Schließlich, als der Totenkönig zurück nach Terusa kam, war von Jack Finner aus Diron nichts mehr übrig.

Er zerstörte alle noch existierenden Königreiche und unterwarf die Menschen ganz Terusas. Wer ihm nicht huldigte, wurde furchtbar bestraft. Er folterte und tötete die persönlich, die sich ihm widersetzten. Es war die Pflicht eines jeden Bürgers, bei öffentlichen Folterungen und

Hinrichtungen anwesend zu sein, Beifall zu klatschen und den Marktplatz nicht zu verlassen, bevor der letzte Tropfen Blut vergossen wurde. Der Totenkönig genoss jede Sekunde davon. Als Letztes sah die Garnison seinen Plan. Seinen Plan, nicht nur Terusa, sondern alle Welten zu erobern. In der Hölle hatte er von den Fluren zwischen den Welten erfahren und wollte sie nutzen, um alles Leben, das irgendwo existierte, zu unterwerfen. Sie alle sollten seinen Zorn spüren.

Kapitel 21 Die Wahrheit

„War das die Wahrheit?", fragte Karina, nachdem die Vision von Jack dem Totenkönig beendet war.

Mousa riss die Augen weit auf.

„Du hast es auch gesehen?", fragte er.

„Wir alle", entgegnete der Reverend.

Damit hatte der Garnisonsführer nicht gerechnet. Doch war es so nicht vielleicht besser? Es ersparte ihm immerhin, diese furchtbare Geschichte selbst in Worte fassen und ihnen erzählen zu müssen.

„Du kannst nichts dafür, Mousa", sagte Alain.

„Du hast wahrscheinlich recht, doch so fühlt es sich nicht an. Ich habe gefühlt, was Jack gefühlt hat. Er hat sich im Stich gelassen und verraten gefühlt. Hätte ich gewusst, dass er noch da drin ist, dann hätte ich ..."

Mousa ließ den Kopf hängen.

„Hättest du was?", begann Karina.

„Auch, wenn er noch da drin war, hatte der Mann des Friedens ihn bereits verändert. Er ist eine Kreatur des Bösen und alles, was du hättest tun können, wäre, ihn zu erlösen. Endgültig. Und das kannst du immer noch."

Mousa sagte nichts. Er war sich nicht so sicher, ob er das konnte.

„Abgesehen davon, dass ich nicht weiß, ob ich meinem besten Freund das Leben nehmen kann, stehen unsere Chancen nicht gut. Er ist ein dunkler Magier, beherrscht die Toten. Er hat eine gewaltige Armee. Myrdin ist fort und wir wissen nicht, ob er je wieder auftaucht. Und bei Malta wissen wir, dass sie nie wieder kommen wird", sagte der Garnisonsführer.

„Ihr wisst noch nicht alles!", sagte eine fremde Stimme.

Sie kam vom Waldrand, ungefähr 20 Meter von ihrem Lager entfernt. Durch die Dunkelheit der hereingebrochenen Nacht konnten sie die Frau nicht sehen, die gesprochen hatte.

„Gebt euch zu erkennen!", forderte Alfred.

Die Fremde, die in ein braunes Kapuzengewand gehüllt war, trat nun in den Schein ihres Feuer. Sie hatte langes, braunes Haar und ein freundliches Gesicht. Alain kam ihre Kleidung furchtbar bekannt vor.

„Ich bin Taleria vom Magievolk. Ich habe etwas für euch."

„Vom Magievolk? Ich dachte, ihr versteckt euch in eurem Dorf und schaut nur zu, wie wir anderen hier draußen verrecken?", sagte Alfred.

„Eure Meinung über uns mag gerechtfertigt sein, doch es hat sich etwas geändert. Wir haben uns dazu entschieden, zumindest passiv einzugreifen, weil wir keine andere Wahl haben. Unter uns gibt es Seher. Sie haben in die Zukunft geblickt und das hier gesehen. Wie ihr zurück kamt. Wie ihr die Nachricht der alten Königin findet. Und wie ihr schließlich vom Totenkönig vernichtet werdet. Ihr werdet scheitern, Garnison."

„Dann helft uns!", verlangte Mousa.

„Das können wir nicht. Und es würde auch nichts ändern. Versteht ihr denn nicht, weshalb ihr verliert? Ihr verliert, weil eure Garnison zerbrochen ist."

Sie alle erinnerten sich an den Verrat, den Juri an ihnen begangen hatte, als er Malta ermordete. Das Mädchen, von dem sie dachten, das er sie liebte.

„Es gibt nichts, was wir dagegen tun können. Juri ist keiner mehr von uns", sagte Mousa.

„Was ist, wenn ich euch sagen kann, wo er sich befindet?"

Mousas riss die Augen weit auf.

„Dann werde ich ihn für seinen Verrat an uns büßen lassen!"

„Ist es euch jemals in den Sinn gekommen, dass dies keinen Sinn ergab? Was ist, wenn er euch gar nicht verraten hat?"

„Was soll das bedeuten? Er hat Malta getötet und sich dem Mann des Friedens angeschlossen", warf der Reverend ein.

„Hat er das? War das wirklich Juri, der Malta getötet hat?", fragte Taleria.

Mousa wurde stutzig. Da war etwas gewesen, was ihn schon damals gestört hatte.

„Er hielt sein Schwert nicht, wie es ein Wächter tat. Und Juri war ein Wächter durch und durch. Der Schwertstoß an sich war auch stümperhaft. Malta hätte ihn kommen sehen müssen."

Taleria lächelte.

„Ihr seid nicht umsonst der Garnisonsführer, Mousa Relleon von Diron."

„Dann stimmt es? Stand er unter einer Art Gedankenkontrolle vom Mann des Friedens?"

„Nein. Doch ich bin nicht gekommen, um es euch zu erzählen. Ich könnte lügen. Ihr würdet nie wissen, was wirklich geschehen war. Ihr müsst es selbst sehen. Wenn ihr zustimmt, werden wir alle als körperlose Beobachter in die Vergangenheit gehen und sehen und spüren, was wirklich passiert ist."

„Sowas könnt ihr? In die Vergangenheit gehen?", fragte Karina.

„Nur, um zu beobachten. Gut, wenn ihr nichts dagegen habt, beginnen wir. Denn ihr müsst die Wahrheit kennen. Die ganze Wahrheit. Es wird mich viel Energie kosten. Ich wünsche euch viel Glück, Garnison. Besiegt den Totenkönig und rettet alle Welten."

Als Mousa sich fragte, weshalb das wie ein Abschied klang, blendete ihn ein heller Lichtblitz. Es dauerte nur wenige Sekunden, bis er merkte, dass er nun über einem Berg schwebte. Sofort erkannte er, dass es nicht irgendein Berg war. Es war der Arratlea. Obwohl er weder sich selbst, noch die anderen sehen konnte, wusste er, dass sie da waren.

Er spürte sie. Und er spürte noch mehr. Es ging los.

„Ich bin gleich wieder da, macht euch keine Sorgen", sagte Juri mit einem Lächeln auf den Lippen.

Seine Gefährten waren froh, dass er wieder sprach, und ließen ihn gehen. Sie wussten nicht genau, was er vor hatte, vertrauten ihm aber. Vielleicht musste er sich ja auch nur erleichtern. Als er die kleine Schräge hinauf geklettert war, konnte er jedoch nichts erkennen.

Das lag daran, dass das Wetter sich stark verändert hatte, seit er hier oben angekommen war. Der leichte Schneeschauer hatte sich zu einem dichten Schneetreiben entwickelt, welches schon bald die Ausmaße eines Blizzards erreichen würde, da war der Wächter sich sicher. Keinen Meter weit konnte er sehen, weshalb er sein Schwert zog und darauf gefasst war, angegriffen zu werden.

Doch das passierte nicht. Nachdem er einige Meter den Pfad entlang gegangen war und sich von ihrem Lager entfernt hatte, wollte er bereits umkehren, da sah er das grüne Aufblitzen erneut. Diesmal waren es zwei Punkte, ungefähr drei Meter vor ihm. Was auch immer das für eine Kreatur war, sie griff ihn nicht an. Vielleicht sah sie ihn nicht, das war ihm auch egal. Er machte einen Schritt nach vorn, holte mit seinem Schwert aus und ließ es herunter preschen, um seinem Feind den Schädel zu spalten. Kurz vor seinem Ziel blieb das Schwert stehen, so als wäre es in der Zeit eingefroren. Dann bemerkte Juri, dass dies nicht an seinem Schwert, sondern an seinem Arm lag. Er gehorchte ihm nicht mehr. Der Schneeschleier, der seinen Gegner umgab, teilte sich.

Aus irgendeinem Grund machte der Schnee, der vom Himmel fiel auch einen Bogen um das Wesen, dass sich vor Juri offenbarte. Der junge Mann war schockiert, als er sah, welche Boshaftigkeit ihm gegenüberstand. Grüne Augen, ein grünes Leinenhemd, schwarzes Haar und ein Bart, der dezent den Mund umrundete. Der Mann des Friedens stand vor ihm.

„Hallo, Juri!"

„Du Teufel! Ich werde dir ein Ende bereiten!"

Die Konversation zwischen dem Mann des Friedens und Juri setzte sich fort und kam schließlich zu dem Punkt, an dem er ihn aufforderte, Malta zu töten und sich ihm anzuschließen. Zur Überraschung der Garnison, die das Geschehen erlebte, als wäre sie selbst dabei, war Juri ehrlich erschrocken. Der Junge hatte große Angst.

Es gab nur einen Ausweg. Juri konzentrierte seine Gedanken und rief in ihnen immer wieder ein einziges Wort. Die Garnison konnte selbst seine Gedanken hören. Er war verzweifelt und schrie es immer wieder.

„Malta! Malta! Malta!", rief er in Gedanken.

„Juri? Bist du das? Wie hast du es geschafft, mich zu rufen?", fragte Malta, ohne zu sprechen.

Das Mädchen saß am Lagerfeuer mit den anderen, ließ sich aber nichts anmerken.

„Ich habe es einfach so gemacht wie in dem Traum, den der kleine Dämon mir schickte. Das ist aber nicht wichtig. Der Mann des Friedens ist hier."

„Was?! Soll ich die Garnison alarmieren?"

„Ich weiß es nicht. Er hat nicht bemerkt, dass ich mit dir kommuniziere. Er will, dass ich dich töte. Dann wird er die Garnison wohl verschonen. Doch ich muss mich ihm anschließen. Wie kommen wir aus dieser Situation raus?"

Malta hatte sich in wenigen Sekunden dazu entschlossen, was zutun war.

„Das ist eine einmalige Gelegenheit. So kannst du dich bei ihm einschleichen, sein Vertrauen gewinnen, und ihn mit deinen Schwertern töten, wenn er es am wenigsten erwartet!", sagte das Mädchen.

Juri war fassungslos. Er hoffte, dass der Mann des Friedens ihm seinen Schrecken nicht ansah.

„Spinnst du? Ich kann dich doch nicht töten. Und anders wird er nicht zulassen, dass ich mich ihm anschließe."

„Ich habe mein Dorf verlassen, um zu kämpfen. Ich will kein Feigling sein. Ich bin bereit, mich zu opfern, damit du es zu Ende bringen kannst. Tu es. Ich verzeih dir."

„Was?! Ich mir aber nicht! Ich werde das nicht tun. Lieber sterbe ich hier oben im Schnee, als dir etwas anzutun."

Malta wischte die Träne von ihrer Wange, bevor sie jemand sah.

„Es liegt nicht mehr in deiner Hand, Juri", sagte sie trocken.

Malta wusste, dass Juri nicht dazu fähig war, ihr etwas anzutun, also würde sie das für ihn übernehmen.

„Was passiert hier? Bist du das?!"

Malta sagte nichts. Wie schon bei Tirrog, dem Wolfsmann, hatte sie die Kontrolle über Juris Körper übernommen. Sie selbst verließ die Höhle, in der sie gegessen hatten, und ließ Juris Kopf nicken, der immer noch dem Mann des Friedens gegenüberstand.

„Das kannst du nicht tun!", rief Juri.

Er wollte sich dagegen wehren, doch Malta war einfach zu stark. Sie war vielleicht sogar stärker als der Mann des Friedens. Die junge Magierin stellte sich an den Rand der Klippe und lenkte Juris Körper, der nun ohne den Mann des Friedens wieder den Abhang hinunterkam. Ebenfalls in Richtung der Klippe.

Am Lagerfeuer fragte sich Mousa langsam, wo Juri blieb. Ihm gefiel auch nicht, dass Malta so weit draußen auf dem Felsvorsprung über dem Abgrund stand. Er und der Rest der Garnison waren froh, als sie sahen, dass Juri auf sie zuging. Er wollte sie sicher von dort wegholen. Juri stand nun vor Malta.

„Bitte! Tu mir das nicht an! Ich liebe dich!", flehte Juri weinend in seinen Gedanken.

„Ich weiß. Es tut mir so leid!", sagte Malta, zog Juris Schwert mit dessen Hand und rammte es sich ungeschickt durch die eigene Brust.

„Nein!", schrie Mousa.

Juris Herz brach in dem Augenblick, als Malta von der Klippe stürzte. Das Elend, das er nun fühlte, überstieg die Qualen, die seine Albträume ihm beschert hatten bei weitem.

„Du Verräter! Judas!", schrie der Reverend.

„Tut uns leid, wir haben keine Zeit zum palavern. Berg heil, ihr Bergsteiger!", sagte der Mann des Friedens, während er erneut eine Türe erscheinen ließ.

Doch dann unterbrach er, und streckte seine flache Hand aus. Ein Schuss war ertönt und Mousa sah erst nach wenigen Sekunden, dass Alain geschossen hatte. Da der Mann des Friedens irgendwie den Schnee von sich fernhielt, konnte er sehen, dass die Kugel eine Fingerbreite vor Juris Stirn angehalten wurde. Juri wünschte sich, die Kugel hätte ihn getroffen. Das spürten sie nun alle. Doch er riss sich zusammen. Er wollte nicht, dass Malta umsonst gestorben war. Er wollte ihren Plan in die Tat umsetzen, und den Mann des Friedens töten.

Dann ließ der alte Magier die Kugel schmelzen und begab sich mit seinem neuen Diener in das Portal. Sie waren fort.

Als Alain die Augen wieder öffnete, brauchte er einen Moment, um sich daran zu gewöhnen, wieder einen richtigen Körper zu haben.

Sie waren nicht mehr auf dem Gipfel des Arratlea und auch Juri und der Mann des Friedens waren nicht mehr hier. Alain hasste sich dafür, dass er auf Juri geschossen hatte, der nichts als ein Opfer vom Mann des Friedens und Maltas Gedankenkontrolle war. Der junge Anwärter stand auf und sah sich um. Auch der Reverend, Karina, Mousa und Alfred kamen langsam wieder zu sich. Moment mal! Wo war Taleria?

„Wo ist Taleria?", fragte er.

„Ich glaube, ich weiß, wo sie ist", sagte der Reverend.

Als der Rest der Garnison seinem Blick folgte, sahen sie, was er meinte. Ein Häufchen Asche lag dort, wo Taleria zuletzt stand. Daneben lag ein Blatt Papier, zusammengerollt und mit einem roten Band befestigt.

Alfred nahm es an sich, öffnete die Schleife und las vor.

„Liebe Garnison,

der Zauber, der nötig war, um euch in die Vergangenheit zu bringen, erfordert sehr viel Energie. Wenn ihr nun also wieder in unserer Zeit angekommen seid, wird von mir nur noch dieses Schreiben und ein wenig Staub übrig sein.

Seid nicht traurig, denn ich habe dieses Opfer freiwillig und gerne gebracht.

Trotz dieses Opfers reicht die Energie jedoch nicht, um euch alles zu zeigen, was ihr wissen müsst. Denn dies war noch nicht das Ende der Geschichte von Juri und Malta. Juri diente dem Mann des Friedens, so wie Malta es gewollt hatte. Er erfuhr jedoch irgendwann, dass der Mann des Friedens selbst nur ein falsches Spiel gespielt hatte, der Hölle gar nicht diente und wahrhaftig nach Frieden strebte. Nachdem er dem Mann des Friedens geholfen hatte, Lucifer zu vernichten, verließ er dessen Dienst und wanderte seitdem allein umher.

Maltas Körper lag leblos im Eis des Arratlea. Viele Monde. Doch irgendwann wurde sie gefunden. Der Totenkönig hatte ihre konservierte, ruhende Energie schon lange gespürt und wollte sie nutzen, um sein Ziel zu erreichen und seine Meister zu verraten.

Wie ihr wisst, war Malta tot, doch das hatte den Totenkönig noch nie aufgehalten. Er nutzte seine einzigartigen Fähigkeiten, um Maltas Körper so zu manipulieren, dass das Leben wieder in sie fuhr. Doch er machte aus ihr nicht etwa einen seiner furchtbaren Diener. Stattdessen ließ er sie so, wie sie war, eingefroren im Eis, versetzte sie in tiefen Schlaf und benutzte sie als eine Art Energiequelle. Auch heute noch hält er sie im dunklen Turm von Angaran. Wir haben dafür gesorgt, dass Juri ebenfalls davon erfährt. Er wird bereits auf dem Weg in das dunkle Land Angaran sein. Unter diesem Text findet ihr eine Karte. Nun hält euch nichts mehr auf. Erfüllt euer Schicksal, liebe Garnison.

Macht es gut.

Taleria"

Erfüllt euer Schicksal, dachte Alain sich. Taleria hatte sich geopfert, damit sie Malta retten und den Totenkönig besiegen konnten.

Doch vielleicht mussten sie nicht nur Malta retten. Sie schuldeten es Juri, seine Verzeihung zu erflehen und, wenn er es denn wollte, wieder in ihre Reihen aufzunehmen. Der Schwertträger musste sich furchtbar fühlen, seitdem er sie auf dem Arratlea verlassen hatte.

„Nun haben wir wieder ein Ziel. Wir haben die Chance, unsere Garnison wieder zu vervollständigen. Wir werden Malta retten und wenn wir Glück haben, auch Juri wiederfinden, dem wir Unrecht getan haben. Wir gehen ins dunkle Land Angaran, finden die beiden und stellen uns dann dem Totenkönig. Laut Talerias Karte ist sein Schloss wenige Tagesmärsche vom dunklen Turm entfernt. Das ist es. Unsere Reise wird enden. Und ich sage euch, wir werden sie mit einem Sieg beenden!", versprach Mousa.

Kapitel 22 Der dunkle Turm

Angaran war wahrlich ein dunkles Land. Hier schien die Sonne weniger als eine Stunde am Tag und drang auch dann kaum durch die dicken, grauen Wolken. Stets herrschte hier ein dichter Nebel und die einzigen lebenden Tiere, die man fand, waren Geier.

Juri spürte ihre Blicke auf ihm, als er durch die karge Wüstenlandschaft zog. Die Silhouette des dunklen Turms konnte er bereits am Horizont erkennen. Bald war es so weit. So lange hatte der Schwertträger auf diesen Augenblick gewartet. Soweit er wusste, hatte der Turm zwei mächtige Wächter. Zwei Diener des Totenkönigs, die ihm nahestanden. Juri wusste nicht, wer diese Diener waren, oder wie mächtig sie wirklich waren, doch er wusste, dass sie nicht viele Soldaten befehligten. Das war entweder so, weil sie so mächtig waren, dass sie nicht viele Männer brauchten, oder weil sie ohnehin keinen Angriff auf den dunklen Turm erwarteten.

Natürlich taten sie das nicht. Es war ja auch niemand mehr übrig, der Widerstand leisten konnte. Die Wächter waren Fort. Seine Garnison war fort. Myrdin war fort.

Er schüttelte sich bei dem Gedanken an die Garnison. Wieder mal musste er sich daran erinnern, dass es nicht seine Garnison war. Nicht mehr. Sie hielten ihn für einen Mörder und Verräter. Diese furchtbare Nacht auf dem

Arratlea hatte seiner Seele eine tiefe Wunde zugefügt. Alles wurde ihm genommen.

Zwei Tage später versteckte Juri sich hinter einigen großen Felsen, die ungefähr 500 Meter vom dunklen Turm, und den Mauern, die ihn umgaben, entfernt waren.

Eine kleine Karawane war auf dem Weg dorthin. Sicher brachten sie die horrenden Abgaben, die der Totenkönig und seine Diener von allen Dörfern verlangten. Der Turm hatte sicher 20 Stockwerke und war pechschwarz. Es hieß, dass, wer immer dort hineinkam, ihn nie wieder verlassen würde und bis zu seinem jämmerlichen Ende schlimmster Folter ausgesetzt war.

Auch wenn Juri schon lange kein Wächter mehr war, hatte er doch noch den Sinn für Gerechtigkeit eines eben solchen. Was der Totenkönig und seine Diener mit Terusa gemacht hatten, war abscheulich. Vielleicht sollte er versuchen, den Totenkönig zu vernichten. Das mochte auch der Grund sein, weshalb der Mann des Friedens, nachdem er ihn aus seinen Diensten entlassen hatte, ihn hierher in diese Zeit schickte. Er hatte gesagt, vielleicht würde er ihn hier noch brauchen.

Juri schüttelte die Gedanken um seinen ehemaligen Meister ab und beeilte sich. Die Tore der Mauer des Turms öffneten sich grade. Das war der Moment, den er nutzen musste, um sich unbemerkt der großen Gruppe anzuschließen. Alle von ihnen starten auf die schweren, großen Holztore, die sich langsam und knarrend öffneten.

Als sie hineingingen, befand sich Juri, der sich in ein graues Tuch gehüllt hatte, längst unter ihnen. Er versuchte, einfach das zu tun, was alle anderen auch taten, und blieb unauffällig. Wie man in den Turm kam, wusste er nicht. Es war gut möglich, dass ein Schutzzauber dessen Türen geschlossen hielten. Er musste warten, bis einer der Diener vom Totenkönig herauskam, um die Abgaben entgegenzunehmen.

Erst, als sie vor dem Eingang zum Turm standen, sah Juri sich um. Er musste sich zusammenreißen. Der Innenhof vor dem Turm war übersät mit Folterbänken, Kreuzen und stinkenden Gruben. Nichts davon war leer. An die Kreuze waren gut ein Dutzend Menschen genagelt. Sie bewegten sich noch, litten Qualen, waren aber nicht mehr dazu in der Lage, um Hilfe zu schreien. Auch die armen Seelen auf den Folterbänken regten sich zwar, um zu sehen, wer da angekommen war, gaben aber keinen Laut von sich. Sie waren gebrochen und alle Hoffnung war aus ihren Herzen gewichen.

Anders waren die, die offenbar in den stinkenden Gruben gefangen waren. Sie schrien, weinten und lamentierten. Juri konnte nur erahnen, welch furchtbare Folter sie dort unten ertragen mussten.

Mit einem Male verstummten ihre Stimmen, denn ein ihnen gut bekanntes Geräusch ertönte. Es waren die schweren Metalltüren des Turms, die sich quietschend öffneten. Außer leisem Weinen war nichts mehr zu hören. Heraus trat ein bleicher Mann, der absurderweise das Kostüm eines Hofnarren trug, das Juri nur aus Geschichten kannte. Obwohl er eigentlich lächerlich aussehen sollte, tat er das nicht wirklich. Dieser Mann hatte etwas so Dunkles und Böses an sich, dass niemand es wagte, sich über ihn lustig zu machen. Seine Augen waren finster und berechnend. Zumindest, bis sein Blick sich auf die Karren mit den Abgaben richtete. Dann veränderte er sich und sah wirklich wie ein Hofnarr aus. Fast wie ein richtiger Dorftrottel.

„Oh, nein! Das kann doch nicht sein! Ihr armen Leut! Ihr habt einen Teil eurer Waren auf dem Weg hierher verloren! Es tut mir ja so leid! Schickt euch, und sammelt sie wieder ein! Marsch, marsch!", sagte er in einer hohen, brüchigen Stimme.

„Werter Lord! Ich weiß nicht, wie ihr zu dieser Annahme kommt! Unsere Waren sind vollzählig!", sagte einer der Männer, die den Karren gezogen hatten.

„Nein, nein, nein, das kann gar nicht sein! Tallo kann doch zählen! Da, ich mache es dir vor! Eins, drei, zehn, acht! Das sind zwölf Säcke Getreide zu wenig!"

Das lächerliche Gestammel des Hofnarrs war nur gespielt, das war Juri jetzt klar. Er machte sich einen Spaß daraus, mit den Ängsten der Dorfbewohner zu spielen.

„Aber, werter Lord! Das ist die Hälfte unserer Ernte, wie ihr und der allmächtige Totenkönig es verlangt!"

„Ja, ja! Aber es ist weniger als beim letzten Mal! Viel weniger! Die Königin von Angaran wird nicht erfreut darüber sein, dass ihr sie betrügen wollt, nein, nein, das wird sie nicht, oh, halleluja, habt erbarmen!", jaulte der Hofnarr namens Tallo.

„Bitte, habt Gnade, eure Lordschaft!", flehte der Mann, der zuvor bereits gesprochen hatte.

„Gnade? Na gut, ich habe Gnade. Was ist denn Gnade?", fragte Tallo.

„Ähm, das ist, wenn man Erbarmen zeigt, eure Lordschaft", erklärte der Mann.

„Ach so! Ja, das klingt gut. So machen wir es, mit Gnade! Nur die Hälfte von euch wird hierbleiben. Aber nur, wenn sie freiwillig in die Gruben springen!", lachte Tallo und rieb sich die Hände.

Angsterfüllte Schreie und Schluchzen machte sich unter den Leuten breit, die die Abgaben ihres Dorfes hierher gefahren hatten. Sie wussten, was es bedeutete, in die Gruben zu springen. Man würde nie wieder hinauskommen. Einige Wolfskrieger versammelten sich nun um die Gruppe von Menschen. Würde nicht gleich die Hälfte von ihnen freiwillig springen, würde man sie alle mit Gewalt hineinwerfen. Tallo freute sich darauf.

„Entschuldigt, eure Lordschaft, aber ich denke nicht, dass es dazu kommen wird."

Tallo legte den Kopf schief.

„Wer spricht da? Willst du der Erste sein, der in die Grube geworfen wird? Oder willst du am Kreuz brennen?", fragte der Hofnarr.

„Ich werde der Erste sein, der sich gegen deine Tyrannei erhebt."

„Wer bist du?" Tallo spielte nun nicht mehr den Dorftrottel.

Juri warf das graue Tuch von sich. Der junge Mann trug eine Lederrüstung ohne Verzierungen und hatte jeweils ein Schwert an seiner Hüfte. Tallo erkannte die Schwerter sofort.

„Es ist der Schwertträger! Wie ist das möglich?! Ergreift ihn und nehmt ihm die Schwerter ab!"

Ohne zu zögern, warfen drei der Wolfskrieger sich auf ihn, während die anderen die Dorfbewohner zusammentrieben. Mit einem Male fühlte Juri sich wieder ganz anders. So, wie er sich damals gefühlt hatte, als er mit der Garnison gegen das Böse kämpfte. Dieses wahrhaftige Gefühl hatte er in den paar Jahren, die er für den Mann des Friedens arbeitete, völlig vergessen. Der Junge zog beide Schwerter und spürte sofort, wie ihre Energie durch ihn floss. Wie das Licht durch ihn floss. Ja. Das hier war richtig. Der erste Wolf hatte die Klauen nach ihm ausgestreckt und war weniger als einen halben Meter von ihm entfernt, als Juri ihm beide Unterarme abtrennte.

Er musste präzise vorgehen, denn diese Wölfe waren schnell. Ein Weiterer ergriff seinen Oberarm, doch Juri konnte sich herausdrehen, schob ihm sein Schwert in den Brustkorb und trennt mit dem anderen Schwert dem dritten Wolf den Kopf ab. Die restlichen Wolfskrieger, die die Dorfbewohner gefangen hielten, sahen nicht erpicht darauf aus, sich selbst in den Kampf zu stürzen.

Während er sie so ansah, erinnerte er sich an etwas. Er hatte schonmal gegen so einen Wolf gekämpft. Dieser war anders, war kein gut ausgebildeter Krieger. Der Name dieses Wolfsmannes, den er auf dem Arratlea bekämpft hatte, war Tirrog. Tirrog, der Wolfsmann. Ja. Plötzlich musste er daran denken, wie Tirrogs Leben endete. Malta, das Mädchen, das er liebte, hatte die Gedanken des Wolfsmannes kontrolliert und ihn von einer Klippe springen lassen.

Juris Beine wurden wackelig. Die Schwerter in seinen Händen fühlten sich plötzlich um so vieles schwerer an, als noch vor wenigen Sekunden. Was musste Tirrog, der noch irgendwo in diesem Wolf steckte, dabei gefühlt haben, als er von einer fremden Macht kontrolliert wurde? Juri wusste, es, denn er hatte es am eigenen Leibe erfahren.

Er war in seinen eigenen Gedanken gefangen. Schrie immer wieder, dass sie von ihm lassen sollte, dass er das nicht tun wollte, doch sie hatte keine Gnade gekannt. Malta. Das Mädchen, das er liebte.

Instinktiv wich Juri ein wenig zur Seite, wurde trotzdem an der Schulter von einem kleinen, lila Dolch getroffen.

„Und ich dachte, du schläfst! Glück gehabt! Doch aufgepasst! Es geht weiter! Au, ja! Bühne frei für Runde zwei! Zwei! Zwei kommt nach der eins! Eins, zwei, vier, vier, acht! Zählen, das kann der gute alte Tallo! Jawohl! Hab ich vom Reverend gelernt, der guten, alten Pfaffe!", laberte Tallo, der Hofnarr des Totenkönigs.

Juri erinnerte sich daran, wie der Reverend mal von Tallo, dem Müllmann erzählt hatte. Er war ein Bettler und bekannter Trinker, der in Gassen oder in Ställen schlief. Stets fantasierte er und erzählte ausgemachten Blödsinn.

Doch der Tallo, der hier vor ihm stand, war anders. Er musste alt sein. Juri selbst hatte einen Flur durch Raum und Zeit genommen, um hier hinzukommen. Tallo nicht. Er musste schon hunderte von Jahren alt sein. Und er konnte kämpfen.

Tallo faltete die Hände so, dass sie eine Schale formte. Der Hofnarr pustete hinein und eine große Wolke eines lila Pulvers umgab ihn und seine Umgebung umgehend.

Juri konnte nicht erkennen, wo er war.

„Lass uns etwas Spaß haben!", kreischte Tallo.

Juri war nun teilweise von der Rauchwolke umgeben. Der Schwertträger wollte sich darauf konzentrieren, einem Dolch, der möglicherweise angeflogen kam, auszuweichen, konnte jedoch nicht. Immer wieder hatte er das Gefühl, dass sie wieder in seinem Kopf war. Dass sie ihn kontrollierte und ihn schreckliche Dinge tun ließ.

„Hab dich! Du bist dran!", rief Tallo, nachdem er dem jungen Mann einen Tritt in den Nacken verpasst hatte.

Juri ging zu Boden. Beide Himmelsschwerter fielen ihm aus der Hand. Er sah den lila Rauch, sah Tallo, wie er auf ihn zukam, und hörte, dass sich vor den Toren des Turms etwas abspielte.

Es war laut. Jemand versuchte, hereinzukommen.

„Ich schätze, wir haben nicht mehr viel Zeit, Schwertbubi! Ich kann also nicht mehr mit dir spielen. Muss schlussmachen. Der Big Boss wird nicht wollen, dass noch mehr ungebetene Gäste hereinkommen. Du wirst mir sicher verzeihen, oder?", sagte Tallo und grinste.

Juri kroch vor ihm davon, jedoch sehr langsam. Er war immer noch damit beschäftigt, die Gefühle zu kontrollieren, die ihn überwältigten. Weshalb hatte sie ihm das nur angetan?

Tallo hob eine Hand, in der er einen seiner Dolche hielt. Der Totenkönig würde erfreut darüber sein, wenn er ihm die Schwerter brachte. Und das würde er. Da konnte die Alte meckern, wie sie wollte. Er hatte den Schwertträger getötet und nicht sie.

„Du Taugenichts brauchst wohl mal wieder eine Abreibung!", rief eine Stimme, die bei Tallo eine Gänsehaut verursachte.

„Büttel?"

Langsam drehte Tallo, der Hofnarr, sich um. Das große Tor stand offen. Mehrere seiner Wachen lagen tot zu den Füßen der Leute, die soeben den Hof des Turmes betreten hatten. Er glaubte nicht, was er da sah. Tallo hatte Gerüchte darüber gehört, dass alte Feinde des Totenkönigs aufgetaucht wären, und das dieser Krieger ausgesandt hatte, sie zu finden. Doch dass diese Feinde die Garnison aus Diron war, hatte er nicht für möglich gehalten.

Es war so viele hundert Jahre her. Doch da stand er. Alfred Winster, der fiese Büttel, der ihm so oft in den Hintern getreten hatte. Im übertragenen und im wörtlichen Sinne. Daneben stand die alte Pfaffe. Reverend Joe Carreyman, der auch heute noch seine blöde Bibel dabeihatte. Auch den Schwertkämpfer und den Jungen kannte er.

Letzterer sah jedoch deutlich älter aus. Die Frau mit den kurzen Haaren hatte er noch nie gesehen.

„Oh, aber Büttel! So hör mich doch an! Ich habe doch gar nichts verbrochen! Wollte diesen Eindringling aufhalten! Ja, ganz gewiss, das wollt ich! Dem Gesetz helfen, das hab ich doch immer schon gemacht! Bin ein braver Junge, ja, Tallo weiß, was sich gehört!"

„Ich weiß nicht, was sie mit dir gemacht haben, aber ich weiß, dass du uns nur etwas vorspielst. Vielleicht hast du das damals schon. War es das wert? Was immer du von ihnen bekommen hast, war es wert, deine Seele zu verkaufen?", fragte Alfred.

Tallo blieb still. Er musst überlegen, was zu tun war. Den jungen Schwertkämpfer konnte er alleine besiegen, doch die ganze Garnison wäre zu viel für ihn. Sollte er vielleicht die Alte rufen? Er mochte sie nicht, doch sie wäre die Einzige, die den Schwertkämpfer besiegen konnte.

„Lass sofort den Jungen gehen. Ich warne dich. Ich habe nicht so viel Geduld mit dir, wie Alfred", sagte Mousa und trat nach vorne.

„Weshalb sorgst du dich um ihn, Schwertkämpfer? Hat er euch nicht verraten und sich, genau wie ich selbst damals, dem Mann des Friedens angeschlossen?"

Tallo verstellte sich nun nicht mehr.

„Nein. Er war derjenige, der verraten wurde. Ich stehe in seiner Schuld. Ich hätte wissen müssen, dass er lieber gestorben wäre, als uns zu verraten. Und nun lass ihn gehen!"

Mousa duldete keinen Aufschub mehr. Während Juri sich eine Träne von der Wange wischte, zog Mousa sein Schwert und sprang auf Tallo zu. Dieser warf sofort einen Dolch, jedoch nicht in die Richtung seines Angreifers.

Der Dolch landete in einer kleinen Öffnung neben der Türe des dunklen Turms. Während eine Glocke zu läuten begann, gesellten sich die restlichen Wolfskrieger zu Tallo und flankierten ihn, um ihn vor Mousa zu schützen.

Dieser begnügte sich indessen damit, Juri zu packen und ihn in Sicherheit zu ziehen. Dieser tat sich schwer damit, zu akzeptieren, dass Mousa und die anderen plötzlich aufgetaucht waren, und ihm das Leben gerettet hatten. Es war, als wussten sie plötzlich, was wirklich auf dem Arratlea geschehen war. Juri wusste noch nicht ganz, was er davon halten sollte. Diese Leute hatten ihn verstoßen, auf ihn geschossen und ihn einen Verräter genannt. Doch wenn er ehrlich war, traf sie dabei keine Schuld.

Mousa hatte eigentlich vorgehabt, einige Worte an Juri zu richten, kam jedoch nicht dazu, denn etwas geschah, mit dem er nicht gerechnet hatte. Die Tore des dunklen Turms öffneten sich langsam. Die Zahnräder, die den Mechanismus in Gang setzten, ratterten laut und die großen Türen knarrten, als sie immer weiter aufgingen. Was sie dort sahen, erschrak vor allem Alfred. Er hatte sich insgeheim geschworen, sie für ihren Verrat büßen zu lassen, hatte das aber aufgegeben, nachdem ihm klar wurde, dass er sich hunderte Jahre in der Zukunft befand.

Sie hätte längst tot sein müssen. Wie Tallo. Doch da stand sie. Prinzessin Eleonora. Sie hatte ihren Vater und ganz Diron verraten, sich den Mächten der Hölle angeschlossen und ihr Volk dem Untergang geweiht. Der Büttel fragte sich, mit welch dunklem Zauber der Totenkönig die beiden verändert hatte. Eleonora war bleich und schien ein wenig älter zu sein, als damals, doch sie war noch sie selbst. Sie trug ein weißes, langes Kleid und eine goldene Krone auf dem Kopf.

„Es ist lange her", sagte die ehemalige Prinzessin von Diron.

„Für mich nicht. Ich habe euren Verrat nicht vergessen!", schimpfte Alfred.

Eleonora lachte.

„Hegt ruhig euren Groll gegen mich. Ich habe erreicht, was ich immer erreichen wollte. Ich bin selbst zu einer Göttin geworden. Ich bin mächtig. Ich bin die Königin von Angaran. Und ihr sollt meine Macht und meinen Zorn spüren!"

Die Königin hob die Arme und beschwor Gewitterwolken hinauf, die sich langsam weit oben über ihnen sammelten. Mousa hatte das schon einmal gesehen. Myrdin hatte so mächtige Blitze beschworen. Er hoffte, dass Eleonora nicht soviel Magie wie er besaß und stürzte sich in den Kampf gegen die Wölfe und den Hofnarr namens Tallo. Viele Krieger kamen ihm entgegen, doch die ersten beiden fielen schnell zu Boden, denn Karina und Alfred waren immer noch so treffsicher, wie er sie kannte.

Es bereitete dem Garnisonsführer Sorge, dass Alain immer noch nicht wieder zur Waffe gegriffen hatte. Er hatte wohl den Tod seiner Mutter noch nicht überwunden. Während Mousa einem Axthieb eines Wolfes auswich, einem weiteren bei einer Drehung den Hals durchtrennte, schlugen die ersten Blitze ein. Karina und Alfred mussten ausweichen und konzentrierten sich von nun an darauf, die Prinzessin zu treffen, anstatt Mousa zu unterstützen.

Die Dorfbewohner, die ihre Abgaben hergebracht hatten, schrien und zitterten vor Angst. Den Zorn der Königin von Angaran auf sich zu ziehen bedeutete einen noch schmerzhafteren und qualvolleren Tod, als in der Grube zu verenden, das hatten sie schon oft gehört. Sie stolperten umher, wussten nicht, wo sie Schutz finden konnten. Es war alles verloren. Die Königin würde sie in die Hölle schicken.

„Der Geist des Herrn ruht auf mir, denn er hat mich gesalbt. Er hat mich gesandt, damit ich den Armen eine frohe Botschaft bringe; damit ich den Gefangenen die Entlassung verkünde; damit ich die Zerschlagenen in Freiheit setze. Habt keine Angst. Gott ist bei euch. Kommt zu mir. Meine Freunde werden euch schützen und diese Feinde des Lichts vernichten! Es wäre nicht das erste Mal!", sagte der Reverend, der ihnen mit einer Geste bedeutete, sich hinter ihn und Alain zu begeben.

Den letzten Satz hatte er mit einem solch selbstverständlichen Lächeln gesprochen, dass die Dorfbewohner nicht anders konnten, als die Hoffnung wieder in ihre Herzen zu lassen. Dachten diese Fremden wirklich, sie könnten die Herrscher von Angaran besiegen? Zugegeben, der dunkelhäutige Schwertkämpfer sah aus wie einer der legendären Wächter aus den alten Märchen. Vielleicht bestand ja doch Hoffnung.

Während Mousa Mühe hatte, Tallo, den Hofnarr zu treffen, weil er immer wieder in diesem lila Nebel verschwand, hatten Alfred und Karina kaum noch Gelegenheit, auf die Königin zu schießen. Ihre Blitze schossen nun in hoher Frequenz auf sie hinab. Eleonoras Augen begannen nun, rot zu leuchten, und sie erhob sich in die Lüfte. Alfred war sich sicher, dass Mousa Tallo besiegen konnte, doch was sie gegen die Königin ausrichten sollten, wusste er nicht. Sie war eine mächtige dunkle Zauberin. Wenn sie nur irgendwie Malta befreien konnten, hätten sie vielleicht eine Chance. Sie war die Einzige von ihnen, die Zaubern konnte, und ihre Garnison wäre erst wieder vollständig, wenn sie wieder bei ihnen war.

Als Karina hoch in den Himmel blickte, um den Ort des Einschlags des nächsten Blitzes vorauszusehen, erschrak sie. Dieser Blitz war nicht für sie oder Alfred, und auch nicht für die Dorfbewohner gedacht.

„Juri, pass auf!"

Der Schwertträger hatte sich noch nicht von dem Schock aus der Vergangenheit erholt und hockte benommen auf dem Boden. Keiner von ihnen war nah genug bei ihm, um ihm aufzuhelfen, und ihn zur Seite zu schaffen. Der Blitz schlug ein. Jedoch nicht auf Juri. Wenige Meter über ihm schien er auf eine unsichtbare Kuppel aus Energie zu treffen, welche den Blitz ableitete.

Alfred fragte sich, wer das war. Wer hatte Juri gerettet? Konnte es sein, dass Malta sich selbst befreit, und ihren Liebsten beschützt hatte?

„Grade noch rechtzeitig, was? Hallo alle zusammen! Lange nicht gesehen!", rief der Mann des Friedens.

„Du bist es! Du Verräter!", rief die Königin.

„Hast du die Hölle nicht selbst verraten, als du dich dem Totenkönig angeschlossen hast?", entgegnete der Mann des Friedens.

Die Prinzessin blieb still. Der Mann des Friedens ging langsam und mit erhobenen Händen rüber zu Alfred, der seinen Revolver stets auf ihn gerichtet hatte. Auch Karina hatte den Bogen gespannt und zielte auf dem Schädel des alten Magiers.

„Oh, na, na! Wer wird denn hier so feindselig sein? Habe ich nicht grad einen eurer besten Männer gerettet?"

Alfred musste zugeben, dass er das grade getan hatte. Doch er würde vorsichtig bleiben. Der Mann des Friedens ließ die Hände oben, beugte sich nach vorn und flüsterte Alfred etwas ins Ohr. Der war davon etwas erschrocken, hörte jedoch zu und nickte.

Während der Mann des Friedens sich nun umdrehte und auf die Königin des dunklen Landes zuging, hatte Mousa Tallo endlich zu fassen bekommen und drückte ihn zu Boden. Er legte dem Hofnarren sein Schwert an die Kehle und drückte es langsam mit aller Kraft nach unten, bis der Kopf vom Körper abgetrennt war. Tallos Augen zuckten noch kurz, dann gab der Müllmann für immer Ruhe.

„Nur zu! Zeig mir, wie mächtig du bist! Ich werde dich vernichten!", fauchte die Königin.

Ihre Augen leuchteten noch heller als zuvor und sie hob ihre Arme. Karina dachte sich, dass sie wirklich mächtig sein musste, wenn sie sich so sicher war, den Mann des Friedens besiegen zu können. Der Himmel wurde immer dunkle. Blitze schlugen in der Ferne ein und ein heftiger Wind zog auf.

„Du wirst meiner Macht nichts entgegenzusetzen haben!", sagte der Mann des Friedens und hob selbst die Arme.

Karina hatte grüne Blitze, einen Energiestrahl oder etwas in der Art erwarten, doch nichts dergleichen geschah. Stattdessen sah der Mann des Friedens aus, als würde er in einem unsichtbaren Buch blättern.

„Was tust du da?"

Die Königin des dunklen Landes war irritiert. War ihr ehemaliger Meister gar nicht so mächtig, wie sie immer gedacht hatte?

„Kleinen Moment, ich bin gleich so weit!"

Eleonora lachte. Ohne zu merken schwebte sie zurück auf den Boden. Ihre Augen leuchteten nicht mehr. Ein Schuss ertönte. Alfred hatte ihr eine Kugel direkt ins Herz gejagt. Karina sah ihn verblüfft an. Er sollte doch eigentlich wissen, dass dies keine Wirkung zeigen würde.

„Du Narr! Mein neuer Meister hat mich besser gemacht! Ich bin nicht mehr sterblich! Ich ... Was hast du getan?"

Die Stimme der Königin wurde schwach.

„Anstatt gegen dich zu kämpfen habe ich einfach mal nachgesehen, was der Totenkönig in dir für Veränderungen vorgenommen hat. Ich kann diese Veränderungen selbst nicht hervorrufen wie er, doch ich kann sie rückgängig machen. Und unser guter alter Alfred hat brav auf seinen Einsatz gewartet!", erklärte der Mann des Friedens.

Er liebte es, wenn er seiner Feinde überraschen konnte. Die Königin von Angaran konnte nicht mehr antworten. Sie sank zuerst auf die Knie und fiel dann mit dem Gesicht in den Staub.

„Auch, wenn du mir meine Rache ermöglicht hast, heißt das nicht, dass ich vergesse, was du getan hast!", sagte Alfred.

Der Mann des Friedens wollte auf seine gewohnt überhebliche Art antworten, doch ihm blieb das Wort im Halse stecken. Niemand hatte bemerkt, wie Mousa eines von Juris Schwertern genommen, und sich dann an den Mann des Friedens herangeschlichen hatte.

„Solltest du nur deinen kleinen Finger bewegen, schneide ich dir den Kopf ab. Du kennst diese Schwerter. Und anscheinend hat dieses hier seine Macht noch nicht verloren, seit ich es aufgehoben habe. Du weißt also, dass es dich töten kann."

Der Mann des Friedens blieb einige Sekunden lang still. Dann sprach er.

„Das ist interessant. Normalerweise sollten sie ihre Macht verlieren, wenn du sie hältst, und nicht der Schwertträger. Doch das haben sie nicht. Ich kann das

Licht in diesem Schwert spüren. Du hast die Macht, mich zu töten. Herzlichen Glückwunsch!"

Der Mann des Friedens blieb nach außen hin so gelassen wie immer, doch Mousa spürte, dass er nervös war. Dass er Angst hatte. Ja. Der Mann des Friedens wollte nicht sterben.

„Du hast das alles getan. Der Totenkönig ist wegen dir entstanden. Du hast meine Garnison getötet. Du hast meinen Freund Jack getötet. Du sollst dafür büßen!"

„Ich bin hier, um es wieder gut zu machen!", rief der Mann des Friedens hektisch aus.

Mousa dachte darüber nach und blieb still.

„Ehrlich! Ich will den Totenkönig aufhalten! Aus zuverlässigen Quellen weiß ich, dass er dabei ist, die Flure zwischen den Welten zu entdecken. Wenn er das schafft, wird er alle Welten erobern. Ich werde ihn aufhalten, denn er ist eine Gefahr für meinen Plan!", versprach der Mann des Friedens.

Mousa war sich nicht sicher, was er fühlte. Er hatte endlich die Gelegenheit, Rache zu nehmen. Er konnte ihn töten. Es war ganz einfach. Doch war es auch das Richtige? Der Mann des Friedens hatte ihm Furchtbares angetan, doch er war komplexer, als er zuerst schien. Er hatte sich gegen die Hölle gestellt und, auch, wenn man es kaum glaubte, kämpfte er tatsächlich für den Frieden.

Doch war das überhaupt wichtig? Er hatte seine Garnison getötet. Er hatte Diron vernichtet. Er hatte Jack zum Totenkönig von Terusa gemacht. Ja. Der Mann des Friedens verdiente den Tod. Mousa spürte plötzlich etwas in sich. Wie eine Stimme, die versuchte, ihm etwas zu sagen.

Der Mann des Friedens schluckte, als Mousa das Schwert noch fester an seine Kehle hielt. Ein wenig Blut floss. Dann senkte Mousa das Schwert und schubste den Mann des Friedens nach vorn.

„Geh. Du hast noch viel zu tun, wenn du Buße tun willst!", sagte Mousa.

Der Mann des Friedens ließ eine seiner roten Türen erscheinen und öffnete sie.

„Ich habe gesagt, ich werde den Totenkönig vernichten. Ich habe nie etwas von Buße gesagt! Ich habe kein Gewissen, wie du weißt!", sagte der alte Magier grinsend.

„Noch nicht."

Ohne Vorwarnung warf Mousa dem Mann des Friedens ein rundliches Objekt zu. Dieser fing es aus Reflex mit beiden Händen auf, stieß einen schmerzverzerrten Schrei aus und fiel durch seine Türe, die daraufhin verschwand.

„Mousa! Was hast du getan?!", fragte der Reverend.

„Ich habe ihm den Elbenkern gegeben."

„Weshalb? Der ist doch mächtig und vielleicht unsere einzige Waffe gegen den Totenkönig!"

„Hast du vergessen, was wir damals über ihn herausgefunden hatten? Er war dazu gedacht, alles Böse zu vernichten, was ihn berührte. Ich habe das so verstanden, dass er auch einer einzelnen Person das Böse entziehen würde. Eigentlich hatte ich vorgehabt, ihn bei Jack einzusetzen, um ihn zu retten, doch ich bin mir nun sicher, dass ich ihn nur auf eine Weise retten kann. So, wie ich es damals schon hätte tun sollen. Irgendwie erschien es mir richtig, den Mann des Friedens vom Bösen zu befreien. Wir wissen, dass er etwas Gutes in sich trägt. Wenn diese Seite die Oberhand gewinnt, kann er ein unglaublich mächtiger Verbündeter sein."

„Jemandem zu vergeben, der dir soviel angetan hat, ist erstaunlich. Nicht mal ich als Reverend könnte das", gestand Carreyman.

Mousa nickte. Bevor sie den Turm erklommen, um Malta zu befreien, gab es noch eine Sache zu tun. Er wandte sich Juri zu, der sich der Garnison langsam und vorsichtig genährt hatte. Dann ging Mousa auf ein Knie, senkte sein Haupt und reichte seinem einstigen Anwärter sein zweites Schwert.

„Ich erflehe deine Verzeihung. Ich habe über dich gerichtet und dich verstoßen, anstatt dir in deiner dunkelsten Stunde beizustehen. Ich habe als dein Lehrmeister versagt."

Juri wusste nicht, was er sagen wollte. Der Garnison hatte er nie einen Vorwurf gemacht. Wie er waren sie nur die Opfer eines perfiden Spiels.

„Erhebe dich, Mousa. Ich verzeihe dir und euch allen, denn ihr habt nichts Falsches getan. Im Herzen war ich immer Teil der Garnison und habe mich auf diesen Tag gefreut, an welchem ich euch endlich die Wahrheit sagen kann."

Mousa stand wieder auf. Alfred und Karina kamen auch herbei und umarmten Juri.

„Und jetzt werden wir dein Mädchen retten, Junge. Deshalb bist du doch hier, oder?", fragte der Garnisonsführer.

„Nicht ganz. Ja, ich wollte sie retten, doch nur, um ihr zu sagen, wie sehr ich sie für das hasse, was sie mir angetan hat!", sagte Juri und sein Gesicht verzog sich.

„Das meinst du doch nicht ernst, Junge?!", sagte Alfred entsetzt.

„Todernst. Sie hat mir alles genommen. Jahrelang habe ich mit dem Gedanken gelebt, sie getötet zu haben. Wisst ihr, wie ich mich gefühlt habe, als sie mich zwang, meinen Arm auszustrecken und ihr das Schwert durch die Brust zu schieben? Ich bin innerlich zerbrochen. Dieser Traumdämon hätte mich noch Jahrhunderte lang foltern können und hätte mir nicht halb so viel antun können, wie Malta."

Mousa dachte kurz darüber nach. Dann nickte er. Juri hatte nicht unrecht damit. Jemanden gegen seinen Willen so etwas tun zu lassen war grausam, das musste er zugeben.

„Also gut. Sag ihr, was du wirklich fühlst. Doch beherrsche dich, in Ordnung?", fragte der Lehrmeister.

„Ja", antwortete der Anwärter.

Alfred, der Reverend, Alain und Karina blieben am Fuße des Turms und kümmerten sich um die Dorfbewohner, so wie um die noch lebenden Opfer der grausamen Folter der Königin. Mousa, Karina und Juri gingen den Turm alleine hoch. Drinnen gab es nicht viel Sehenswertes. Eine steinerne Wendeltreppe führte in mehrere Stockwerke, in denen es wenig Zimmer gab. Weitere Wolfskrieger trafen sie nicht. Mit ihren Schwertern brachen sie schließlich den Raum auf, der hinter einer gut gesicherten Türe in der Spitze des Turms versteckt war. Zwei lila Kristalle schwebten in der Luft und erzeugten gemeinsam ein Energiefeld, in welchem Malta schwebte. Sie sah noch genau so aus wie damals, als sie von der Klippe des Arratlea fiel. Juri musste schlucken. Mousa nickte ihm zu und die beiden positionierten sich jeweils hinter einem Kristall. Dann zogen sie ihre Schwerter und zerstörten die magischen Edelsteine. Unmittelbar kollabierte das Energiefeld und Malta, die zuvor darin schwebte, fiel zu Boden.

Juri musste den Instinkt unterdrücken, zu ihr zu rennen und nachzusehen, ob es ihr gut ging. Das hatte sie nicht verdient. An seiner statt taten dies Mousa und Karina. Die beiden waren überrascht, dass Malta sofort zu sich zu kommen schien. Sie hatte hunderte Jahre in dieser Stasis verbracht.

„Malta! Geht es dir gut?", fragte Karina.

Malta bewegte ihre Lippen, konnte aber noch nicht sprechen. Alles fühlte sich seltsam an.

„Hab keine Angst, du bist nun in Sicherheit", sagte Mousa.

Malta schaffte es nach wenigen Sekunden, alleine aufzustehen. Sie sah auf und erblickte Juri. Dieser schien fast zu zittern.

Langsam kam sie auf ihn zu, bis sie dicht vor ihm stand. Karina und Mousa hielten sich zurück.

„Ich hasse dich", sagte Juri kurz und knapp.

Zu mehr war er nicht fähig.

„Das ist seltsam, denn das letzte Mal, als wir sprachen, hast du mir etwas anderes gesagt. Das war kurz, bevor ich dir etwas angetan habe, was ich nie hätte tun dürfen. Es tut mir leid. Und ich schulde dir noch eine Antwort von damals. Ich liebe dich auch Juri."

Juri wehrte sich nicht, als Malta ihn in den Arm nahm. Stattdessen fing er an, bitterlich zu weinen. Mousa hatte noch nie einen Mann so weinen hören. Er und Karina gingen aus dem Raum, um den beiden etwas Zeit zu geben. Als sie auf halber Höhe des Turms angekommen waren, wurden sie von einem Wolfskrieger überrascht.

Mousa zog sein Schwert, doch der Wolf machte keine Anstalten, ihn anzugreifen. Stattdessen lächelte er Mousa an und sprach mit einer verzerrten Stimme.

„Mousa! Es ist so schön, dich zu sehen! Komm zu mir! Du weißt, wo du mich findest. Niemand wird dich aufhalten, ihr werdet als Gäste empfangen! Ich freue mich auf dich, Bruder!", sagte die Stimme.

Dann war der Wolf wieder er selbst. In seinen Augen sah Karina das blanke Entsetzen. Der Wolfskrieger streckte seine Hand aus. Nicht aggressiv, eher so, als würde er sie um Hilfe anflehen. Dann alterte er in wenigen Sekunden um hundert Jahre. Sein Fell fiel ihm aus, sein Fleisch fiel zusammen, verschrumpelte und verfaulte. Seine Augen wurden zu Wasser, die Zähne fielen ihm aus und am Ende war nichts außer ein Haufen verfaulten Fleisches von ihm übrig.

„Was war das?", fragte Karina erschrocken.

„Das war Jack. Der Totenkönig lädt uns zu sich ein."

Kapitel 23 Das zweite Schwert

Die Wanderung zum Palast des Totenkönigs dauerte fast drei Wochen. Für alle von ihnen war es ein seltsames Gefühl. Sie wussten, dass ihre gemeinsame Reise bald enden würde.

Malta gewöhnte sich schnell wieder daran, Teil der Garnison zu sein. Obwohl sie in ihrer Stasis gelegentlich Träume vom Totenkönig hatte, war es für sie so, als ob zwischen dem Vorfall auf dem Arratlea und ihrem Erwachen im dunklen Turm nur Minuten vergangen waren.

Ganz offen äußerte sie Bedenken darüber, dass sie für die Garnison eventuell eine Gefahr darstellte. Sie wusste, dass der Totenkönig von Terusa etwas mit ihr angestellt hatte, doch nicht, was genau das war. Sie vermutete, dass er sie genau so verändert haben könnte, wie seine Wolfskrieger. Diese Art von Magie überstieg ihr wissen und sie würde sich nicht wehren können, wenn sie sich gegen die Garnison stellen und sie angreifen würde.

Jeder von ihnen war jedoch bereit, sich diesem Risiko auszusetzen. Sie waren endlich wieder alle vereint und würden sich nicht erneut trennen. Zumindest nicht freiwillig. Malta sprach es nicht aus, doch sie dachte, dass Juri sie vielleicht diesmal wirklich töten musste, wenn es dazu kam. Keinesfalls wollte sie ihren Freunden etwas antun. Jetzt bereute sie es noch mehr, was sie Juri angetan hatte. Sie war sehr glücklich darüber, dass dieser ihr verziehen hatte.

Auch Mousa sprach viele Dinge nicht aus. Wie damals zog er sich oft alleine zur Nachtwache zurück und weinte bitterlich. Die Erinnerungen daran, wie er seine Garnison und Jack verloren hatte, waren lebendiger als je zuvor. Natürlich waren sie das. Schließlich stand er kurz davor, Jack wiederzusehen. Er erinnerte sich daran, wie er ihm das letzte Mal gegenüberstand. Jack hatte sich durch das Elixier vom Mann des Friedens verwandelt.

Selbst damals wusste Mousa schon, dass der Tod die einzige Erlösung für ihn war, doch er konnte es einfach nicht. Stattdessen hatte er seinem besten Freund das Schwert so durch den Körper gerammt, dass es ihn an einen Baumstamm fesselte. Das alles war seine Schuld. Hätte er seinen besten Freund getötet, wäre dem Volke Terusas so viel Leid erspart geblieben.

Dafür hasste er sich.

Als sie durch die offenen Tore der prächtigen, schwarzen und goldenen Mauern des Palastes schritten, staunten sie alle. Der Palast war unglaublich groß und prächtig. Ganz oben über dem Haupteingang war ein riesiger, goldener Totenschädel eingearbeitet.

Da keine Truppen des Totenkönigs in Sicht waren, nahm die Garnison die Treppe, die zum Haupteingang führte, und betrat schließlich den Thronsaal.

Der Totenkönig saß auf seinem Thron aus Knochen. Er trug eine schwarze Rüstung, eine knöcherne Totenmaske und eine goldene Krone auf dem Kopf. Er machte nicht die geringsten Anstalten, sie anzugreifen. Vor den vier Stufen, die zum Thron führten, blieb die Garnison schließlich stehen. Der Totenkönig erhob sich. Seine Rüstung klapperte, als er einige Schritte auf sie zu machte. Schließlich nahm er die Maske ab.

„Mousa! Es tut so gut, dich zu sehen, mein Bruder!"

„Jack, ich ..."

„Sag nichts! Ich verziehe dir! Ich bin froh, dass du deine Freunde mitgebracht hast. Sie sind deine neue Garnison, richtig? Es freut mich, euch kennenzulernen. Ich bin Jack!"

Keiner von ihnen wusste, was er sagen sollte. Jack war zwar bleich im Gesicht, hatte dafür aber ein freundliches Lächeln auf den Lippen. Bis auf die Rüstung kam er ihnen nicht vor, wie ein Totenkönig.

„Malta kennst du ja schon. Du hast sie gefangen gehalten und dich an ihrer Energie gelabt", sagte Mousa.

Jack nickte, wobei sein Mund einen Strich bildete.

„Ja, das habe ich. Es war nötig. Doch ich verspreche, dass es für Malta nicht unangenehm war! Und wir wollen auch nicht vergessen, dass sie ohne mich tot wäre!"

„Das mag sein, alter Freund. Du hast uns eingeladen. Was willst du von uns?"

„Ich will, dass es so wird wie früher!", sagte Jack mit Tränen in den Augen.

„Ich will, dass ihr die erste Garnison der neuen Wächter werdet! Eine legendäre Einheit, die für die Einhaltung des geltenden Rechts und der Ordnung sucht, und die alle Feinde ihres Königs vernichtet. Die Wächter von Terusa sind Vergangenheit. Ihr sollt die Wächter des Totenkönigs werden!"

Mousa glaubte Jack, dass er wirklich wollte, dass alles wie früher war. Tief in diesem Totenkönig steckte noch ein Stück des alten Jacks, der sich an die Tage erinnerte, da er wusste, was Recht und Ordnung war.

„Wir sind hier, um dich zu töten", sagte Juri plötzlich.

Er respektierte seinen Lehrmeister, hatte jedoch das Gefühl, er brauchte einen kleinen Schubs. Jack lachte.

„Dein Anwärter ist aber frech, alter Freund! Oder spricht er die Wahrheit?"

„Du hast das Volk von Terusa versklavt und gefoltert. Es lebt fast niemand mehr, Jack. Wir haben gesehen, was deine Diener beim dunklen Turm mit den Menschen anstellen. Der Jack den ich kannte, könnte so etwas nie tun. Er hat Menschen gerettet, nicht gefoltert."

„Die Welt hat sich eben weiterbewegt! Man muss mit der Zeit gehen, Mousa. Außerdem ist es die Natur des Universums. Die Starken tun den Schwachen schlimme Dinge an. Und ich schäme mich nicht dafür, nun der Starke zu sein. Denn ich war lange schwach und habe gelitten. Ist dies also dein letztes Wort? Bist du gekommen, um mich zu töten? Um es zu Ende zu bringen?", fragte Jack ernst.

„Ja."

Jack nickte. Mousa glaubte, den Anflug einer Träne in einem seiner Augen zu sehen. Jack drehte sich um und ging zu seinem Thron zurück. Dann holte er etwas dahinter hervor. Mousa erkannte es sofort. Es war sein zweites Schwert. Das, welches er benutzt hatte, um Jack zu fesseln. Dann zog er seine Maske wieder auf.

„Dann soll es so sein. Ihr werdet hier und heute sterben", sagte der Totenkönig.

Er brauchte nur eine Hand zu heben, und Malta brach zusammen. Sie schrie furchtbar und fasste sich an den Kopf. Während die anderen sich um sie kümmerte, stürmte Mousa auf den Totenkönig zu und ließ seine Klinge tanzen. Jack war kräftiger als früher, das merkte der Garnisonsführer sofort, doch er hatte auch Schwierigkeiten, mit Mousas Schnelligkeit und Gewandtheit mitzuhalten.

Juri hielt Maltas Kopf, während die anderen versuchten, sie zu beruhigen. Er selbst war nicht dazu fähig, wirklich hilfreich zu sein. Die Angst davor, dass er Malta nun wirklich töten musste, lähmte ihn. Sollte sie recht behalten und der Totenkönig hatte sie so verändert, dass sie auf Kommando zu einer seiner Dienerinnen wurde? Dann war das damals, was auf dem Arratlea passierte, nur ein Test. Heute würde die wahre Prüfung anstehen. Konnte er das? Seiner liebsten das Schwert durchs Herz bohren? Schon wieder?

Malta stieß sie alle mit einer Energiewelle von sich. Dann umgab sie sich mit einer schwarzen Aura und flog hoch in die Luft. Juri erschrak, als er sah, dass selbst ihre

Augen schwarz glühten. Der Totenkönig hatte sie zu seiner willenlosen Dienerin gemacht. Genau, wie sie befürchtet hatte. Sie schoss mit Eiszapfen und Feuerbällen, die sie aus dem Nichts erschuf auf die Garnison.

Keiner von ihnen feuerte auf Malta. Auch Juri erhob seine Schwerter nicht. Das änderte sich, als die junge Magierin etwas auf einer Sprache sagte, die keiner von ihnen verstand. Anscheinend war es ein Zauber, den sie webte. Zuerst waren es die Silhouetten von toten Kriegern, die hier einst im Kampf gestorben waren. Dann wurden sie heller. Wie Geister aus den Gruselgeschichten am Lagerfeuer. Schließlich nahmen sie Form an und waren greifbar.

Deshalb musste der Totenkönig so großes Interesse an Malta gehabt haben. Er selbst war kein wirklicher Magier. Er hatte seine Kräfte und sein Wissen von den Hexen. Doch Malta besaß ein so großes magisches Talent, dass sie, mit Hilfe des Totenkönigs, die Toten längst vergangener Zeiten rufen konnte. Das war ein großes Problem.

Alfred und Karina feuerten aus allen Rohren, während Juri sich noch sammelte. Schließlich zog er seine beiden Schwerter. Es war seltsam, zu sehen, wie sie sich unterschieden. Aber es musste sein. Dann wirbelte er herum, schlug zwei Untoten den Kopf ab, machte eine Hechtrolle und positionierte sich vor dem Reverend und Karina.

„David antwortete Goliat: Du kommst zu mir mit Schwert, Speer und Sichelschwert, ich aber komme zu dir im Namen des Herrn der Heerscharen, des Gottes der

Schlachtreihen der hohen Himmel, den du verhöhnt hast. Und in seinem Namen werden wir heute kämpfen! Für das Licht und für Terusa!", rief der Reverend.

Juri fand die Worte gut gewählt, doch er glaubte nicht, dass es für ihn noch viel Licht gab, falls er heute siegreich war. Sollte er Malta töten müssen, würde das den letzten Rest seiner geschundenen Seele sicher in einen tiefen Abgrund stürzen.

Mousa hatte inzwischen den Verdacht, dass Jack nur mit ihm spielte. Der Totenkönig war zwar langsamer, als der Garnisonsführer, der er besaß eine dunkle Macht, die er ihm noch nicht gezeigt hatte.

„Wie fühlst du dich dabei? Auf einen Bruder einzuschlagen, den du schon mal im Stich gelassen hast?", fragte Jack.

Mousa musste sich zusammenreißen. Die Schuldgefühle drohten sonst, ihn zu übermannen.

„Ich habe tapfer gekämpft in dieser finstren Nacht, und wenn ich mein Leben hätte geben können, um deines zu verschonen, dann hätte ich es getan!"

Jack schwieg daraufhin. Mousa sprang in die Luft, doch als er wieder hinunterkam, um das Schwert, das er führte, in die Brust des Totenkönigs zu rammen, war dieser verschwunden. Dann tauchte er wieder auf, schwebte in der Luft, einige Meter vor Mousa. Jack warf drei Knochendolche auf seinen besten Freund und alle drei trafen ihr Ziel, Mousas rechte Schulter.

Der zweiten Salve, die seine linke Schulter zum Ziel hatte, konnte der Garnisonsführer ausweichen.

„Es ist Zeit, dieses Trauerspiel zu beenden. Zeigt euch, meine Dienerinnen und dient mir treu im Kampf!", sagte der Totenkönig.

Sechs Hexen erschienen in einem Bogen hinter dem Totenkönig. Es waren alte Weiber in dunklen Kleidern. Mousa wusste es nicht, doch sie alle waren Verräter. Sie hatten ihren Zirkel verraten und Jack geholfen, um ihr eigenes Leben zu retten. Jetzt formten sie Bälle aus dunkler Energie und schossen sie auf Mousa.

Alain sah das alles mit an. Es gab zwar die Option, dass er wieder zu Alfred zweitem Revolver griff, doch das fühlte sich nicht richtig an. Er konnte einfach nicht vergessen, wen er damals in Saien damit erschossen hatte.

Wieder mal fragte er sich, ob er jetzt ein Held war. Saien stand zwar nicht mehr, aber die Statue, die sie ihm für die Rettung des Königreichs erbaut hatten, schon.

Alfred, Karina und selbst Juri hatten Schwierigkeiten, sich gegen ihre Gegner zu behaupten. Das lag daran, dass die manipulierte Malta sie unterstützte. Immer noch flogen Eiszapfen und Feuerbälle auf die Garnison.

Sollte er den Revolver nehmen und auf Malta schießen? Konnte er das? Schließlich hatte er damals auch auf Juri geschossen, als er dachte, er hätte die Garnison verraten. Was sollte er nur tun?

Grade, als Alain dachte, sein Kopf würde bald anfangen zu rauchen, erschien mitten im Thronsaal des Totenkönigs eine rote Türe, die sich öffnete. Daraus trat der Mann des Friedens. Er trug eine graue Jeans, ein weißes Hemd, darüber eine grüne verzierte Veste und einen grünen Umhang. Anders als sonst hatte er heute einen hölzernen Stab dabei, den er als Gehstock benutzte.

„Kannst du uns helfen?", fragte Juri, als wäre es selbstverständlich.

Erst jetzt fiel Alain wieder ein, dass Juri einige Jahre für und mit dem Mann des Friedens gearbeitet hatte.

„Sicher! Deshalb bin ich doch hier! Ich bringe alles wieder in Ordnung!", sagte der Mann des Friedens mit einem Lächeln auf den Lippen.

Sein Ton war der gleiche wie sonst, doch irgendetwas an ihm war anders. Hatte Mousa mit dem Elbenkern etwa Erfolg gehabt? Hatte er das Böse aus dem Mann des Friedens herausgebrannt?

„Halt still, kleines Fräulein! Dann bist du bald so gut wie neu!", versprach der Mann des Friedens.

Juris Augen wurden ganz groß. Konnte sein ehemaliger Meister mit Malta das Gleiche machen, was er mit der Prinzessin gemacht hatte? Die Manipulation des Totenkönigs umkehren? Ein Eiszapfen traf ihn an der Schulter, er stolperte zurück und fiel zu Boden.

Auch der Mann des Friedens musste einigen Feuerbällen ausweichen.

„So funktioniert das nicht, ich muss mich konzentrieren, verdammt!", fluchte er.

Er schien wirklich anders zu sein. Alain stand etwas abseits der anderen. Doch er brauchte etwas Ruhe, um Malta zu retten. Der Reverend zitierte die Bibel, die er wie immer aufgeschlagen hatte, Karina spannte ihren

Bogen und Alfred feuerte mit seinem Revolver. Seine Garnison. Wann war man wirklich ein Held.

Alain lächelte, als er das Schlachtfeld betrat.

„Hör mich an, Hexe!", rief er und erregte damit Maltas Aufmerksamkeit.

„Ich bin Alain von Diron! Und ich dulde nicht, was du mit meiner Freundin Malta gemacht hast. Du bist eine Abscheulichkeit und ich werde dafür sorgen, dass du in die Hölle fährst!"

Malta, oder das Wesen, das ihren Körper besaß, kreischte und fauchte ihn an.

„Alain! Nicht! Komm da weg!", rief der Reverend besorgt.

Der Mann des Friedens fing indessen mit seinem Zauber an. Es würde nicht einfach werden.

„Du bist nur die Dienerin eines falschen Königs! Wer was in der Birne hat, würde so einem niemals folgen! Du musst also ganz schön dämlich sein!", lachte Alain.

Der erste Eiszapfen traf ihn in den Oberschenkel. Eine menge Blut floss und es schmerzte furchtbar, doch Alain versuchte, sich nichts anmerken zu lassen.

„War das alles, was du kannst? Tote auferstehen und mit Eis werfen? Die Malta, die ich kenne, hat ganze Gebäude in Mison City zum Einsturz gebracht. Du bist nur ein schwacher Abklatsch von ihr!"

Die schwarze Aura flammte auf. Ein Speer, geformt aus Eis, flog auf Alain zu und traf ihn in der Schulter. Alain keuchte und blickte zum Mann des Friedens. Er sah konzentriert aus. Gut.

„Alain! Das reicht jetzt!", rief Juri.

„Seid wir dich getroffen haben, bist du mein Vorbild. Es tut mir leid, dass ich auf dich geschossen habe."

Juri wusste nicht, was er dazu sagen sollte.

„Und nun zu dir, widerliche Hexe! Ich werde dich nun vernichten! Ja, ich ganz allein. Und jeder wird sich an Alain von Diron erinnern. Den Helden von Terusa!", rief der Junge stolz.

Da traf ihn ein weiterer Speer aus eis. Diesmal mitten in die Brust. Ein Schwall Blut spritzte aus seinem Mund. Alain sank auf die Knie.

„Nein! Mein Junge!", rief der Reverend und rannte los, ungeachtet der Untoten, die ihm im Wege standen.

Malta lachte, als sie sah, wie der Priester sich hinkniete, um den Kopf des sterbenden Jungen zu stützen. Dabei war es längst zu spät. Er war tot. Seine Seele hatte ihn verlassen. Dann änderte sich etwas. Es änderte sich alles. Malta schwebte zum Boden. Ihre schwarze Aura löste sich auf.

„Der Prozess ist umgekehrt. Das ist die Malta, die ihr kennt!", sagte der Mann des Friedens.

Nun konnte er sich darauf konzentrieren, die restlichen Untoten zu vernichten, die Karina und Alfred bedrängten. Als diese begriffen, was er tat, rannten sie ebenfalls los, um Alain zur Hilfe zu eilen. Doch es war zu spät. Alain war tot.

„Es tut mir so leid, mein Junge. Möge der Herr sich bei ihm aufnehmen. Du bist seiner auf jeden Fall würdig!", sagte der Reverend, während ihm die Tränen über das Gesicht rannten.

Juri hingegen half Malta auf, die noch benommen schien.

„Was ist geschehen?"

„Furchtbare Dinge. Wir sind inmitten einer Schlacht. Ich erzähle es dir später. Kannst du kämpfen? Mousa braucht unsere Hilfe!"

Malta lächelte.

„Natürlich braucht er die!", sagte sie.

Der Mann des Friedens kam zu den beiden und reichte Malta den Stab, den er mitgebracht hatte.

„Der hat mal deinem Vater gehört. Ich werde dir von ihm erzählen, wenn wir diese Schlacht gewonnen haben", versprach der Mann des Friedens.

Malta wusste nicht, was sie davon halten sollte. Der Mann des Friedens hatte ihren Vater gekannt? Doch darüber konnte sie sich später wundern. Nun war es an der Zeit, Mousa zu helfen. Dieser fiel ein weiteres Mal zu Boden und blutete aus gut ein Dutzend Wunden. Der Totenkönig war einfach zu mächtig.

„Und ob ich schon wanderte im finstern Tal, fürchte ich kein Unglück; denn du bist bei mir, dein Stecken und Stab trösten mich. Halte aus, Mousa! Deine Garnison ist bei dir!", rief der Reverend, die aufgeschlagene Bibel in der Hand.

Karina schoss einen Pfeil auf eine der Hexen ab, Alfred feuerte mit beiden Revolvern, um Alain zu ehren. Juri wehrte mit dem einen Himmelsschwert, das er bei sich hatte, die dunklen Energiekugeln ab, die auf die Garnison zuflogen.

Doch es waren Malta und der Mann des Friedens, die mit ihrer Magie die Hexen vernichteten. Der Mann des Friedens ließ grüne Säulen aus purem Licht vom dunklen Himmel hinabschießen, die das Dach des Palastes zerschmetterten und dann auf drei der Hexen hinab preschten.

Malta benutzte den hölzernen Stab ihres Vaters, um konzentriertes, helles Licht auf die übrigen Hexen scheinen zu lassen. Die Hexen schrien lauthals, während sie jämmerlich verbrannten.

„Das werdet ihr mir büßen!", rief der Totenkönig, der sich nun der Garnison zugewandt hatte.

Doch es war das Letzte, was er je rufen sollte. Eine Klinge bohrte sich durch sein schwarzes Herz.

Er wollte lachen, wollte Mousa sagen, dass er ihn damit nicht verletzen konnte, doch es war ihm nicht mehr möglich, zu sprechen. Erst jetzt bemerkte er, dass Mousa nicht mit seinem eigenen Schwert, sondern mit einem von Juris Himmelsschwertern gekämpft hatte. Und diese waren durchaus dazu in der Lage, ihn zu töten. Mousa nahm ihm die Maske ab.

„Das habe ich dir geschuldet, alter Freund. Es hat lange gedauert, aber nun habe ich diese Schuld beglichen. Es tut mir leid, dass ich dich nicht retten konnte. Dafür schenke ich dir nun die Erlösung, die ich dir damals nicht schenken konnte. Ruhe in Frieden, Jack!", sagte Mousa.

Jack war tot. Der Totenkönig von Terusa war gestürzt.

Mousa ging zu Juri und tauschte mit ihm wieder die Schwerter. Dann ging er zu dem Leichnam Alains, um ihm seinen Respekt zu bekunden. Erst danach begab er sich wieder zum Totenkönig und nahm ihm das Schwert aus der Hand, das er vor so vielen Jahren in den Baumstumpf gerammt hatte. Seine beiden Schwerter waren nun wieder vereint. Sie waren vollständig. So wie Mousa.

Kapitel 24 Die Wächter von Terusa

Gemeinsam mit den Dorfbewohnern, die sie beim dunklen Turm gerettet hatten, rissen sie den Palast des Totenkönigs ab und riefen alle noch lebenden Völker in der Umgebung zusammen. Die neue Stadt, die sie in den nächsten Jahren mit den Überresten des prächtigen Palastes bauten, nannten sie Alainur, zu ehren Alains. Dieser bekam eine Statue auf dem Hauptplatz der Stadt, auf welcher zu lesen war, wie er sein Leben gab, damit Terusa sich vom Totenkönig befreien konnte. Jedes Kind in dieser nun freien Welt kannte Alain von Diron, Held von Terusa. Und jeden Tag kam zumindest einer vorbei, um Blumen vor seiner Statue niederzulegen.

Nach langem Überlegen entschied Karina sich dazu, Mousas Wunsch nachzugeben und sich zur Wahl zur ersten Königin Alainurs zu stellen. Sie gewann die Wahl, da niemand sonst sich aufstellen ließ, und leitete fortan die Geschicke der Hauptstadt Alainur sowie aller anderen Städte, die sie wieder aufbauten.

Mousa wurde der Kommandeur der neuen Wächter von Terusa, die diese Welt fortan wieder beschützten, Alfred wurde zum obersten Büttel ernannt und der Reverend begnügte sich damit, eine kleine Kirche zu bauen, in die die Menschen zum Beten kommen konnten.

Juri heiratete Malta und die beiden wurden von Karina zum Herzog und Herzogin von neu Diron, der ersten Stadt, die fast genau so groß wie Alainur war, ernannt.

Und dann war da noch der Mann des Friedens. Er war ganz zufrieden damit, wie es hier in Terusa gelaufen ist. Den Totenkönig hatten sie vernichtet. Doch er wusste aus sicheren Quellen, dass da draußen noch größere Übel lauerten. Und er würde sich ihnen entgegenstellen.

Folgen Sie dem Autor auf Instagram: david_stelzl_autor

Folgen Sie dem Autor bei Patreon: David Stelzl Autor

Kostenlose Hörbücher des Autors auf YouTube: Fantasy Autor David Stelzl

Milton Keynes UK
Ingram Content Group UK Ltd.
UKHW031203251124
451529UK00004B/271